Leonora

Elena Poniatowska

我不是你的造物

[墨西哥] 埃莱娜·波尼亚托夫斯卡 著

轩乐 译

北京联合出版公司

献给
我的长孙托马斯·哈罗·雷夫维尔

目 录

一　克鲁基庄园 / 1

二　小小女骑手 / 9

三　圣墓修道院 / 18

四　彭罗斯小姐 / 26

五　栗子香 / 35

六　初入社交界的名媛 / 45

七　马克斯·恩斯特 / 53

八　夜莺的威胁 / 63

九　罗普罗普 / 73

十　超现实主义旋风 / 81

十一　太空中的身体 / 93

十二　风之新娘 / 99

十三　茄 子 / 105

十四　邮差薛瓦勒 / 113

十五　宿　醉 / 120

十六　贝尔福石狮 / 126

十七　圣马丹-达尔代什 / 131

十八　印度大蟑螂 / 137

十九　战　争 / 147

二十　逃　亡 / 157

二十一　马德里 / 166

二十二　桑坦德 / 174

二十三　莫拉莱斯医生 / 183

二十四　疯　癫 / 191

二十五　大熊座 / 202

二十六　乳　母 / 207

二十七　"下边儿" / 216

二十八　解　放 / 224

二十九　雷纳托·勒杜克 / 229

三十　小团体 / 240

三十一　古根海姆小姐 / 253

三十二　纽　约 / 257

三十三　白　兔 / 264

三十四　将　军 / 272

三十五　墨西哥 / 280

三十六　蓝房子 / 291

三十七　小探戈 / 298

三十八　雷梅迪奥斯·瓦罗 / 305

三十九　地狱记忆 / 320

四十　匈牙利摄影师 / 329

四十一　线与针 / 343

四十二　是爱也，动太阳而移群星 / 349

四十三　眼前的大西洋 / 364

四十四　幻　灭 / 377

四十五　爱德华·詹姆斯 / 383

四十六　丛林宫殿 / 390

四十七　流亡的重负 / 397

四十八　及时解脱 / 409

四十九　舞台颂诗 / 418

五十　波洛姆之家 / 433

五十一　死亡的魔幻世界 / 443

五十二　爱　情 / 448

五十三　迪亚兹·奥尔达兹 / 457

五十四　在墨西哥与纽约间 / 469

五十五　巴斯克维尔 / 480

五十六　死亡什么样？ / 486

参考文献 / 502

致　谢 / 509

一

克鲁基庄园

餐桌上,四个孩子在喝粥,盘子越来越空。他们中最大的是帕特里克,旁边是杰拉德和亚瑟。莉奥诺拉不爱喝粥,乳母玛丽·卡瓦诺告诉她,在那盘燕麦粥的中央,可以找到温德米尔湖——英格兰最美最大的湖。于是她握着勺子,从盘子边沿吃起了燕麦,并开始听见水声,看见水面卷起细小浪花,就这样到达了温德米尔。

三个男孩都有绿色的眼睛,她最喜欢杰拉德的,因为它们总在笑。

餐厅和克鲁基庄园大宅的其他地方一样昏暗。从很小的时候起,莉奥诺拉就习惯了煤烟。或许地球就是一根巨大的烟囱。兰开夏郡纺织厂的烟伴着她的日日夜夜,她的父亲就是那黑暗的帝王,是所有人中最黑暗的那个,会做生意的那个。她在街上看到的人也都是暗的。她的祖父发明了织造维耶拉布料——一种棉花和羊毛的混织品——的机器,于是,卡林顿棉花厂在尘灰漫天的当地声名大噪,大获成功。她的父亲哈罗德·王尔德·卡林顿后来将它转卖给了考陶尔公司,由此成了帝国化学工业公司的主要股东。

从克鲁基庄园的一端到另一端要走很久。在那栋哥特式建筑里,住着卡林顿一家。父亲哈罗德、母亲莫瑞,跟在莉奥诺拉之后出生的、她的玩伴杰拉德，还有帕特里克和亚瑟。但帕特里克太大，亚瑟太小，他们都不和她玩儿。两只苏格兰梗——拉珀和托比——也和他们一起生活。莉奥诺拉总是蹲在拉珀面前看它的眼睛，再用自己的鼻子蹭蹭它的鼻子。

"怎么四脚着地啊？"母亲问她。

莉奥诺拉朝拉珀的脸吹了口气，它轻咬了她一下。

"你干吗呀？它会给你咬出疤来的。"母亲吓坏了。

成年人问孩子为什么要做这个做那个，是因为他们进入不了孩子和动物创造的神秘世界。

"您是说我不是只动物吗？"莉奥诺拉惊讶地问母亲。

"也不是，你确实是个小动物人。"

"我知道，我是匹马，妈妈，我在内心深处是匹马。"

"那不管怎么说，你都是匹小马驹，一样冲动、有劲儿，喜欢跳过障碍。不过，我怎么看眼前都是一个穿着白裙子、脖子上挂着圣物吊坠的小姑娘。"

"妈妈，您弄错了，我是一匹化装成小姑娘的马。"

鞑靼是匹小木马，从很小的时候起，她每天都要骑上去摇几次。"驾，驾，鞑靼。"她的黑眼睛闪着光，面庞紧绷，发丝仿佛骏马的鬃毛，缰绳在她伸长的脖颈旁疯狂地甩动。

"普瑞姆[1]，快下来吧，"乳母请求她道，"已经骑了好一会儿了。再不下来，小心你父亲来把马嚼子塞进你嘴里。"

哈罗德·卡林顿的孩子们很怕他。他们不和他住在一起，

---

[1] 普瑞姆（Prim）为莉奥诺拉儿时昵称。——如无特别说明，本书脚注均为译者注

孩子们的王国是儿童房。他们每天都会去向父亲问一次好。有时大人在客厅或书房喝茶，也会叫他们过去。只有在问他们话时，孩子才可以发言。"加柠檬还是牛奶？"母亲会用右手举着谢菲尔茶壶问几个小家伙。她不知哪来的习惯，总是说："那儿有个人把裙子弄脏了……那儿有个人喝茶发出了声音……我正瞧着的这个家伙指甲缝里都进了墨水……那儿有个人把杯子里的勺子搅得哐当响……那儿有个人没坐直……"四个兄弟姐妹于是齐刷刷坐直起来。仆人们从莉奥诺拉眼前走过，她觉得他们像气流一样，从不和她讲话，或者说几乎不和她讲话。只有她的法国女家庭教师瓦拉内小姐、乳母和兄弟们的老师——他也给她上教义课——会和她说上几句。

是的，大人们会问她："功课怎么样了？可以大声朗读给我听吗？"在这栋大宅里，甚至连墙壁、巨大的镜面、高凳、喝茶时必须端平到嘴边的茶杯、与孩子们没有丝毫默契的祖先画像，都在要求人们严格遵守良好的行为准则。这里的一切都轻脆易碎，置身其中，要轻声慢步，时刻保持警觉。

"莉奥诺拉，可以告诉我你在课上有什么进步吗？"哈罗德·卡林顿慈祥地看着她。他欣赏她的聪慧。莉奥诺拉常对大人的话持保留态度，这点令他吃惊。他的目光常跟随她穿过克鲁基大宅的走廊：他很喜欢她，在她身上绝不会吝惜精力和财富。

一堂堂课像念珠绵延不绝。胖胖的理查德森先生每星期都会用两节钢琴课来折磨莉奥诺拉。她纤长的手指可以跨过八度，老师因此向莫瑞表示，她女儿一定可以成为出色的钢琴家。每次理查德森把脸往键盘一垂，他的小眼镜都会掉落，莉奥诺拉总是迅速把它藏起来，要他哀求才肯归还。之后是击剑和芭蕾，它们很相似：都需要前后跳跃，并要跳得恰到好处。比起缝纫刺绣课，她更想在花园中和兄弟们跑来跑去。但他们不准她出去，气得她手指直痒痒。

宅子的整个右翼都属于孩子们，哈罗德和莫瑞将他们完全交给了家庭教师和乳母。瓦拉内小姐和他们的父母一同用餐，爱尔兰乳母则日日夜夜和孩子们在一起，所以他们都爱她。总有一天他们会辞退瓦拉内小姐，让她带着自己的一切和《马赛曲》回法国去。但玛丽·卡瓦诺永远都不会走。虽然她身材瘦小，但孩子们在她的肩头上、怀抱里感到安心。她讲的那些关于小小"仙丘居民"的故事令他们着迷。

"乳母，为什么我看不见他们？"

"因为他们住在地下呀。"

"他们是小矮人吗？"

"他们是获得肉身的精灵，有时会来到地面上。"

"那他们为什么住在地下呀？"

"因为盖尔人在米尔·埃斯班尼的率领下从西班牙来到爱尔兰，占领了它。那些仙丘居民就潜入地下，专心研究魔法。"

"哪怕这些仙丘居民很小很小，我也可以看见他们，我什么都能看见，乳母。"

"没有人能看见最小的那些东西，莉奥诺拉，科学家的显微镜都看不见他们：'大跳蚤有小跳蚤／伏在背上把它咬／小

一 克鲁基庄园

跳蚤有小小蚤/如此延续无限小。'[1]"

仙丘居民跳上莉奥诺拉做功课的桌子,在她洗澡时钻进浴缸,在她睡觉时跑上床。莉奥诺拉低声和他们说:"咱们一起去花园吧,你们来陪我""瓦拉内小姐太讨厌了,帮帮忙让她消失吧""我们已经受够她的过去分词和虚拟式了"。法国人就是这样。

"*Elle nous casse les pieds.*",莉奥诺拉说完后又翻译给了自己的母亲,"我们烦死她了。""'*Que tu voulusses, que nous fîmes, que vous fîtes.*'[2],法国人早都不这么变位了,连路易十四都没这样变过位。"

仙丘居民是比杰拉德更好的伙伴:莉奥诺拉和弟弟都兴致勃勃地读完了乔纳森·斯威夫特的书,但他已经玩腻了利立浦特小人儿的游戏,也不愿再求见不来夫斯古的国王。从地里钻出来的小人儿会给他们提建议,只是杰拉德已经不再理睬,他甚至不能再将自己代入刘易斯·卡罗尔的爱丽丝的角色,也对把彼得兔抱在怀里的碧雅翠丝·波特失去了兴趣:这些都是女孩子的故事。仙丘居民比世上的任何人或物都更聪明,比池塘中的大鱼更智慧——这评价很高,因为大鱼什么都知道。莉奥诺拉站在岸边时,大鱼脊背上银鳞的光映着她,它会告诉她一切都有解决办法。当然,要有乳母的帮忙。

"我可以问你一个没人能回答的问题吗?"

---

[1] 本书正文中,用楷体表示原文为英语、法语等非西班牙语的句子。其中未加特别注明的,原文均为英语。——编者注
[2] 分别为:虚拟式过去未完成时变位,意为"您想要";陈述式简单过去时,意为"我们做";陈述式简单过去时,意为"诸位做"。

"问吧。"

"我爸爸什么时候会死?"

"这个我可不知道。"

"乳母,我们晚上为什么要睡觉?"

"因为太暗了,做不了其他事呀。"

"猫头鹰就可以,蝙蝠也可以。我总想和蝙蝠一样倒挂着睡觉。"

"嗯,那姿势不错,可以让头部血液好好循环。"乳母说。

夜里,莉奥诺拉叫醒了她:

"我看见一个没穿衣服的小孩坐在白蜡树的树枝上,他在叫我。"

乳母于是起来探身到窗外去看。

"没有任何人啊。"

"我得去找他,不然他会冻死在白色的太阳下面的。"

"白蜡是地球上最大最美的树,它的根茎伸入海洋,枝叶支撑天空,就像栎树和山楂一样。树上住着仙女,它不同意的话,小孩子是上不去的。"乳母坐在床边一边说一边等莉奥诺拉再次进入梦乡。

她们围着克鲁基庄园散步时,莉奥诺拉也这样说:

"我看见一个小男孩向我伸出了手,他的手很小,等我朝他把手伸过去时,他就尖叫着消失了。"

"我什么都没看见,普瑞姆。"

"不要叫我普瑞姆。"

"可这名字很合适呀,你看你多与众不同,又傲气,脖子伸得多长。"

"我就是不喜欢你叫我普瑞姆。你看他在那儿,又来了。刚才藏到树后面去了。"

乳母往那边找了找,笑着对她说:

"看来你很吸引仙丘居民呀。"

"是啊,我希望他们能陪我玩儿一辈子。"

"普瑞姆,如果你读书的话,就永远不会孤独。仙丘居民会一直陪着你。"

莉奥诺拉会把他们画在儿童房的墙壁上,对此,母亲并不责骂,因为她自己也画些盒盖儿拿到慈善活动上去卖。莫瑞画的是花朵,先勾出来再上色。莉奥诺拉在白色墙面上画马,之后再添上一匹匹小马。莫瑞很赞赏女儿的绘画功力:

"你画得很好。"

乳母问莉奥诺拉最喜欢的玩具是什么,她回答说:

"我最喜欢的是鞑靼。它讨厌我爸爸。"

如果他们责骂了她,她就会骑上马。如果杰拉德不愿陪她去花园,她就会一直骑在鞑靼身上,直到有人走进儿童房。如果午饭时他们不让她吃甜点,骑着鞑靼摇一摇的感觉就可以绰绰有余地替代任何巧克力蛋糕的味道。

对她来说,炖肉的香气无比诱人,或许是因为他们不许她进厨房。牛排腰子馅饼、烤牛肉和黑线鳕鱼的玄妙奥秘在厨房里面冒着泡泡。厨娘已经老了,面色发黄,在火炉旁弓着腰,等着肉汤沸腾。她的女儿在那儿帮她打杂,对她说,看在上帝的分儿上,如果不舒服,就去躺着吧,自己完全可以替她把活儿做好。

"你一整天都在抱怨,妈妈。"

"蠢驴！"厨娘吼道，"我就是疼烂了身子也不要你可怜我。"

"你怎么不去把自己吊死？外面树多着呢，绳子也便宜。"

"当初你生下来就该把你给掐死。"老妇人气得脸上堆起了深深的皱褶。

人竟可以这样对待彼此？莉奥诺拉进入了一个与儿童房截然不同的世界。马厩的世界也很不同，她自己跑过去，直接骑上小马，没人会阻止她。抱一抱它，它就会立起耳朵，喘着粗气表示欢迎。厨房里弥漫着羊肉的香味。沸腾的汤里滚着牲口圈、草垛、粪肥、冒险、风中马鬃——要抓紧它，以免摔下去——和探索发现的滋味，因为，抽屉里除了刀具，还藏着来自美索不达米亚的香气。

二
小小女骑手

儿童房里,莉奥诺拉反复琢磨着玛丽·卡瓦诺和外祖母玛丽·莫妮卡在韦斯特米斯郡讲给她听的故事。

"地球身上盖着一条大毛毯,爱尔兰就是毯子上面那块祖母绿。"乳母说。

"地球睡着了,是谁给它盖毯子呀?"

"是太阳。太阳是穷人的被褥。在爱尔兰,雾霭也是。"

卡林顿一家每天都会在韦斯特米斯郡的路上散步。总有阴影在雾霭中显现,它们随后便渐渐有了形体:小鸟、羊羔、几只狐狸,还有莉奥诺拉热爱的马和召唤着自己的畜群的牧人。四个孩子下雨时也出门,乳母说:"那是洗礼的圣水。"于是他们纷纷收起伞:如果雨水能滋养生菜和其他蔬菜,那么一定也会把孩子们浇灌成好果实。青草睡在地上,是大地的床单,莉奥诺拉尤其喜欢看它们在风中弯腰的样子,风轻轻一吹,它们的脸颊便俯下去贴上枕头。这土地实在温柔和顺。树也在风中微微弯腰,任凭枝叶向山丘伸展过去。孩子们在喝茶时回去,明媚的脸红通通的,头发上覆着微小的水滴。莉奥诺拉浑身都散发着小马的精气神。"你可真像匹小马。"外祖母这么对她说。甚至问她脚上穿的是不是蹄子,走起路来那么响:"你的每条腿里都带着几匹小马驹呀?"在贝

尔维德尔散步是最棒的,那儿有一座公园和好几片花园,它们像真正的地毯,朝下方的湖面铺过去。外祖母最先昂起头:

"今天晚上咱们听什么故事呢?"

她喜欢和爱情有关的主题:比如三颗金苹果的故事——它们的美妙乐音在空中飘荡;还有凯尔的故事——安格斯·麦·奥格在湖边看见她时,她变成了天鹅。

她也听人讲,当初诺亚是不想让鬣狗上方舟的,因为它以死尸为食,还在嗥叫时模仿人的笑声。但是洪水过后,公狼与母豹相结合,又把鬣狗生了出来。莉奥诺拉为这种动物着迷。一些中世纪的故事说它们的眼中有两块石头,杀死一只鬣狗,把石头取出放在舌下,便可以预知未来。

"你是凯尔特人,会头脑发热,像我一样执拗。或许你身上也有撒克逊人的特点,这会让你精于算计。"外祖母玛丽·莫妮卡·莫海德对她说。

帕特[1]请了两个朋友到家里来,他们和他一样野,是牧羊人普林斯先生的孩子们,几个人把莉奥诺拉绑在树上当靶子,像朝圣巴斯弟昂射箭一样向她扔东西。

哈罗德·卡林顿和其他抽烟的绅士一起去俱乐部,谈论有哪些新成员可以加入,回家吃晚饭前,还会在那儿喝一杯——只喝一杯——威士忌。莫瑞则接待客人,有时也去拜访别人。要出门的话,她一大早就走:"你们乖乖的,我要去慈善售卖会。如果回来得早,就去和你们道晚安。"

莉奥诺拉有时会去无人踏足的父亲的书房。其他人都不

---

[1] "帕特"(Pat)即"帕特里克"(Patrick)的缩写形式。——编者注

二 小小女骑手

敢打开那个房间的门。里面的窄窗一直通向房顶，屋内放着乌檀木的家具，铺着让脚步息声的波斯地毯。

"因为我是女孩，所以大家都讨厌我。我上课的时候，哥哥弟弟都在玩儿。"

"你不该玩儿男人的游戏。"哈罗德·卡林顿对她说。

"我的哥哥弟弟还有他们讨人厌的朋友们都说女孩子做不到他们做的事，这是骗人的，他们做的所有事我都做得到。我和杰拉德打人一样疼，画的马、龙、鳄鱼和蝙蝠比帕特画得更好。"

"他们的朋友都有谁啊？"

"牧羊人普林斯的儿子们，他们讲的笑话再恶心不过了。"

"如果你想的话，可以跟我一起去玩儿冰壶。"他很欣赏女儿的性格。

"我不喜欢冰壶的扁石头，也不喜欢它的棍子。我想让你听明白我的意思。我有三个兄弟，他们因为是男孩，就可以为所欲为。等我长大了，我要剃个光头，然后抹上你抹头发的那种油，好长出胡子来。帕特有小胡子了，在斯托尼赫斯特学校，他们都叫他'小胡子鲍比'，但我这么叫他，他就打我。"

"我会惩罚他的。"

"你让我继续说嘛，爸爸。我是唯一一个每天练钢琴练好几个小时的，唯一一个每天梳洗好多次的，唯一一个每过一会儿就要换身衣服的，唯一一个做什么事都要感恩的。"

"莉奥诺拉，对女孩和对男孩的培养方式是不同的。女孩子就是要贤惠。"

"我不想贤惠！我不想给别人端茶！我这辈子只想当一匹马！"

"这是不可能的……你也不可能做一匹马。你只能做自己。"

"妈妈说我脾气太差，二十岁前就会变成女巫的。"

"那你母亲可说错了。你很有个性，这一点像我。"

"爸爸，我不在乎二十岁前就满脸皱纹，我只希望在我想去的时候，可以去池塘和大鱼说话，然后和男孩子一样，想爬树就爬树。"

哈罗德·卡林顿在书桌后面的高椅上望着她。"真是我的女儿。"他想，"从发梢到脚尖都是卡林顿家的人。"

午饭后的咖啡时间，瓦拉内小姐说，卡林顿家唯一的女儿精力要比三个兄弟加起来都大，很难控制。哈罗德·卡林顿从《泰晤士报》上抬起眼，回答说他女儿需要在马术上消耗掉多余的能量。

她的设得兰矮种马黑贝丝总是懒懒的，不愿跑。但只要莉奥诺拉一冲它喊"驾！驾！贝丝！"，它便会突然疾驰起来，连小跑的步骤都省去了。夜里，她梦见黑贝丝——尽管它胖胖的——拿下了国家赛马障碍大赛的冠军。想象着自己温柔、矮胖的小马在赛跑中领先飞狐，她忍不住美滋滋的。飞狐是祖父的马，从没输过一场比赛。

"爸爸，求你再给我一匹马吧，我已经长大了，黑贝丝永远都跑不到我想要的那么快。"

文奇是她的新马。她和它一起学习跳跃。一天上午，它突然停在障碍栏前，把莉奥诺拉摔了下去，之后又倒在了她

二 小小女骑手

身上。

"你没什么大碍,但或许文奇不适合骑。"

"爸爸,我很喜欢文奇。"

马夫不敢告诉莫瑞,她女儿喜欢随意把马牵出马厩,不放马具就直接骑上去。最开始她还会揪住鬃毛,但现在连马鬃都不揪了。"我们是一体的。"她对自己的母亲说。马停下脚步后,她会后仰着躺下,头和肩贴着它的后臀,就这样望着天空。她妈妈骑马时用的是侧鞍。母女两人会一起去田野,每到这时,莉奥诺拉都很爱自己的母亲,就像小马爱母马。"把脚后跟压低点儿。"莫瑞告诉她。"臀部不要离开马鞍。"一次,两人策马奔驰时,莉奥诺拉径直把文奇引进了湖里,一直走到了湖中央。她母亲猛地停在岸边,惊诧不已。莉奥诺拉和她的马从另一边上了岸,把水搅得哗哗响。

"你干吗啊?都湿透了。"

"文奇喜欢游泳,我喜欢看它的腿在水里摆动。"

"我看,疯了的小马驹是你,不是它。怎么能这么疯狂?"

"不是疯狂,是一种尝试。妈妈,你从来都不尝试新东西吗?"

四个孩子中,莉奥诺拉是叛逆的那一个。她天生就如此,骑马更是带给了她小鸟般的自由。文奇最可靠,最懂她,是她的同谋。它还不怎么会跑,莉奥诺拉就想着要骑着它到湖——就像那盘粥——中央去。她的马和她一样,骨骼颀长,鬃毛也和她的头发一样明丽。她恐惧那些严苛的大人,而它则把她从恐惧中解放出来。

"我是一匹马,一匹母马。"她对所有愿意听的人这么说。

杰拉德理解她：

"你真是令人头疼的噩梦。[1] 晚上，我能听见你的蹄子踏在地上的声音，我还看见你跳出窗，去外面跑。还好你不是真的马，要是真的马，你就走了，永远都不会回来了。"

莉奥诺拉吃饭时迟到了。

"对不起，一匹马把我给拦住了，它要给我看它的宝贝。"

"马是不会说话的。"哈罗德·卡林顿说道。

"它们会和莉奥诺拉说。"杰拉德为姐姐说话，"我看见它们会用嘴唇碰她的肩膀，问她好不好。"

"别说蠢话了。"哈罗德放下了叉子。

打猎的日子里，狗棚里的猎狐犬都变得躁动不安。它们急着外出，狂吠不止，四处抓挠，用金黄色的眼睛可怜巴巴地望着人。回家时，它们通常浑身都湿透了，伸着舌头，白色的口水沫滴得满地都是。它们的躁动会为宅子添些喜悦的气氛，随后，看门人便会再次把它们锁起来。马有相应的马夫，猎犬也有照顾它们的人，他会回答莉奥诺拉的所有问题。它们吃什么？怎么睡觉？小狗什么时候出生？怎么给它们去跳蚤？那些狗围着他就像猎人们围着卡林顿，卡林顿会给他们分些雪莉酒或威士忌，惹得后者好似摇尾赔笑一般。

一股味道能持续好几天，闻着像畜棚，像动物的皮毛，像土地，像汗水，也像血。

哈罗德打野鸡、上百只野鸭、鹌鹑、兔子、上千只石鸡，随后它们会化身肝酱、馅饼、慕斯、炖肉，出现在充满死亡

---

[1] 这里杰拉德玩了一个文字游戏。"噩梦"原文为英文"nightmare"，莉奥诺拉刚刚说她是"一匹母马"，"母马"原文为"mare"。——编者注

二　小小女骑手

气息的宴席上。那些鹌鹑失去生命的双眼见证了莉奥诺拉父亲化工厂的力量，他们在那企业的名前冠上"帝国"字样是有原因的。哈罗德同时也是帝王，他把刀插在肉上。下达命令。带来、上去、放下、做、打开、调味。莉奥诺拉痛恨猎物变成盘中餐。一天晚上，她梦见一只血淋淋的兔子在黎明时分死在了自己的肚子上。

哈罗德·卡林顿看不到坐在他椅子后面笑的狐狸、从门缝探出头斜眼看的狼、跳过餐桌的鹿、拉着手跳舞的石鸡；它们已不是被猎捕的动物，也不是死尸，它们已经赢得了比赛，正在嘲笑猎枪和把舌头伸在外面的猎狐犬。

"狗都是分很多种的，小孩也分不同种。"家庭女教师这样对玛丽·卡瓦诺说道，她的话后者只能听懂一半。

"我看孩子们能和任何动物说话：小狗、小猫、鸭子，还有伸着脖子走路摇摇晃晃的鹅。"

"他们还是专心学拉丁语和希腊语比较好。我希望他们少点儿想象力，多点儿智慧！知识是准确的同义词，但这些孩子一个个都像吸了鸦片似的。"

"哪怕孩子们有事做，动物们一和他们说话，他们就会分心。"

"乳母，他们这么疯都是您的责任。"

"我的高度是您永远到不了的，小姐。我可以在天际遨游。"

"这我可丝毫都不怀疑。"

"事实就是这样。您是法国人，法国人都太注意实物了。

'Merde! Merde! Shit! Shit!'[1]。"

帕特里克耶稣会学校的一位讲经师——奥康纳神父——每礼拜日都会在克鲁基庄园的小礼拜堂主持弥撒，一些邻居和受邀的宾客会来参加。尽管哈罗德是新教徒，他唯一的信仰就是工作，莫瑞还是把天主教强加给了他。神父很智慧，弥撒结束后，他受邀留下吃晚餐，便提议：

"我们来看看星空吧。北方仙女座的旋涡星系，还有许多其他星座，都可以看得很清楚。"

莉奥诺拉的脸上映着最耀眼的星辰——猎户座——的光芒。"看呀，金星在那儿。"星辰绕着孩子们的脑袋旋转。英格兰北方的天顶上，仙女座的光环清晰可见。

"我在梦里见过这个旋涡，已经认得它了。这种事发生过不止一次。"莉奥诺拉说。

"现实和想象之间的界限是很模糊的。"奥康纳神父回答她。

"家里人都说，我从两岁起就说自己能看到很多幻象，但是没人相信我，除了乳母和杰拉德。"

"帕特呢？"

"帕特很高傲，可是在斯托尼赫斯特学习并不代表人就更聪明。"

"有些男人和女人可以在梦中看见即将发生的事。"

"我完全不知道自己身上会发生什么，但是我很清楚我不想做的是什么。"

1　分别为法语和英语，意为"屎"，此处为感叹词。——译者注

二 小小女骑手

"你不想做什么呀,普瑞姆?"

"不要叫我普瑞姆,我讨厌这个名字。我不想做大家都做的事。"

"嗯,看来,你常惹麻烦啊。"

奥康纳神父来家里不仅是为了主持礼拜日的弥撒,另一个理由是,卡林顿家唯一一个女儿让他觉得很有趣。

"满月的时候我总是睡不好。"

"为什么呢?"

"因为她是匹狼。"杰拉德插了话,"您没听过她冲着月亮嗥叫吗?"

"有一天晚上,我看见地毯上有一片污渍。我不记得自己打翻过东西,就抬头去看,这时候,月亮的光斑就爬到了我的脚上。月亮真的藏着一万四千个厄运吗?有一次,我看见它淹死在湖里了。月亮上有水吗,奥康纳神父?"

"有水的话就有生命。"

"但是有水吗?"

"好像科学家还没有找到。"

这个女孩令他吃惊。对他来说,好奇心是最重要的美德,所有欲望的终点都是智慧。谁都不知道她这迷幻的个性会把她带到何处去。

"月亮是有许多火山口的沙漠。"帕特说。

似乎没有什么道路可以通往小莉奥诺拉的内心。认识她、和她有过接触的人都不知她将来会怎样。她很少笑,所以奥康纳神父很喜欢看她笑,听她的笑声。当她说人作为物种并不高于马时,他被说服了。

三

圣墓修道院

哈罗德·卡林顿请人把女儿叫到了书房。

"你母亲和我决定把你送到修道院去。"

孩子是没有权力的。大人已经指着大门做了决定:"你,去修道院。"之后他们就离开了。

"对我们来说,教育你比教育你的兄弟们要难,"莫瑞说了个理由,为之后的宽慰和解释做了个铺垫,"一个人要想教育孩子,就得对他们严格。如果态度太软,孩子们就会迷失。"

圣墓修道院在亨利八世在纽霍尔建的一处宫殿里,位于埃塞克斯郡切尔姆斯福德,奥斯卡·王尔德服刑监狱的所在地。

长长的卧室令人警觉。窗户很窄,如果不站在椅子上,是看不到外面的,可也没有椅子,除了监管嬷嬷那把,估计她们从公元前1000年起就已经坐在那儿了。床两侧挂着些类似漆布的布帘,将一张张放着单薄床垫和硬实枕头的床铺分开。女孩们早起做的第一件事是一边画十字,一边把尿盆拽出来。

"不要抱怨。我们这些见习修女是睡在和地面齐高的木板上的。圣周期间,出于对耶稣基督的爱,我们要斋戒,还要

三 圣墓修道院

戴上荆棘王冠。你看,我这儿都留了疤。"一位见习修女对莉奥诺拉说。

"安静!"院长嬷嬷下了命令。

要拿这种安静怎么办呢?最开始,莉奥诺拉大口吞下了它。在克鲁基庄园时她可以和杰拉德还有乳母说话。现在的安静意味着寂寞。

一进入食堂,首先映入眼帘的是四旬斋时用的那种长桌。戴白帽、着围裙的姊妹们迅速把食物端上来。院长嬷嬷坐在桌头,大声诵读《圣经》。吃饭时只能听见勺子撞上汤盘底的声音。食堂实在太倒人胃口,让人一刻也不想待,幸好姊妹们上菜很快!

"我刚看见了一只狮身鹰头兽。"

"这儿没有狮身鹰头兽。"修女有些生气。

"有的,在礼拜堂的一角……可能是卡朋特神父吧,他一半是狮子,一半是鹰。"

修女们总是把身体缩在黑色的修女服中,在莉奥诺拉看来,像野猪的脊背。

上课讲到摩西分海、若苏厄令日头停留的故事时,她想:"我也能做到同样的事。"宇宙法则是她生命的一部分。

"我们得把你的头发剪掉。"

"不行。"

"你的虚荣都在头发里。"

乌檀木色的鬈发落在地面,画出一个个圆圈,莉奥诺拉的眼泪掉下来,她还想像从前一样抓一绺头发来擦,可现在发丝的长度已经够不到眼泪了。修女也有些心疼:

"你剪成这样很漂亮。"

"我看起来糟透了。"

温德米尔湖,你在哪儿?乳母,你在哪儿?

礼拜堂里,圣人和殉道者都是在墩座间飞来飞去的奇幻造物。一座古罗马斗兽场中,一头雄狮正要吞下一位基督教先驱,却被她目光中的力量震慑住了,非但没有吃掉她,反而在她面前拜倒,流下了悔过的泪水。圣帕特里克的雕像向她张开双臂,圣乌苏拉流下了海水做成的泪珠。修道院的圈子里有传言,说有一位修女,只有主教才能看望。她有几道圣痕,每年圣周,她手脚上铁钉的伤口都会裂开,肋下的伤口会流出鲜血,乌黑、黏稠的血。

莉奥诺拉心里燃烧着对圣徒的爱,她会长时间待在礼拜堂,在祭坛前合上双眼,深信自己的双脚已经离开地面,整个人在向上飘升。

她紧闭双眼对院长嬷嬷说:"我刚才升到空中去了。"她还告诉对方,自己在夜里能听到植物生长的声响,还在圣水池里看见了一只划木筏的微型老虎。

"我进了修道院,向神发了誓,之后有可能变成圣人吗?"

"像你这样满脑子幻想又不听话的姑娘是不可能成为圣人的!"

"圣女贞德给了我很多灵感,我和她一样在燃烧。"

"这是你高傲的心告诉你的。"

莉奥诺拉让威严的嬷嬷害怕,因为这个女孩的行为在自己平静的心绪表面掀起了波澜。她不像其他女孩,她听命令比别人都慢,好像心根本不在这里。有时回过神来,用低沉

三 圣墓修道院

的声音念起祷词,也比别人慢半拍,最后的"阿门"总是孤独地回荡在彩色玻璃窗间。她究竟活在怎样的世界里?总在别人不经意间打破沉默,说一些难懂的话。"有九十九匹打扮成羊的马刚刚进入了礼拜堂,"一次她说道,"咱们都来当牧羊女吧……"

院长嬷嬷不愿碰见莉奥诺拉:偷偷摸摸,难以捉摸,轻得像个鬼魂,不知不觉地,她就来到了身边。特蕾莎嬷嬷看见她在花园里跑、在礼拜堂跪着,只想让她消失。修女在食堂里高声给女孩子们朗读基督故事时,莉奥诺拉总是只顾盯着她看,饭菜一口也不吃,有时也会打断她,问些不着边际的问题:"基督是一个人还是一个十字?"或者"苦行有什么用?"。

"赶快走人吧!她父母把她送来修道院,想让她改头换面。但是偏路走了这么远,还怎么改?"

她的同学也不喜欢她。她是个不入流的人,不明白属于上流社会是什么意思,也不明白在这家只培养贵族女孩的英国修道院里接受教育意味着什么。莉奥诺拉不愿完成集体任务,也不愿在课间休息时玩耍。还有人坚称曾看见她自己和自己说话。因为她的性子很烈,和她相处很困难。她的一双眼睛像随时要发起进攻的两头黑色公山羊或两只黑猫或两头黑公牛。她总是说奇怪的话,藏起来,在本子上画长人脸的动物。她的马和野猪都有发红的眼睛,是她用自制的血色墨水画出的。她还曾说过,自己并不怕女巫或幽灵。"莉奥诺拉和魔鬼做了交易。"在修道院里,人们更常说起的是魔鬼而不是耶稣基督。

从前,在兰开夏郡,曾有女巫在主广场被烧死。禁闭中的修女是上帝或耶稣基督或圣灵的新娘,至少是圣若瑟的新娘。幽禁生活中的她们像是被附了魔,每天起床时都有黑眼圈。她们和女孩子们吃一样的饭菜。莉奥诺拉知道这一点是因为有一次,她看见看门的修女牙齿上有残留的菠菜叶。有时,她们的束发帽边也会有一绺鬈发跑出来。所以,她们也是有头发的?在早中晚祷时,她们都透着汗味。忙于杂务的手上指甲也黑黑的。那她们的脚指甲是什么样的呢?莉奥诺拉不信任她们,所以会像躲着自己的同学那样离她们远远的。她想要仙丘居民。他们很小、很顽皮,作为同谋,莉奥诺拉建议他们去玩修女的玫瑰念珠、扯她们的头巾、解她们的鞋带。明天仙丘居民们会在她们早餐的果酱里撒盐。

"院长嬷嬷闻起来像山羊。"

"魔鬼就是一头黑山羊。"

莉奥诺拉也想和哪个不那么听话的女孩子做朋友,但是没有别人不听话。

"安静!"

安静是内省之父。也是困意之父。

在静思时间里,很多女孩子都睡得像母牛一样。

出自平庸的东西让她不安。莉奥诺拉可以双手写字,用左手甚至可以倒着写。从小,家庭教师就想把她的习惯扳过来。她左右脑都用,用右脑控制画笔来画画,用左脑甚至画得更好。修女们把她当成怪小孩。从小,乳母就和她说:"能做到这点的人很少,这是种天赋,你用两只手写字画画,不磕磕绊绊,不抖,也从不犯错。"修女们则认为,莉奥诺拉不但反叛,而且精神不太正常:谁会用两只手写字画画?

三 圣墓修道院

在 17 世纪，兰开夏郡是女巫活动的中心。一层烟垢染黑了整个地方，新石器时代的石块唤醒了它异教的过往。巫女们嫁给别西卜，从她们的高塔上将男人变成猪和狼。地上躺着极其古老的石轮，上面刻着某种象形文字。历史上真有十二个女人因从事巫术而被吊死在了彭德尔山。至今还有一座阴森的高塔耸立在兰开夏郡，人们总说有临死前的吼叫与呻吟从地牢中传出。

院长嬷嬷坚信，必须开除莉奥诺拉，后来这件事终于成了真：一天，院长嬷嬷染上了流感，莉奥诺拉于是请人向她传了口信，说爱尔兰白鹊鸰停在自己窗前，宣布了嬷嬷将不久于人世的消息："院长嬷嬷只剩几天寿命了。"

"孩子，院长嬷嬷在办公室等你。"

"她没死吗？"

忏悔神父和圣墓修道院的修女们决定开除她。听了对方处置自己的决定，她的头还是高昂着，像她的小马文奇。

"您女儿不光行为乖张，而且也没能交上哪怕一个朋友，所以，我们不能再让她留在我们的集体里了。"院长嬷嬷对哈罗德·王尔德·卡林顿说。

"你这孩子真是没救了。"父亲怒不可遏。

莉奥诺拉是一张飘在空中的纸，终将自毁，没有人能为她做什么，她母亲、她父亲都无法阻止她燃烧自己。

幸好常和卡林顿一家喝茶的兰卡斯特主教介入，才有第二家天主教修道院——雅士谷圣玛利亚修道院——愿意接收莉奥诺拉。那里的修女也为荆棘王冠着迷。

黑色面纱后的，是血。

莫瑞为自己的女儿申请了一个单间，不知不觉中，也将她和其他人分隔开了。

老师将教室一角的一张课桌指给了她，之后便从讲台上向新学生问话：

"你在干什么，卡林顿？"

"我在画马。"

于是老师立刻把她调到了最前排，时刻盯着她。

"为什么你一定要这么与众不同？"院长嬷嬷责问她。

"我就是与众不同。"

老师抱怨道："她什么都会忘记，什么都能让她分心，无论是做游戏还是学习，都是一样。总是突然就陷入自己的世界，没有什么能把她拉回到这里。"

"是她的爱尔兰血统造成的。爱尔兰就是盛产傻子和疯子的土地。"院长嬷嬷答道。

帕特里夏·帕特森是莉奥诺拉的表姐妹，虽然也是圣玛利亚的学生，却不愿和她做朋友。"我反对所有戒律。"莉奥诺拉对她说。"你就是不想融入，如果你能像我这样服从，事情就容易多了。"莉奥诺拉听音乐时，面容便会和缓下来，礼拜堂的管风琴声包裹着她，可以让她忘记周遭。她的钢琴弹得很好，修女们本想引她往音乐方向发展，做合唱团的一员，但莉奥诺拉却找来了一把锯子，不停用它发出令人难忍的噪音。"这是我的小提琴。"她对合唱团的指挥说道。对方显然不会允许她按照自己的方式进行演奏。"我感觉自己是音乐的一部分，给我颜料，给我笔，不要管我。"她捍卫着自己，一双黑眼睛射出尖利如刀的光芒。"你着魔了。"老师说。

三　圣墓修道院

莉奥诺拉不服从命令，依然用左手写字，依然倒着写。

她躲在露德圣母的假山洞里偷偷抽烟，被一位见习修女撞见了。

"你还有这种恶习？"院长嬷嬷想向她确认。

"从十一岁开始的。"

"你家里人知道吗？"

"乳母知道。她说我要是继续抽，清扫烟囱的工人顺着我的喉咙爬下去，身子都能给熏黑。"

"烟哪儿来的？"

"我父亲有一个抽屉。"

一年时间未到，她再次被开除了。帕特里夏·帕特森陪她走到了铁栏杆前。"锯子那件事真的太过分了。"

莉奥诺拉十岁时，卡林顿一家带着乳母一起搬到了哈泽伍德一栋远不如克鲁基庄园奢华的房子里。那儿能吹到咸咸的海风，不像克鲁基庄园有那么多阴森的走廊过道，因此不再能和杰拉德玩鬼魂的游戏，但它海的味道可以弥补一切。克鲁基大宅的客厅很壮观，角落里还放着手工捻线杆。这里则有很多镜子和长矛，最吸引人的是那身盔甲，它现在守卫着哈泽伍德大宅的新客厅。一次，莉奥诺拉和杰拉德爬上了克鲁基大宅的房顶，从那儿望见了整个英国。在这里，在哈泽伍德，他们只能不解地看着那三个黑漆漆的、没有任何意义的大门洞。

四
彭罗斯小姐

这一次兰卡斯特主教也不愿再帮忙。

"两位的女儿不但抽烟,"他对莫瑞和哈罗德解释道,"还指着院长嬷嬷说她下巴上长了一个带两根白毛的瘊子。"

"她没长吗?"哈罗德·卡林顿问道。

"长是长了,但说话还是要有分寸呀。"

"我们该拿你怎么办啊?"莫瑞厌恶地瞥了自己女儿一眼,"你父亲在俱乐部里就被气得不舒服了。"

"我只想画画。"

"你才十五岁,你的人生不可能由你自己来决定。"哈罗德·卡林顿怒不可遏,"在皇宫的初次亮相之前,我们要把你送到佛罗伦萨去,让彭罗斯小姐好好教教你该怎么守规矩。"

当天晚上,莉奥诺拉走进了父亲的书房。

"爸爸,我可以问你个问题吗?"

"可以,问吧。"

"你信上帝吗?"

哈罗德·卡林顿吃了一惊,看着女儿的眼睛说:

"我从没见过他。"

毫无疑问,她父亲是个聪明的人。为什么会把她送到那些修道院去呢?为什么要对她这样严厉?"好的婚前准备可

四　彭罗斯小姐

以拯救一个女人。"某天晚上她听见他这么说。

母亲倒是向着她，也愿意鼓励她，送了她一大盒颜料和画笔。

莉奥诺拉相信幻象，但并不是露德圣母那种。她会突然看见街角有人要与她握手或要攻击她，类似这样的幻象。从两岁开始，她一醒来，就会给人讲她梦中的景象。昨天的梦不算太离奇，她梦见一个慢慢走过哈泽伍德房顶的人，走到房顶边缘时，还继续往前走。肯定掉下去摔死了。莉奥诺拉跑过去找他，但没找到任何人。

"那是个幻象，"乳母向她确认，"你有超感的天分，但是最好不要告诉别人，尤其不要告诉你父亲。"

莉奥诺拉是与众不同的，但没人理解她，除了乳母和杰拉德。他们是她的同谋。

"该和鞑靼告别了，你已经长大了，不能再和它玩了，那是给孩子玩儿的马。"管家建议她说。

莉奥诺拉大叫起来。

"我之前就和你说过，这是为你好。这匹摇摇马现在唯一的用处就是给壁炉添点儿柴火，它的油水早都叫你给榨光了。"

"不要！爸爸，不要，不要这样！不要这么对鞑靼，你要什么都可以，就鞑靼不行！"

"鞑靼是给小孩子玩儿的。我会亲自把它烧掉，烧到精光。你得成熟点儿，你对这个玩具来说实在太大了。"

"它不是个玩具。鞑靼就是我。"

莉奥诺拉号叫起来，牙齿咬得咯吱响，哈罗德·卡林顿捂住耳朵,让人把木马烧掉了。

"给她拿杯茶来。"卡林顿一边下令,一边低头走了出去。这样的女儿是哪儿来的?该怎么叫她明白?怎样才能驯服一匹野马?这样一匹木马就会让一个小女孩崩溃?"你简直让人害臊,莉奥诺拉。"她于是开始嘶叫、蹬踹、尥蹶子、口吐白沫。

夜里,干瘦的她被寒冷刺透了身子,于是跑去找杰拉德。

"我听见了悲惨的嘶鸣,那肯定是鞑靼,他们在肢解它。"

"是啊,我看见爸爸把你的摇摇马抱上了楼,他肯定用尽了残忍的方法来折磨它。"

"你做点儿什么啊,杰拉德!"

"事情已经发生了,鞑靼的脑袋已经掉了。"

"我再也不吃饭也不再喝水了。"

杰拉德过来安慰她。

"普瑞姆,你脑子里的电波是短路的电波。"

佛罗伦萨那所位于唐纳特略广场的贵族学校是一本得体行为手册。在彭罗斯小姐的带领下,各位老师教学生们该如何在社会上表现,如何做好家庭妇女,如何在饭桌上根据地位安排宾客,如何先后与右侧和左侧的邻座客人展开包含信息和智慧的对话,如何克制泪水,如何与他人保持一致,如何带着慈悲心面对那些因为做不好事情而贫穷的亲戚,如何训练小狗并清理它们的粪便,如何避免踩到猫的尾巴。此外,学校还教授两门运动,以此完善其教育:马术和击剑。除英语之外,莉奥诺拉已经会讲法语,在这里又学习了意大利语。对自己的种种新发现,她都感到惊讶。

四 彭罗斯小姐

"您在干什么,卡林顿小姐?"校长看她伏在一个笔记本上,这样问她。

"我在写一本关于不服从的指南。"

"您的母亲告诉我您喜欢画画。"

"现在我开始写作了。"

休息时间,不戴宽檐帽和手套绝不出门的彭罗斯小姐站在窗口看她的学生们。她看见莉奥诺拉正号召大家:

"咱们扮成马吧!"

其他女孩纷纷赞成,其中最起劲儿的是伊丽莎白·埃珀。她们于是跳起粗鲁的舞蹈,踏着步往各个方向跑去,甚至撞到了茶桌,打碎了上面的陶瓷茶杯。接着又一溜儿小跑来到花园,她们的马鬃仿佛水帘,不停晃动。一些人爬上另一些人的脊背,下边的人便开始嘶鸣。小姐们,怎么回事?难道都疯了吗?

彭罗斯小姐无法相信所发生的一切。卡林顿家族从哈泽伍德来信说会双倍赔偿茶桌和打碎的茶杯。

"我女儿不会再这样了。我已经让她不要再觉得自己是马了。"

她是彭罗斯小姐最小的学生,也是最有个性的。老师会研究她的行为。莉奥诺拉一感觉自己听到了体内的声音,眼睛就会睁大,眼中的黑暗就会散发出明耀的光。她走进博物馆展厅时心里总是充满虔敬,她捂住嘴,甚至想"熄灭"自己的脚步声。这样会不会听见自己的心跳?保安不允许任何人过线,于是她远远地看着,担心自己的情绪警报拉响。她一遍遍在几幅相同的画作前徘徊,彭罗斯小姐问她:

"你怎么对弗朗切斯科·迪乔尔吉奥和乔瓦尼·迪保罗这么着迷?"

"因为他们用色的方式,他们的朱砂,他们的棕色,他们的金色,哎呀,我真是太喜欢他们的金色了!我在我自己的画里也想用。生活在他那个年代,奇马布埃怎么能这么超前?"

她的朋友伊丽莎白·埃珀与她同样兴奋。两人会做笔记,偶尔也会躲过彭罗斯小姐的监控,逃掉古董课和行为举止规范课。某件家具是督政府时期的还是路易十五时期的?两人对此都毫无兴趣。

"咱们去锡耶纳吧,伊丽莎白。"

"会被开除的。"

"哎呀,你真是胆小鬼!"

莉奥诺拉决定不与彭罗斯小姐打招呼,就坐公共汽车去阿雷佐看皮耶罗·德拉弗朗切斯卡。

伊丽莎白更保守一些,她常拦着莉奥诺拉。"咱们别走这条巷子,太暗了""我觉得有个男人在跟着咱们""咱们还是回去吧"。莉奥诺拉最不想做的事就是回去。她钻进了一间破旧的古董店。整个店铺都蒙着一层灰,随处可见的蛛网在铁车夫的手和陶瓷盘间蔓延出一座桥,最终罩住了一把佛罗伦萨匕首。"这些书是我们从一座威尼斯宫殿中救下来的。"一个小老头——一副也遭了劫难的样子——指着那摞发黄的书说。这个令人不安的洞穴里不知能生出什么样的霉菌。

莉奥诺拉觉得自己正处在一个合宜的环境中,她好奇又安心。这里的灰尘的确有种魔力。忽然,在各式各样的物件间,一只猫的黄眼睛发出了光亮。罗马和佛罗伦萨有很多这

四　彭罗斯小姐

种猫，斗兽场就是它们的育婴堂。莉奥诺拉觉得自己会想在这样的一个洞穴里结束自己的生命，在这里，她觉得安全。漫步于领主广场、老桥、主教座堂广场和朗伽诺街道也让她兴奋不已。

敬畏之心并不会刹住她的胆大妄为，她抚摸雕像，爬上圣伯多禄祭坛近距离观察神龛。如果被人发现，就会被撵出去。她没有半点愧意，不低头，也不画十字。她喜欢走在阿诺河南岸的奥特拉诺，朗伽诺赛里斯托里那一片。那里公园的绿意让她想起爱尔兰。在河边种满树的土坡上，她能看到河的另一岸，甚至能看到乌菲齐。

一天早上，暴雨导致阿诺河泛滥，岸边的建筑古迹都覆上了一层淤泥。大批年轻人从意大利各地涌来，到国家图书馆抢救受损书籍。莉奥诺拉认识了一个二十多岁的男孩子，乔瓦尼，他有鼓鼓的大眼睛，很爱笑，和其他人一起一页一页清理书上的泥污。

"我和我的朋友们一起骑摩托车从罗马来的。"

"你们在哪儿睡觉？在哪儿吃饭？"

"我睡在废弃铁道上停的一辆房车里，街上的人会给我们送饭和甜点。我这辈子都没吃得这么好过！你呢，你都做些什么？"

"我会用两只手画画和写字，这是种特别的天赋。"

"就像动鼻子那种天赋。"

"不是，是只有我才能做的事。我是很特别的。"

"我觉得你说得有道理。"乔瓦尼在道别时，对她露出了大大的微笑。

莉奥诺拉的同学们提议去红上衣咖啡馆喝茶。莉奥诺拉很兴奋：

"我可以邀请乔瓦尼·普洛耶迪斯一起去吗？他是从罗马来抢救图书馆书籍的一个学生。"

"你父母不会同意的。"双腿细如竹竿的彭罗斯小姐回答道。

纤瘦、金发的伊丽莎白·埃珀也没有支持她，反而说：

"我可不会和这样一个完全陌生的人有什么关系。"

"可是你和我在刚来彭罗斯小姐这里时也完全不认识彼此啊。"

"这不重要。咱们俩属于同一个阶级。"

"我不属于任何阶级，我是一匹马。"

"哎呀，莉奥诺拉，够了。"

"我要去见那个男孩，不管他们让不让我去。如果你想的话，也可以告诉彭罗斯小姐，我已经在乌菲齐美术馆和他约过会了。"

"啊，你一直在见他呀？"

"对啊，当然了，我今天比昨天更喜欢他，明天也会比今天更喜欢他的。"

彭罗斯小姐写信给哈罗德·卡林顿："您的女儿过于有个性。"

莉奥诺拉每发现一位新画家，都十分激动："我就想这样画，我就想当这样的人。"

把她请出博物馆是很难的事。一天下午，她走丢了，最后彭罗斯小姐在西蒙尼·马尔蒂尼的《天使报喜》前找到了她。

四 彭罗斯小姐

"圣母不太高兴,她不想做上帝的母亲。"

"您的女儿完全不受控,"彭罗斯小姐又给莫瑞写了信,"没人知道她接下来要做什么,会有什么反应。"

帕多瓦、威尼斯和罗马让她疯狂,佛罗伦萨则让她迷恋。在乌菲齐美术馆,莉奥诺拉发现了乌切洛,更接触到了阿尔钦博托。那些用蔬菜拼成的面庞让她回到了她对耶稣会奥康纳神父所说的、现实与想象之间的那条细微的分界线上。那些用根茎、水果、蔬菜拼成的奇怪头颅是幻象吗?阿尔钦博托的思维功能和常人一样吗?她喜欢那些由蘑菇、草莓和樱桃组成的嘴。有时,眼睛也是樱桃,红红的。"这位画家是个病人。"充当导游角色的彭罗斯小姐评论道。莉奥诺拉感到一股怒浪涌上喉头。

"这位画家的想象力没有边际。他是个天才。"

"他不正常。"

"那我想和他一样不正常。"

1932年寒假,莉奥诺拉和父母一起去了瑞士,在少女峰附近度假。她母亲去滑冰,父亲则练习他所热衷的冰壶。莉奥诺拉在滑雪时摔了跤,围观的人都赶忙去扶她。她尴尬地和众人说她擅长的运动是马术,自己骑马骑得很好。几位年轻人请她一起坐雪橇滑到了山坡下,晚上参加舞会,一起吃奶烙锅。她很喜欢他们,但他们有些困扰,因为她总带着那两只圣伯纳犬,甚至允许满脚是雪的它们跟着她进卧室。"卡林顿小姐,这是被禁止的。狗得待在外面。卡林顿小姐,动物不能进餐厅。"于是莉奥诺拉每天都和狗待在外面不进屋,这让哈罗德·卡林顿勃然大怒。为什么他唯一的女儿不能像其他人一样？莉奥诺拉可以在树间看到冰马，任何轻微的声响都能让她想到马蹄，她可以在雪地里看到蹄印，可以看到那片刺眼的白在大地上形成的巨马脊背。

一封来自佛罗伦萨的电报送到了瑞士。彭罗斯小姐告诉她，她的室友伊丽莎白·埃珀染上了一种传染病：猩红热。

很快，莉奥诺拉也弯着腰倒了下去。一股尖锐的刺痛让她的右腿失去了知觉。

"是急性阑尾炎，"酒店的医生——他通常看的都是骨折——做出了诊断，"得赶快把她送到伯尔尼的医院去。"

莉奥诺拉醒来第一眼见到的是自己的母亲：

"肯定是骑马骑得太多，肠子都打结了。"

"你怎么能说这种傻话？"她听见了父亲的声音。

所以他也在医院。他黑色的声音和周遭的白形成了强烈对比，里面满含忧虑。

出院时，父亲帮着她迈出了步子。

"在哈泽伍德，你一定能恢复得很快。"

十五天后，莉奥诺拉走进了他的书房，问他：

"巴黎肯定有许多给贵族小姐上的学校，对吗？"

哈罗德和莫瑞立即同意了她想去那儿上学的想法，她母亲尤其兴奋。

"去巴黎方便极了，等伊斯灵顿的慈善售卖活动结束后，我就去看你。"

五
栗子香

从小说法语是个极大的优势，莉奥诺拉在巴黎到处走完全不害怕。对她来说，街道比学校更有吸引力。

"莉奥诺拉，你要去哪儿？"

"上街去。"

"可你有法国文学课啊。"

"我在外面学到的东西更多。法国的全部历史都在它的石子路面上。公共小便池木板下面露出来的男人裤角就格外有意思。"

"你再违反规定，我们就得开除你了。"

"没什么能比这更让我高兴的了。"

她再次被开除了。为什么就无法驯服她呢？得克扣她每月的零用钱，用断她口粮的方式来治她。父亲怒不可遏，把她转到了巴黎一所管理更加森严的学校：管理者是桑普森小姐。从莉奥诺拉小房间的窗户能看见墓园。"我不要待在这座监狱，会招来厄运的。"她逃了出去，找到了一位她父母认识的美术老师：西蒙。后者见她那么坚定，就为她打开了大门。这个烈性女孩和圣殿骑士团成员无异，仿佛受到了某种感召，让人很难拒绝她。跟着西蒙，莉奥诺拉的确感觉很好，因为他允许她在卢浮宫的《蒙娜丽莎》前待上一整天，允许她去美术街，允许她沿着塞纳河一直漫步到夜晚、在新桥上欣赏河景、与想与之交谈的任何人交谈。西蒙甚至陪她去塞纳河岸的书摊上找关于炼金术的书籍，与她一起在圣日耳曼德普雷喝上一杯咖啡。他对她唯一的要求就是晚上十点半前一定回家。

她没钱了就去丽兹饭店，哈罗德·卡林顿在那儿常年包着一个套间。门童朱尔看见她的鞋子时瞠目结舌。

"我走路走得比较多。"

"没关系，这有一些法郎，我会记在您父亲的账上。如果您在巴黎待的时间足够长，就能闻见栗子香了。"

母亲赶来救她脱离窘境。莫瑞到巴黎时用的火车联票允许她在任何想下车的站下车。

"大家都说，错过了爱人之约和巴黎之旅的人都白活了。"莫瑞幸福地感叹道，她很爱旅行，也知道自己的女儿在愿意配合时是绝好的旅伴。

莫瑞在莉奥诺拉身上看到了哈罗德的影子，女儿同丈夫一样，在别人身上施加影响。帝国化学工业公司的老板指挥着全世界，莉奥诺拉却敢和他对着干：她的胆子是从哪儿来的呢？

"你父亲不理解你的行为，只盼着你参加皇宫社交仪式的那天快来，希望那能让你塌下心来。"

和莉奥诺拉在意大利和法国一起逛博物馆是具有双重意义的游览——它是传统的旅行，同时也沾染了莉奥诺拉的魔力。

"你看，妈妈，这是勃鲁盖尔的画。我再看一下标牌，不

五 栗子香

过我敢肯定就是他的画。"

自己的女儿认得出所有画家的作品,这让莫瑞感到骄傲。

"我真想去德国看勃鲁盖尔、博斯、格吕内瓦尔德和克拉纳赫。还想去看汉斯·巴尔东的《一对恋人与死亡》和卡斯帕·大卫·弗里德里希的《埃尔德纳修道院废墟》。"

莉奥诺拉在每幅画前都驻足良久,充满敬意地仔细观察,也会掏出笔记本画些速写,每次离开时都极不情愿,出了门便在喷泉边坐下,在母亲翻看贝德克尔旅行指南的工夫把第二天要看的东西都计划好。莉奥诺拉胃口很好,她会点一份香茄,要一份意大利烩饭,再加一瓶餐厅自酿的葡萄酒。还与电梯操作员、酒店管家、门童、钥匙管理员、邻桌胡须茂盛的男士以及前来邀请她跳舞的英俊年轻人微笑调情。每位客人进门前都会把皮鞋脱掉,好让人擦净上油,她则跑去把所有人的鞋子都调换个地方。夜里,睡觉前,母女俩回顾一天的行程,两人的评论比经历本身更精彩。对莫瑞来说,一切都变成了节庆。如果能永远这样活着就好了!莉奥诺拉并不理解为什么莫瑞这样的女人愿意和哈罗德·卡林顿结婚,不过她的生活也还算得上轻松愉快。

"你父亲以前是个很有魅力的男人。"

"真难相信。"

"很有性格的男人。"

"这我知道,我一直在忍耐他。"

"他智慧过人。"

"这我也同意。"

"我们现在能这样多亏了你父亲。"

"我什么都不欠他的。"莉奥诺拉生气地回应。

从十八岁离开爱尔兰起,莫瑞·莫海德纷繁的娱乐生活就没停止过。槌球比赛(莉奥诺拉简直恨死它了!),穿红色短大衣,骑红马,在红色猎狐犬的陪伴下猎取一只红狐狸,慈善售卖活动,桥牌局,和波梅若伊夫人一起享受按摩,逛皮卡迪利圆环广场,去美发沙龙,做美容,试高级成衣:莫瑞总是自觉时尚,却从来都不时尚,这件事也颇为有趣。用莉奥诺拉的话说,她们母女在任何事上都要么太早要么太晚。

"法国的高级时装表演,"莫瑞说,"是全球时尚的起点。"

"就像赛马的起点?"莉奥诺拉问道。她喜欢旺多姆广场夏帕瑞丽店里那些疯狂的设计。

"咱们先去浪凡,如果能逛完巴黎春天百货,就再进波烈的店里看看。"

莫瑞没找到咖啡色的细缎短裤,很失望。她还急着要为一个粗花呢包配几颗皮制纽扣,但市面上的那些她都不喜欢。

"咱们要是在伦敦,"她说,"在摄政街用一半的价钱就能买到一样的东西……"

"人们来巴黎不是为了买扣子的。"

"那干吗来呀?"

"来买凡·高的画啊。"

莫瑞选了一顶很不适合她的水手帽。莉奥诺拉向她提议去布瓦西丹格拉斯街上一家名叫"屋顶上的牛"的夜总会玩儿。她问女儿这地方怎么叫这么个名字,莉奥诺拉像法兰西学院院士的领班侍应立刻答道:

"名字来自让·科克多的作品,他有时会来。今天晚上应

五　栗子香

该就会。"

莫瑞不想去任何夜总会,因为她没买到称心的短裤。

"还是去鲁佩尔迈耶店里喝茶比较好。"

莫瑞午休时,莉奥诺拉去了花神咖啡馆,没有带钱包。在法国,喝上一杯,过一两个小时再付钱并不是难事,那时她母亲应该也醒了。她表示想要一杯可可。

"没有可可,"侍应说道,"您要的话,有牛奶咖啡、草本茶、茶、巧克力、葡萄酒和啤酒,但没有可可。"

"那就要茶吧。"

一个年轻人一直在一旁盯着她看。

"看您要了茶,我想您应该是英国人吧。我去过伦敦,泰晤士河太美了。我当时住在南安普敦,那一片特别绿。"

"嗯,我想那儿还算挺绿的吧。不过爱尔兰才绿呢,那么一大片,好像绿色的源头就埋在地下一样。"

两人就这样聊了一个小时。当这位名叫保罗·阿斯佩尔的年轻人邀请她共进晚餐时,莉奥诺拉才想起来:

"我得去找母亲了,现在就得回去。"

在酒店里,莫瑞提醒女儿:

"你不该和陌生人说话。一个女孩子独自坐在咖啡馆里看起来很不像样。"

"为什么?"

"因为太引人注意了,好像在招揽客人似的。"

"妈妈,我真不明白你怎么了,连修女们都没和我说过这个。"

莫瑞在女儿周围织就了一圈清规戒律网,让莉奥诺拉瞧她的眼里充满了怒火。她像是要把女儿溺死在规矩的海里。想要逾矩是不可能的，因为卡林顿夫妇培养她就是为了让她光耀门楣，她得继承家族优良传统，彰显家族荣光。

"妈妈，为了他人的意见而活简直就是种病。"

"你是社会的一部分，你的门第……"

"你说的都是蠢话。禁忌，我知道的唯一名叫'禁忌'的东西是一种抹脸的散粉。"

"不对，莉奥诺拉，这些建议都是为了让你和你自己的性子，和你出身的家族，还有你伟大的祖国和谐相处。你就是你的祖国。你就是大不列颠。"

"我是莉奥诺拉，不是大英帝国。"她嘲笑道。

"不要自诩聪明，你也是你的祖辈。奥斯卡·王尔德也在你的神经元里。因为他，你才是现在这副模样，叛逆、难以捉摸，并且跟他一样，完全不衡量行为的后果。"

莉奥诺拉申明家族纹章对自己没有丝毫影响，她在克鲁基庄园时就这么说过，她没有因自己的家族史而沾沾自喜，反而用鬼脸邪笑将它贬得无足轻重。"妈妈就是爱慕虚荣。"她小声念叨着。许多家庭无法避免地对自己昔日的荣光无比热爱，这根植于人性，因而许多酒店老板，还有汽车、烟草、香水销售商都会给自己的生意乃至自己的白兰地酒和葡萄酒贴上家族名号、徽章或武器。"在我看来，从并非自己成就的事物中获利并非贵族行为，而是商人做法。"

她们也会就品味争论不休，因为莫瑞总是把事物按品味好坏分成两类。

"品味这件事分明是相对的，"莉奥诺拉说道，"你喜欢

五 栗子香

的，我可能很讨厌，反之亦然。"

"不是的，你接受教育就是为了培养好品味，莉奥诺拉，你要是忘了这一点就完蛋了。"

酒店总管上酒时会在食客耳旁低声念出年份与产地。当他说出"拉图酒庄，1905 年"时，莉奥诺拉认准自己要品尝的是极好的酒，又老又智慧，同时清新又怡人，仿佛是头一天产的。她像领圣餐时那样尝了尝酒。

"葡萄酒把法国人和其他人划分开了，"她对莫瑞说道，"他们的才智都来自这酒。"

不出一个月，她已经学会不再喝那些透着木头味道、颜色僵死的，或是瓶塞味烂进酒里的酒了。

"我真希望自己像凯歌香槟或宝禄爵香槟那样丰饶、闪耀又自由。"

"你身上流的是兰开夏郡人的血。"

"我可不会待在那儿不动，或者像玛利亚·埃奇沃思[1]那样变成行尸走肉。我可不想被那些骷髅逼得喘不过气；我就是我自己的父母。我是脱离开这些东西的人。"

莫瑞把头扭向一边，免得莉奥诺拉看见她落泪。莉奥诺拉着实令莫瑞心碎。她是头怪兽，冲出了兄弟们安分守己于其中的牧场围栏。

2 月，她们在一场暴雪中到达了比亚里茨的皇宫酒店。春日将至，却落了雪，莫瑞将这看成某种对她的冒犯，她甚至觉得地球运转脱离了轨道。

---

[1] 玛利亚·埃奇沃思（Maria Edgeworth，1768—1849），英裔爱尔兰作家，她是欧洲早期现实主义儿童文学作家之一。

"怪不得比亚里茨这么空。明年咱们去托基。比这儿便宜,气候还更好。"

她们习惯在圣莫里茨滑雪,在伊甸岩酒店消夏;日常出行乘坐宾利或劳斯莱斯。

到了蒙特卡洛,莫瑞便把自己关进赌场不出来。

"这算是你的灵修吗?"莉奥诺拉问。

莫瑞很贪嘴,她总希望能准时吃晚餐,第二天也总在回味前一天的饭菜,莉奥诺拉则永远不记得昨天吃了什么。

"妈妈,你真像舔自己胡子的柴郡猫。"

不过莉奥诺拉会记得其他食客哪怕最微小的表情动作。她在旅行社买去陶尔米纳——两人从那儿开始西西里的旅行——的船票时和店员调情。意大利人看她走过,会大声谈论她的屁股。在陶尔米纳,她的新情人、酒店领班丹蒂卖给了她们一幅十分便宜的安杰利科修士的画作,后来两人才发现是赝品。

回到巴黎后,莉奥诺拉早上骑马,中午观看一场马球比赛,晚上去跳舞。年轻、美丽且富有,这无疑为她的生活开了个好头。莫瑞也享受着自己女儿的成功,因为无论去哪儿,顾客们都纷纷驻足望向她,这至少是令人愉悦的。众多咖啡馆向她们敞开怀抱,两人在某一家吃开胃菜,再去另一家吃正餐。有人对莫瑞说,她的女儿就如正在母女俩口中慢慢化掉的香煎鱼柳一般美妙。点酒的是莉奥诺拉,她已对普伊-富赛产区的酒了如指掌,甚至会拒绝其中的一些。她母亲对此大为惊讶。两人拥有世上所有的时间,整个人生就在眼前。

"还有哪些美味佳肴要经受咱们美丽皓齿的咀嚼?"莉奥

诺拉问,"咱俩真像哈耳庇厄。"

喝早餐粥的时代已经远去了。莉奥诺拉甚至品得出酒杯中的葡萄酒是哪一年的。

"咱们就像五月女王[1]一样幸福。"莫瑞承认。

莉奥诺拉抬手把润泽的长发向后拨了拨,咧嘴笑起来。

"莉奥诺拉,所有人都在看你。"

"没有,妈妈,他们看的人是你。"

在女神游乐厅,密斯丹格苔为她们跳舞,莫瑞却说:

"那些裸体女人太无聊,希腊人早就搞过这一套了。"

她还在为找不到咖啡色细缎短裤而烦恼。在巴尔塔巴林夜总会里,莉奥诺拉和一个亚美尼亚人跳了舞,第二天一早,对方就把电话打到了酒店。莫瑞赶在他到酒店来卖她们圣像前就买票离开了巴黎。

"庄重体面是世上最无聊的东西。不要去威尼斯,妈妈,所有英格兰人都去那儿。"

"就去威尼斯,我已经说过了。"

对莉奥诺拉来说,威尼斯就是托马斯·曼笔下的冯·阿申巴赫,是迷雾中的幻觉,是行将干涸的一池海水,就像她年少时骑马兜风之地的那片湖。一切都在腐烂,在垂死威尼斯黏稠的血液中,垃圾越积越多,但莫瑞想生活在那里的欲望超过了死亡的暗浪。"拜伦勋爵曾来过这里。"她坚持说。在利多沙洲上,莉奥诺拉甚至认不出来冯·阿申巴赫第一次见到塔奇奥那极美面庞——它就像淹没威尼斯的脏水一样侵占

---

[1] 为五月女王加冕是欧洲民间传统节日五朔节的庆典活动之一。

了他的心——的海滩在哪里。莫瑞热爱贡多拉,莉奥诺拉则不,她觉得那些贡多拉船夫很假,像话剧道具。她拒绝在那死水上游览老旧的威尼斯,人万一落水,就意味着中毒丧命。

"翁贝托·科尔蒂王子想邀请咱们去他的宅邸,大家都说它美极了。"

"我一间大理石公寓都不愿意多看了。"

在罗马,她们穿过圣伯多禄广场,进教堂后,莉奥诺拉拒绝亲吻米开朗琪罗的《圣殇》,那么多人的吻已经快让雕像化掉了。

"我宁愿去亲吻圣方济各的圣痕,他至少是热爱动物的。"

一位老者从两匹盛装骏马拉动的马车中发出了邀请:

"我可以带两位去地下墓穴。"

"妈妈,你希望被火化吗?"参观过后,莉奥诺拉问道。

"我不喜欢想跟死有关的事。"莫瑞答道。

"有道理。你死时我没法陪你。"

六
初入社交界的名媛

回哈泽伍德后,莫瑞给哈罗德讲了她们的旅程,她的冗长叙述在莉奥诺拉听来就像威尼斯迟缓的河水。

她想让母亲同意自己去伦敦学画。

"这想法真是又傻又没用,你得在家里等待你的未来。"

"等待?"

"画画没什么不好,"她对女儿说,"我自己就会为慈善售卖活动画盒子。你姨妈埃奇沃思写小说,还是沃尔特·司各特爵士的朋友;但她可绝不会称自己为'艺术家',那太不成体统了。艺术家都很不道德,跟人姘居在阁楼上。你向来养尊处优,绝对不可能习惯住在用人房里。你是在吊式烛台下跳舞的人,难道要去打扫门厅?再说,为什么不可以在这儿画?花园里就有很多角落可以让你画。"

"我想画裸体人像,这儿没有模特。"

"怎么没有?"莫瑞反驳道,"谁脱了衣服都可以做模特。"

莉奥诺拉愤懑不已。她愤怒的唯一出口就是骑马。

"现在你已经做好去白金汉宫在乔治五世陛下面前亮相的准备了。"她父亲对她说。

莫瑞的钻石皇冠将戴在莉奥诺拉的头上。

"我不会戴那顶皇冠的,太荒谬了。"

"你的礼服很美,和这顶皇冠是绝配,你必须得佩戴家族珠宝。"

"太重了,不想戴。你要是买件猩猩大衣或者一张驴皮,我就愿意披上。"

莫瑞怒不可遏,莉奥诺拉也气得发抖。

"你应该学会感恩。如果你又丑又笨,我们才不会让你去宫廷亮相。"她父亲试着缓和一下气氛。

"要是我又丑又笨就好了。"

"你根本不知道自己在说什么。"

"给我脑袋上套个袋子我就愿意去白金汉宫。我只想画画。"

"莉奥诺拉,大家将来看你看的是一个女人,而不是你想要当的画家。那根本就不重要。"

"我想做的事情根本就不重要,是吗,爸爸?"

莉奥诺拉反问浑身透着威严的父亲。

"我要是只鬣狗,还用去宫廷舞会吗?"

"即使真的这样,我也要带你去宫廷亮相。"哈罗德·卡林顿斩钉截铁。

"真希望我能变成一只鬣狗,在国王面前哼哼叫、流口水、改变性别、笑出声来。"

在宫廷亮相是种荣耀,是对良好出身的认可,是纯正血统和隶属精英阶级的证明。年轻女性要依靠门第才能取得机会,但只有很少人符合要求。陪同的家人也要经过精挑细选,进宫条件十分苛刻。获得白金汉宫的邀请甚至是一些人的人生目标。

六　初入社交界的名媛

初入社交界的名媛须在高台前等国王、王后及各位王子前来。她们在下面静待。王室成员则在上方带着僵硬的慈爱表情望着她们。国王与王后入场的那刻，各位如花少女便会按已训练数日的规矩倾身行礼，胖姑娘们得格外小心，可不能拿着扇子像花菜一样向前滚出去。

每宣读一人的名字，少女中的一位便会登上高台。莉奥诺拉与自己的母亲一样身着白缎礼服，只不过她更瘦几公斤。她站起身，合上扇子，走向高台，向国王深深鞠躬，再向王后行了轻些的礼，又匆匆对其他王室成员倾了一下身，随后便回到了自己的座位。尽管皇冠很重，她却始终高昂着头。她觉得有炽烈的目光从后方投来，落在自己的脖颈上，于是回头看了看自己的父亲。

"妈妈，准备了这么久，就为了这个？"

白色凉棚下，几个跟西班牙皇帝一样长着鞋拔子脸的侍者给他们上了菜。

"怎么这么说！你没意识到自己刚刚在国王、王后面前亮相了吗？"

"这些三明治真不怎么样。"

"你的态度太差了。我本来想把皇冠送给你，但现在想都别想了。你刚才参加的是你人生中，也是我们人生中的历史性仪式。那些是你的君主，是他们在保护你；这是你的国家，你的历史。"

她的父母在丽兹饭店为她安排了初入社交界的舞会，通过它，莉奥诺拉认识了一众来自巴黎的大人物：埃蒂安·德博蒙特伯爵、格瑞弗尔伯爵夫人、罗斯柴尔德家族的人、波利尼亚克亲王家族的人、夏尔·德诺瓦耶子爵。舞会厅挂着戈雅和提香的画作，剧院般气派。厅中悬挂的大烛台在生机勃勃的金色叶片间叮叮作响，每新到一位客人，仪式主人都会在阶梯的最高点宣布贵宾的到来。

"勋爵。"

"公爵夫人。"

"夫人。"

"侯爵。"

"伯爵。"

"伯爵。"[1]

"王子。"

"男爵夫人。"

众人纷纷望向刚入场的人。没有什么能比目光更重。

"我想当一只鬣狗。"一从舞会回来，莉奥诺拉就把礼服丢到了床上。

"又来了？你这样很开心是吗？"

"哈！你是想让我开心吗？宾客们一心只想着礼仪，女人们只顾看谁的衣服最漂亮。"

母亲眼含泪光望着她：

"我原本很开心，你是所有人里最美的，我的朋友们都这么说。"

"你的朋友们？"

"就是熟人嘛。我不知道你为什么总跟我对着干，怎么总

---

1 此处两个"伯爵"原文为"Count"和"Earl"，分别为欧洲大陆及英国对伯爵的称呼。

六　初入社交界的名媛

是看不起我的观点。"

初次亮相之后,莉奥诺拉开始参加当季的礼节性舞会。没有人逾矩行事。女孩们——她们无一例外都令人向往——害怕笑出声来或说话声音太高。跳舞时都不会把手套摘下。对话的话题无非是天气或猎狐或今夏最佳度假地点。塞西尔·比顿为莉奥诺拉照了相,梦想着皇室婚礼的母亲用法语对她说:"你的婚礼必须盛大。你父亲和我……"莉奥诺拉讨厌母亲和自己讲法语,她的发音很差劲。

"妈妈,你说法语就像荷兰奶牛。"

"你不能这么不尊重我。"

"不是不尊重,是事实。另一个事实是,你变胖了。"

她觉得在白金汉宫花园的白色凉棚下喝茶很荒谬。宾客们纷纷举着茶杯行走,相互介绍认识。莉奥诺拉需要伸出手来让对方献吻,或微微点头致意,接着再走向另一群人。有时会有哪个年轻人想聊一聊,但不一会儿,普瑞姆就会心不在焉起来,虽然她脸上带着蒙娜丽莎式的微笑,对方也能心领神会,明白自己即将在花园派对的绿草地上丧失容身之地。舞伴们和五时茗茶都不能引起她的注意,她却吸引了所有人的目光,所到之处人们交头接耳,说她既美丽又富有。"真是有一手好牌。""你看见她走路、看人、鄙视人的样子了吗?""美得可怕,难以接近!"

莫瑞尽心管理着莉奥诺拉的衣橱,因为女儿每天要跑三次酒店换衣裳。刚脱下上午的衣裙就得换上下午的衣装,接着又要套上母亲铺在舞鞋旁床上的晚礼服。绝不能重样,没有任何初入社交界的名媛会那样失礼。华服之外,环成三圈的珍珠项链和刻有家族族徽的图章戒指更是耀眼！莫瑞和她强调，她这一身衣裳十分昂贵，说哈罗德·卡林顿真是位模范父亲，这样慷慨大方。莉奥诺拉的看法截然相反。"我父亲只会恐吓我，他不恐吓我的时候又很无聊。"在自己众多的衣服里，她最喜欢的是裁缝为她量身定制、用来参加雅士谷赛马会的那一身；它的灰蓝让她想起雨前的浓云。丝绸衬衫是很好的内搭，泡泡领不会有皱褶，她穿着很美。可她只想挑衅母亲："我不喜欢穿衣服，只喜欢脱衣服。"

作为贵宾，莉奥诺拉在雅士谷赛马场的皇室包厢中有自己的座位。

"我想赌马。"

"不能赌。你坐在上面的皇室包厢，众人都能看见，你起身走动，谁都会注意到。你没发现各位君主从来都不打喷嚏吗？"

"我想下到马场去看马。"

"不能去，你受到邀请，能坐进皇室包厢，是因为你知道该如何保持得体的行为。"

"妈妈，既然他们什么都不许我做，干吗还邀请我啊？"

再次受到邀请来到皇室包厢时，莉奥诺拉带了一本书。公爵、公主、伯爵纷纷问她："你在读什么？""阿道司·赫胥黎的《加沙盲人》。"她的目光流连于书页间，连头都没抬，众人也就不再打搅这个以某种方式鄙视他们的怪胎。在那个包厢中，没有人知道赫胥黎是《美丽新世界》的作者。

"玩儿得开心吗？"莫瑞问。

"书差不多读完了。"

六 初入社交界的名媛

"真是没救了,这么做就是存心跟我们对着干。"

莉奥诺拉总是想方设法折磨她。她也开始觉得哈罗德说得有道理:"你女儿无可救药了。"莫瑞伤心失落,不想再做孩子的朋友。莉奥诺拉背叛了他们两人。

富庶家庭通常都会事先告诉孩子们每人将会获得家中的哪样珍宝。

"本来那只祖母绿戒指也是要给你的,但你的所作所为实在太令人遗憾了,你别想拥有它了。"

回到哈泽伍德后,母亲将自己关进了房里,父亲在桌上没和莉奥诺拉说一句话。真是失败透顶!莉奥诺拉会和邻近城堡的主人约翰·泰勒爵士——他是卡林顿家族的律师,也是哈罗德本人的好友,与后者一样富有、聪明、有权有势——的儿子一起骑马。卡林顿夫妇想,至少这桩婚事可以弥补一下他们的失望。

"要是你同意人家接近你,很多年轻人都会和你求婚的。我瞧见了,也听见了,大家也都给我讲了。但你总把人家都拒之门外。"莫瑞抱怨道。

"你们想把我卖给出价最高的人,我可不接受,也完全不想进入婚姻市场,我只想去艺术学院。"

"搞艺术的都是穷鬼或者同性恋。我的孩子不能傻到觉得画画有用。"哈罗德终于发话了。

"爸爸,这是发自我内心的东西,比我本人要更强大,我决不能背叛它。"莉奥诺拉绝望地看着他。

这时父亲的态度倒软了下来:

"在和塞德里克·泰勒结婚之前,你有空可以尽情训练猎狐梗，也可以画画。"

"和泰勒结婚？驯狗？为什么？"

"因为你喜欢动物啊，这件事做起来你也不会惹麻烦。"

"爸爸，我不爱泰勒。"

"可你会和他一起骑马啊。"

"这是两回事。"

"他是个非常好的人选。你完全不知道什么对你来说才是好的。"

父亲尖刻的眼神让莉奥诺拉不安。

"你是我的女儿。"

他说什么都会拿"你是我的女儿"来开头。强调的是那个"我"。莉奥诺拉是他的，是他眼中那个自己抓不住的小女孩。

"爸爸，别夺走我最重要的东西。"

"哦，是什么东西？"

"画画。"

每次和父亲争吵过后，莉奥诺拉都会怒火中烧。这一次她写道："我出生时，身边唯一在的就是我们亲爱的、忠诚的老猎狐犬布奇，还有一个用来阉牛的器具。"她一直没有下去吃饭，直到父亲来敲她的房门：

"你在干吗呢？"

"在给我的叛逆行为手册添章节。"

七
马克斯·恩斯特

哈罗德·卡林顿觉得女儿的回答很好笑。她什么都要挑战,甚至连他都挑衅。他习惯了人们的服从,只有莉奥诺拉不怕他,这令他讶异。

"你要是去伦敦,我不会给你一分钱的。"

他只允许她去切尔西艺术学校。莉奥诺拉走在泰晤士河畔,那是条活力充沛又高贵庄重的河。她也是一条河,有自己的力量。她走过西肯辛顿,想起自己之前都是乘坐加长轿车经过这里,不禁笑起来。她从皇室包厢和英格兰宫廷走到了一间地下室,食不果腹。一位帝国化学工业公司的员工受到哈罗德·卡林顿的指派教她驾驶菲亚特。他们下午开到田间,柔和的缓坡明亮光润,甚至让莉奥诺拉觉得当个英格兰人也不错。

即便每天吃的都是炒鸡蛋,住在西肯辛顿也是值得的。塞尔日·切尔马耶夫受她父亲之托照顾着她,将她带到了法国画家阿梅德·奥占芳[1]的学校,后者与勒·柯布西耶一同开创了名为"纯粹主义"的运动。画家好奇而肆意地上下打量

---

[1] 阿梅德·奥占芳(Amédée Ozenfant,1886—1966),法国画家、评论家,美术纯粹主义的先驱。

了一下她:"从现在开始你要学东西了。"他声音干涩,带法国口音,让她坐在一条长凳上,被他的一圈学生围着,他们每人面前都摆着画架。

"别搞鬼!不许用赭红色粉笔!铅笔,只能用铅笔。"

莉奥诺拉从未像服从他这样服从过其他任何人。他教她一笔画好一个苹果。如果画不出来,就会要求她新拿出一张白纸,面对一点点腐烂的同一个苹果,再画一遍。奥占芳从来不鄙视或嘲笑她的愿望。塞尔日·切尔马耶夫告诉卡林顿,他的女儿从不缺课,很有天分。画家驯服了她,成果卓著。不过他没说,在远离父亲的小房间里,这位帝国化学工业公司的继承人会画些与一遍遍重复的苹果图截然不同的东西。他也没说,莉奥诺拉和一个长着古怪大鼻子的埃及人发展出了一段恋情。"和我母亲旅行时没去埃及真是太遗憾了,不然咱们肯定会有更多共同点!"

她在自己的地下室画肆意想象的东西,而且只会把成果展示给下课时一起走的朋友厄苏拉·戈德芬格看。"你丈夫是匈牙利人?"她问厄苏拉。"嗯,他是个伟大的建筑师,我很想让你认识他。"另一个朋友,斯特拉·斯尼德告诉她:"你知道吗?厄苏拉是C&B果酱的继承人,她想买什么就买什么。"钱的力量真大!厄苏拉个子很高,待莉奥诺拉很好,觉得她直言不讳,非同一般。课堂上,莉奥诺拉听同学们发表见解时总是面带一丝嘲讽,她对厄苏拉说:"歪着想,才能想对。"斯特拉的课上得断断续续,莉奥诺拉却从不缺课,也从不抱怨硬性规定的纪律。奥占芳要求所有人认识绘画的本质:要知道铅笔、颜料、油彩分别是什么做的。他要求大家买来钢

七 马克斯·恩斯特

一般坚硬的铅笔,画画时手要抬高,反反复复强调,直到众人的神经濒临崩溃。莉奥诺拉只斗胆提过一次意见:

"苹果已经烂掉了。"

"那你就记住它原来的样子。"他命令道。

在画纸上方,莉奥诺拉描出一个女人的形象,线条没有颤抖,很纯粹。她从未见过这样一丝不挂、从外壳中脱离出来的裸体女人。莉奥诺拉第一次尝试就把对方完整画了出来。不像旁人,她没有解剖学知识,但她的画却是活的,与厄苏拉的不一样,和斯特拉·斯尼德的更是不同。奥占芳称赞了她。

一天下午,老师说模特来不了了,其中一位学生自告奋勇摆起姿势。她非常瘦,身上的一切都向内凹着。得在深渊里使劲寻觅才能找到她的眼睛。

后来的一天,莉奥诺拉也提出要做模特。

"别干这事儿。"厄苏拉对她说,"你知道老师跟上次那个女生说什么吗?他问她是不是蜘蛛!"

她们的老师很残忍。

"你的作品一文不值,你根本就没认真画。要是再不改变,就别画了。我给你一星期的时间。"

莉奥诺拉在泰特画廊认识了一位临摹惠斯勒作品的年轻人。他好像把整个生命都倾注在自己的画作上,用激情点燃了整座美术馆。莉奥诺拉喜欢去看他,如果哪天没有见他,她就觉得像是缺了什么似的。

厄苏拉说,在其他绘画作坊,他们画的是德尔菲战车御者、阿波罗或米洛的维纳斯,她无聊到笔直往地下掉。

下课后,莉奥诺拉会拿着攒下的钱去旧书摊买有关炼金术的书,有时和斯特拉去,有时跟厄苏拉去。

"炼金术,"年迈的书贩对她说,"是获取全面知识的途径,会带你通向自由。"

"这正是我要找的东西,自由。我还想让我父亲转变。"

"那你父亲能把你杀掉。"

莉奥诺拉买了一个琥珀色的瓶子,据说可以让人改变,让人重生,让人不再焦虑。

"这就是我想要的,让哈罗德重生。"

莉奥诺拉把自己的自由化成了一股鲜活的力量。

"妈妈,我越感觉自由,就画得越好。我只有依靠内心那种无垠的力量才能不断进步。"

莫瑞好奇地听着女儿的话。她也认为还有一些面向知识的大门尚未敞开,传说中的魔药和痴迷的态度则是开启的钥匙。她将赫伯特·里德的书送给了女儿:《超现实主义》。封面是马克斯·恩斯特的作品《受夜莺威胁的两个孩子》。一看到这幅画,莉奥诺拉的内心之火便燃烧起来,传遍脏腑。她忍不住对母亲说:

"您不知道这份礼物有多棒!有一天我会用恩斯特画它的方式来看这个世界。"

为什么她如此与众不同?是她出生时发生了什么吗,让她变成了这个样子?为什么她要不停制造麻烦?可她身上有种可爱迷人的东西,莫瑞只能隐约猜测,但说不清到底是什么。

莉奥诺拉将她对《受夜莺威胁的两个孩子》的疯狂热爱

七 马克斯·恩斯特

告诉了厄苏拉。那幅画很小，却涌动着猛烈的活力，一扇小门、一排玩具木栅探出木画框，画面中，被一只夜莺吓坏了的两个孩子正试图逃脱。一只小鸟怎么可能造成威胁？她的头脑里向来都盘绕着些令她不解、只有仙丘居民才懂的事，此刻她在这位画家的作品中也看到了相同的东西。卡林顿是纠缠她和杰拉德的夜莺吗？一只鸟有能力袭击她并让画布染上鲜血吗？那个红色的小东西正在绘出的天空中扇动翅膀，恶能藏进它小小的身躯里吗？

"厄苏拉，我对那个画家很感兴趣。"

"我丈夫就是他的朋友！我们要请他吃晚餐，和一些重要的人见面。你到时就能认识他了。"

见面之前，厄苏拉先给莉奥诺拉看了一些恩斯特的拼贴画。用糨糊粘起来的报纸剪贴片、具有前所未有的意义的发黄杂志图像……一切皆可成为素材：即将受刑、胸脯暴露在外的童女或老妇向她们的刽子手露出微笑，顶着狗头或鸡头或兔头的——最多的是顶狮头的——男人拥抱着寡妇，现实中不可能同时出现的各种动物西装革履、相聚一堂。植物和昆虫混为一体，一个"女人—栀子"、一个"男人—大象"。一切移动的都是幻觉。凶猛、辛辣，马克斯·恩斯特让观者瞠目结舌。丢勒、威廉·布莱克和古斯塔夫·多雷若是看见贝尔福的石狮流连于交际花的胸脯，而自己则在给那猛兽喂奶，一定能从坟墓中跳出来。马克斯将他们变成了凶手、夜间出没的强盗、食腐鸟类、种畜、强奸并肢解女人的邪恶动物。一种此前一直隐形的新现实被他的尖锐思维嗅探到，浮出了表面。

这位德国画家为什么不尊重他们？他们究竟给他造成了怎样的伤害，竟让他在《善意的一周》的各个分册中对他们进行肆意攻击？在《100个头的女人[1]》中，他裁剪原本无邪的画面，将它们拼贴在一起，塑造出居心不良的变态人物；裸体远没有蕾丝内衣间呼之欲出的胸脯更淫荡。衣着暴露的女人对胸前满是勋章的将军、主教、衣着精致的男子、斯芬克斯翘起了屁股。马克斯·恩斯特，这位百鸟之王的内心深处也有睡美人和红桃皇后。

"所以，一切都可以成为艺术？"

"也不是，不是一切都可以。"厄苏拉回答，"马克斯的能力在于发现，你看，他所有版画中最平和的应该是这幅：海浪爬上了这个女人的床。这是首看得见的诗。你会想睡在海面上吗？"

"像个调皮小孩的作品……有人看着我睡觉的想法让我害怕，只有我的乳母例外，她可以看……"

"他的作品里最惊世骇俗的是那幅圣母打圣婴屁股的画，旁边还站着三个见证人：安德烈·布勒东、保尔·艾吕雅，还有他自己。不光其他人，连超现实主义者们第一次看见它都瞠目结舌。"

"安德烈·布勒东像个野兽……"

"没错，恩斯特所有拼贴画里的狮子都是他。"

"他想对我们表达什么？"

"他的创作是反艺术的，他要挑战他的老师……"

1　原文为法语"La femme 100 têtes"与"La femme sans tête"（没有头的女人）发音相同。

七 马克斯·恩斯特

马克斯·恩斯特占用已有的作品并亵渎它们；使它们在他手中变成侮辱，他涂画经典，以这种方式强暴它们；从这些作品开始，他挥洒着自己的创造力。莉奥诺拉有些害怕，但同时也兴奋不已。马克斯的拼贴画中有些东西唤醒了她，他的残忍令她恐惧。他不借用，只强行占有，裁剪、截肢、拆散、乱抹。一切都在他手中，任他摆布。据厄苏拉说，他曾经宣称："应该把米洛的维纳斯从她的墩座上推下去。"他重新拼凑碎片时，就像那些把拆成块的鸡肉复原了去摆桌的人。

"说实话，我真不敢像他那样在潜意识里找那么多东西。我把很多图像藏在心里，生怕它们发现我。最多就是给奥占芳安个喜鹊头吧。恩斯特做的那些事真是太吓人了。跟他一比，《启示录》里的七头兽都像鸽子一样温顺。哎呀，厄苏拉，我觉得自己的疯狂在蠢蠢欲动，不知道该怎么把它关起来。"

"那就不要把它关起来，别做胆小鬼。这全部的疯狂都源于第一次世界大战和当权者的愚蠢。哒哒哒哒哒哒。"

"你在干吗，厄苏拉？"

"在模仿步枪的枪声，你也可以认为它是那些国家元首的讲话。1920年，马克斯的朋友汉斯·阿尔普加入了他们那个反战团体，在科隆的一个小便池旁办起了达达国际展。达达主义者说得在理：一场灾难正威胁着欧洲。我天生反叛，你也一样，如果不忠于自己的本能，就一定会迷失。"

"我还不那么了解自己，我只知道我爱绘画胜过世上的一切。"

"弗洛伊德会在咱们蜕变时指引咱们。"厄苏拉把一只手放在她肩上,"你觉得这想法怎么样?我在《通灵者书信》里读到的。兰波说,诗人需经历漫长、庞大、有意识的感官错乱才能发现潜隐的奥秘。他说,必须寻找各种形式的情爱、痛苦和疯狂,必须饮尽毒药,才能得其精髓。这一过程是他口中难以言喻的折磨,需要超人的力量才可实现。在他人面前,你会变成伟大的病人、伟大的罪人、伟大的恶棍和极致博学的人,你也将进入未知。只有灵魂已然丰饶、勤于耕作它且不惧疯癫的人才能达到。"

"我听着很害怕。"

"只有很少人才能到达'未知',大部分人都害怕自己变痴狂,在路上暴亡。波德莱尔也说,我们需要追逐那点燃我们大脑的火,才能逃离深渊之底。"

厄苏拉比她年长,领她阅读诺瓦利斯,为她讲解阿波利奈尔,给她背诵《米拉波桥》。她说布勒东的《磁场》开超现实主义写作之先河,莉奥诺拉该读一读。在此之前,莉奥诺拉的世界是刘易斯·卡罗尔、威廉·布莱克和前拉斐尔派的世界。厄苏拉为她打开了大门,直通洛特雷阿蒙——他生来就有些像胡狼、兀鹫、猎豹——《马尔多罗之歌》的狂怒。

"洛特雷阿蒙所形容的,被恩斯特视为了信仰:'美得像解剖台上一台缝纫机与一把雨伞的偶然相遇。'或许你可以做他的缝纫机,莉奥诺拉。"

"或他的雨伞。"

第一场超现实主义国际展将在马约尔画廊举办。马克斯·恩斯特也会参加。这场展览会把莉奥诺拉带往另一星球,

七 马克斯·恩斯特

被她在少年时期视为不可实现之梦的另一个星球。"原来我寻找的东西是存在的,那些吸引我的事对其他一些人来说也是重要的。"

厄苏拉告诉她,在西班牙内战初期,艾吕雅、布勒东和恩斯特曾想去西班牙与共和派并肩作战。安德烈·马尔罗最终拒绝了他们:"我找的是不会画画的人。"

"他们经历过一战。马克斯是炮兵指战员。他宣布了自己的死亡:'马克斯·恩斯特于1914年8月1日死亡,后于1918年11月11日作为一名渴望成为巫师的青年复活,意欲觅得当代神话。'马克斯在战争期间就是一具行尸走肉。战争是世间极恶。"厄苏拉告诉她。

"马克斯不信上帝也不信爱国主义吗?"莉奥诺拉问。

"不信。"

"我的哥哥和弟弟都参军了,加入了英国皇家空军和皇家海军,我很为他们骄傲。"

"对那些曾上过战场的人来说,四年的战争是最可怕的悲剧。你读过弗洛伊德的《梦的解析》吗?你知道黑格尔是谁吗?"

"不知道,厄苏拉,我不知道。"

"明天我给你带些他们的书。"

第一次世界大战促使超现实主义者——他们先前是达达主义者——获得了让艺术为他们的想象力服务的能力。目睹过军队的愚蠢与罪行,布勒东和弗洛伊德的追随者们去除了理性,为无意识的高级世界敞开了大门。他们将洛特雷阿蒙从遗忘中拯救出来,因为后者赞颂凶杀、暴力、施虐受虐、渎神与黑暗。超现实主义的确可以被认为是一场永恒的革命，从一个人自身开始的革命。诗歌如艾吕雅希冀的那样有了血与肉，男人和女人、老人和婴儿都将体验感官极限，摧毁军队、监狱、妓院以及——最重要的是——教会。现在，答案在画家、作家、体验者、科学家、有灵感的人、浪漫的人、引领创作者的缪斯、不惧展露裸体的人以及举着雨伞飞向空无的孩子们手中。

啊！火车上悲伤的年轻人！

在布吕尔和巴黎之间走失的一条腊肠狗。

八
夜莺的威胁

莉奥诺拉将在厄苏拉与她的匈牙利丈夫厄内斯特·戈德芬格——大家都叫他厄尔诺——的家里见到马克斯·恩斯特，这让她激动不已。她选了一条黑色的裙子。与眼睛一样乌黑的头发披在肩上。到门口时，里面已经来了很多人。莉奥诺拉脱下平底鞋，换上高跟鞋，把它们和自己的雨衣、雨伞放在前厅，怀揣一颗几乎要跳出来的心走进了客厅。

与其他女孩不同，莉奥诺拉用前蹄踏地，咀嚼她的马嚼子，眼睛放光。她的唇不由自主地微笑，嘴像血一样鲜红。

"莉奥诺拉，莉奥诺拉，我想让你认识一下摄影师李·米勒，她是美国人，也是模特，一个金光闪闪的维纳斯。就在那边呢，在客厅右侧尽头那儿。"厄苏拉给她指了一下。

在正交谈的一群人中间，莉奥诺拉看见了一位白发男子，他不拘礼节，敷衍地问候着挤在周围的人，不循规蹈矩，对艺术评论家和潜在的买家都显得漫不经心。"这儿有一个自由的人，他不在乎市场。"她正想着，一位侍者端来了香槟。泡沫即将涌出酒杯时，一个人把食指伸过来截住了它：是马克斯·恩斯特。他的举动瞬间俘虏了莉奥诺拉。厄苏拉介绍道："这是我亲爱的朋友和同学……"画家完全没听她的话，只顾看向莉奥诺拉，只顾望着她，把她和别人区分开来。厄苏拉很快就知趣地离开了，只留他们两人在那里。

莉奥诺拉流水般经过人们的身旁。她黝黑的眼睛下方的红唇被圈在面庞的白皙里，一头如黑色密林的长发披散下来。"太美了！"马克斯想。她和他习惯引诱的那些女人很不一样，与他的妻子玛丽·贝尔特更是不同。恩斯特把艺术评论家和仰慕者撂在一旁，一把拽住了她的手臂。"我落入了巨大的危险。"莉奥诺拉预感到。他的磁力拖拽着她，就像爱丽丝沿隧道落入地下深处。"和巴黎正发生的这一切相比，是不是可以说，伦敦根本就没有艺术？"一位女宾客想留住他，这样问道。一头长颈鹿从他们身旁经过，炫耀着自己的祖母绿项链，她转头向一头犀牛说道："这个男人真难抵御，他就喜欢盯着人的眼睛看。"他碰到莉奥诺拉的手时，她不由得颤抖了一下。她从未想象过任何与之相同的东西。她找到了自己人生的目的，他将会改变她的生命，让她看见世界，她是他的矿井，他要挖掘并打磨钻石。

马克斯散发着光芒。

他们两人在客厅的尽头，与世隔绝。

"你是只夜莺吗？"

"我是在四十六年前的4月2日，从我母亲放在鹰巢的蛋里钻出来的。"他笑道，"在布吕尔，科隆附近。那儿有一万一千个处女为了不失去贞操而献出了生命。你是处女吗？"

莉奥诺拉面不改色。所以这位天才比她大26岁？1891年和1917年之间有一段漫长的距离，和她与父亲之间的距离相差无几。马克斯告诉她，科隆大教堂的穹顶里保存着东方三博士——巴尔大撒、墨尔基及加斯帕——的头骨与其他

八　夜莺的威胁

遗骨，每年人们都会把存放它们的嵌满镶金宝石的箱子抬出，他还是孩子时，特别喜欢那几个箱子。

"厄苏拉是在哪儿找到你的？圣母打圣婴屁股时我梦见你也在。你就躲在门后偷看。为了追上你，我从家里逃了出来，光着脚，只穿一件红浴袍，金色鬈发，蓝眼睛，左手拿一根鞭子。我往车站走去，惹得几位来自凯沃拉尔的朝圣者赞叹不已，'是圣婴啊！'他们纷纷双膝跪地。我把圣餐发给他们，几个邻居把我送回家。我父亲责罚了我，但没必要和他解释我就是童年耶稣。他把我的站立像画在了云端，又在我手里画上十字架，而不是鞭子。"

接下来的日子属于马克斯。莉奥诺拉在他身上看到了一位手工艺人、一位木匠、一位石膏工人、一位电工、一位铅工。卡钳、锤子、锉刀、火焰、镘子、模具，对他来说，任何工具都比所谓的艺术创作用具重要得多。恩斯特建造，粘贴，用钉子固定，装小抽屉，打开门，打磨，雕刻，调配。五金店比画坊更吸引他。比起在调色盘上细致调色，他更被电线和钉子吸引，会直接在作品中使用它们。手工活儿是他创作的精髓。他有细木工的巧手，自然会拿起小锯和砂纸，螺丝刀和钳子用得也比画笔更多。他的抹刀是泥瓦匠的那种。比起扬扬自得的画家，他更愿意与水暖工交谈。

"你知道吗，莉奥诺拉，我父亲也是画家，很差的画家，因为他只知道模仿。他那时候教失聪的人说话，我陪着他，看久了他嘴唇的细微动作，我也成了专家，所以比别人都更会观察，也能猜到人的恶意。我知道各种材质会呈现怎样的面貌。不光会解读人脸，还会解读石膏、石灰、木材、碘酒、碳和油的表面。"

当晚回到自己房间后,莉奥诺拉自言自语重复着:"我很幸福,我是我,我心里奔腾着的,终于要解放了。"

英国收藏家罗兰·彭罗斯在康沃尔郡兰贝溪的宅子里把赫伯特·里德——那部让莉奥诺拉为之疯狂的关于超现实主义的著作的作者,还有曼·雷及其情人、舞蹈家阿蒂·菲德林、保尔和努什·艾吕雅、艾林·阿格尔及其丈夫约瑟夫·巴德、勒内·马格里特的挚友即《伦敦公告》的主编 E. L. T. 梅森斯聚在了一起。

"为什么不邀请你的小朋友一起来呢?"彭罗斯问道。

"我觉得我要溺死在爱情里了。"莉奥诺拉向厄苏拉·戈德芬格坦白。

"要是死不了呢,从现在开始,你的人生就开始有意义了。"

"你的女孩太耀眼了。是从哪儿找到的?"彭罗斯还在问。他极度崇拜马克斯。

莉奥诺拉是众人的焦点,是团体里的新星,是伟大的发现。晚上,阿蒂·菲德林、彭罗斯的情人李·米勒、艾吕雅的妻子努什,以及艾林·阿格尔会在她们情人的汽车车灯照亮的花园里赤裸身体,翩翩起舞。阿蒂·菲德林扭动的腰臀比努什的更有魅力。"不体面、色情",报纸上这样谴责马克斯。当局很快发出了对他的逮捕令。"你呢?只在那儿看着我们吗?"阿蒂问道。莉奥诺拉立刻脱下了所有衣服。"自由!"李·米勒向她保证:"疯狂会打开你内在的大门。做他人反对的事会让你上升到新的维度,让你超越自己的平庸。"

夜晚的舞蹈是一种救赎,莉奥诺拉兴奋极了。她相信自

八 夜莺的威胁

己,相信自己身体的美。皮囊之下的她是一匹自由的马,现在修道院嬷嬷该承认她可以飞了。白天,她一直在马克斯身旁不断地学习,他捡起树叶和树皮,把它们置于纸下,用铅笔涂抹,教她如何拓印。

"我是很多年前在公寓里观察一块木板时发现的这种画法,在它上面铺一张纸,用铅笔拓印,直到木头的肌理变成海的表面。我看到那些凸起,就想保存下来木头要对我说的话,存下它的风景、它真挚的诗和它的隐秘私处。"

莉奥诺拉看着他,那是个疯魔的人,可她想和他一起坠入深渊。别人看不到的东西对他来说都是创作材料。或许他是个神经病,但却深深吸引着她,令她无法自拔。在他的拓印画里,她看到了自己从未想象过的森林和奇异的杂交鸟兽。他将它们转化成了能让人记住的材料。

"我以前真不知道在这些材料里藏着这么多难以解译的灵魂。"

"我很了解树。在布吕尔时,我父亲常去画树林,也总带着我。"

马克斯珍视他人视而不见的东西,他研究学习的对象可以是一截纤维、一个软木塞、一根销钉、一根落在洗手池的头发。"你得超越绘画本身。"他为她讲解起他赠送给罗兰·彭罗斯的其中一幅作品。

"这是一幅油画,你看见它的厚度了吗?看见它的每一个颗粒了吗?我把颜料和我手臂上的汗毛混在一起,做成了一种糊状物,把它涂在了画布上,之后又花了好几个小时用砂纸磨它。出现了各种其他颜色、纹理,你看最终的效果。咱们来拓一下这块我刚刚画好的布，好让它的内脏、它的静脉和新的色素呈现出来，它会释放隐匿的一切，你会发现表面之下竟藏着那么多东西。叠置画面能带给一个人的东西实在迷人。你看这块麻布是怎样散掉的，你还能看到每一条线的线路吗？现在再交错放上另一块麻布。什么都可以用，你可以用刮铲，甚至用刀，拓印画会让时间、象形文字甚至吼叫的痕迹浮现出来。"

"我觉得你对布太暴力了。"

"这正是布勒东所说的痉挛之美。"

惊讶不已的莉奥诺拉跟随自己的老师，用高压线荡起秋千，拆散了人生的线索。

"一切有生命的，都有其存在的形式，绘画不仅是把颜色涂抹在画布上。那种绘画已经终结了，真正重要的是具有超越性的绘画。你可以把自己的排泄物涂抹在画布上，可以撕扯它。投身于它吧！不要模仿你的老师，因为你永远不可能超过他们。你身体的生命，你细胞的生命就是你的画作，莉奥诺拉。你可以像梳头一样梳这幅画，可以用你的指甲、你的牙齿划它，用你的鲜血、唾液染它，用你的泪水腌它。"

拓印画向莉奥诺拉展示了这项技艺的七层地狱。她在这黑暗矿洞中越探越深。马克斯向她展示了一座鱼刺做的森林。

"怎么做的？"

"把一根鱼骨提起来，让它落在布面上，然后把它变成森林。"

莉奥诺拉崇拜不已，她低声说着：

"你教我看到了我从未见过的东西。可能性就在那里，这

八 夜莺的威胁

我以前就知道,也能感觉到。但因为你,我现在才确信这一点。"

恩斯特给了她一张纸和一根炭笔,让她拓画一块厚木板的粗糙表面,她兴奋极了。

"现在给它上色吧,你的森林会和我的一样。"

莉奥诺拉把自己纸上的画给他看时,他叫道:

"别这么传统啊。不要服从,要解放你自己,流放你的过去。你昨晚梦见了什么?"

"不可能发生的事。"

"那就把不可能发生的事画下来。"

"我梦见我的卧室底部有一头鲸鱼,我也是鲸鱼,我们要吃掉我。"

"这典故可以追溯到《圣经》。约拿都比你更有创意。你要吃掉自己?"

"在你和你深邃大口的帮助下。"

恩斯特涂抹了一张纸,又在上面放上另一张,随后把第二张拿起来,上面出现了丝柏、杨树、苔藓、蕨类植物和鸟;它们混在一起,变成了一种杂交的奇异生灵,它的皮肤、毛发、羽毛混为一体。恩斯特把它命名为《正变成鸟的女人》。

整整两星期,两人都沉迷其中。

摄影师李·米勒是女人中最吸引莉奥诺拉的。

"我以前是曼·雷的助理,也爱上过他。还给毕加索、艾吕雅、让·科克多拍过肖像。我是让·科克多《诗人之血》里的那尊雕像,戏剧评论家都说我是那部作品中最好的部分!"

她的确有模特的身体。"你知道吗?李给高洁丝做过广告。"艾林·阿格尔打趣道。莉奥诺拉很吃惊,她的新朋友们都拥有这样叛逆的人生。

"我什么都没经历过,什么都不懂。"她对李·米勒说。

"这样更好,马克斯会更喜欢你的。他是个皮格马利翁。"

阿根廷人艾林·阿格尔的大胆也令她瞠目结舌,她比兰开夏郡的英国人要开放无数倍。她只追逐阳光。莉奥诺拉也想像她们一样,对各种各样的磁场电流敞开心胸。她们谈论自己的情人,细数自己夜晚的壮举,颂扬自己的各种情感。她们才真的会生活!在埃及,李·米勒厌倦了百万富翁阿齐兹·埃鲁伊·贝,便立刻决定让对方和金字塔以及埃及的一切都滚蛋。她在尼罗河附近绕着圈子,把追逐她的痴情人累得吐着舌头瘫倒在了河岸上。"我是骑沙石骆驼过来的。"莉奥诺拉目瞪口呆地听着她的叙述。艾林·阿格尔可以把鸡毛掸子变成玫瑰。人生的目的不是飞黄腾达,而是自我转变。一个人投身于未知,便会得救。

"你是怎么画出好画的?"莉奥诺拉问艾林·阿格尔。

"首先要做一个善于感知的人。你就是这样的人。有时我会花一刻钟或更长的时间坐在那儿,问自己想做什么,随后就有了主意。或许不过是一个题目或一个图像的萌芽。我会涂抹布面,给我的无意识赋予形态。如果没了灵感,我会睡个午觉,等回到画架前时,想法就会涌出来。尽量不要太警觉,意识是会压抑人的。"

只有一件事给当时热烈的氛围蒙上了阴影:西班牙内战。毕加索用他在巴黎展出的《格尔尼卡》给了战争一记耳光。在康沃尔的房子里,人们谈论更多的是那幅画而不是战事。

八 夜莺的威胁

"我痛恨穿军装的男人,"艾林·阿格尔说道,"我痛恨武器,痛恨战争。"

"你要是不答应我你也去,我就没法回巴黎。"

"去干什么?"

"去和我一起生活,一起画画,一起死。"马克斯道别时说。

"我已经找到了你,又怎么可能会放开呢?"

马克斯,你是我的圣杯。

马克斯,你是我的不幸。

你是我的勺子。

厄苏拉·戈德芬格警告她:

"你得好好想想。和他结了婚的女人在巴黎有一间画廊,很有名。画家们都要她帮衬,她一直保护他们,甚至养着他们。"

"那她此时此刻一定在给他颜色看。"

莉奥诺拉以为离开妻子像换份菜单一样简单:"吃肉还是吃鱼?"对莉奥诺拉来说,抛开一切是世上最简单的事。她已经准备好抛弃她的父母、兄弟、乳母、猎狐犬布奇,还有英格兰和爱尔兰了。

"这么说,你是要去做你最想做的事了。"乳母的眼里满是悲伤。

"当然了。"莉奥诺拉斩钉截铁。她可以不问任何问题也不思考后果就投身到一件事上。

在哈泽伍德,莉奥诺拉与父母对峙了好一阵。她不仅不会有一场他们渴望的婚礼,甚至也不会同她疯狂爱上的这个男人举办婚礼,因为他已经结婚了,还比她大二十六岁。她现在就要去巴黎与他会合。

"现实之下是有其他结构的,爸爸,就像绘画,如果你去划一划,就会出现别的图像。这叫修饰痕。"

"莉奥诺拉,你说什么呢?"

"我在寻找别的生活方式。"

"你的生活方式是你的出身决定的,是我们送你接受的教育决定的,是你的继承权决定的。如果你不接受,一定会付出惨重代价。"

"不会的,爸爸。我了解地球上其他的存在方式。我不是你的造物。我要自己创造自己。我走了。"

屋外父亲的猎狐犬在吠叫,但它们的叫声远没有莉奥诺拉内心中狗群的嗥叫愤怒。

道别即是宣战。他是一手建立价值数百万英镑的大企业的人,一个幼稚的女孩怎么可以挑战他?他怎么可能让这个忘恩负义的家伙来接手财产呢?卡林顿盛怒之下从脏腑深处发出了咆哮:

"你不再是我的女儿了!你的阴影不会再让家族门楣黯然失色了!"

在莫瑞的搀扶下,他预言:

"你不会再见到我了!"

莉奥诺拉要先乘火车至多佛尔,再坐渡轮到加来。她赶到车站时,母亲追上了她。

"到巴黎就给我报个平安吧,无论你在什么境遇,母亲都会帮你。你做的事太疯狂,都不知道等待自己的是什么。"

九
罗普罗普[1]

1937年,二十岁的莉奥诺拉离开了家,不再回去。"我不是和马克斯走的。是一个人走的。我每次出走,都是自己要走。"

她刚到巴黎,与马克斯结婚已十年的恩斯特夫人就出现了。对方像埃菲尔铁塔,很尖刻,躲也躲不开。她其实参加了伦敦的展览,但马克斯对此只字未提。

莉奥诺拉很冲动,她说服自己:"他可以妻妾成群。她们或许是穿42码衣服、C罩杯的大个头,全副武装要杀了我,哪怕是这样,我也想和他在一起。"她坐上出租车,径直去了他位于蒙帕纳斯普兰特街26号的画室。

"无论发生什么,我来巴黎是画画的。"莉奥诺拉坚信这一点,她请母亲在雅各布街12号为她租了一间公寓。

她为马克斯讲述了自己的整个人生。她斩钉截铁地说她父亲会追到巴黎来,让她不得安生。"这不重要。"恩斯特说。在她还离不开鞑靼时,卡林顿就不由分说把它夺去了。

马克斯去一家古董店买了一把木马摇椅送给莉奥诺拉,

---

[1] 罗普罗普(Loplop),或称至高鸟罗普罗普,一种鸟形角色,是马克斯·恩斯特的另一个自我。恩斯特一直对鸟类着迷,这个形象经常出现在他的作品中。——编者注

于是她在《晨马客栈》[1]中,把它画在了鬣狗 —— 她的另一个自我 —— 身旁。她给自己的白裤子和乱发涂上了最后几笔,鞑靼从窗间逃向森林的自由。一个人得飞翔在一切之上。生活在莉奥诺拉内心之中爆发。已经没有回头路。她驰骋起来,仿佛骑在文奇身上,冲撞着各种障碍。细长爪子的龙和长着野猪嘴的魔蛇可能会撕下她的皮肤,但她仍会继续向前。她是一匹小马,跳跃着,搅起旋风。没有什么能阻挡她。她的力量令恩斯特惊诧,他日夜陪伴,不安地窥视她 —— 可不能让她像自画像中的那匹马那样逃走。现在轮到她来给他安全感了。

"嗯,我在这儿呢,马克斯,就像你拓画的那些树叶,那些覆盖树木的树皮,就像地上的树。时间会一点点过去,我的根将会是你的根,缠绕交叠。"

恩斯特的妻子玛丽·贝尔特·奥朗什是艺术家保护人,她会想办法让他们免于自我伤害,每天都会为他们祈祷。哪怕他们不站在她这一边,和莉奥诺拉混在一起,她也会原谅他们。教堂是她的庇护所。众人起立时,她在圣水池旁高举双臂啜泣,惹得教徒们纷纷回头看。

每晚睡前,莉奥诺拉都会复习当天从老师那儿学来的东西。对超现实主义者来说,是疯狂将他们引至了更高的层级。到目前为止,她在英格兰的生活可以说是循规蹈矩,枯燥乏味,但有人保护;在巴黎,她则走在世上最大胆的男人的手掌悬崖边缘。

---

[1] 《晨马客栈》(*The Inn of the Dawn Horse*),也叫《自画像》,是莉奥诺拉1937年至1938年完成的。这是她最受认可的作品之一,并被称为她的"第一部真正超现实主义作品"。——编者注

九　罗普罗普

任何一位大师都在张开双臂欢迎恩斯特。伦勃朗客气地邀请他坐在自己的身旁，但恩斯特只想用刀划开他的画，重新拼贴，画上犄角，到达另一维度，打破所有成规。这需要很大勇气，莉奥诺拉愿意一直跟随。断续地呼吸，所有感官都保持警觉。马克斯的身体中漫溢出音乐，他的声音是种召唤，他的行动仿佛常春藤，在他的双腿周围生长。

"最有力量的超现实主义画面是那些最专横暴烈、最难以翻译成实用语言的画面。"

"要怎样才能画出嗅觉？我该怎样才能让我的画发出恶臭？"

"写下来。"

于是，莉奥诺拉写下了《初入社交界的名媛》[1]，嘲讽了一番她在王室面前的亮相。鬣狗不仅龌龊、令人生厌，还会发出人类的声音和一串串尖利的笑声。她形容说它长着一双男人的眼睛，胸部涨满了奶。

"他们怎么会让一只鬣狗进入白金汉宫呢，莉奥诺拉？"

"因为它把女仆杀死，用她脸上的皮做了面具，人们闻见它的味道才发现。今晚你一定要和你妻子一起去普兰特街吗？"

"你再多了解她一些，就知道我这么做是有道理的。她太脆弱，一直哭，我的朋友们都很喜欢她，很多人的事业也都多亏她帮衬。她哥哥让·奥朗什是出色的电影人。离开她是很难的，我得慢慢来。"

"那你觉得我有多脆弱？"

"你在她身边就是直布罗陀的石山。"

1　国内又译《舞会新秀》。

恩斯特把自己的日日夜夜分成两份，分别给了普兰特街的画室和雅各布街的公寓。

"对玛丽·贝尔特来说，爱情的终结无异于在五脏六腑间引爆炸弹。"

"那对你来说呢？"

"我是至高鸟罗普罗普，对你疯狂着迷，莉奥诺拉。"

"罗普罗普是什么？"

"是一位街头诗人，费迪南·罗普。我用了他的名字，叫沃格罗布雷·罗普罗普。"马克斯说，"我是一只猛禽，会用羽毛保护你。你看，它们已经慢慢长出来了。"

最让莉奥诺拉震撼的那幅画描绘的是一位盲人游泳者。他受困于一根根铁棍——而不是水——组成的竖条。或者，那些是即将对他行电刑的电线？无论我们游得多好，那"水"是不是都会将我们溺死？没有逃离的办法。

"谁能得救呢？你会和我一起跳进那水里吗？"

"我见过一个从不游出泳道的盲人。"

他向她解释说，画的灵感来自科学读物上的一幅电磁电流图，还说"我们都是盲目逆流而上的人"。

马克斯的超现实主义朋友很快便将她当成了女英雄。努什·艾吕雅抓着她的手说："作为一个诗人的妻子，我把每一分钟都当成生命的最后一刻来度过。"李·米勒向她保证："这一生，你什么都可以做，只要你知道该怎么做。"年轻且美丽的莉奥诺拉把巨额财富和令人艳羡的身份抛在了身后。她是安德烈·布勒东所说的疯狂之爱的化身，打破了所有框架，她的行动摧毁了她出身其中的资产阶级的腐朽成规。李·米

九 罗普罗普

勒说:"你已经走远了,千万不要回头看。玛丽·贝尔特,可怜的姑娘,已经是一根盐柱[1]了。"

布勒东的追随者到达了自己的极限,到达了社会的极限,他们颇有远见,成为超越现实的真理——超现实主义——的主人。他们要求男人和女人都从一切阻止他们做回自己的事物中解放出来,满足随心所欲的生理需求。被禁锢于传统的艺术是笼中困兽。囚禁一个生灵就是在抹除他的伟大。传统艺术的牢笼几乎没有给幻想留空间。无论人如何解放自己,心理上的抑制作用仍保有它们的力量。

"整个巴黎都仇视我们。"路易·阿拉贡感叹道。《伊雷娜的阴部》成为禁书的事仍令他耿耿于怀——为了创作这部作品,他不得不帮阿波利奈尔的《一万一千鞭》都来了一遍口活儿。

"太好了!"布勒东回答道,"我反倒觉得这是种荣耀。资产阶级憎恨我们,但他们很快就会承认,我们有种难以定义的魅力,让他们兴奋。前天,在画廊,一位妇人对我说她已经来了很多次了,就为看恩斯特的画,因为它们的色彩和动感令她感动。"

在所有参展艺术家中,恩斯特的精神维度之广显而易见。他随心所欲,众人都很仰慕他。莉奥诺拉现在是他的女王、他的女人、他所选择的人,玛丽·贝尔特则留在了半路上,不过是个受害者。超现实主义者不对感情忠诚。

至高鸟罗普罗普令安德烈·布勒东目眩神迷:"我们见证了一种新艺术形式的诞生。"侮辱与伤害是马克斯生命的证

---

[1] 《圣经》中,耶和华欲毁灭所多玛和蛾摩拉二城,叮嘱逃离的罗得及其家人不可回头看。罗得的妻子未听教诲,回头一看,便变成了一根盐柱。

明，他鄙视不理解他的人。《被打屁股的耶稣》，也就是那幅描绘圣母打圣婴屁股的画惹恼了他父亲。他满怀怒火绘画，释放自己童年的噩梦，亵渎传统，与家人作对。少年时代，在科隆的一间画廊里，他曾听一位年轻人给老者讲画。老者愤怒地喊道："这是什么？我七十九岁了，一辈子都在搞艺术，从没受过这样的侮辱！"年轻人也怒火中烧："如果您真七十九岁了，那就真该去那边儿过更好的日子了。"

"不知道可不可以做您的朋友？"马克斯对小伙子说。

"我叫汉斯·阿尔普。"年轻人向他伸出手，自我介绍道。"得像战争消灭文明那样把艺术消灭掉。"

"怎么能办到？"

"用恐惧，用愤怒。"

"达达主义也会表达同情吧？"

"是，但从来不同情过去。"

阿尔普第一个坚称，"偶然"最能刺激创作。在与一幅画较量了几个月之后，他最终将它撕毁，抛向了空中，那一刻，他发觉那些正在下落的碎纸片正是他所追求的形式。随后，他将它们粘好，并想到了马拉美："骰子一掷，不会消抹偶然。"

"我从一片墨迹出发，画出了一个女人的屁股。"他对马克斯说。

恩斯特鄙视教会所主导的忏悔道德观，他只对洛特雷阿蒙忏悔，后者认为自己唯一的任务就是攻击造物主，因为对方造出了人类这样的垃圾。马克斯通过布勒东了解到他，而布勒东之所以读到洛特雷阿蒙是因为菲利普·苏波弄到了一本《马尔多罗之歌》并把它带到了"一战"前线。

九 罗普罗普

恩斯特认为,通过忏悔制度,教会打击了人们的情欲,压抑了人们的快感。

他挥动着自己微笑的刀刃。

这一切的反叛都激励着莉奥诺拉,因为她也拥有叛逆的内心。她的精力比任何时候都要旺盛,她的思绪像鲑鱼,逆流而上。对她来说,越怪诞的想法就越有魅力。

"你知道吗,曾有一段时间,我很想当医生。我想治疗人的思想。那时,我感觉自己能让人明白,他们可以不屈从于那些自诩代表神圣意志的穿教士服的稻草人。人在年轻时,就是等待最后一击的台球。我也曾有过神秘主义危机体验,兴奋、抑郁、歇斯底里。有段时间我把鸟和人混为一谈,这很危险。或许是因为我的粉凤头鹦鹉死在了我妹妹出生那天吧。我把它埋在了花园,我指的是鹦鹉,不是妹妹。那时,我的神经变得异常脆弱。在布吕尔差点儿被车撞倒之后,我开始大笑,惹得司机破口大骂。我想,我让家人无所适从,自己离开德国是帮了他们大忙。"

马克斯没有告诉她的是,他把自己的第一任妻子——艺术评论家露易丝·施特劳斯——和他们两岁的孩子汉斯·乌尔里希·恩斯特,也就是"吉米",也留在了德国。孩子来巴黎看他时,他不知该如何面对,只是不停地把吉米带到达利家、安德烈·马松家、伊夫·唐吉家。在圣拉扎尔站把孩子送上回程火车时,恩斯特大大松了一口气。

现在,吉米和母亲一起住在巴黎。她在被嫌弃的玛丽·贝尔特·奥朗什的帮助下寻找工作。自从画家抛弃了他的第二任妻子,露易丝和她便因同一种痛苦而结成了同盟。

"莉奥诺拉,把你小时候想的东西画出来,画那些压抑你的东西,你童年的恐惧。"

"我得像小孩子一样画画,这我可不太喜欢。"

"这是获得自由的第一步,你所画的、描绘的、雕刻的内容是儿童的,但它们却会把你带向自由。孩子们来到世界时,显而易见具有理性的力量,因为缺少经验,才会任由大人碾压。"

一天上午,莉奥诺拉突然说:

"玛丽·贝尔特冲我嚷嚷,说你有个儿子。既然你对孩子的幻想这么着迷,就把吉米介绍给我吧。"

"你要对他说什么?"

吉米已经十六岁了,不再是个孩子。他和父亲在十五年前——也就是他快两岁时——为他创作的拼贴画《小小达达法》已毫无关联。他现在是一位金发少年,直发垂落,遮住双眼,他会不时用手往后拨一拨。莉奥诺拉吻了吻他两侧的脸颊,吉米微笑了一下:

"世界上我最喜欢的东西就是巧克力蛋糕,我刚刚做了一个。吉米,你想不想尝一下?"

莉奥诺拉唱歌、跳舞、大笑,也逗他笑。吉米和她在一起比和父亲在一起舒服多了。

"你想要杯啤酒吗?"

"我更想要杯葡萄酒。"

"这才是我的好孩子。"莉奥诺拉笑着说道。

"你儿子比你更开放。"马克斯回家时莉奥诺拉对他说。

"对我来说他是个奇怪的混合体。"

十
超现实主义旋风

莉奥诺拉的厨艺天分令她的情人意外。她从烤箱中拿出自己发明的各式菜肴,大大方方地在厨房里走来走去。除了菜品,宾客们还会细细品味她乌黑的眼睛、密林般的黑发、白皙的手臂、纤细的大腿。她的意志里驻扎着某种天真和真实,令她与众不同。

"她怎么能这么单纯?她这样的天真应该有些变态。"超现实主义医生皮埃尔·马比尔这样评价。他是研究古代文明的杰出学者。

"她是真正的女孩女人混合体[1]。"安德烈·布勒东激动地感叹。

莉奥诺拉打情骂俏,煽动人的欲望,但又不是刻意而为之。她太聪明,自然明白人们对她的爱慕。她独立又反叛,几次被学校开除的事实皆可作为证明,超现实主义者们的心都为她融化。超现实主义运动之父布勒东觉得她可爱至极:

"你的美丽和天分迷倒了我们所有人。你就是女孩女人混合体本身。"

---

[1] 原文为 "femme enfant",直译为 "婴儿一样的女人",是超现实主义者投射其要求女性兼具成熟女人和纯真女孩特质的词。——编者注

"我不是女孩女人混合体,"她怒气冲冲地反驳道,"我是因为马克斯才掉进这个团体里的。我并不认为自己是超现实主义者。我脑中出现过很多幻象,我把它们画下来、写下来。我画和写我感觉到的东西,仅此而已。"

"无论你怎么说,在我看来,你就是'女孩女人混合体'的代表,通过自己的天真,直接触碰无意识。"

"这类把女性奉若神明的想法都是胡扯。我亲眼看见,你们超现实主义者对待她们就像对待随便哪位妻子一样。你们把她们称为自己的缪斯,但到头来,她们还不是为你们打扫厕所,整理床铺?"

莉奥诺拉的自信和与生俱来的傲慢来自她的社会阶级。她敢挑战自己的父母、修道院的嬷嬷、英格兰王室,自然不会自觉低人一等。如果她任人践踏,她的作品也会受到影响。没有人承认超现实主义女画家的存在。在男人身上是创造力的东西,在女人身上就是疯癫。莉奥诺拉越是反驳布勒东,就越是吸引他。

"我太喜欢你的英国女孩了。是你把她带来的,但是她的地位是自己挣得的。"

莉奥诺拉的柔弱外表下蕴藏着某种动物性的力量。当马克斯的朋友胡安·米罗把钱递给她让她帮他买些烟时,她怒不可遏,让对方递钱的手悬在了空中:"你完全可以自己去买你的烟。"

曼·雷想用她做模特,拍些照片,被她拒绝了。她喜欢的是他的女朋友阿蒂·菲德林,不理解阿蒂看上了那个北美超现实主义者哪一点。毕加索这个西班牙男人以为全天下的

十 超现实主义旋风

女人都疯狂地爱他。萨尔瓦多·达利是她在枫丹街布勒东家认识的,当对方称她为"最重要的女艺术家时",她也无动于衷。

超现实主义者内心有一条通往快乐的秘密小道。嘲笑是他们最有力的武器。他们的批评铁面无情,不会饶过任何人,包括他们自己。笑是有治愈作用的。所有医生都肯定了这一点。

最吸引布勒东的是反叛。他在别人身上寻找红黑旗[1],如果那旗帜高高飘扬,他便会兴致昂扬。反叛是种道德价值。莉奥诺拉的年轻并没有带给她任何限制,她只差和他们一起在广场上吼出自己的愤怒了。马克斯·恩斯特告诉她,说到底,布勒东是个孤独的人。某天下午,在真心话游戏中,艾吕雅问他:"你有朋友吗?"他回答说:"亲爱的朋友,我没有。"布勒东找来一些真实的人,与他们对峙。最终,人们向他投去了雨点般的羞辱和包括鞋子在内的各种东西。雅克·瓦谢——死于过量注射鸦片——永远留驻在安德烈的记忆中,并被他当作借口:"他是我唯一的好朋友。"对瓦谢来说,他人的兴奋不仅吵闹而且可憎。当莉奥诺拉对布勒东说出"感伤主义只是一种疲惫的形式"时,他不禁为她的智慧倾倒,并将她融入了自己对瓦谢的记忆。

莉奥诺拉见过勒内·马格里特两次,每一次他都穿着考究,一副不善交际的样子。团体里的人们纷纷在背后说,是母亲在他十三岁时的自杀造成了他这样的性格:他亲眼看到

---

[1] 指无政府主义旗帜。

人们从桑布尔河里把她打捞上来。"并不是因为他画得好，"莉奥诺拉说，"而是因为想法好。他告诉我，他唯一的敌人就是自己不好的作品。"

他们说他用来裹住《情人》画中面庞的，是他溺水母亲的白裙。

不可能把邦雅曼·佩雷和布勒东分开。邦雅曼比后者个头要小，谢顶；安德烈则秀发飘飘。邦雅曼总是跟着布勒东的脚步走入聚会，却没有意识到自己其实比对方更大胆。二十年前，他第一个开始攻击学术派、传统主义者和名人。他提起莫里斯·巴雷斯时用词极具侮辱性，不仅惹得各位善良人士愤慨，甚至连达达主义者都无法赞同。在阿纳托尔·法朗士的葬礼上，佩雷和他的朋友们分发给众人一本路易·阿拉贡写的小册子，意欲鼓动各位悲痛的亲友去扇逝者遗体的耳光。报纸上将他们称为"胡狼"。后来，他又突发奇想，戴着防毒面罩，穿着德国制服，出现在一个抗议活动上，大喊："法国万岁！法式薯条万岁！"他还习惯带着一袋西红柿、卷心菜和鸡蛋参加各种官方活动，投掷东西时非常精准。

安德烈拒绝参加邦雅曼·佩雷引导的催眠活动，因为从多年以前，这项活动就已经开始变得暴力。叫醒勒内·克雷韦尔和罗伯特·德斯诺斯越来越难，前者一直尝试自杀，并最终成功，后者则一直拿刀追着保尔·艾吕雅。马克斯和莉奥诺拉则不可能接受被催眠："我们实在太理智。"马克斯扬扬自得道。

在所有人中，莉奥诺拉认为自己和布勒东最接近，他经

十　超现实主义旋风

历了"一战"的惨烈，也治疗过许多严重抑郁的病人。不好的地方在于他过分激烈，什么都想控制。对她来说，他是一头雄狮，她会抚摸他的鬃毛。

曼·雷仍旧坚持要为莉奥诺拉拍照。她不愿意。马克斯·恩斯特提醒她："他很凶，你要是不接受，他可能会杀了你。""那就杀吧。"

"我觉得，安德烈，"莉奥诺拉说，"这里没有人能接近我的世界。有时这让我高兴，但有时我害怕自己会疯掉。"

"对疯狂的恐惧是你要跨越的最后一道障碍。受伤的头脑远比健康的要好。饱受折磨的头脑最具创造力。十八年前，我和苏波、阿拉贡一起从战场回来时，都担心战争后遗症对我们头脑的影响，但后来，几个人发现，艺术中的无意识行为不光是治愈性的，还是创造性的。"

"我受到的教育是，人要有逻辑。"

"我受到这方面的教育比你更多，因为我是法国人，是医生，小莉奥诺拉。你很像娜嘉，富有且随心所欲，正因如此，很不理性。"

莉奥诺拉不知他说的是谁。布勒东的妻子杰奎琳·兰巴插进话来：

"他也和我说过我是他的'娜嘉'。他从来都不以画家的身份介绍我。'娜嘉'最后进了精神病院，他根本不屑抬抬手指救她一下。"

"不管怎么说，你丈夫是很好的。"

"是啊，是很好，但持家的是我，接待朋友、打扫灰尘的也是我。"

在枫丹街42号，布勒东收藏了一系列极美的非洲与大洋洲艺术作品，古巴人维弗雷多·兰姆不假思索地对他说：

"我的作品也可以出现在你的收藏里。"

"那你得先画出自己的图腾、自己的面具、自己的古巴精髓。"

恩斯特风头正劲，他是世界人，新女伴又是一位出身良好的英国美人，正好帮他拓宽了他的世界性。马塞尔·罗沙邀请众人去做客，莉奥诺拉问："我该穿什么呢？"玛丽·德格拉蒙公主回答："孩子，你的自然美就够了。"莉奥诺拉听从了对方的建议，只给自己裹了一张床单。舞会气氛最热烈时，她任自己的"袍子"脱落在地，把自己完全暴露在众人面前。他们立刻被赶了出去。

马克斯将她扔进了危险的旋涡——他教会她不再怀疑自己的欲望："去挑战，你就能获胜，莉奥诺拉。生活属于大胆之人。"莉奥诺拉会把自己孩提时代的幻象讲给他听，他则鼓励她把那些牛头怪、野猪和她父亲马厩里的马画下来。莉奥诺拉比很多超现实主义者更勇敢。"你比你在这儿见到的任何一个人都走得更远，大家都清楚这一点。"她的情人向她肯定道。众人赞赏她，想听她说的话，读她写的东西，看她画的画。马克斯很骄傲，炫耀着她，把她称作"风之新娘、夜的母马"。

"看来，你要和她一起过忘河了？"布勒东的话中不无讽刺。

"她就是我的忘河。"

超现实主义者的社会生活很刺激。没人觉得白天睡觉、夜晚出行有什么不妥。咖啡馆是安德烈·布勒东主持仪式的

十 超现实主义旋风

祭坛,他的信徒谦恭地前来膜拜。布勒东或表达宽容慈悲,或谴责批判,引人前来,也驱人远去。布勒东的忠实拥趸称达利向法西斯挤眉弄眼,对天主教大度宽容,在金钱面前贪得无厌,他们都十分赞成布勒东将其驱逐出团体的决定。进行审判那天,达利口含温度计,肩披毛毯。审判变成了闹剧。

"我爱加拉[1]胜过爱我的母亲、我的父亲,胜过爱毕加索,甚至,胜过爱金钱。"达利宣称。

安托南·阿尔托已离开团体数年,却仍然是超现实主义者辱骂的对象,最尖酸的话出自艾吕雅:"他是块投机主义腐肉。"

最开始,布勒东让阿尔托负责管理在格雷内尔街15号成立的超现实主义研究办公室。"虽然从不换床单,但阿尔托比任何人都会整理材料,因为他是个天才。"安德烈说。一切都很顺利。后来阿尔托在《超现实主义革命》上刊登了一封写给教宗庇护十一世的辱骂对方的信。布勒东称赞了信的内容。阿尔托写下了第二封给达赖喇嘛、要求对方升上天空的公开信,也被布勒东接受了。第三封是写给欧洲精神病院院长的信,信中要求释放所有住院病人,这一举动导致布勒东封掉了他们的办公室。

专横且暴躁的超现实主义领军人物处理掉了阿尔托,这和许多解放者的做法如出一辙。

阿尔托去了墨西哥,去寻找欧洲已经失去,但塔拉乌马拉人靠乌羽玉获得的真理。在墨西哥城,玛利亚·伊兹杰尔

---

1 即达利的妻子。——编者注

多和罗拉·阿尔瓦雷兹·布拉沃两人负责照看他,她们常发现他在库奥特莫克区瓜迪亚纳街的人行道上饥饿至极、酩酊大醉。等回到巴黎时,他遭到了所有人的冷眼,凄凄惨惨。"他已经没牙了。"毕加索说。没有人注意到,在认识塔拉乌马拉人后,阿尔托带给了超现实主义一种新的维度。

莉奥诺拉和马克斯把毕加索和马塞尔·杜尚请到了家中,后者很少放下自己的国际象棋棋局。原先邦雅曼·佩雷总是形影不离地跟着布勒东,直到他生命中出现了一位名叫雷梅迪奥斯的红发女子。现在他们见他见得少多了。"那个西班牙女人好像很腼腆。"枫丹街布勒东的家里,几个人相互欺瞒,形成了一段三角恋,正如多年前的保尔·艾吕雅、加拉和马克斯,那段经历让保尔感叹:"各位真不知道和一个俄国女人结婚是什么感觉,比起她,我甚至更想和他在一起。"

罗马尼亚人维克多·布劳纳想尽办法要卖掉他的一幅自画像,画中的他是个独眼人,右眼眶中流出了一滴巨大的血泪。那幅画成了预言。几个月后,1938年,在一次争吵中,埃斯特万·弗朗西斯朝奥斯卡·多明格斯扔过去一个杯子,导致维克多·布劳纳失去了一只眼睛。"咱们已经不能再走得这么快了。所有人都要爆炸了。""我忍不了了,脑袋像杜尚的咖啡研磨机一样。"在这点上,他们是相同的。忍受毕加索暴力相待的朵拉·玛尔每次走进餐馆时,都令人心酸。"看看毕加索是怎么对她的。""就像幅毕加索的画。"一位侍应对另一位说。

莱昂诺尔·菲尼和墨西哥驻巴黎领事的顾问雷纳托·勒杜克约在蒙特帕纳斯的一家咖啡馆,她要把毕加索介绍给他。

刚从特内里费来的奥斯卡·多明格斯也凑过来。

十　超现实主义旋风

"妈的！也带上我吧。我只回公寓拿个包裹就来。"

他们刚一走进雅各布街的房子，多明格斯就跳到了毕加索身上：

"大师，我是一个西班牙画家，马上就要饿死了。"

"老远就能看出来你是西班牙人。要说快饿死，这经历我们都有过。"

"您瞧啊，大师，那天我参加了一个美国佬的派对，他拿了两万五千法郎，要换三幅毕加索的画稿；我炫耀说我有一幅您的作品。"

他打开包裹，里面有一张《玩球的浴女》的复制品。马拉加人没有生气，反而称赞了对方一番。

"那些美国人买的不是作品，而是签名。莉奥诺拉，你借我支钢笔或铅笔？"

他签上名字，把复制品递了回去：

"把它卖了，赚那两万五千法郎。"

奥斯卡和巴布罗从此变得形影不离。有时雷纳托·勒杜克也会加入，三个人会谈论斗牛。

雅各布街的公寓之外，在安德烈·布勒东家也常有这样众星云集的聚会。一天晚上，布勒东让所有人都安静："咱们听莉奥诺拉说说。"莉奥诺拉保持了沉默。叛逆是命令不出来的。她的反叛是神圣的，只有她想的时候，才会拿出来，别人让她拿时，她不会遵从。

"我们是你的黑羊羊群，无论去哪儿，我们都跟着你。"

莉奥诺拉不仅是自己的主人，同时也是她所有仰慕者的主人。她的生活精彩万分，唯一让她无法镇静的人是玛丽·贝尔特·奥朗什。对方总是不请自来：

"你怎么不回英格兰去啊！"她冲莉奥诺拉喊。

"她怎么不敲门就进来？"莉奥诺拉问自己的情人。

"因为她有钥匙。"

"谁给她的？"

"罗普罗普。"

玛丽·贝尔特跟他们来到花神咖啡馆，在莉奥诺拉紧张的注视下大吼大叫，摔玻璃杯，摔盘子，摔陶瓷杯；老主顾和侍应们看着她都无动于衷，因为在巴黎，什么事都有。作为英国人，莉奥诺拉知道的是，情感风暴不该表现出来，嫉妒是可悲的。从小她就被教育："孩子是用来看的，不用在意他们说什么。"显然，小女孩玛丽·贝尔特想要的是再次成为公众人物。超现实主义者很高傲，他们不会注意走下坡路的女人。与她相比，莉奥诺拉是新发现，是王冠上最珍贵的宝石。奥朗什小姐在聚会上尽失光彩。每一次对峙都是她的一场失败。当她在泪水中悲吼要回到修道院时，莉奥诺拉想，那就是她应该待的地方：待在那群裹着身体、不敢说自己是谁、埋葬了自己人生的女人中间。看起来，同情也不是马克斯的强项，面对自己妻子的神经错乱，他一点儿耐心都没有："我从哪个修道院把她救出来的，就让她回哪个修道院去吧。"

莉奥诺拉写作，画画，完全不担心未来。

文学艺术家赞助人佩姬·古根海姆大力推崇现代艺术，她买了毕加索、达利、杜尚、唐吉的作品，现在又敲了恩斯特画室的门。整个巴黎都在谈论她。他们说她头一晚和贝克特睡了觉，第二晚又和唐吉上了床，还是她付的酒店钱。她

十 超现实主义旋风

挑画全靠对方床上的能力,而且从不一个人睡。她是先锋派,帮被选中的艺术家租画室。她用一星期耗尽了贝克特的力气,随后又搞垮了詹姆斯·乔伊斯之子乔尔吉奥。她很大胆,身材很好,却长了一个白萝卜鼻。艺术家们都辩称她是艺术爱好者,但实际上他们更看重的是她莹莹发光的美元。唐吉已经为她抛弃了自己的妻子。马塞尔·杜尚则抢在所有人前面紧紧抓住了她,向她建议着该买什么。

佩姬的来访仿佛一场暴雨,她松开四只马尔济斯犬的狗链,它们冲到了画前。她戴一副古怪的黑眼镜,身着保罗·波瓦列,随手把大衣丢在了见到的第一把椅子上。

"太冷了,巴黎就是一个大冰柜。"

马克斯所想的唯一一件事就是别让狗扯坏了他的画布。佩姬叫它们"亲爱的宝贝们",它们则把莉奥诺拉团团围住,她一个劲儿地抚摸它们。

"那些都是你的画吗?"艺术家赞助人问道。

"这幅是卡林顿的,她是我徒弟里最有天分的。"

古根海姆小姐打量了一番和马尔济斯犬们玩得正高兴的莉奥诺拉。

"我想买下这幅。我很喜欢那匹像鸟一样攀在树上的马。"她指着《坎都斯迪克勋爵的午餐》说。

"他们代表着画家的家人。坎都斯迪克勋爵实际上是女儿为讽刺哈罗德·卡林顿所塑造的形象。这些马头代表男性生殖器,菜肴是圣餐。野猪的肛门伸出了枝叶,是不是有些像耶罗尼米斯·博斯?"

"所以这位姑娘来自贵族阶级?"

"她才华出众,布勒东和马塞尔·杜尚邀请她带着自己的两幅作品参加了最近的超现实主义国际展。"

"嗯,我去参加了,女人很少:艾林·阿格尔、挪威人艾尔莎·索雷森、西班牙人雷梅迪奥斯·瓦罗、德国人梅雷·奥本海姆,他们说她是您的旧情人,再有就是这位英格兰年轻贵族了。"

"布勒东非常喜欢莉奥诺拉,说她是超现实主义的伟大女性人物,她的诡谲征服了他。他还肯定地说,她是唯一一个有能力实现'疯狂之爱'的女人。"马克斯·恩斯特继续道。

小狗都在莉奥诺拉身旁睡着了。马克斯邀请佩姬共进晚餐,他八点去丽兹饭店接她。

"你还是一个人去比较好。"莉奥诺拉请求他。

"为什么?"

"因为我更想跟狗待在一起,它们肯定进不了吃饭的地方。"

在银塔餐厅,马克斯只顾用自己蓝色游鱼般的眼睛望着美国女人,几乎眨都不眨,希望给对方留下好的印象。她点了泡芙,他点了"温莎堡凄惨骑士",也就是法式吐司。晚餐时,他们都表示希望《坎都斯迪克勋爵的午餐》之后,她还会向他们购买更多作品。没有任何一位食客能想到,战争即将把他们的生命分隔开来。

回公寓后,马克斯显得异常帅气,他对莉奥诺拉说:

"那女人的眼光很聪明。"

巴黎拒绝超现实主义者,评论家残酷无情,很多人都逃离了这里,所以莉奥诺拉觉得,自己的情人能找到赞助人实在是天意。

十一
太空中的身体

奥朗什小姐越来越失控,她来敲门争取自己的权利:"我是你的妻子。"她哭喊着,不断踹门。马克斯终于劝她离开了,但当他要和莉奥诺拉出门时,她又出现在门口,抓住他的手臂。"你还记得吗?你说过咱们要一起去普蕾亚音乐厅的。"马克斯不知该如何摆脱她。这个前额留着娃娃头帘卷的美丽女人打动了莉奥诺拉。在花神咖啡馆,莉奥诺拉不觉得她柔弱易碎,但现在,她的衣着、双手乃至发型里都漫溢出了脆弱。

三个人一起听了《勃兰登堡协奏曲》六首中的第一首,马克斯说,乐器是太空中的身体。"就像上帝?"玛丽·贝尔特问道,对她来说,一切都可以追溯到神的意志。恩斯特回答说,它们是更美的东西,在上帝被发明出来之前,就已经在平流层旋转了:音符、圆、彗星、流星、天体。她抗议道:

"你骗人,教义里不是这么说的,我想尖叫。"

马克斯挑衅道:

"那就叫吧。"

莉奥诺拉心头一紧。她并不那么介意音乐会上的尖叫,只是很不喜欢玛丽·贝尔特凡事都要用威胁的手段。

"马克斯,医生说你任何事情都不能拒绝我,因为我生病了。而且，没有人照顾我，我是孤儿。我妈妈是不是在天堂？"

"我不这么认为。"

"在地狱？"

"或许你母亲是一张在无垠太空中旋转的乘法表，或者一把绕着宇宙转圈的未被发现的小提琴。"

"我有时候觉得你是魔鬼。"

"太好了，还好你没觉得我是天使！"

情人的每一句回应莉奥诺拉都欣赏。

如果马克斯让法国女人不开心了，她就说要写信给教皇：梵蒂冈会裁决说理在她这一边。夜里两点，她跑到巴黎圣母院前，躺在地上，直到被一名宪兵发现。

"杀了我吧，我等的就是这个，您是死亡天使。"她抓住对方的手臂。

"先生，我们把您的妻子带回来了。"他把她送到了普兰特街。

马克斯试图安抚住她。他把她关了起来。玛丽·贝尔特开始撕毁他的油画，损坏他的工具，猛砸他的自行车并扎漏它们的轮胎，拆散他的所有线圈，摔碎他的所有试管。好一会儿之后，再向他大声道歉。看她进入告解室，神父也没办法，他已经厌倦了这样的场景。马克斯每次拒绝她，她都会回到教堂大吼："上帝让我和这个男人这辈子都结合在一起。在他身边，我的每一个细胞都在震颤；耶稣基督、圣灵、露德圣母，把他还给我啊！他是我的丈——夫——，是神和人的律法将我们结合在一起的。那英国女人是入侵者，不

十一 太空中的身体

要脸的东西,神啊,她该被扔进拉芒什海峡!"

"耐心些,莉奥诺拉,那个女人很幼稚,我摆脱她需要时间,你得理解……"

马克斯面色很难看,犹豫不决让事情变得难看,可有两个女人,该怎么办呢?玛丽·贝尔特一出现在雅各布街的公寓,他就躲起来,但她还是能找到他。"这是我第四次来了。"她给了他一个吻。莉奥诺拉不知自己该坚守什么。"那女的是谁啊?"她装作不认识莉奥诺拉的样子,"你就不能和我单独待一会儿吗?"

难堪的场面越来越多。奥朗什会在街上跟着他们,她清楚这对爱侣的一举一动。一天,莉奥诺拉陪马克斯去了普兰特街的画室,玛丽·贝尔特猛地打开门,在拥抱了他之后,宣布:

"我来是想告诉你,你和我要去度假了。"她完全无视莉奥诺拉的存在,"我得单独和你谈谈。"

马克斯吓坏了。

"不好意思,莉奥诺拉,我得把这件事解决一下。你要不泡个澡?我二十分钟后就回来。"

泡个澡?这想法真奇怪,不过或许是个好主意。为什么不呢?莉奥诺拉把鞋和长筒袜脱掉,光着脚在地上走。泡完澡后,她开始仔细观察马克斯的画室,这地方慢慢被他塞满了破自行车和各种做到一半的东西。一些搁板上放着瓶子、书、车轮、油瓶、廉价雕像、钥匙、锤子,还有线卷。他那些书的书名更多和机械、铅工有关,关于绘画的倒没什么:《人与自行车》《脚蹬和车铃故障》《插座与电路》《自由悬浮车轮》《离心力调节装置》《路基与撬杠》，还有一本牛津词典。

在一串能以假乱真的陶瓷蒜瓣旁，两只蟑螂正要从盒子里爬出来。一副机械工手套和一架人工捻线机引起了她的注意。机器上面放着一件黑色的束腰衣，系着紫色蝴蝶结，绣着些玫瑰，正等待莉奥诺拉穿上。她把它绑在腰间，下摆一直垂到了膝盖："为什么我大腿这么瘦呢？"她想象着一双更有力、更温暖的腿，闭上了眼睛。

玛丽·贝尔特打开门：

"你怎么还在这儿？你听好，我丈夫和我明天就要去度假了，你赶快滚回你的小岛去！"

"他请我走时我才会走。"

"你现在就走！"对方吼道，"你的脚指甲太恶心了。"

的确，她的脚指甲太长了。

莉奥诺拉想弯腰去拾鞋子，但束腰衣阻止了她。

"我走了。连我爸爸都没敢这么吼过我。"

"你先把马克斯的束腰衣脱了！"

"马克斯的束腰衣？"莉奥诺拉笑了。

"马克斯就是个天真的孩子，你就是一个蠢货。我不会允许他和你这种货色混在一起。你为什么就不能让我们安生呢？你出现之前，我们很幸福。你没意识到吗？我生了很严重很严重的病。"说着，她就倒在了地上，"我就要死了，只能活几个月了。"

"那你赶紧死！"莉奥诺拉怒不可遏。

玛丽·贝尔特使劲儿跺地板。啜泣让她喘不过气，她假

十一 太空中的身体

装失去了意识。

莉奥诺拉想把她扶起来。

"我来吧。"马克斯拦住了她,"她真能了结了自己。我去扶她睡下。"

玛丽·贝尔特又活了过来。

"那只母猪还在的话我就不去床上。"

"很明显,从外面闯进来的人是我。"莉奥诺拉要离开。

"等等。"马克斯命令她道。

玛丽·贝尔特号叫起来。

"仔细想想,我觉得还是你走比较好。"他颤抖着说。

"好。"

他追到门口,小声说:"花神咖啡馆,一个小时之内。"

莉奥诺拉在一张桌前坐下,三分钟后,一个金发女子走过来,问她:"有火吗?"莉奥诺拉帮她点着了烟。

"老远就看出您是英格兰人,只有英格兰人才在这个点儿喝茶。我叫卡洛塔,从匈牙利来法国找工作。"

"找什么工作?"

"陪伴女士们出门的工作。"

两人聊了四十五分钟左右,恩斯特来了,右眼到嘴角被抓了一道子。看见他,卡洛塔就告辞了。

"咱们离开巴黎吧,去圣马丹-达尔代什,我真忍不了她了。而且超现实主义者的争吵也让我厌倦。"

莉奥诺拉立刻答应了。她并不知道,她的情人是因为玛丽·贝尔特才认识的那个地方,更不知道,那儿就是奥朗什的家乡。虽然他有些担心自己第二任妻子的精神错乱,但仍毫不犹豫地决定和另一个女人去那里避难。

"我觉得你最好现在就去一趟雅各布街把行李收好。我六点过去。咱们越早走越好。"

"玛丽·贝尔特刚才真的犯病了?"

"你也看见她晕倒在地上了。"

超现实主义者们把自己淹没在情感狂欢中。他们的作品展示柜几乎就要爆炸。整个团体自我批判、自我摧毁,鲜血和唾液四溅:"让·科克多是只变色龙。""罗马尼亚人特里斯唐·查拉走了下坡路,只会照他那本《自言自语》的方式说话。自从和那个瑞典人诺贝尔结了婚,他就变得让人忍无可忍。""苏波僵在了自动书写里,自从《伟人》之后,他就没再写出什么好东西。""杜尚对塞尚的戏谑很成功,在三四幅杰作之后,就扔了笔,下起了棋,因为该说的他都说完了。""贾科梅蒂酒瓶子不离手,说要从他普兰特街的露台跳下去。""达利令人作呕,他卖了自己,就是个男妓。""莱昂诺尔·菲尼以为自己是高乔女王。就该把她送到巴塔哥尼亚去剪羊毛。"

整个团体就像一匹脱缰的马,莉奥诺拉则是一位出色的、不会被轻易打败的女骑手:"我来巴黎是画画的。"她一遍遍对自己重复这一点,尽管玛丽·贝尔特的一出出闹剧令她惶惑慌乱,不得安宁。

十二
风之新娘

他们把自行车绑在车顶,带它们一同旅行。法国人都很会骑自行车。莉奥诺拉给马克斯的红车起名叫"亲爱的小美宝",给自己的橙车起名叫"基尔戴尔的罗杰"。四个轮子齐声滚向自由。他们在公路上透过车窗看风景,从玛丽·贝尔特的闹剧中松了口气。她的情人告诉她,他青少年时代的好友汉斯·阿尔普幸运地逃过了兵役,因为他在官员面前脱光了衣服,那惊世骇俗的场景把那些保守的家伙吓得瞠目结舌。莉奥诺拉说,她从小就分不清法语的动词"是"和"有",瓦拉内小姐会罚她像写乘法表一样一遍遍抄写这两个词。

天热起来,两人不得不把车窗摇下,蟋蟀的歌声宣告,他们已经到了南方。热浪翻滚,莉奥诺拉的内心也是。"这才是我。"她很快感觉到,自己不能错过正经历的每分每秒;马克斯无限宽广,可以包容她的一切;她此前的整个人生所等待的都是这一刻;走错一步或回头去看都可能会带来死亡;她不会忽略马克斯的任何东西,哪怕是一根白发;他放在她小腹的双手就像抓着猎物的鹰爪,绝不会放任它掉下去。

莉奥诺拉开着车:"我感觉有点儿不安全,在英格兰、爱尔兰、苏格兰,方向盘都在右边。"马克斯于是一直帮她指着路。他们穿过一座狭窄的长桥后向右转弯,终于进入了圣马丹-达尔代什。光线昏暗，只能隐隐看见两只被压扁在路中间的刺猬。

"咱们终于可以过二人生活了。"莉奥诺拉开心极了，"我已经做好死在你怀里的准备了。"

"我也对你着迷得要死。但在把你吃掉前，咱们先找个地方把饭吃了吧。"

"还是你比较实际。"

当地节日的前夜，小旅馆中挤满了女人的胸脯和屁股，那里的喧闹令他们愉快。他们手牵手走着。

"我有两张床，没厕所也没饭。"老板阿尔丰西娜冲他们大声嚷嚷，好像两人是聋子一样。

"什么？您不吃饭吗？"

"我吃，"她大笑起来，"但是您二位不能吃。我妈妈年纪太大，煮不动饭了。我一点儿多余的活儿都不想干。两位可以去旁边玛利亚家吃，而且她还卖烟。"

"我只剩几根了。"莉奥诺拉有些担心。

"您还是带我们看看房间吧。"画家对老板说。

"房间挺脏的。之前五对客人用过之后闻起来像腌肉。"

阿尔丰西娜看见了自行车：

"自行车真不错。您哪天下午可不可以借我一下？我得去见一个情人，他住的地方离这儿有八公里。"

"当然可以。"马克斯回答。

一支苍蝇大军和几只蝎子已经占领了房间，房里的"家具"只有一袋土豆、一条干蒜辫和一个废弃的烤炉。

"暂住一下还可以。到时候咱们去河的另一边露营。"

十二 风之新娘

玛利亚有一个肉赘,和圣墓修道院那位嬷嬷的很像。

他们吃河鱼,搭配黄芥末吃欧洲鳗鲡。他们也喝葡萄酒,但莉奥诺拉更想饮下的是她的情人,她觉得两人已经浑然一体。村民和他们说起罗讷河涨水,说它有时会淹没镇子。"今年樱桃长得很好,还有一些水果干,两位一定喜欢,腌橄榄也有不少。""两位得去蓬圣埃斯普里看看。"当地居民热情好客,对他们来说,这对情侣是个新鲜事。他们看着两人拥着对方走过街头,又在街角热吻。很快,阿尔丰西娜——他们叫她丰丰——就了解了这对爱侣的一切,并成了他们的同谋。她不仅对他们的生活经历感同身受,还对二人可能面对的隐秘危险十分警惕。圣马丹出现的英国女人和她情人的故事是她读过最好的小说。

"昨天两位出门时,一个女人从巴黎打来电话,说她这就过来。"

"是她。咱们去卡尔卡松吧,去乔·布斯凯家,法国足够大,够藏的。"

1918年5月27日,第一次世界大战期间,在瓦伊前线,二十一岁的乔·布斯凯挨了一枪,子弹正中脊柱。他常年关着窗户。脊髓中的子弹把他钉在了床上,让他永远都离不开鸦片。他说受伤让他学到了一件事,那就是,所有男人都有伤。他写道:"我是谁?我飘浮在两人之间,一人属于我的心脏,一人属于我的死亡。"

乔·布斯凯搓了些小鸦片球。马克斯和莉奥诺拉被带着和他一起抽。在那个没有一丝阳光的黑暗房间里,他瘫在一堆枕头中间,说话很慢。莉奥诺拉问他是否为自己的命运感到愤怒，他回答说，在战场受伤前他就已经迷失了自己。

"为什么？"莉奥诺拉问。

"因为我那会儿就已经抽上瘾了。"

他的生命本可能因为一颗子弹而终结。

"我是被孤独和寂静囚禁的风之浪子。"

莉奥诺拉发现，马克斯叫她"风之新娘"，灵感就来自乔·布斯凯这个题目，当时后者在给《南方手册》等文学杂志撰写谈论形而上学的文章和寓言故事。

"风之新娘"是一种没有根、受罚于空气的植物，受尽践踏与摧残。所以镇上的人不无嘲讽地叫它"风之新娘"。儒勒·米什莱说这种在风中飘摇的植物具有它独特的优点：在可怖旋风所经之地也能开花。

"自从某个朋友开始每隔两天给我送点儿哈希什来，我就感觉好多了，因为它的效果柔和，持续时间又很长。"

布斯凯狠狠抽了一口，屏住呼吸，随后从两片几乎闭着的嘴唇中间慢慢吐出一缕烟。

莉奥诺拉觉得他脸色苍白得可怕。他谢顶，从脸庞看不出年龄，整个人焦躁地颤抖着，两只胳膊下各有一片汗渍在蔓延。

"你冷吗？你还好吗？"她问道。

"我很累，胃很疼。"冰冷的汗水从他额前滑下，落在了眼镜上。

莉奥诺拉帮他擦了擦额头。她是第一次抽，药物在她身上起的作用不如在马克斯身上强烈，看起来，他以前尝试过。他被鸦片的烟雾包裹着，蜷缩在那儿，忘记了莉奥诺拉，忘记了乔,也忘记了玛丽·贝尔特。

时间停止了。光是绿的,仿佛来自水族箱。

"你看起来像个贵族随从。"乔对莉奥诺拉说,"卡尔卡松是属于吟游诗人和纯洁派教徒的。你留在这儿吧,永远别走。"

莉奥诺拉有些不安。

"你没有危险。这儿没有任何钟表。完全没有。我早就决定,要不问时日,平静下来,闭上眼睛。"

鸦片让乔·布斯凯到达梦的深处,爱上不真实的女人。他对莉奥诺拉说,爱一个女人就是在肉体上变成她:

"我像女人一样活过。我想生个孩子,然后用自己生产的养分喂养他。"

他身体里的子弹还在继续前进。疼痛侵蚀着他,鸦片是尿毒症的唯一解药,他的肾已经不工作了。

"没人来照顾你吗?你都吃什么?"

"人都太蠢了。我更想一个人待着。我吃很多糖煮水果。你要吃一个裹糖水果吗?我有好多,梅子是最好吃的。"

"红桃王后也给她的马吃果酱。"

"啊,是吗?"布斯凯很感兴趣。

"她寄给我一封邀请函,上面装饰有蕾丝、玫瑰和燕子,文字是烫金的。我找到我的司机,让他开车带我去宫殿,但他是个彻头彻尾的傻瓜,为了种蘑菇,把车埋了,马达也坏了。因为他的愚蠢,我不得不租了一辆两匹马的四轮马车。在宫殿门口,一个穿红金相间服饰的仆人提醒我:'王后昨晚疯了。她在浴盆里。'"

乔·布斯凯睁开了眼睛。

"什么王后？英格兰的吗？"

"红桃王后。"

"她很好！你觉得他们会像埋你的车那样埋葬我吗？"

"我觉得你会掉到地上去，就像一颗很重的李子，就像这样，啪！"

布斯凯笑了起来，抓起了她的手。

"见到你真好！莉奥诺拉，你平日会怎样给自己勇气？"

"我从不祈祷，只反复唱或反复念'马、马、马、马……'"

正因为热爱生活，最开始，乔很想摧毁它，但他现在已经接受了它将死的事实。吸食鸦片的这些年麻痹了他的疼痛，也压制住了他想了结自己的愿望。

"受伤的我变成了我的伤。我在一个肉体中苟活，这肉体是我欲望的耻辱……最后的岁月已经向我涌来，它们卑躬屈膝，提着手灯。万岁，我的不幸！"

对莉奥诺拉来说，离开那个房间是种解脱。只有鸦片和一位诗人的苦痛能进去。他承受苦痛，也令人痛苦；并努力想为自己的境况寻找到某种意义。

十三
茄　子

情侣俩决定回圣马丹-达尔代什。阿尔丰西娜告诉他们，玛丽·贝尔特来问过马克斯的情况。

每天早上，他们都会慢慢下到河边去。河水流过河滩上的石头，变得更加清澈，奔涌着，冲出一汪池水，化成一片绿色深潭，随后又变作宽广水流，和缓流入大海。他们脱光衣服，躺在岸边。莉奥诺拉的一头乌黑乱发闯进了河滩的白。两人一待就是几个小时，没有人靠近这对相拥的爱侣，他们是这条河的主人。两人在阳光下躺过之后，石头们会保有对他们身体的记忆，轻摇着他们，哄他们入睡。马克斯是至高鸟，他带领着她，有时抓住她的手，有时又松开。河畔晶莹雪白。

"咱们下水吧！"

她的情人拽了她一把，两人跳进水里。太阳到达天顶时，他的模样渐渐变了形。

"那些石头想吃掉你，把你吸进去，我已经看不见你了。"

他的黑色空间生机蓬勃，不会让石头吞没她。"莉奥诺拉，莉奥诺拉，莉奥诺拉，莉奥诺拉。"马克斯呼唤着她的阴部、她的腋下、她繁枝茂叶般的头发，他们像昨晚，像今早一样做爱，像此时此刻一样做爱。石头就是他们的行刑墙：

士兵们，对准心脏，开火！

那条河的白晃晃在记忆中追随着他们，很像环绕他们的高高的石灰质山。被雕刻成几百种不同生灵的石块让马克斯想起，曾有一个人，用尽一生将风景变成动物园。他雕出狮子、熊、老虎，甚至半人马、政府秘书、历史人物。墓园的丝柏让他想起17世纪宫廷女性的假发。

"我觉得镇上的人不喜欢咱们裸体。"莉奥诺拉嘟囔道。

"熊、猫、老鼠、羊羔、狗、鸟用它们的皮肤、毛发、羽毛遮挡身体，我们从不说它们是赤裸的。虾、螃蟹、蟑螂有它们自己脆脆的壳。人生来赤裸，衣服并不长在身上，是从别的皮上截下来的，并不是为了显得庄重，而是为了满足基本需求。穿着衣服并不能使我们更具有美德。"

"不能吗？那什么是美德？"

"美德就是做令人愉悦的事。"

"那邪恶呢？"

"邪恶就是不做令人愉悦的事。生命非常简单，无非是生与死，然后在两者之间结婚生子。其余的牺牲、拒绝、无所依靠会将我们引向失去创造力的罪恶。"

"咱们吓着那些人了。"莉奥诺拉说。

"那是他们的问题，不是咱们的。你去邀请一下丰丰，让她和咱们一起游个泳吧。不过她的肉都堆在骨头周围，不会答应的。她的身体并不庄重，庄重的是她的头脑。"

夜里下雨了，第二天他们出门去找蜗牛。

"别抓公墓里的，我可不用那儿的蜗牛做菜。在诺埃尔葡萄园旁的矮墙上能找到很多。"

十三 茄 子

他们抓了将近五十只蜗牛给阿尔丰西娜。

"你得让它们在那儿待三天,等它们饿死。"马克斯对莉奥诺拉说,"之后再用醋和盐水清洗一下。它们会流很多口水,之后就干净了,用蒜汁煮一下,好吃得不得了!"

情人睡得正酣,莉奥诺拉坐起身来,看着一只蜘蛛从屋顶沿着丝线降落,挂在了从百叶窗透进来的缕缕阳光中。她试着回想了一下阿尔丰西娜的话:"早间的蜘蛛,悲伤;午间的蜘蛛,忧虑;夜间的蜘蛛,希望。"[1]

葡萄园的景色让莉奥诺拉着迷。农民们像照顾自己孩子一样照顾着葡萄藤。葡萄酒是士兵们追随圣女贞德的原因。葡萄酒也为路易九世加冕:酒窖中堆积的上好木材制成的木桶就是他的王座。自中世纪起,人们就把葡萄叶挂在家门前,好让好神灵留下福泽与丰收。

"丰收的好年份是1914年和1932年。"阿尔丰西娜告诉她,"有人会在葡萄藤下活埋一只青蛙,这样会让酒的质量更好。"

邻桌的一对情侣说话带有浓重的马赛口音。

"两位是在这儿露营的吗?"马克斯问他们。

"是,在河的另一边。本地人说很危险……"

"不想把您露营的帐篷卖掉吗?"

三天后,马克斯变成了远足爱好者。

悬崖的阴影中,在阿尔代什河边,那顶帐篷就像被洗衣妇忘在那儿的一块破布。莉奥诺拉坐在河边刷着牙。一些小

---

[1] 原文为法语。

鱼过来吃牙膏,喝口水。她抬头便能望见一座长在山上的村庄,白的是房子,黑的是丝柏。

"我觉得咱们应该去那儿。"她把那地方指给马克斯,后者正想做一条阳光下的蛇。

"今天太热了,我不喜欢在天这么热的时候走路。"马克斯站起身来,跳进水里。

"咱们可以游到那儿去。"莉奥诺拉指了指山。

"山是用来爬的。"马克斯回答道,他的脑袋在一群鱼的围绕下浮出水面。

他从水中钻出来时,眼睛就像两条美丽的蓝色的鱼,头顶则戴着仿佛白色羽毛的泡沫王冠。他在莉奥诺拉身边躺下。

"热石头和水是我在这世上最爱的东西。"他摸着自己的肚子嘟囔道,"咱们的生活真和顺啊。莉奥诺拉,我想抓些鱼来炸着吃,"他带着残忍的微笑继续说道,"给它们挤点柠檬,听它们在齿间咯吱响。我饿了,你把饭盒里的奶酪拿出来。还有西红柿和面包。啊!别忘了葡萄酒。"

"还要别的吗?"

"葡萄,把它们都拿来。"

两人在一群苍蝇中吃过了东西,随后便睡着了。被太阳晒透的她醒来时,看见山已经在阴影中变成了紫色。她的情人发出了一串悲伤的、她无法解译的声音。

"现在我可以爬你的山了,莉奥诺拉。"他打了个哈欠,伸了下手臂。

一条小路将他们带到了一座已成废墟的拱门前,越往上爬,他们就越感觉孤独。路像夜一样黑,无花果树穿透了

十三 茄子

房子。一头山羊从一扇门中走出,站在骄傲的制高点上看着两人。

"那不是一头山羊,是只爬行动物。"莉奥诺拉笃定地说道。

那是他们见到的唯一活物。两人透过一条缝隙看见了一座花园;一堵墙将他们与一片空荡的空间分开,那片空间下方几米便是一条奔流的河。

山的高处,有三座尖塔的城堡划破天际。城堡的主人是西里尔·德金德尔子爵,他将自己埋在书房的一摞摞书间,只有一个怪异的、会裸身骑马的女儿与之相伴:德鲁西尔女子爵。

"咱们可以化装成主教,在石头上主持庄严的弥撒。"

莉奥诺拉陶醉地闭上了双眼,想象中的她站在情人身旁,穿紫色法衣,头戴主教法冠,手持可以驱赶魔鬼的法杖。

一匹马飞奔而过,惊醒了她的主教梦。一位只穿着一件短外套的女骑手下了马,亲吻了一下马克斯。

"晚上好,我俊俏的小可爱波波!"她冲马克斯说道。

一个壮硕得几乎像个男人的女人,竟能发出这样甜柔做作的声音。

"我的小可怜,真是累坏了。你想去城堡吃晚饭吗?"

"今天算了。明天吧。"

德鲁西尔吻了一下马克斯的鼻子,接着用马刺刺了一下马。

"你愿意的话,可以把她也带上。"她指了一下这位英国女主教,对方正用告别的手势为她祝福。

"你已经从主教梦里出来了?"

"是,那个勒皮他岛居民把我吵醒了。"

莉奥诺拉看见马克斯摘了一些有毛刺的、气味极香甜的植物。

"你拿那些花做什么?"

"传说中,"他一边捆好了一束一边讲,"有个极丑的女子,叫米拉尔达,她出门时总是罩着面纱,免得被人看见她的模样。后来有个男巫爱上了她头发的香气,就强占了她。他醒来时看见了她的模样,惊恐不已,便将她活埋了,只留下她的头发在外面,就成了这种花:'米拉尔达的鬈发'。"

莉奥诺拉使劲闻了一下,猛地把头向后撤了回去:

"这么浓的气味!"

"我看看,我觉得已经摘得差不多了。现在需要一块平石头和一块圆石头。得赶在天黑之前弄好。"

莉奥诺拉闻了闻沾满"米拉尔达鬈发"气味的手指。马克斯让她在帐篷附近点亮了一根蜡烛,自己则蹲在一块很平的石头前面把花捣碎了。

之后,他把它放进锅里煮了起来。那气味实在香极了。

"你看,"他说,"这些花草能做成特别好的烟,比高卢香烟要便宜得多。只差一些米纸来卷它。现在咱们去找点儿来,把火留着,等回来应该就已经煮好了。"

他们刚走到广场,阿尔丰西娜就开始冲两人嚷嚷:

"都三天没看见二位了,快来吃晚饭啊。"

她对莉奥诺拉说:

"两位怎么把我给抛弃了?去拿点儿菜来,我给你们做点

十三 茄子

儿番茄汁炖茄子。让玛利亚从菜园摘几个新鲜的。"

玛利亚从有毛刺的叶子间摘了两个紫紫的圆球,把它们递给莉奥诺拉。

"要几个番茄?"她继续在黑暗中寻找着,"我的生菜也很好。"

莉奥诺拉和马克斯坐在露台上。其他的顾客,一位是掘墓人,一位是牧羊人,还有一位爱抽烟的盲人姑娘,再有就是老马特奥了,他常年在此,一根接一根地卷着烟。丰丰很快就把一盘红酱茄子放在了他们眼前。

"莉奥诺拉,要是你想让那个掘墓人给你量量身高做棺材,现在正是时候。"

掘墓人站起身,走向了她。饭馆老板娘坐在画家身旁,用一根牙签剔着牙。只有马特奥还在,其他人都已经不见了踪影。阿尔丰西娜兴奋地讲着邻居的坏话,说他们都是醉鬼,吊儿郎当,行事过分。

"或许是因为他们太穷了。"马克斯为这些人讲话,"无论如何,我都不相信工作能有什么好处。"

"马特奥卷烟的纸是在哪儿买的?"莉奥诺拉问。

"啊啊啊啊啊……!"老头出了几声。

丰丰翻译了一下:

"在烟草店。"

莉奥诺拉和马克斯与他们道了别。

"明天马特奥会带些无花果和一只大胖兔子来。我要做鲜嫩多汁的迷迭香兔肉。我做的这道菜简直一绝。"

买了两盒米纸后,他们在月光的引领下回到了帐篷。阿尔代什河的水在路旁轻缓地流淌。帐篷中锅下的炭还红着，闻起来很香。马克斯把小锅放进河水里冷却时，一道水雾帘升了起来。

"已经煮干了，刚刚好。"

他把煮好的东西变成了香烟。

"你马上就知道这有多美妙了。"他点着了一根。

"谁教你做这个的?"

"我会做的多着呢，你都想象不到。抽下这一根，我的所有烦恼就都飘走了。"

"你妻子真的可能追到这儿来吗?"

"你不了解玛丽·贝尔特。"

此时照顾他妻子的是一个几乎不会读写的毛头小子。

"你觉得要是发生什么，他会给我打电话吗?"他问莉奥诺拉。

"不知道，"她在远处回答，声音好像是从离脑袋几米的地方发出来的，"我觉得这不怎么重要。"

"这很重要，"马克斯回应道，"这镇子这么小，她要是来了，一下子就能找到咱们。"

"不重要，没有什么是重要的。"莉奥诺拉肯定地说，此时的她已经飞远了。

十四

邮差薛瓦勒

除了走路和攀登石山,没有太多事可做。马克斯懂天文,莉奥诺拉了解月亮,她认为月球也会像女人的肚子一样胀大和缩小,且决定了她们的月事。奥康纳神父是她的天文老师,教她认识了各个星座,她选择把这知识教给马克斯。她还教他认识了绿色、蓝色和灰色的蟋蟀。每当有兀鹫俯冲下来,她都会悲伤地说:

"一定有哪只动物死在荒野里了。"

马克斯告诉她,某些蘑菇里有类似于蛋清的物质,莉奥诺拉很喜欢吃鸡蛋,所以她也吃这些蘑菇。恩斯特像是背着沉重的负担,不太说话,如果张嘴,也是为了给她讲大自然那些残忍却有魔力的法则。

有时他们会在路上看到一位白色髭须的邮差。想要获得这份工作,需要先起誓:在法国,邮差任职前需要宣誓,他们会将信件完好无损地送到目的地。他们穿着军人制服:做邮差是一项神圣的使命。没有自行车的人有时需要在林间的崎岖土路上走很长的距离。日晒雨淋冰雪冻。圣马丹-达尔代什的这位邮差戴着海军蓝的帽子,帽檐下一双眼睛极具穿透力,这让马克斯想起了邮差薛瓦勒,于是他瞬间换了表情:

"咱们坐火车去欧特里沃吧,莉奥诺拉。你还记得布勒东给你念的那首写给那位邮差的诗吗？咱们离费迪南·薛瓦勒的理想宫很近。话说回来，哪怕需要花很长时间，费很大力气，都该去看看它的。"

"那是匹马吗？"[1] 莉奥诺拉拍了拍手。

一天，费迪南·薛瓦勒被一块石头绊了一跤。他从未见过那样的石头，于是又去找了一些。最开始，他把它们放在自己的口袋中，后来又将它们塞进一个桶里，再后来，用一辆小推车把它们运到了他建造自己城堡的地方。那时的他已经四十三岁，不再是个小伙子了。"他真是为家族增了光。"莉奥诺拉想，"干起活儿像马一样。"

他前后花了三十三年，用灰浆和水泥把那些石头变成了昆虫、羽毛、棕榈树、高塔、吊桥、动物、瀑布、海星、天使、兽角、玫瑰……让他的理想宫成为瑞士别墅、印度神庙、壁龛和清真寺宣礼塔的混合体。

莉奥诺拉在小推车上发现了一块纪念牌，是薛瓦勒为了纪念它而写的："现在他已完成了他的作品／安心享受着自己的劳动／在他的家里，我，作为他谦卑的朋友／独占着荣耀的位置。"

"马克斯，他的邻居们都怎么想啊？"

"和咱们一样吧：觉得他疯了。你知道吗？我有幅画是献给他的：《献给邮差薛瓦勒》。"

"画在哪儿？"

"我给露易丝了。"

---

[1] 邮差薛瓦勒的名字"Cheval"在法语中有"马"的意思。——编者注

十四　邮差薛瓦勒

从欧特里沃回去的路上,马克斯一直在看书,莉奥诺拉则把鼻子贴在玻璃窗上,看见很多孩子在朝火车招手。她刚闭上眼,一个仿佛来自隧道的声音就叫醒了她:"圣马丹-达尔代什。"

莉奥诺拉尊重自己情人的沉默,她回忆起自己在克鲁基庄园最好的时光,以此自娱自乐:她记起了第一次在结冰的湖上滑冰;记起了同司机的儿子蒂姆在他父亲的车上喝常温啤酒喝到大醉的夜晚,那一次,酒后反应持续了很久,第二天她甚至当着一众客人吐在了网球场上。

阿尔丰西娜神色紧张地敲开了门,说:

"下面有个女人,肯定是恩斯特的老婆。她想抢走我手里的盘子,说:'我来给他端他的牛奶咖啡。'我没让她得逞。"

"该死!"画家醒过来,"我去看看她。"

莉奥诺拉等了三个小时。

阿尔丰西娜上楼来把大厅里发生的事讲给了她听。

"他已经把她带到河边去了。"

"什么?"

"是啊,她问他的第一句话就是:'你在这儿干吗呢?'他好像也没生气,就说带她去散散步。他们顺着去阿尔代什河的路往下走了。他还扶着她的胳膊。"

"扶着她胳膊?"

马克斯终于回来了:

"我得把她带到一个姨妈家去,好让她平复一下心绪,就在瓦朗斯,离这儿很近。她承诺,如果我和她待上个三天,就给咱们安宁。"

对莉奥诺拉来说，发现马克斯的弱点是沉重的一击。他说玛丽·贝尔特只想要三天时间，三天时间不算什么，像水一样一下就流走了，反反复复说着这句话时，他的鼻翼一直很丑地颤抖着。

"那我呢？"莉奥诺拉吼道。

"就三天。你和我有整个人生在眼前呢，她已经明白我就要离开她了。"

她上上下下好好看了看这个人，他请求莉奥诺拉留在那儿等他，说玛丽·贝尔特情况很差，绝望至极，他得陪她去瓦朗斯。相比之下，她，莉奥诺拉，现在很好，好得像台发电机，像头山羊。莉奥诺拉怒不可遏，她说他可以陪他前妻去车站，扶她上车，如果她能跑到这里来，就有足够的力气自己一个人走。

那一刻，莉奥诺拉的心里钻进了恐惧的蛇蟒。玛丽·贝尔特会缠住他，会不惜一切代价阻止他回来。马克斯要放弃的是她，而不是自己的合法妻子。输了比赛的是她，是她，这个英国女人。已经赢了的是法国女人，她属于这里，在她自己的国家，守着马克斯。"莫瑞，妈妈，你在哪儿？莫瑞，帮帮我，妈妈，我该怎么办？"母亲的沉默让她更加愤怒。

"马克斯，你要是走，回来时就不会再见到我了。"

她说这话时，高昂着头。现在，她不会再受这个德国人的侮辱了。如果他想装傻，觉得自己会回来，那就去吧。莉奥诺拉是匹前足已经腾空的马，蹄子随时可能会落在他头顶。面对英国女人嘶鸣般的怒吼，马克斯后退了几步。

"你觉得我是傻瓜吗？"

十四　邮差薛瓦勒

阿尔丰西娜探头进来。

"您的老婆在房间里走来走去,好像一头给关进笼子里的野兽。"

"我承诺,三天就回来,小莉奥诺拉。"他拥抱了她一下。

"别加'小'字,我不是傻子。如果你走的话,我也走,往另一边走。"

"你要去哪儿?去干吗?"

"这是我自己的事。"她一边怒气冲冲地回答,一边盘算自己是否可以找份工作挣些辛苦钱。

"等着我!"

"滚吧。"

最后一眼,莉奥诺拉看见的是自己情人往前倾斜的后颈。他的大衣还挂在门口,莉奥诺拉本想提醒他"马克斯,你的大衣!",但她只是看着它,好像那件衣服正在给她催眠。

"这男人也太软弱了!"阿尔丰西娜做出了评价。

"帮我收拾一下行李吧,我要走了。"

"你也要抛下我们吗?我可不让你走。一个你这样的女孩子,很危险的。等三天,他会回来的。"

"那我就是沙洛特夫人了。"

"她是谁啊?"

"她的身体飘浮在英格兰的每条河流里,因为她的情人弃她而去,于是她决定投河自尽。"

尽管双手冰冷得几乎不听使唤,莉奥诺拉还是努力收拾着东西。

"你看我的手指都变成了石头。"

她的所有东西一个小包裹就能装下。

"收拾好了。咱们下楼去餐厅喝个痛快吧。"

她坐下来,喝着果渣白兰地,很快就上了头。

"马克斯把可怜的小莉奥诺拉一个人扔在这儿了,"阿尔丰西娜给众人讲着,"看看她手里拿酒瓶子的那个样子呀。"

"摘葡萄的堂帕斯瓜尔说可以把我带到奥朗日站。"

丰丰想挽留她。

车站站长看她沿空空的站台走了过来。

"快车晚上九点半发车。"他告诉她。

莉奥诺拉把自己的小包裹放在寄存柜中,在镇上逛了逛。她在一家小酒馆里点了一杯红酒,接着又点了一杯,直到把整瓶都喝完。后来她又买了本书,在广场的长椅上坐了下来。

时间凝滞了,午后的天冷了起来。她扔掉书,想回车站,实在读不下去,那些字母一直在往下掉。走在路上,她突然想让一辆车撞上自己。

"你疯了吗?"司机跳下车,冲她怒吼,"姑娘,你浑身都是酒味!"

莉奥诺拉耸了耸肩,走到了烟店。之后又去了满是游客的罗马竞技场。已经走到门槛前,她才发觉自己没有力气踏进去。她又买了份报纸,很快又把它扔掉。她想伤害自己,用右脚狠狠踢了下左腿。"人们毒死了卢克雷齐娅·博尔贾,为什么不毒死我?"她走进一家咖啡馆,在两个酒客的注视下,给阿尔丰西娜打了个电话。

"留到明天再走吧,"阿尔丰西娜请求道,"或者至少给我留个电话,要是有什么消息我好告诉你。"

十四　邮差薛瓦勒

咖啡馆老板给她推荐了一家旅馆。刚安顿好,她就给阿尔丰西娜留下了地址和电话。晚上九点她爬上了床,却一夜都没睡,于是一大早又出门去散步。商店一开门,她就买了一瓶轩尼诗,抱着它回了房间。莉奥诺拉望着窗外,数着奥朗日的屋顶,喝下了半瓶酒。十一点时,有人敲响了房间门。

"小姐,您的电话,阿尔丰西娜打来的。"[1]

她几乎说不出话了,抽了太多烟,嘴烧得慌。

"马克斯打了个电话。"阿尔丰西娜说道,"我告诉他您去了奥朗日,把电话给了他。我还告诉他,如果他不打电话的话,可能您就要去美国或中国了。他说他立刻就打。"

1　原文为法语。

十五
宿　醉

除了等待和抽烟，莉奥诺拉什么都不做。她告诉侍者，自己要坐在酒店正对面的长凳上，随后又改变了主意：

"我还是回房间待着吧。"

她上楼回到房间，之后又下了楼。实在待不住。

"您还是吃些东西吧。"一位侍者很担心她。

她没有吃东西，而是要了两杯黑咖啡。看着镜子里的自己："脸色太苍白了，我简直像个疯子！"她喜欢这样。或许死掉就不再痛苦了。她耳朵里一直跳，左太阳穴的青筋暴出。她不介意人们盯着她看，每次电话一响就跑过去。

"不是打给您的。"那位好心的侍者说。

中午她就喝完了一瓶酒，瘫在床上，抱着酒瓶想睡一会儿。但睡不着。下午三点半，她叫了一辆出租车。

"如果有个叫马克斯·恩斯特的打过来，就说我没有去美国，我回圣马丹-达尔代什了。"

侍者们满怀同情地看着她离开，因为她之前告诉大家："我爱的男人对另一个女人有性义务。"

"我真不明白，"她的同谋阿尔丰西娜对她说，"他急着想知道你当时在哪儿。希望没发生什么可怕的事。镇上人说看见他带着一把左轮手枪。"

"我不信。"莉奥诺拉怒火中烧。

"你看起来像个精神不正常的可怜女人,我给你拿点儿可可味的东西。"

"好。那我趁这会儿去趟电话亭。"

她回来时头发蓬乱,有些喘不上气。

"没消息。"

"来喝杯刚做好的咖啡吧,"玛利亚邀请她,"我给你看看牌。"

她洗了洗牌,接着把它们摆在了莉奥诺拉面前。

"你会和一个黑发的富有男子结婚。也有一些困难在等着你。"

"马克斯会回到我身边吗?"

"牌上说不会。"玛利亚回答道。

那晚,有些客人在咖啡馆喝果渣白兰地,阿尔丰西娜给他们讲了讲英国女人的悲惨遭遇。

"看样子,她的情人是不会回来了,"马特奥说,"我来请她喝一杯吧。"

莉奥诺拉一桌挨一桌地寻求安慰,每桌人都给她端上了一杯酒。她又给奥朗日那边打了一通电话。"没有,没有人找过您。"她没有回阿尔丰西娜的咖啡馆,而是向河边走去,冰冷的河水从山上流下来。之前下了很多雨。

"那英国女人可能会自杀。"阿尔丰西娜对老主顾们说,"河水会把她的小身子一直带到海里去的。"

终于,吉米·恩斯特打来了电话,说他父亲太累了,没法去圣马丹-达尔代什了。他问阿尔丰西娜是否可以把他的行李寄过去。"当然不行!"她怒不可遏。之后又把这事讲给了莉奥诺拉,后者破口大骂起来。

"这可不是淑女嘴里该说的话呀!"阿尔丰西娜抗议道。

莉奥诺拉正要张嘴回答,忽然愣住了,因为马克斯骑着"亲爱的小美宝"进入了广场。他穿着破大衣和被撕烂的衬衫上了楼。

"好像是和两只老虎过的夜。"阿尔丰西娜用手捂住了嘴。

"到我这儿来,莉奥诺拉,我从来没有这么痛苦过。"马克斯唤着她。

他刚开始给她讲他的经历,阿尔丰西娜就走进了房间。

"她来了。"

伴随着吼叫和捶门声,莉奥诺拉打开门,立刻挨了一记响亮的耳光。

"你要甩了她,还是要跟她走?"莉奥诺拉摸着自己的脸颊,质问他。

合法妻子站在门框下,昂首挺胸地等待着答案。

"你要怎么办,马克斯?"莉奥诺拉继续问道。

"我不知道。"他恐惧地回答道。

他一会儿看看这个女人,一会儿看看那个。玛丽·贝尔特歇斯底里地笑了起来。

"你要是不知道,现在就去死吧!"

马克斯顺从地下到了街上,五分钟后,莉奥诺拉看到他踩着右脚蹬,骑上了"亲爱的小美宝",而玛丽·贝尔特则把双手放在了"基尔戴尔的罗杰"的把手上。

"我的车!"莉奥诺拉喊道。

十五　宿　醉

玛丽·贝尔特冲她吐了下舌头。

这出闹剧惊扰到了镇上的人,大家纷纷将头探出窗口看热闹。

莉奥诺拉没有看任何人,径直走到教堂,在过道中间,面对祭坛,站着解了小便:

"狗屎圣人,你的圣水在这儿呢。"

她撩着裙子,走进了满是泥浆和粗树枝的河水。帐篷的所在地已经了无踪影。莉奥诺拉看见河对岸有一个鬼魂:马克斯放下包裹,脱下衬衣,跳入河中,游向了她。

阿尔代什河染上了早秋最初的几抹黄,河水也变成了金色。莉奥诺拉想,夏天走了很好。街道看上去比她更荒凉。几片葡萄叶拂过她的脸颊,一只鸟掉落在她脚边,伴着鲜血溅起了灰尘。蟋蟀气势汹汹地唱着歌,往她脑袋里塞满了尖厉的声音,让她的眼睛也刺痛起来。

莉奥诺拉躲在小礼拜堂后抽她的"米拉尔达鬈发"。吸食已经不再起效,因此,她开始一片一片地吃它尖尖的小叶子,上腭发起麻来。"我是一头吃饲料的母牛。"蝙蝠唱起了巴赫的弥撒曲,莉奥诺拉也加入了它们,她唱得那样用力,就像是要引起彩色玻璃窗的共鸣,将它们震碎——这可能会比任何事情都更能让她开心。咽下了一把"米拉尔达鬈发"后,她回到了阿尔丰西娜的咖啡馆,看见那儿摆好了一张长桌,上面还铺着亚麻桌布。

"这是要干吗,阿尔丰西娜?"

"镇上的节日。我来给你介绍潘蒂尔德和阿加莎·德斯阿尔林·德鲁斯,她们可是带给我们荣耀的两位大人物。"

"德鲁西尔·德金德尔在哪儿？"

"我们没有邀请她。"

莉奥诺拉在桌旁坐下，很快便看到桌布上绣的玫瑰开始生长，一直蔓延到天花板。各种颜色的纽扣——红色的、白色的、蓝色的、紫色的、黑色的——纷纷打开，从桌布爬上墙壁。

"很快你就会觉得好一些的，"阿尔丰西娜大声对她说道，"你不能任自己这样下去。"

洒出的红酒漫到了桌边，莉奥诺拉看见丰丰叫住了一位侍者，在对方耳边嘀咕了些什么，又指了指她。

"这是为你办的派对。你得说点儿什么。"

侍者们纷纷从厨房出来，上过菜后又回去拿新的菜肴，阿尔丰西娜命令他们：

"快一点儿，把杯子都洗了。"

莉奥诺拉对自己的邻座说：

"我的右半边脑袋和左半边一样强大。"

她抬手摸了摸，发现自己的头变成了马头。

"你觉得我有没有哪儿是怪怪的？"

"对我来说你整个人都很奇怪，"他回答道，"你像一匹马。"

"对，"莉奥诺拉说，"从现在开始我的脸是马的脸。我认识一个人，从出生起，就有一颗猪的头。"

"那我的脸是什么脸？"

"熊的。我是英国人，我们亲爱的君主是蝙蝠。"

一个身着天使衣裙的小女孩站在桌上，朗诵着一首洛特雷阿蒙的诗，食客们一直掐她的腿，打她的屁股，像在教室

十五 宿 醉

里一样向她的脑袋扔小纸球。她的表演结束后,阿尔丰西娜把她的脑袋按进了水里,直到泡沫消失殆尽。她小小的尸体在长桌旁飘浮,食客们纷纷将剩菜抛向了她。

"现在请大家打开礼物。"丰丰发布了命令。

客人们相互交换着蝰蛇、蛤蟆、夜莺、南蝎、蝴蝶、蝙蝠、兔子、蜗牛、左轮手枪、刀和滚烫的红色货币。喝醉了的阿加莎·德斯阿尔林·德鲁斯请众人教她如何射击。

"这是为你举办的宴会,你知道吗?"丰丰重复道,"大家都等着你的发言呢。"

莉奥诺拉爬上桌,扭着头唱道:"听,听,听听百灵鸟。"接着又低下头,指着自己的心脏,在一片掌声中回到自己的座位。

莉奥诺拉无法摆脱自己的晕眩感。

"给你的惊喜到了!"阿尔丰西娜用自己尖利的食指戳着她的肋骨,"等一下就能看到了。"

各位看客都退到一旁,为三个黑衣人让出一条道。他们走上绞刑架,莉奥诺拉看到其中的第三个人十分瘦小,像极了她自己。他带来了一篮百合。

"我看不下去这个。"她对阿尔丰西娜说。

"你还有什么要说的吗?"一个刽子手问最矮的那个人。

"谢谢。"这是他说的唯一的词。

刀干脆地落下,那颗脑袋便掉进了篮子里,鲜血染红了百合。莉奥诺拉认出那是她自己的头。

"你要一颗死去的蛋还是一只烧伤的脚?"她的邻座问她。

"要一块方糖。"

"我时刻为我的马备着糖。"他回答道。

十六
贝尔福石狮

在法国,电报像蓝色的领结:

"您的小蓝纸。"[1] 酷似薛瓦勒的邮差交给她一个折起来的纸片。

"来巴黎吧。"

"我得马上走。"莉奥诺拉颤抖着说。

"可能都不是他发的,"阿尔丰西娜嘟哝着,"我要是你就先给他打个电话。"

"马克斯从不接电话。帮我收拾一下行李,我要去奥朗日坐快车。"

火车上的夜晚没有尽头。

刚到雅各布街,马克斯就坚定地对她说:

"我要和玛丽·贝尔特分开。我现在已经完全不同情她了。"

毫无疑问,他是个傲慢的男人。

马克斯对妻子的同情稀释在了工作里。他一忙就是十个小时。与此同时,莉奥诺拉也在画画和写作,1938年1月17日,她携两幅作品——《艾米丽,我们明天做什么?》和《沉

---

[1] 原文为法语。

十六　贝尔福石狮

默的情人》——参加了正在巴黎、之后将移至阿姆斯特丹举办的超现实主义国际展。

在画廊门口,一个年轻人给按顺序入场的参观者递上了可以照亮一条黑暗隧道的手电。

"这是展览还是马戏团的表演?"赞助人玛丽-洛尔·德诺瓦耶问道。

十六个人体模型一字排开,站在黑暗的过道两侧,代表着女性的永恒。她们的私处被灯光打亮,跃入观者视线,十分刺眼。

每位超现实主义者都分到了一个人体模型。习惯了制造轰动的恩斯特给自己的模型穿上了黑裙,将它撩到吊袜带之上,露出粉色的内裤。两腿之间插入了一个光源。一个顶着贝尔福石狮头的流浪汉倒在地上,双手抓住这位寡妇的脚,目露淫光向上瞧着,戴手套的右手在短裤里翻搅。人体模型的长袜上满是窟窿,一副手套摊在地上。连布勒东都惊呼:

"过分了,至少把那光源关掉吧。"

恩斯特的人体模型惊世骇俗,惹得各位摄影师争先为它拍照。

"我和贝尔福石狮住在一起。"莉奥诺拉充满自豪。

马克斯则鼓励她写作:

"你写得太好了。你的文字拯救了我们两人。"

马克斯为《恐怖之家》画了插图,那是她用法语写下的作品:她受一匹马的邀请,参加了一位女主人在家举办的派对,对方身着一件活蝙蝠——它的翅膀被缝在了布上——长袍。恐怖之家的女主人邀请各位宾客——所有在场的马——参加一场竞赛:"从110倒着数到5,越快越好。同时,要用左前蹄打出《伏尔加河上的纤夫》的拍子,右前蹄打出《马赛曲》的拍子,左右后蹄打出《夏日最后一朵玫瑰》的拍子。比赛持续了二十五分钟,但……"

莉奥诺拉在此停了笔。

"这样就结束了?为什么在这里打断了叙述?"马克斯问道。

"梦在恐怖夫人看到我的那刻就结束了。"

"恐怖夫人是谁?"

"我的一个鬼魂。"

超现实主义者活在一阵打破所有障碍的旋风中。这就是自由吗?从数年前开始,毕加索的私人生活就已经骇人听闻,他只要出现在街上、咖啡馆、画廊,就会有闹剧发生。他画的女人在他身旁逐渐膨胀,而后又不断泄气,如果她们不能及时逃脱,就会像被扎破的气球,在轰响中被掏空。那些曾充满女王气质的,今天已然凋零。波德莱尔称她们为崇高的虎、冷漠的魔,以此咒骂她们,诅咒她们登上殉难者名册。兰波也是众人的偶像之一,他在三十七岁时死去:一位逃兵、魏尔伦的情人、军火贩子、苦艾酒的拥趸和沉迷哈希什的瘾君子。

布勒东重写了他的宣言,并要求众人签署。有些人不愿意,就被赶到了大街上。对他来说,超现实主义是一种生活方式。任何超现实主义诗人都不可以从事报业,染污自身。如果日子过不下去,那是他自己的悲剧,要体验它,直至尝到其最终后果。布勒东因菲利普·苏波的散文和诗歌而

十六 贝尔福石狮

开除他,因认为社会学家皮埃尔·纳维尔太循规蹈矩而排挤他。他完全不在乎自己赶走了马塞尔·杜尚;赶走了被自己形容为"粪便"的哲学家乔治·巴塔耶;赶走了安德烈·马松——这位萨德的追随者认为只需将笔放在纸上便可让其自动生成最好的图像;赶走了弗朗西斯·皮卡维亚,因为他与立体主义过从甚密;赶走了雷蒙·格诺,因为他实在太过"新法国主义"。乔治·萨杜尔和路易·阿拉贡被排挤,因为他们犯下了选择共产主义的罪行。刚被踢出团体,诗人阿拉贡和他的鹰钩鼻就变成了人类最下流的形象。

邦雅曼·佩雷来到雅各布街,要求马克斯与保尔·艾吕雅决裂:他接到了命令,要摧毁对方的诗歌。

"布勒东觉得自己廉洁不朽,但根本是在借超现实主义道德之名实施恐怖措施。"马克斯怒不可遏,"艾吕雅是我的兄弟,我是为了他才来法国的,他买下了我最早的几幅作品,我的一切都是欠他的。而且,他是位伟大的诗人,和安德烈不同。"

"你不会谴责他?"

"当然不会!"

他同艾吕雅及曼·雷一起写下了《丢失自己骨骼的人》,以此反对超现实主义的领导人和他的盲目拥趸。

杜尚在自己的房间转了转钉在圆脚凳上的自行车轮子。对他来说,艺术家没什么好骄傲的。说到底,艺术的源泉是无意识,但又是谁这样下的定论呢?他默不作声,暗含嘲讽地瞧着同伴们在他们的野心、噩梦和丑闻之间争论。

布勒东身旁的一众仰慕者、诽谤者和收藏家以及艺术家本人的追随者都是有磁力的。画家们依赖于其保护人。爱德华·詹姆斯就是其中一位保护人。在艺术世界，有赞助人要好过有情人。

"我已经受不了巴黎了。"马克斯很绝望，他厌倦了布勒东，厌倦了分歧、争执和超现实主义者的小气。

"咱们可以走啊。"莉奥诺拉鼓励他。

他们到圣马丹后，马克斯做的第一件事就是租了两辆自行车。自行车就是自由。在马克斯身后踩着脚蹬就像达到高潮，风吹在脸上，她的头发凌乱起来。有时，马克斯会突然抛开自行车，把莉奥诺拉拉到树林中，在那儿，在远离公路的地方，用尽全力占有她。他的身体沸腾着，也点燃了她的。

他们租下了阿尔丰西娜咖啡馆楼上的同一个房间。

"今天早上我又在房间看见了一只蜘蛛。"

十七
圣马丹-达尔代什

莉奥诺拉和马克斯找到了一个16世纪的农庄。他们在石头地板上、石床上、石墙上休息,任阳光烫着他们的小腹。马克斯之前说过:"挑战与冒险让我幸福",但现在,他的幸福是平淡的。恩斯特的私密情感是猫科动物式的,他像一只猫一样爱着莉奥诺拉,熟识她身体的每一毫米,抓挠她,舔舐她,区分她的不同气味,头发的、皮肤的、上腭的、舌头的、眼泪的气味。

"我太幸福了,甚至感觉有些可怕的事要发生。"莉奥诺拉说。

"要是咱们永远待在这儿呢?"马克斯提出了建议。

莉奥诺拉收留了一只狗和一只怀孕的猫。后来猫生出了七只小猫,她对猫宝宝们视如己出。马克斯决定把它们雕刻出来,放在一个抱着鱼的女人的雕像旁。

"我现在唯一想做的事就是和莉奥诺拉生活在一起,如果世界允许的话。"他在写给儿子吉米的信中说。

世界就是玛丽·贝尔特·奥朗什、超现实主义者以及有关战争的不祥传言。

"我马上就要启程去美国了。"吉米在回信中说。

战争的威胁就在眼前,很多年轻人都渴望去美国。

马克斯去镇上买水泥和灰浆时,会和人们聊天,他吸引着这里的人，正如他吸引着那些来看望他们的朋友。他的法语完美无瑕，葡萄农都以为他来自巴黎。

莉奥诺拉向母亲要了钱，买下了那栋被缀满葡萄的藤蔓围绕的房子。

"咱们酿自己的酒吧。"莉奥诺拉建议道。

"好啊，那咱们得多种点葡萄。"马克斯兴奋不已。

莉奥诺拉告诉莫瑞："大门上方刻的文字说，这栋宅子建于18世纪。"

农民们望见一位尊贵的女士搭着司机的手臂从宾利轿车上走下来，都目瞪口呆。接着，司机从后备厢中取出几个真皮行李箱。莫瑞走向宅子的大门。马克斯弯下腰吻她的手。他们三天没有外出。傍晚，莉奥诺拉陪母亲在田野散步，用手指指点点，为她介绍宽广的葡萄园。莫瑞不时点头表示赞许。

第四天，母亲坐上司机的车，离开了。司机那几天住在了镇上的旅店，因为他不会法语，所以酒店老板的好奇心完全没有得到满足。

恩斯特不断为家里添置东西。哪儿都能见到他的身影。他像个泥瓦匠，很享受地把石灰和沙子混在一起，将花园外墙打造成塞壬和弥诺陶的造型。莉奥诺拉在屋内的门上画了一只"蜥蜴鸟"，恩斯特则买了一把木梯子，建起了一座座混凝土雕像：法翁、斯芬克斯、另一个长着翅膀头戴环形鱼王冠的塞壬、鸟头马、鳄鱼颚造型的滴水嘴、卷着牛犊的飞龙。莉奥诺拉砌了一颗马头，马克斯赞赏不已：

"真希望你能多雕些马。"

外墙最大的浅浮雕是表现罗普罗普的。有蝙蝠形象的马

十七　圣马丹-达尔代什

赛克地板和一条砌起的长凳与它相得益彰。农民们好奇地驻足张望,想知道这对爱侣的墙上又出现了什么奇异的新形象。

"这是什么?"采葡萄的佩德罗看见那些雕塑后问道。

马克斯向他解释:

"是我们的守护天使。"

"看上去更像是魔鬼呀。"

"不是啊,都是慈善的神灵,会守护圣马丹-达尔代什的。我们用这些神话生灵装饰墙壁和大门。"

佩德罗觉得马克斯很和善。莉奥诺拉在镇上的商店进进出出,从不抬眼看,她怕毁了他们创造的魔幻景象,发现那一切并不真实。

她并不在意人们叫她"那个英国女人"。他们知道她来自那里,是因为邮差常常为她带来盖了大不列颠邮戳的信。此外,英国女人都很自由,头脑里都像少根弦似的,这一位甚至都不穿衣服。一天中午,镇上居民又看见二人赤身裸体待在阿尔代什河畔:他们一边往河边走,一边脱了衬衫和裤子,光着身子摊在热石头上,一会儿又说水凉得很,嬉嬉笑笑,打闹着互相撩水。他们每时每刻都拥抱在一起,铺着石块的街道上都回荡着两人的笑声。

"他们就是罗密欧和朱丽叶,结局好不了。"阿尔丰西娜没好气地说——两人已经很少去她的咖啡馆坐了。之前他们每人至少点一升红酒,有时候甚至能喝三升。

"自中世纪起,圣马丹-达尔代什的人就开始喝葡萄酒。"马克斯说道,"在卢瓦尔河谷,马丹,也就是本地未来的圣人,将驴子拴在一棵葡萄树上,自己去解手,出来时,小驴子已经吃掉了一些葡萄。第二年，树结出了更好的果实。从此，农民们决定照做，开始修剪自己的葡萄藤。"

莉奥诺拉很欣赏马克斯创作的各种神奇动物，同时也为他的雕塑作品系列添上了她的石膏马头。

"那些是我们的圣人，保护我们免受恼怒的妻子、敌对的父母和臭脾气的超现实主义者的骚扰。"马克斯去镇上买葡萄酒和面包时对丰丰解释。

夜里，他们遥望苍穹。恩斯克很熟悉夜空，一直关注着德国天文学家坦普尔发现的彗星。莉奥诺拉则时刻都想着奥康纳神父——她的私人天文学家，这让他觉得很有意思。

一起作画像变魔术。莉奥诺拉开始画《至高鸟罗普罗普》[1]，同时恩斯特——她的老师——也让她为《相遇》上底色。除外墙的浅浮雕外，马克斯还使用奥斯卡·多明格斯的贴花模印技巧创作丝柏图画。他将纸上的黑色水粉画随意按在布面上，之后再拿起来。他的学生说，这看起来就像海绵。接着，他拿起细笔在那片痕迹上继续加工，丝柏便渐渐显现，还有更加意料之外的东西：一个鸟头、一个人的身体、一只翅膀、一个女人的右臂。

"你看，莉奥诺拉，你拿起笔，也会长出一片森林。"

"森林是什么？"莉奥诺拉问。

"是超自然的昆虫。"

"森林都做什么？"

"它们从不早睡。"

"对森林来说，夏天意味着什么？"

---

1 《至高鸟罗普罗普》，疑为《马克斯·恩斯特的肖像》。——编者注

十七　圣马丹 – 达尔代什

"意味着要将它们的叶子变成言语。"

两人一起创造了新的植物学，创造了一个绿色的微型宇宙——一个令人不安的、智识的同时也是植物性的宇宙。他画出了《一丝平静》，又创造了《迷人的丝柏》的几个不同版本。这些树令他着迷。它们将天空与大地连在一起，它们的根挖得那样深，直抵灵魂思想的源头。原先莉奥诺拉觉得它们"属于墓园"，现在马克斯将它们分为了孤单型、矿物型和伴侣型。一棵丝柏可以拥抱另一棵：

"如果你把丝柏的树脂涂在后脚跟，就可以在水面上行走，这是一个中国传说说的。"

他还告诉她，战时，他曾想象，一片森林就是一座市镇，被轰炸的森林就是被摧毁的市镇：

"你无法想象那景象有多悲伤，莉奥诺拉：树干还站着，受了伤，浓雾都裹不住它们。一棵倒下的树就是一位因为人类的愚蠢而死去的战士。"

莉奥诺拉不禁觉得，他们一起画的荒凉景象与她之前所见过的一切都是断裂开的。

丝柏跟随着她，同她一起前进，将她拥入怀中，她那样消瘦、挺拔，因而可以钻进它们的身体。甚至当莉奥诺拉跑起来时，身旁的丝柏也会拔地而起追随她。如果她停下，那丝柏也会，它的枝叶震颤，仿佛喘不上气。

"我所做的一切都自动变成了一座森林。"马克斯说。

一种新型的自然史在他们的布面上诞生：苔藓、地衣、攀缘植物不断冒出，它们具有预防功能，看到它们便可以缓解灵魂的病痛，因为它们的花叶会在人心中开放。天鹅绒般的苔藓覆盖住了空间,是温柔而固执的侵略者,但说到底,它是种灾祸。

"我拒绝向纪律投降。"马克斯笃定地说。

他的叛逆很强烈,挥洒的笔墨中翻搅着对愚蠢军旅生活的愤怒。他做了四年骑炮兵,此时仍然记得士官高傲的吼叫:"没有人能阻止我们的正步!"

马克斯轻摇着大自然。他感觉疲累时,会在傍晚出门,和在椴树下等他的铅匠及木工一起玩马球。这时,莉奥诺拉会准备好晚餐,开一瓶葡萄酒,等喝的时候,酒就会和她的身体一样温热。

莉奥诺拉干劲儿十足,她从早到晚不停工作,毫不松懈。除了与马克斯合作作画之外,她一大早就在花园中为他的作品《晨光中的莉奥诺拉》做模特,等艳阳升至天顶,两人便去乘凉,这时她帮他一起创作《雨后欧罗巴》和《沼泽天使》。用被他称为"唐豪瑟"的两叉耙,马克斯可以创作出任何东西。她不甘落后,用她的雷明顿打字机,写下了《椭圆女士》——马克斯为它创作了一幅版画——《初入社交界的名媛》《鸽子飞》《迷人的丝柏》《女友的衣裙》。

莉奥诺拉的脏腑中有火在燃烧,她从未体验过这种感觉。

"这是爱吗?"

马克斯回答她说,爱在对某人的欲望中产生,还说尼采曾讲过:

"当我们爱的时候,倾向于为爱的对象披上一切的完美。"

"那当我们发现对方不完美时会怎么样呢?"

"就不爱了。"

莉奥诺拉永远都不会有玛丽·贝尔特的遭遇。

十八
印度大蟑螂

圣马丹的生活有它的神秘之处。一个小伙子敲着鼓向众人宣告,世界闻名的伟大异域魔术师及其通灵人奥尔加在中央旅店的庭院里搭起了马戏帐篷,今晚将在那里揭晓宇宙的奥秘。

莉奥诺拉和马克斯透过帐篷的一条缝隙看了表演。"咱们可以比他们做得更好。"他们向阿尔丰西娜提议可以办一场演出,还会请第三人参加:他们的朋友德鲁西尔——山崖高处城堡主的单身女儿。

"如果镇上谁能借我们一台留声机,我们的表演就一定会大大超越他们那些无聊的催眠节目。我会把头发和脸涂成蓝色,做印度大蟑螂;莉奥诺拉会在桌上跳舞;我们会一起创造奇迹。"

"什么奇迹?"

"让她复活的奇迹。之后,我会给观众催眠。莉奥诺拉,你还记得催眠野豹时的那种令人着迷的感觉吗?最后德鲁西尔的秘密节目也会让所有人目瞪口呆。"

"大家都说那个德鲁西尔脑子里少根弦,"丰丰抗议道,"别砸了我的招牌。她母亲抛弃了她,她父亲,子爵大人,白天睡觉,晚上看书,把自己关在城堡的书房不出门。"

"马克斯已经把德鲁西尔训练好了,你根本不用担心。"莉奥诺拉说。

"那我干什么?"丰丰问道。

"或许你会大出风头。穿上你最好的衣裳,今晚肯定能卖很多酒。"马克斯吩咐她。

他说得很对,小镇上很少能有这样的大场面。每天,从一早开始,莉奥诺拉和马克斯就是焦点:他们是不是牵着手往河边走了,是不是骑自行车过来了,他是不是拥着她在桥上吻她了,是不是买了一块奶酪两瓶葡萄酒来着……今晚他们将要带来"奇迹",大家自然都会去看。

咖啡馆里涌进了越来越多的人。马克斯是很优秀的默剧演员。莉奥诺拉扮演一位病人,马克斯是外科医生。莉奥诺拉连连叫苦,双手捂着腹部。她被裹在一张床单里,躺上了桌,马克斯在用刀为她开膛破肚的那刻,咖啡馆变成了手术室。莉奥诺拉痛苦地呻吟,恩斯特医生从她的腹中取出了西红柿、钉子、锤子、四季豆、苹果、铁链、鞋子、闹钟、茄子和香肠,一边向欢呼的众人展示,一边将它们塞入口中尝起来。最后,他从病人腹中嗖嗖嗖地掏出了许多彩带,莉奥诺拉奇迹般地被治愈了,从手术台上一跃而起,她双脚赤裸,踩着轻盈的步子,行了个礼,众人便都鼓起掌来。

"莉奥诺拉,停下。"马克斯命令道。她任由裹着身体的床单掉落下去,全场顿时鸦雀无声。没有人动。莉奥诺拉仿佛来自天空。有时,赤裸的身体会让人窒息。

毫无疑问,这对情侣很特别:他身形颀长,面孔消瘦,白发周围飘浮着圣洁的光环;她纤细脆弱,一头鸟巢般的乱

十八 印度大蟑螂

发,一双燃烧着的眼睛。有消息说,子爵的疯女儿德鲁西尔也会表演,这更挑起了农民们的兴致,他们很肯定曾见过她裸着身子抽打自己的动物!

压轴节目让观众们更加兴奋,他们纷纷又给自己叫了一瓶酒,喊德鲁西尔快点现身。脸上正往下淌蓝色颜料的恩斯特在那儿娱乐众人,直到一声哨响从厨房传出,他为留声机放入了唱盘,德鲁西尔与一头惊慌失措的黑山羊一起入了场。这位骑手身着真皮束腰衣,脚踩一双黑色过膝长靴。接着,她开始跳恐怖的舞蹈,甚至令人无法分清哪个是人,哪个是羊。众人看见那头山羊后脚着地站了起来,顿时瞠目结舌。在试图逃跑时,它疯狂地跳过了唱机,把那机器甩向了众人,拖着肚子着地的德金德尔女子爵向前跑去。

人们在碎瓶子和四脚朝天的座椅间胡乱扔着酒瓶、杯子、帽子、椅子:

"我是聚会上的小丑!"一个人一边喊,一边扭着身子走了起来。

"我是'蓝胡子',要找新老婆。"另一个矮胖的人讲。

一位戴着三角围巾的女士宣布:

"我是英国的女王,圣马丹-达尔代什的主人。"

莉奥诺拉戳穿了对方的谎言:

"不可能,我见过她,就像我现在看见你。"

那女人严肃下来,向她鞠了一躬。

采葡萄的佩德罗是身着长外衣的精致男子,他手握酒杯,频频祝酒,接着突然抓起丰丰的手:

"你不是个乡下女人,你有公主的手指,我要送你一枚钻戒。"

他跪在地上,宣布自己是法国总理。

"女子爵在哪儿?"老马特奥问。

山羊也消失了。圣马丹-达尔代什的人们调换了自己的角色,第二天它就会恢复正常。

"他们释放了自己的无意识,是疯人聚会上的卡西莫多。"马克斯安慰着莉奥诺拉,她已经完全找不到那位撒旦女骑手了,更不要提那头山羊。"不用担心,"马克斯低声对她说,"明天他们就会回归葡萄园,回归河水,回归白色的石子,回到茄子和现在正耷拉着耳朵逃走的兔子身边。至于德鲁西尔,刚才我听见她的马踏上了桥头,现在应该就快要回到她的城堡了。"

莉奥诺拉把一些李子、桃子和榅桲放到了炭火炉上煮。

"咱们每晚睡前都咬一口水果,好向阿弗洛狄忒致敬。"马克斯说。

莉奥诺拉从葡萄园跑到厨房,从画架前跳到食橱旁。

"我是一群知了之间的蚂蚁。"

厨房也变成了爱的行动的一部分。吃是种报复性的补偿,吃让人回归时变得更强大。莉奥诺拉明白那房子就是她的身体:它的墙壁是她的骨骼;它的房顶是她的头;它的厨房是她的肝、血和心脏。它的墙壁拥抱着她,她在上楼,在把一袋土豆放到角落,在每天早上推开窗户时,都会抚摸它。

莱昂诺尔·菲尼带着一个沉重的行李箱和安德烈·皮耶尔·德芒迪亚尔格一起从巴黎来;他们在二楼的房间住下,两人的奇装异服扔得到处都是。如果不是因为她长着一张小

十八　印度大蟑螂

男孩的脸，莉奥诺拉可能会拒绝这个阿根廷女人和她关于萨德侯爵的那番独白。她讲法语时呼噜呼噜，带很重的布宜诺斯艾利斯或意大利口音。逻辑的缺乏更是凸显出她的任性：

"我不能洗澡，肥皂从窗户逃走了。"

按她的话来说，只要她一出现，事物就会起来反抗自身的功用。于是肥皂不见了，马克斯的自行车一大早起来就丢了轱辘，灶台上的火还没点着，锅里的水就蒸发了，枕头里的羽绒也全都不翼而飞。

"你为什么不给床铺床单？"马克斯抱怨道。

"我绝对铺了。"莉奥诺拉很生气，菲尼得意地笑了起来。

"那是我小船上的帆，我把它们带上了房顶，想看看房子能不能飞起来。"

她跟莉奥诺拉和马克斯一样，也会爬到阁楼顶去享受日光浴。

"那些巴黎佬喜欢扮演亚当和夏娃。"很多本地人说。

安德烈·皮耶尔·德芒迪亚尔格盘着腿写作，他对菲尼的疯狂行径赞赏有加，有时甚至会激动得结巴起来。莉奥诺拉问他在干什么，他回答说他在读天空中鸟儿的情色书写。他每时每刻都在重复："咱们几点吃饭？"菲尼是猫的守卫者，已经有八只了，每天要消耗掉好几升牛奶，莉奥诺拉说应该掺些水再喂，但她不听。

"咱们干吗不买头奶牛，放在花园里？"菲尼建议道。

"因为咱们不在潘帕斯草原。"马克斯不同意。

"这地方画水彩画最合适了。"阿根廷人说着，把整个桌子都据为己有。"莉奥诺拉，水彩画是随心所欲的；画出的水自己会找到自己的道，你跟着它走，就会看到意想不到的结果，比计划出的东西要美得多。"

菲尼占了所有的空间，后来她架起一个画架，但很快就抛弃了布面，回到了纸上水彩。

"要吃饭了，你得把你的东西拿下去。"莉奥诺拉告诉对方。

"我想画你，莉奥诺拉，在屋里，不和马克斯比，他都把你画在热带丛林里。"

菲尼对莉奥诺拉很有好感，因为她是不可预料的。虽然和超现实主义者一起办展览，她却不属于他们。"我是我。"菲尼几乎用了耶和华对摩西说的话："我是自有永有的。"她宣称莉奥诺拉是一位真正的革新者，在《卧室：室内的三个女人》中把她画成了半男半女的形象，胸前是青铜护甲，仿佛神秘而古老的圣女贞德。另外两个女人，赤裸身体，牵着手，几乎消隐在黑暗里。

"我看起来像座中世纪雕像。"

安德烈也热爱赤身裸体，他想光着身子到河边去。

"你可以到那边再脱衣服。"马克斯向他建议。

"人们不会注意的，我打算骑莉奥诺拉的自行车去。"

"安德烈，法国这个省很保守的。"

厨房里，莉奥诺拉们弯腰在瓷平底锅里煮着来自花园的草叶、八只猫掉下来的毛、自己的头发、蘑菇和她戴在白色刺绣衬衫和小铃铛流苏披肩——这身衣服来自菲尼的衣柜——上的花朵。土豆在一旁角落的袋子中静静等着。莉奥诺拉从花园里捧出了生菜——她叫它"我的生菜"——和胡

十八 印度大蟑螂

萝卜,当然,它们也属于她。最吸引她的,是一些沉甸甸的、在带刺绿叶中慢慢膨大的紫球,也就是人们口中的茄子。

"你不知道在自己家里种出番茄,从中切开,然后咬上一口的感觉有多妙。"

"像高潮一样吗?"菲尼问她。

莉奥诺拉将豌豆从豆荚中摘出,又从菜豆、兵豆、核桃中挑出坏掉的那些。她的双手不光灵巧,简直是智慧的,来来去去像在赛跑,但从不犯错,甚至在切豆角尖和胡萝卜片时也不会。刀在她左手,有时在右手。

"没有人能像你这样削土豆。你手怎么这么巧?"安德烈问她。

"因为我左右脑都用。"

她的心灵手巧从未像今天这样被赞美过。哈罗德和莫瑞只遵从教规,安德烈和莱昂诺尔·菲尼则赞扬她的才能。

安德烈打开了一颗核桃。

"你的大脑就是这样的,莉奥诺拉。"

"不对,我的大脑要比它厉害得多,它能在天顶打洞。拥有一台望远镜却缺少显微镜——也就是它至关重要的另一半——意味着极致的蒙昧。右眼的任务是看望远镜,而左眼的,是同时看显微镜。"

"卡蒂埃-布列松还在巴黎等着我们,"菲尼大声宣布,"但在走前,我得满足一下我的好奇心。马克斯,你人生中最喜欢做的事是什么?"

"看。"

他们走时,马克斯正在画《风之新娘》,又给《新娘之浴》——新娘在画中赤裸着身体——添上了最后几笔。苔藓再次侵入了画布，这种细密的植物挤压着叶片与薄雾，将它们缝在一起，变成微小的机体。《晨光中的莉奥诺拉》震颤着，它的绿是原始细胞的绿，是生命之源。一位女神在葡萄的藤蔓与枝叶间，在一头独角兽和一个牛头怪的陪伴下慢慢升起，如果那颗巨大的泪珠没有沾湿她的袖口，如果那具微小的骷髅没有在她的眼前跳舞，那这来自天上的生灵，这风之新娘，本可以很幸福。

超现实主义者将恩斯特称为"至高鸟"，为了向他表达敬意，莉奥诺拉为画中的他披上了拖着鱼类尾鳍的羽毛长袍。在那鸟—鱼身后，一匹冰寒骏马——抑或是一匹母马？——昂首挺立。在莉奥诺拉的短篇小说《鸽子飞》中，她也描述了一位身穿条纹长袜和羽毛大衣的老年男子。

莉奥诺拉在画中说不出的，就写出来。她的情人鼓励着她。

"雷明顿和卡林顿是押韵的，可能你父亲是台打字机。"

"他是一台'否定机'：不行，不行，不行，你不要做，你不能做，你不该做。"

莉奥诺拉执着地在已经清理干净的、莱昂诺尔·菲尼原先画水彩画的桌子上打字。

女主人公阿嘉妲感觉自己正慢慢变成鸟类的丈夫塞莱斯廷十分嫌弃自己。与此同时，她也逐渐变得模糊，几乎无法再在镜中看到自己。她的丈夫深陷自我崇拜，完全忽视了她。她写道："塞莱斯廷来了，什么都没看见，用柔软的——太过柔软的——手摸了摸我的脸。"的确，马克斯的手太过柔软，

十八 印度大蟑螂

有时莉奥诺拉会想咬上一口。

镇上的咖啡馆里,人们都在谈论战争,这让阿尔丰西娜很恼火。

"贝当是凡尔登战役的英雄,是伟大的战略家,他知道该怎么保护咱们。"

尽管相信马其诺防线,当地农民仍旧心怀恐惧地谈论着战事。只有莉奥诺拉和马克斯只顾沉浸于他们的爱情。

"这两个人真是两耳不闻天下事。"佩德罗到他们的房前去看雕塑,"只顾着瞎涂乱抹,什么都不怕。"

"在西班牙共和派战败之前,我画下了《家园天使》。"后来马克斯回忆道,"当然了,画名讽刺虚伪的蠢货,讽刺一个飞过大地,将所到之处摧毁殆尽的恶魔:纳粹主义。"

"恶魔尾巴上那个恐怖的蜥蜴呢?"

"是它的创造者。你的内心承载着你的蜥蜴,如果你不能和自己的创造物合为一体,那就永远成不了一位伟大的画家。"

"我认识的第二个恶魔是你。第一个是我的父亲。你在画中预料到了西班牙的战事,现在战火已经烧到了全世界。"

莉奥诺拉如她在童年时那样,开始和大自然形影不离。鸟儿从镇子飞上天空,用自己的歌唱盖过了其他声响。农民们像疼爱自己的掌上明珠一般看护着自己的葡萄园,这让莉奥诺拉深深感动。对他们来说,葡萄酒就是对抗疾病和感染的药方:它可以净化血管,让血液循环顺畅。人们说起了拉图尔城堡。

"如果德国佬打过来,我就把我最好的酒埋起来。"

"葡萄酒可以直达我的灵魂。"

"可以直达我的心。"

莉奥诺拉对她的葡萄也抱有相同的热情,围裙的口袋里总装着修剪藤蔓的剪刀。修枝剪叶是极美的任务,葡萄农的话也说得同样好:"酒老得慢,越慢,越高贵""我和酒一样,越老越好""因为这酒,我知道了,我们的土地从前在这里,等我们走了,也将继续在这里""我们的酒帮我们从战争中活下来。是葡萄酒让法国人成为了法国人。法国精神是在酒中诞生的"。

"这雨再下,就没收成了。"

采葡萄的佩德罗抬头看了看天。

"得在德国佬来之前把葡萄收了,葡萄园会变成战场的。"

命令从一个村镇传到另一个:"要把好酒藏起来。哪个德国浑蛋都别想喝到我的 1932。"

十九
战　争

什么事都影响不到莉奥诺拉，马克斯和她不是丈夫和妻子，而是鸟和马。

"你太迟钝了，马克斯！"和李·米勒一起邀请他们的罗兰·彭罗斯对他说，"整个法国都在说战争近在咫尺，而你只知道画画。"

第一次世界大战为马克斯带来很重的创伤，他却没意识到作为一名身在法国的德国人意味着什么，这令人感到不可思议。

"你现在必须得离开。"

"没事，没有危险。"马克斯这样回答自己儿子吉米的来信和对方惶恐的提醒，"法国人觉得我是他们中的一员，他们觉得比起德国人，我更像法国人。"

形势的确很危险，两位宪兵将他和其余上百名德国人送到了圣马丹-达尔代什旁的一个集中营。在新的命令下达前，外国人都要受到监视，尤其是德国人。被看护意味着在铁丝网后等待。莉奥诺拉作为英国人并没有危险。法国与英国是盟友。

莉奥诺拉在拉让蒂耶尔租了一个房间，每天中午去给他送饭，把衣服和颜料送到他手上。她还得到特许，可以在集中营里陪他走一走。她出现时带着面包、牛奶和蔬菜，只是质量和分量都一日不如一日。汉斯·贝尔默也被关在那儿，对马克斯表示说莉奥诺拉很不容易，但恩斯特却觉得她来照顾他是天经地义的。

贝尔默鼓励他重新开始创作贴花画。在职军官和兵士都不介意他们在院中画画。事实上，马克斯已经极度焦虑、抑郁，他请莉奥诺拉去巴黎找艾吕雅，让朋友们走动走动，找找上层人士，见一见共和国总统，求一求大主教，震一震天庭，用力摇晃一下天使，哪怕让他们掉下几根羽毛。

"我会帮你争取到自由。"她目光燃烧着，坚定地说道。

"得快一点儿，我觉得我在这儿坚持不了多久了。"

莉奥诺拉去巴黎找了艾吕雅。

"只有你才能接触到共和国主席。"

艾吕雅拿起纸笔，给阿尔贝·勒布伦写了封信："马克斯·恩斯特是巴黎画派最杰出画家中的一员，也是第一位在巴黎办画展的德国艺术家。他五十岁生命中的二十年在法国度过。他诚实、真诚、正直、有傲骨且忠诚，是我最好的朋友。如果您认识他，就会立刻感到将他关入牢笼是极大的不公。他在蒙彼利埃附近的一个村镇重新修了一栋房子，那儿的农人都很爱他，还帮他种葡萄。请您准许他回到圣马丹-达尔代什。我愿将双手置于火上为他担保。"

玛丽·贝尔特·奥朗什也前去请求参议员阿尔贝·萨罗帮忙。不过最后他们只是把马克斯转移到了普罗旺斯省艾克斯市附近雷米尔镇的一间砖瓦厂里，红红的尘灰甚至飘进了原本就少得可怜的饭菜里。肮脏的厕所泛着恶臭，许多囚犯都

十九　战　争

患上了痢疾。中午和晚上，囚徒们排着队，等着士兵给他们盛饭。一些大学的寄宿生也被当作罪犯。从前法国想要他们，现在想迫害他们。

"我可以证明我是反法西斯者，正因如此我才留在法国啊。"

在波兰犹太人贝尔默的请求下，两位画家被重新批准在院中作画。他用雷米尔的砖灰为恩斯特画了一幅黑色背景的侧脸肖像画。他比马克斯精力旺盛一些，不因所受的折磨而挣扎，也不认为自己本不应遭此劫难，因为他没那么自负。面对牢狱生活，他比马克斯要从容，也不断鼓励对方继续作画。做过那么多截肢娃娃的作品，他显然更坚韧一些。

"等家人给你们捎来材料，你们愿意在哪儿画就在哪儿画吧。"

他们整日都待在院子里。马克斯画的是《39 年的爱丽丝》，一幅类似俄罗斯东正教宗教画的小幅作品。林中的莉奥诺拉跃然纸上。

雷米尔的集中营将犹太人放回了德国。法国当局告诉他和贝尔默，两人将被送往北非修铁轨。

1939 年 11 月，绝望中的马克斯给身在纽约的儿子吉米寄了一张明信片，告诉他自己是他父亲，被关在雷米尔的集中营，相信对方一定可以动用关系，把自己放出来。"做点儿什么吧，去找些大人物。"

马克斯在当年的圣诞节重获自由，和莉奥诺拉一起在圣马丹-达尔代什——对他们来说，这里已变成了另一座市镇——度过了余下的冬天。因为那儿不光冷得厉害，而且从前以为他是法国人的当地农民都知道了他是德国人,当这对情侣走过,只有阿尔丰西娜会张开双手拥抱他们。

"无论发生什么,我都必须要探索我思维的边界。"马克斯说。

"只要你有时间就探索吧。自从和你在一起,我就有了一种前所未有的危险意识。"

"我也一样,我的思想状态从一个跳到另一个,越来越能意识到正等待我的是什么。"

莉奥诺拉没有告诉马克斯,她在巴黎时跳到了玛丽·贝尔特身上,给了对方一记到现在应该还在疼的耳光。

"马克斯,汉斯·贝尔默呢?"

"应该在我之后几天也出来了吧。"

"你确定吗?"

"不确定。"

镇上有人举报了德国画家,宪兵再次出现了。

"您是德国人,现在被捕了。"

"莉奥诺拉,冷静点儿。去找朋友们。他们已经放了我一次了。"

"女士,请坐下,请控制一下自己。"警察命令莉奥诺拉。她抖得太厉害,牙齿直打战。

她眼中的恐惧填满了房间。

"您丈夫不是唯一一个,"宪兵宣布,"集中营里已经有很多了。上面的命令是要管控外国人。会把各位遣返回国的。"

马克斯甚至没想到要拥抱她,只是看着前方,等宪兵为他铐上手铐,抓着他的手臂,将他带走。

十九 战 争

他们刚走,莉奥诺拉就瘫倒在土豆堆上。在她身体重量的压迫下,土豆在厨房的瓷砖上滚了一地。她没法把它们捡起来,因为泪水已经遮住了她的双眼。她到镇上去,猛喝下几杯果渣白兰地。当阿尔丰西娜告诉她要打烊时,她便又回到了家里。之后她喝下了一些香水,整夜都在吐,幻想着身体的痉挛能够减轻她的痛苦。黎明将至时,她做了一个决定:

"我得动起来。唯一能让我熬过去的只有劳作。"

她什么都没吃,也没戴草帽,径直钻进了葡萄地里,一串一串地剪着葡萄,直到太阳晒到她弯曲的后颈。她很努力,但马克斯的缺席仍然噬咬着她。回到家中,她就趴在了马桶上,自己压着舌根想吐出来,却又吐不出什么,喉咙像烧红的木炭,胸膛滚烫,整个身体都在颤抖。她上了楼,又从房间下到厨房,最后靠在了装土豆的袋子上。

一整个星期她都在吃煮土豆,有时吃一个,有时吃半个。她从没有过这么大的劲儿。日出而作,日落而息,下了床就跑来跑去,以免坏念头跳出来,她穿着衣服睡觉,一起床就跑去照顾葡萄。汗流浃背,连后颈都是湿的。"我现在正在净化身心!"在看到太阳落到地平线前,她都不会去做别的。每次关于马克斯的回忆袭来,她都有意将它删除,最好去想一个土豆,一直想一个土豆。"或许可以去镇上买一块黄油,晚上做烤土豆。"她有时也会思考:"我原先都不知道,葡萄酒除了能让人兴奋之外,还是特别有益的饮品,让我保持强健。"星期天,她会脱光衣服,在屋顶平台晒太阳,像只小蜥蜴一样躺在那里,之后再倒一瓶葡萄酒。晚上,再喝一瓶。酒是美妙的,没有比它更有效的疗法了。

圣约翰节就快到了。莉奥诺拉离开了家，去镇上买黄油。

"这仗打得可真奇怪！"奶酪店里的两个农民感叹道。

在巴黎，大家将它称为"有趣的战争"，他们说在荷兰，小孩子会一边笑一边向纳粹德国空军打招呼。他们怎么能理解现在德国人就是他们的敌人呢。在波兰的原野上，农民们脑袋上戴着五颜六色的头巾，干着活儿，像是什么事都没发生。有很多比利时人来到了镇子。第一次世界大战时，德国佬强暴了他们的祖国。比利时成了背叛的象征。"卢西塔尼亚"号被击沉之后，巴黎的咖啡馆依然爆满，尽管发生了波兰的悲剧，法国人还是要娱乐的。侵略？丰丰不见了踪影。自从宪兵带走了马克斯，只能在咖啡馆里，在她为莉奥诺拉送上另一杯果渣白兰地时才能看见她。奶酪店的老板变得很凶，从前他可是不遗余力地称赞莉奥诺拉的美貌。但现在只会问一句黄油是不是用来煎蜗牛的。

"好像有人半夜跑去您家，把您的蜗牛都偷走了。"

"我的什么？"

"小心点，因为他们说您也是个间谍，还可能会举报您。"

"他们会不会像抓蜗牛似的，手里拿着手电筒来抓我？"莉奥诺拉讽刺道。

这个英国女人并不畏惧战争。她只想让他们把马克斯还给她。

晚上，在吃过她觉得万分美味的黄油烤土豆之后，莉奥诺拉枕着脏枕头闭上了眼睛，口中重复着自己几天前就开始有的信念：

"我注定不会死掉。"

十九 战 争

就这样，在1940年6月24日，一位她的老朋友——凯瑟琳·亚洛，一位瘦高的英国女子——找到了她。同凯瑟琳一起来的，还有她外表邋遢的情人米切尔·卢卡斯。

"莉奥诺拉，现在形势很糟，我觉得你不该留在这儿。"

莉奥诺拉像是没听见对方的话：

"我要去菜园里摘一颗生菜，给你们准备一份好沙拉。我有橄榄、番茄、橄榄油，做个尼斯沙拉，嗯，类似尼斯沙拉的沙拉，我还有茄子。"

她回来时满身泥污。摔了一跤，手里什么都没拿。

"我为什么去菜园来着？你们要留下来过夜，对吧？我在厨房睡觉，好听着是不是有人叫门。就枕着土豆睡。"

凯瑟琳被吓着了，看了看自己的男友。接着又仔细观察了一下莉奥诺拉——她正用一根烟点另一根，差点儿就烧着自己的脸。

"马克斯一会儿就到了。"她说着，黑色的眼眸中划过了一丝恐惧。

疯掉就是来来去去不知自己要做什么，为什么做，迷失在路上。"就是伴随无知带来的自弃和勇猛，在无所知中游荡。"

"莉奥诺拉，你得逃离法国。到处都是德国人。马克斯不会回来的，我们不知道什么时候战争才能结束，他们才会放了他。你得和我们走！"

"马克斯不会耽搁很久的，他去蓬圣埃斯普里，罗纳河泛滥了，所以他回来得慢。咱们开瓶红酒吧。我这儿红酒很多的，白葡萄酒你们想喝的话也有。"

她把脑袋埋在手臂中。

"马克斯会回来的,我在等他。"

"你得吃点儿有营养的东西,现在你都皮包骨了。"

幸好凯瑟琳和米切尔来了,莉奥诺拉终于把土豆换成了美味的汤,在太阳下待的时间也短了些。

凯瑟琳很特别,也很有创造性,她的人生几乎是在精神病医师诊所度过的,所以也很会分析她遇到的人。在为莉奥诺拉提的建议中,她最坚持的一条是:"你得再找个情人。"

"找谁?采葡萄的佩德罗吗?还是不停清嗓子的老马特奥?"

"你得把那个画家从你生命中剔除掉。你想在他身上找到的是一个父亲的形象,你这是在惩罚自己。"

"我好得很,我爱马克斯。"

"不是的,你并不好。自从我认识你,你从来没有这么糟过。你父母知道你现在的情况吗?"

"我没有父母。"

"你当然有,他们很为你担心。他们看不上马克斯,并不同意你的做法,尽管如此,他们还是在接济你。你母亲甚至给你买下了这套房子。"

他们去镇上那天,莉奥诺拉坐在了两个又瘦又有活力的比利时人桌旁。

"我要引诱他们一下。"她告诉凯瑟琳,"你说了那么多话,把我的欲望都说回来了。自从他们把马克斯带走,我就没做过爱。"

比起爱情,年轻人们更关心的是战争和纳粹对他们的国家所做的事。看起来,这个披头散发的热情女孩头脑不太清醒。他们站起身,把她一个人留在了那里。

"我注定要痛苦地守活寡了。"莉奥诺拉认了命。

她喝了太多酒,阿尔丰西娜不得不命令她:

"今天你得睡在这儿。"

另一天,莉奥诺拉无缘无故地告诉丰丰:

"我梦见了两头狼和一只狐狸。"

"你和狼说话,它们就会变成羊。"

"德国狼也可以吗?"

"莉奥诺拉,你现在就在悬崖边上。为什么不去找找德鲁西尔·德金德尔?他们说现在总看她站在窗口,因为她父亲不许她出门。子爵有认识的人,德鲁西尔也问起过你,他们肯定能帮你。"

莉奥诺拉回到了自己的葡萄园。她晒着太阳,又出了一身汗。这时,凯瑟琳找到了她,在她身上使用了自己无数精神分析钥匙中的一把。

"爱情只是一种暂时性的精神病。而且,圣马丹非常危险。你不能一个人待在这儿,我们得把你带走。"

"我在等马克斯,不可能不要他了自己走,我不想从这儿离开。"

"谁知道他们什么时候才能把他放出来呢,你得跟我们走。我听说德国人会强奸妇女。"

"这吓不到我,凯瑟琳。我甚至可能会享受那过程。真正让我害怕的是,他们是机器人,是无脑的生物。德国人的血管里没有血液,只有铅,子弹的铅。明天我去镇上,看看能找到谁。肯定会有人理我。"

"没有人会理你的，你看看你，吓人得很：不洗澡，不梳头。走吧，我帮你收拾行李。"

"爱人走后，我日子都过糊涂了，不知道日期，不知道星期几，我唯一知道的是我得等他。"

"你是在用马克斯惩罚自己，他只不过是哈罗德·卡林顿的替代品。看你喝酒喝得像哥萨克人似的。"

"波德莱尔说应该不停地喝，要醉着活，我听了他的建议。一喝酒我就不会察觉日子的流逝。"

凯瑟琳很同情她。

"你不想走的话，我就留下来陪你。但是如果我们留在这儿，那些把你情人带走的宪兵就会来抓我们。米切尔是匈牙利人，如果德国人找到他，就会把他关起来。但我是不会丢下你不管的：你有危险，我们也有危险。在马德里你可以帮马克斯弄到签证，你在这儿可什么事都做不了。"

精神治疗师凯瑟琳必须拯救她的朋友，对对方的未来负责。

"请理解我一下：离开马克斯，重获自由。就像你对你父亲做的那样。"

"西班牙就是咱们的救赎。"米切尔也发了言。

二十
逃　亡

一想起马克斯，胃中的刺痛就让莉奥诺拉疼弯了腰。她留着他的护照，和自己的放在一起。她会为他争取到一份签证。之前怎么就没想到呢？西班牙是她和马克斯开始一段新生活的可能。

在圣昂代奥勒堡，宪兵拒绝给他们旅行许可。

"请各位明天再来，或者去镇政府看看他们怎么说。"

他的冷漠是对人的侮辱。

"不管怎样，我们都要走！"莉奥诺拉坐在菲亚特中大吼大叫，"现在我就告诉丰丰和镇上的人我要走了。"

"房子怎么办？得锁好吧。"凯瑟琳有些担心。

"这儿的人都很好，我可以把房子交给随便哪个人。我想我会把钥匙留给圣马丹游客汽车旅馆的老板。"

在游客汽车旅馆，她只找到了罗斯·魏涅，旅馆老板的妻子。

"不用担心，咱们去一趟公证处，十分钟就办好。"

在公证处，莉奥诺拉很紧张。

"签字。"旅馆老板的妻子毫不含糊地命令她道，"我来负责。"

莉奥诺拉签下了房子的转让协议，其余的财产也都交给了旅馆老板。

采葡萄的佩德罗来到了莉奥诺拉尚未离开的住处。

"局势变了。德国浑蛋已经进来了,色当街上人们都紧张得要命。"

莉奥诺拉抛弃了猫和狗,抛弃了葡萄园、雕塑作品、铃铛流苏披肩、马克斯的和她的画;她忘记了书籍、刚开始往上粘相片的相册。她一心只想着西班牙和马克斯的签证。

凯瑟琳·亚洛收拾着厨房,把平底锅都挂在了高处,莉奥诺拉则整晚都在收拾行李,来来回回把东西放进行李包,一会儿又拿出来。她的布鲁克斯牌真皮行李包上刻着她的名字,还缝着一个写着"启示"的小牌子。

"我能肯定这个词是一条来自宇宙的信息。"

凌晨五点,她拉上行李包,准备睡觉时,听见了凯瑟琳的声音:

"莉奥诺拉,你准备好了吗?"

墙上的雕塑目送着他们平静地离开。莉奥诺拉临走时将房子托付给了罗斯·魏涅,那位看起来有些无动于衷的旅馆老板娘:

"请好好照看它,那是我们的家,我们会回来的。这栋房子就是我,是我的生命。"

凯瑟琳坐在驾驶员的座位上,米切尔坐在旁边。车刚发动,莉奥诺拉就变成了那辆菲亚特——她的每一丝肌肉都紧绷着,眼睛只盯着路,她就是汽车的动力。自己的朋友加速时,莉奥诺拉的右脚也会踩下去。走出圣马丹-达尔代什二十公里后,离合器卡住了,莉奥诺拉说:

二十 逃亡

"是我搞的。"

"你怎么可能把它搞成这样?"凯瑟琳火了。

"我会移动地球的能量,发出自己都不曾想象的磁力。是我给汽车下的命令。"

她的力量也让自己心生恐惧,不禁自责起来。她就是汽车,是蓄电池,是离合器、方向盘和散热器。

"如果你是无所不能的,那就快把它修好吧,纳粹就要来了。"

"我的太阳系会给菲亚特下达命令,之后离合器就会松开了。"

汽车再次运转起来,没有人知道为什么。

这是一段地狱般的旅行,因为凯瑟琳和米切尔的耐心已经达到了极限。凯瑟琳请莉奥诺拉闭上嘴,不然他们要活不下去了。

后座上的是一个披头散发、拥有各种力量的透明女人:她主导着世界秩序,指挥着交通,可以随意让车辆停止;她负责让太阳升起,并有足够的权威可以令战争结束。她痛恨德国人,摇下车窗怒吼道:"必须干掉希特勒!"凯瑟琳关上了车窗。黑暗的夜并没有降低能见度,每次与其他车辆交错而过,莉奥诺拉都会大喊:"希特勒是杀人犯!"之后再重新在座位上坐好,闭上双眼又睁开。沿街放着一溜棺材,里边肯定是德国人屠杀的法国人。战争的暴力从她的每一个毛孔中钻进了她的身体。她看见堆在军用卡车上的尸体,胳膊和腿挂在外面晃荡。凯瑟琳和米切尔没看见,他们不愿去看。莉奥诺拉再次摇下车窗大喊:"德国人杀死了法国!一切都透着死亡的味道！"她说得很对，佩皮尼昂就是一片巨大军事墓地的所在地。

"咱们在这儿睡几个小时吧。"米切尔说。只是旅馆里一个房间都不剩了。

莉奥诺拉下了车，问纳粹在哪儿。她叫住侍应、擦皮鞋的人、邮递员，这样询问他们。她让这些人受宠若惊，她黑色眼眸里驻扎的疯癫也令他们恐惧。

其中一个人说：

"德国人像黄油一样滑进了法国。"

另一个人说：

"我看见他们怎么来的了。都骑着摩托车，眼镜上反着光。波尔多再多一个人都塞不下了。"

莉奥诺拉实在太引人注目，在敌占区出风头是很危险的事。

"快上车，咱们走吧，莉奥诺拉。"凯瑟琳命令她。

她的不安随他们的前行而愈发强烈，整个人抖得像一片叶子。不抖的时候，她会大喊，会自言自语，没办法控制住她。公路上满是逃难的人，已经走不通了。发动机的噪声响个不停，直往耳朵里钻。

"你知道这些人要去哪儿吗？"莉奥诺拉问道。

"当然不知道！"凯瑟琳冲她喊，"所有人都在逃。你没意识到吗？德国人正在轰炸法国。"

莉奥诺拉宣布，她做出了唯一能做的决定：杀死希特勒。凯瑟琳摇上车窗，莉奥诺拉又把它摇下来：

"没有比侵略别的国家更可恶的事了，当兵的都是狗屎！"

二十 逃亡

凯瑟琳再次摇起了窗，莉奥诺拉则用连她自己都陌生的力量把它摇了下来。

"打倒侵略者！自由法国万岁！"

"闭嘴！"凯瑟琳命令道。

莉奥诺拉接着说：

"我告诉人们，我只要想用意念的力量停止战争，战争就会停止，我告诉他们，我有精神的力量，他们就不会再感到害怕；很多人说我的眼睛充满了力量，如果我去与纳粹对峙，他们就会明白自己应该撤退。"

"我真的忍不了你了。"凯瑟琳眼里噙着泪水，哀求莉奥诺拉，"求你了，别喊了，你会把我们都害死的。米切尔没有证件。"

"我会对你们负责，现在就在拯救你们。"莉奥诺拉反驳道。

她再次开始对愿意听她说话的人宣称她是圣女贞德。

"如果你希望咱们安全到达安道尔，就一个字都不要说了。你要是再说，一切都会失败。这可不是开玩笑，莉奥诺拉，咱们现在都命悬一线了。"

"你希望我主动失去意识吗？"莉奥诺拉使劲忍耐着，把嘴唇咬出了血。

安道尔小得像法国和西班牙之间掉落的一块面包渣。到了那儿，凯瑟琳和米切尔才放松了一点儿。

从菲亚特下车时，莉奥诺拉没站住。她失去了对身体的控制，走起路来像只螃蟹。上旅馆楼梯时，她的腿一直不听使唤。凯瑟琳火了。

"我的身体已经不再听大脑的指令。我得把自己以前学到的都抹除，把这些让我产生使人麻痹的苦恼的旧规则都删掉才行。"

"其实你就是想毁掉我们所有人！"

法兰西旅馆里唯一的工作人员是一个年轻女孩，她把钥匙给了他们，一间在一条走廊尽头，另一间在三楼。

"没有别人，只有您几位。"女孩用加泰罗尼亚语对他们说。

莉奥诺拉在空荡酒店的大堂里走了几步，想恢复正常的体态。米切尔和凯瑟琳已经厌倦了她，所以待在房里不出门。他们决定放手不管：谁能救她就救吧。如果那个英国女人不想活了，那是她自己的事，只是目前，他们仍然需要她才能够脱险。她终于来到了自己在三楼的房间，把窗户完全打开，一排高大的松树从远处延伸到她眼前。

第一晚过后，心情好一些了的米切尔说要去电报局发封电报。莉奥诺拉完全没在意。那封电报是发给她父亲的，后者从英格兰寄来了钱。几天后，他的一位使者会到达安道尔，一位耶稣会教徒会为他们搞到去西班牙的签证。帝国化学工业公司的权力无边无际。

莉奥诺拉希望自己能站起来，到外面走走，但当她想爬上旅馆后面的山坡时，就像凯瑟琳的菲亚特一样再也走不动了。身体一弯，瘫倒在那里。

"你别给我们来这套。站起来。"凯瑟琳拽起她。

"我起不来。"

"我叫你站起来！"

"我发誓我真的站不起来!"

"什么理由站不起来?"

"公路上看到的凄惨景象让我没力气再站起来。"

愤懑痛苦令她的身体和头脑无法统一。没有任何想法能奏效,焦虑让她窒息,她右手没有一根指头能动,左手也没有。她本可以同时用左脑和右脑写作与画画的。她的嘴歪了,不好意思再说话。她想知道自己的身体为什么不再能接受指令,最后认定它背叛了自己。因为她的意志不再有力量,所以身体首先要寻求与自然协调一致,与那座她无论如何也爬不上去的林木繁茂的小山丘协调一致。

"山啊,请帮帮我,不要拒绝我,让我走起来,如果走起来我就有救了。

踉跄几步后她摔倒了。

"他们掏空了我,唯一还留有印记的画面是骑着摩托的德国人和他们黑色太阳镜上的阳光!"

一阵狗的吠叫将她叫回了现实,她拖着步子回到了旅馆。

可她睡不着,也吃不下。

莉奥诺拉想借遗传自父亲的自律来帮助自己,无论发生什么,每天早上都要出门走走。

"山啊,我想和你协调一致:请允许我的身心与你合一。"

她趴在地上,把脸埋进草丛。

"大地吸收着我,大地想将她的力量传给我。"

她四肢着地,用手肘撑住身体,先支起左脚,随后支起右脚,终于站了起来。站了好一阵后,她才一点一点地迈出了一小步,接着,另一步。她觉得自己应该可以走了。

"明天我接着再试试。"

凯瑟琳和米切尔并不理睬她。

"这个女人把咱们的生活都给毁了。"米切尔说。

"她对我来说也变成了个负担。等把她带到地方,我就决不会再见她了。"

一天早上,凯瑟琳在旅馆门前看见她,竟问她:

"螃蟹又要出来走道儿了?"

十天的练习过后,莉奥诺拉爬上了小山,她会滑倒,但没关系,因为她已经看到了控制住自己双腿的可能性。

"我对自己从未有过这样的控制力。"她对嘲笑她的凯瑟琳与米切尔说道。

莉奥诺拉并没有意识到自己的行为对他人的影响,也不知道在别人眼中她有多么怪异。凯瑟琳与米切尔冷落着她,他们会单独去散步。但有时他们也不得不陪她走一段。无论怎样,她都是他们去西班牙的救命稻草。这位女继承人并不在乎,赢的永远是那些"理智"的人。

在小山丘上待了几小时后,莉奥诺拉看到远处有一群马正在吃草,它们回头看见了她,她便径直走向了那片绿草地。马儿没有离开,于是她更加坚信自己在动物身上的魔力:她嗅着它们,抚摸着它们,与它们说话。她不过是另一匹马,把自己的脸放在它们唇上,梳理着它们的马鬃,清理它们的眼眵,正当她要骑上一匹等待她的棕黄的马时,凯瑟琳和米切尔来了,他们的出现让马受了惊,它们四散逃开了。

"你们看见自己干了什么吗?"

"那你倒是跟它们走啊!"凯瑟琳冲她嚷道。

"真是受够这些蠢事了!明天咱们就试着穿过国境去西班牙!"米切尔插进话来。

"比起你们,我更像匹马。"莉奥诺拉甩开了米切尔的手,他看到她眼里的东西,立刻松了手。

哈罗德·卡林顿从伦敦寄出、请为帝国化学工业公司提供服务的耶稣会信使转交的文件与钱款起了作用,凯瑟琳坐到了菲亚特的方向盘前。米切尔没有通行证,他会自己去马德里与她们会合。现在最重要的是莉奥诺拉的健康。耶稣会信使坐在了凯瑟琳身旁,三人往塞奥德乌赫尔赶去。

"这女人能把我逼疯,我的神经都要散架了。"凯瑟琳对信使说,"都不知道我能不能撑到安塞拉。"

"她看着还算安静。"

"她做的所有事情都很鲁莽。"

莉奥诺拉变得和战争一样让凯瑟琳难以忍受。

"这是我的王国!它红色的土地是内战干涸的鲜血,我会在这儿找到马克斯。"莉奥诺拉喊道。

"你要是再喊,我们会被捕的。"神秘的耶稣会信使提醒她。

"不被捕也会把她的疯癫传染给我。"

二十一

马德里

日子一天天过去，凯瑟琳越来越无法理解自己的朋友。她此前从未想过对方会将她置于危险之中。在莉奥诺拉身边的每一个小时都令人难以忍受。耶稣会信使一直沉默不语，于是这绵延197公里的疯癫便显得更加尖锐。莉奥诺拉建议丢下菲亚特，坐火车去马德里。凯瑟琳松了口气。至少她不用再在自己朋友的疯叫中驾驶汽车了。耶稣会信使道了别：人已经到了帝国化学工业的分公司，他就算交了差。

莉奥诺拉给每一个词都赋予了只有她自己才能辨识的意义。这是令她得以在被炸得满目疮痍的风景中继续旅行下去的密匙。

第一晚，她们住在了车站附近的国际饭店。尽管酒店只在餐厅提供餐饮服务，莉奥诺拉还是依靠自己的美貌和疯癫的眼神说服对方把晚餐送上了楼顶天台，好一边用餐一边欣赏马德里层层叠叠的屋顶。

后来她们搬去了罗马饭店。凯瑟琳给米切尔发去了一封又一封电报，第六天，他终于出现了，一把将她抱进了怀里。

"我已经累死了。她越来越不受控。现在该你照顾她了。"

在罗马饭店，莉奥诺拉再次要求在楼顶天台吃晚餐。她热情欣喜地大喊道：

二十一 马德里

"我肚子里的郁闷几乎就要消散光了,马德里也会归于平静。这座城市就在我的肚子里,我会把健康归还给它!"

"马德里是世界的胃。"门房告诉她。

她整夜都坐在马桶上,大泻特泻了一番。第二天一早,她幸福地宣称,在清空自己肠道的同时,也解放了马德里。现在她的肠胃已经没有了积累已久的污垢,向她展现出人类的美好。

"战争结束啦!"她力气刚一恢复就大喊。

凯瑟琳和米切尔选择将她锁在自己的房间里。

"我得把马克斯的护照带到外交部去,得帮他弄到西班牙签证。"莉奥诺拉不停向他们抗议。看到自己开不了门,她从窗口逃出,冒着生命危险顺窗檐爬了下去。她到达大厅,穿过人群时,一个高个子的金发荷兰人拦住她,自我介绍道:

"我叫范·根特。"

莉奥诺拉没有拐弯抹角,直接说:

"您可以帮我给马克斯·恩斯特弄一张签证吗?必须赶快把他从法国带出来。"

"我认识您,我儿子在帝国化学工业马德里分公司工作,他会很乐意帮助您。"

又是哈罗德·卡林顿!无所不能,如影随形,纳粹的同谋!她积攒的愤怒冲撞着胸口。

"范·根特?"

对方送上了自己的护照,以便验明身份。

"上面全是钩十字!"莉奥诺拉大惊失色,"您是对方阵营的,我把自己给暴露了。"

"怎么都是钩十字了?"

"您和那些纳粹勾搭在一起!"莉奥诺拉再次神志不清起来。

毁掉所有身份证件是唯一的出路,莉奥诺拉在酒店大堂把自己的护照交给了一个陌生人。

"拿着,送您了。"

陌生人赶紧躲开。范·根特不无鄙夷地望着她。莉奥诺拉想把自己包里的东西——口红、香粉盒、手绢,还有一面小镜子和一把梳子——都送给别人,但没有人要。

"他们为什么都这么看着我?我是好心要送的。"

针刺般的拒绝和羞辱让她一下子红了脸。

范·根特伸出手臂让她搀住自己。他的身体像一副盔甲,目光坚硬如钢,脸颊胡子刮得十分干净,前额很宽,顶着稀疏的金发,颌骨与高耸的颧骨配在一起,给了他一副骷髅面孔。

从那一刻起,莉奥诺拉决定要和其他人都断掉关系,只和范·根特保持联系,因为她认为他有能力搞到马克斯的签证。

范·根特递给她一根烟,在点烟的同时对她说:

"这一包您留着吧。"

他迈着军人步伐,把她引向了一张咖啡桌,问她要喝些什么:

"茶,谢谢。"

莉奥诺拉像是被吸住了一样,一直跟着他。这为凯瑟琳和米切尔减轻了巨大负担。他往吧台一坐,她就会凑过去坐

二十一　马德里

下,把茶换成威士忌,不停向他提问。荷兰人的厌烦都写在了脸上。

"您别觉得我没发现,范·根特。您在用目光控制所有在场的人,甚至能猜出他们会点些什么。您看,从咖啡馆前面走过的路人,都会在咱们这儿停一下!"

"是,是因为您太过兴奋,像表演节目似的。"

"我连动都没动。"莉奥诺拉在自己的包里翻来翻去。

"您找什么?"

"支持共和派的徽章。"

"您为什么不把它别在身上?"

"我丢了。"

"肯定在您的包里。"

徽章出现了,范·根特把它别在了她的领口。莉奥诺拉不知应该道谢还是应该恐惧,因为范·根特的思维力量无穷无尽。如果他想的话,希特勒都会服从于他。欧洲的天空将不再有轰炸机飞过,坦克不会气势汹汹来袭,每一个人都能回到自己的国家,马克斯此时此刻也会出现在她身旁。"如果范·根特的力量不往邪恶倾斜,他就将拯救马德里。"

莉奥诺拉站起身来,在餐桌间穿梭,想告诉人们这个好消息,想向众人指出西班牙、法国还有英国的拯救者。老主顾们纷纷往她指的方向看去,他却已经消失不见了。

"原来你的救世主是个鬼魂啊。"人们笑她。

三个军官拽着她的胳膊,把她塞进一辆汽车,带到了一个阳台有铁栏杆的房子,接着又将她推进了一个房间。那里四壁贴着红缎布,挂着壁毯,墙上有石膏线,门金碧辉煌,帷幔悬垂，摆着中国瓷瓶。

他们把她扔到一张床上，撕碎并扯下了她的衣裙，想强暴她。

莉奥诺拉拼命反抗，最终，她的坚持让那几个人退却了。她在镜前整理衣服时，他们中的一个把一整瓶古龙水浇到了她的头上。另一个人抢了她的包。

她被他们扔在了雷蒂罗公园。她一个人在那儿恍惚地转了很久。一个警察看她失落潦倒，过来问她是否迷路了。

"我住在罗马饭店。"

在凌晨三点回到17号房间后，她打给了范·根特，告诉了对方自己身上发生的不幸。荷兰人愤怒地挂了电话。

莉奥诺拉的床上有几件凯瑟琳之前送洗的睡衣，侍者弄错了，送回到了17号房间。她却以为是范·根特送来的礼物：对方在为弃她不顾而道歉。她洗了个冷水澡，穿上了一件粉色睡衣，又洗了个冷水澡，穿上了另一件灰绿的，就这样试穿着一件件睡衣，等来了黎明。最后她决定穿上粉色的那件，好呼应初升的太阳。

莉奥诺拉坚信范·根特用有毒的糖果催眠了马德里人。她去前台借了报纸和剪刀，把它们做成宣传单："希特勒是马德里的威胁。"她写了一千遍。等攒够了数量，她爬上酒店的最高层，把字条抛了出去。她还用大写字母写下了"为马克斯发放签证""马德里必须解放""佛朗哥去死"，一并扔了下去。看见人们踩着字条走过或是绕道躲开，她一边下楼一边怒吼："希特勒会把我们都毁掉的！"接着又开始在街上亲自发放传单。一些人接了过来，另一些则赶忙绕开。

二十一 马德里

随后,她上气不接下气地跑到了凯瑟琳的房间,命令对方直视她的双眼,抛出了另一个令人不安的问题:

"你发现了吗?我的脸就是战争最确切的形象。"

凯瑟琳立刻关上门,把她堵在了门外。

罗马饭店的门厅里挤满了德国士兵,她在其中找到了范·根特和他的儿子。

"那些传单是您扔的吗?"年轻人恐惧地问道,他简直是他父亲的活肖像。"您想知道哈罗德·卡林顿的最新消息吗?"他殷勤地问道。当莉奥诺拉说"不想"时,范·根特打断了对话:

"别理她,她疯了。"

备受侮辱的莉奥诺拉冒着被车撞倒的危险跑过大街。她去了雷蒂罗公园,在大人和孩子的诧异眼光下躺在了草地上。感觉到众人都在观察自己,她做起了更加疯狂的举动,吓得母亲们赶快拽着自己的孩子逃开,并通知了警察。一个长枪党的领导把她带到了酒店大堂,让一个年轻人将她送回了17号房间。她再次脱下衣服,泡了几小时的冷水浴。

睡衣都没了。

范·根特是另一个版本的哈罗德·卡林顿,是后者的刽子手。她需要打败她父亲。她是唯一一个可以战胜他的人,她在童年时代就已经做过了。莫瑞、她的小马文奇、乳母、杰拉德、英皇乔治六世、诺福克或约克公爵、卡温顿勋爵、卡文迪许公爵,甚至司机的儿子蒂姆都可以作证。

她突然觉得荷兰人给她的烟有毒。

"所以我才睡不着觉。"

唯一能解放马德里的方式就是废除范·根特的可怕权力，想做到这一点，西班牙和英格兰之间需要达成协议。于是她给英国使馆打了电话，领事听到她的姓氏，立刻为她安排了见面。

"希特勒及其追随者为整个世界催了眠，范·根特就是希特勒在西班牙的代表。必须废除他的催眠能力。只有这样战争才会停止。"

莉奥诺拉顶着一头乱发，黑眼睛里透着疯狂，看起来很美也很吓人。她站在那里讲着话，口中的英语完美无瑕，和她本人一样出挑。那位外交官甚至没来得及请她坐下，莉奥诺拉就开始威胁他：

"不要再在政治经济迷宫里浪费时间了，必须借助形而上的力量，要把它分配给全体人类。"

"卡林顿小姐，您先请坐。"

"我不能坐，我像凯瑟琳的菲亚特一样僵住了。"

"请出示一下您的护照。"

莉奥诺拉把自己的包扔到了对方的书桌上。

"您是帝国化学工业公司主席的女儿？"

莉奥诺拉转身离开了，把话说到一半的外交官一个人留在了那里。

几天后，莉奥诺拉再次出现在了使馆，领事发觉，卡林顿先生的女儿不太对劲。他给马丁内斯·阿隆索医生打了一个电话。

"真是给英国使馆出难题啊：这可是一位商业巨头的千金！我已经告知大使艾瑞克·菲普斯了，他让我在处理这件

二十一 马德里

事时万分小心。我们得按照她的身份来对待她:她是哈罗德·卡林顿的女儿。如果没做好,后果会很严重。我们得听令于她。"

"这位年轻女士的政治理论来自她的妄想。"马丁内斯·阿隆索医生给出了判断。四天后,他们决定把她送去丽兹饭店。

"您的女儿已经彻底神志不清。她不仅将自己的性命置于危险之中,还威胁着我们一众人的生命。亟须对她进行治疗。"寄到帝国化学工业公司的秘密电报上说。

凯瑟琳和米切尔已经消失了,莉奥诺拉并没有察觉,也并不知道自己的自由已经终结。丽兹的房间比罗马饭店的要好得多,她开心地在浴缸中洗着自己的衣服,用毛巾缝制新衣裳。她告诉女仆自己要和佛朗哥见面,需要一身合适的衣装。

"袒胸领还是高领好呢?紧身裙还是类似芭蕾舞裙的宽摆裙比较好呢?要戴帽子和手套吗?我要把他从梦游中解脱出来!"

佛朗哥听了她的话,就会与英格兰,之后和德国,再之后和法国达成协议。和平协定将会签订,战争将会结束。

二十二
桑坦德

在丽兹饭店，马丁内斯·阿隆索医生在处方单上给她开了溴化物，剂量是给服役军人的适用量，并请求她，叫侍应来服务时不要光着身子开门。

"医生，听我说，我知道该怎么让战争结束。您得帮我争取和佛朗哥见个面。我们得摆脱掉希特勒和墨索里尼，他们不仅把我们变成了鬼魂，还四处播散痛苦，好像那是糖杏仁似的。"

酒店的住客对她的失态怨声载道。

"你们都是希特勒的奴隶！"她打开房门，在楼道大喊。

她日日夜夜不分时段地喊叫。经理不得不亲自上楼去请她安静。莉奥诺拉激动地捍卫着自己的每一条政治理论：

"希特勒把我们所有人都催眠了，如果我们什么都不做，他就会消灭我们。"

"恐怕卡林顿小姐不能继续待在丽兹了。"经理布拉乌里奥·佩拉尔塔说道。

莉奥诺拉不使用电梯，她上上下下都走楼梯，上了街，几分钟又跑回来。

"我比我的身体跑得更快。"她说。

她拨开人群往前走着，不停歇的运动使自己疲惫不堪。

二十二 桑坦德

门房同情她,把她拦下来:

"我不会允许他们把我带走。我是一个噩梦;表面上我是人们看到的样子,内心却是一匹夜的母马。我生来如此。纳粹主义必死!"

马丁内斯·阿隆索医生已经无计可施,他将她托付给了一位绿眼睛的大夫:阿尔贝托。

"阿尔贝托,你是杰拉德,我的弟弟,你来是为了解放我的,你会帮我达到我的目的。"

莉奥诺拉忙扑进对方怀里,与他调起情来。

"马克斯走后,我还没有做过爱,正迫切地需要它。我认为阿尔贝托觉得我很有魅力,对我很感兴趣。不过,他同时感兴趣的还有帝国化学工业马德里分公司所代表的卡林顿爸爸的巨额财富。"

多美的姑娘啊!她环绕他的手臂和她明媚的双眼都那样有力。她的意志也那样坚定。每次进入她的房间,她的精气神都令阿尔贝托为之一振。该怎样驯服这匹黑色鬃毛的马呢?在这么高级的酒店里,她嘶鸣着,用蹄子踏着地面。他本能地感到她内心中有一种真理。她歇斯底里的身体正与法西斯主义对抗。阿尔贝托也厌恶德国的一切好战表现。几天后,他将她带出了房间,邀请她去吃午饭、晚餐。看她走在马德里的街道上真是种享受。她的气质和她本人一样美,她的举止动作、一颦一笑都令他格外愉快,而且她还十分幽默!莉奥诺拉享受着自由。

在阿尔贝托的帮助下,莉奥诺拉自周一到周五都会到帝国化学工业马德里分公司的总经理办公室和大英帝国领事办公室去抗议。阿尔贝托在门口等待。最开始,那些公务员会痴痴地望着她的美貌听她说话,但后来都纷纷厌倦了她冗长、混乱的政治诉求清单。

"必须支持法国的抵抗。只有法国游击队可以消灭纳粹。那些通敌分子——贝当、拉瓦尔、整个维希政府——都必须受到审判。"她的眼中划过几道闪电。

"她又来了。"门房通风报信说。

"我觉得她有些躁狂。"领事斗着胆子说。

"她抑郁很严重,但这不怪她。可怕的是她每天都重复同样的东西,还越来越愤怒。"一等秘书艾尔维拉·林多——她是使馆里最好的人——有些同情她。

一个星期了,这些人没有任何反应,莉奥诺拉于是开始像怨哈罗德·卡林顿和范·根特那样怨他们,说他们卑微又软弱。

如果在办公室找不到帝国化学工业马德里分公司的总经理,她就会去对方家里找,并当着他妻子、孩子、司机、仆人和任何在场的人的面咒骂他。总经理也同意英国领事的意见,他们请来了帕尔多医生。

"我们想听听您的想法。"

莉奥诺拉很有说服力。如果有机会,她甚至能感动被废墟覆盖的整个西班牙。阿尔贝托医生已经没用了。他完全被她吸引,她让他做什么他就做什么。

"得把这个女人关进医院。"帕尔多医生这样认为。使馆官员做出了最后的总结:

"这件事过分了,咱们必须采取行动。卡林顿先生已经把

二十二 桑坦德

处理权完全交给了我们。"

"我知道一个由修女管顾的私立医院。"帕尔多医生斗着胆子说。

在关她这个"疯子"的修女疗养院里,莉奥诺拉不停地打开门窗,爬上房顶。"这里才是适合我的居所。"她从高处俯瞰马德里人的日常生活,一种温暖的愉悦侵入了她的心。她越过修道院的房檐看见行人四处奔忙,于是想:"我们就像它们,像蚂蚁、蟑螂,和别的昆虫。"修女们叫来消防员救她。

"这个女人真是一场活火灾。"其中一个消防员说。

整座修道院都被搅乱了,修道院院长宣布她们无力招架这位英国女士。

"愿上帝保卫她,我们这里实在无法再为她做什么了。"

"卡林顿小姐代表的可是一笔巨额财富,我们不能抛弃她。"帝国化学工业马德里分公司的总经理说。

"如果修道院没用的话,就只有一个选择了:得把她送到桑坦德的莫拉莱斯医生那里去。他那里是为数不多的我可以推荐的地方。"帕尔多医生又冒险献出一计,"维多利亚·尤金妮亚皇后曾在1912年到访那里,在那儿吃了饭,又逛了节日集市。那家私立医院是西班牙最古老的医院之一。"

"这样历史悠久的私立医院并不多。"重新参与这项工作的马丁内斯·阿隆索医生表示。

"那里的病患都来自贵族阶级或大资产阶级。都是杰出人物,私立医院也因此享有盛名。莫拉莱斯是专家,也是位好天主教徒,会亲自照看每一位病患。那里的就诊费用十分昂贵，患者一共不到四十人。英国是出产疯子最多的国家。对了，疗养院位于一座小宫殿中，附带有十七万平方米的公园，另有一座果园和一片宽广的草地，桑坦德的上等家庭礼拜日去那儿骑马。"

"小宫殿？"

"是的，那个疗养院真是令人叹为观止……"

哈罗德·卡林顿下达了命令，要把她关起来，治好后就立刻送回哈泽伍德去。

三天后，帝国化学工业马德里分公司总经理在帕尔多及马丁内斯·阿隆索医生的陪同下去酒店看望了她，并邀请她去桑坦德疗养。"那儿有宽敞的房间和无可比拟的窗外美景。"她信了他们，被他们抓着手臂，送上了一辆马上便全速启动的汽车。桑坦德的私立医院离马德里很远。刚过去半小时，她便不安起来，连连询问自己要被带到哪里。就在她试图打开车门时，帕尔多医生给她注射了一针鲁米那，它的镇定效果过强，几乎让她失去了意识。于是，他们就这样将昏迷的她送到了马里亚诺·莫拉莱斯医生医院的门口。

这家精神病院有好几栋楼。躺在担架上的莉奥诺拉被抬到了科瓦东加楼：关最危险的疯子的地方。那是1940年8月23日。

她在一个狭小无窗的房间中醒来。看到右手边有一个床头桌，下面的空间放着一个便盆。床的一边摆着一个衣柜，对面是一扇玻璃门，通往一条走廊和另一扇门，她渴望地望着那扇门，觉得那里会有阳光透进来。自己一定是出了车祸，才被送进了医院。这时，她才发现自己的手脚都被皮带绑

二十二 桑坦德

住了。

她用英语问护士:

"我为什么会在这儿?我昏迷了多久?"

护士用干巴巴的英语回答:

"几天吧。您表现得像只动物,猴子一样窜到衣柜上面,之后对人又踢又咬。"

"谁把我捆成这样的?"

"医院院长。您到的那天下午,他想喂您吃饭,结果您把他给抓伤了,所以他才决定把您绑起来。"

"我完全不记得这件事。松开我吧,拜托了。"莉奥诺拉十分礼貌地请求道。

"那您会好好表现吗?"

这问题让她恼火。她在所有人面前的表现都很好。她知道结束战争的秘密方法,他们非但不听她的,还堵住了她的嘴。她完全记不起来自己的暴力行为。

"我的医生都在哪儿?"

"回马德里了。"

"这里离马德里很远吗?"

"很远。"

"我可以穿好衣服去外面走走吗?"莉奥诺拉的魅力击败了护士,她为她松了绑。

尽管她的双腿颤抖,行动笨拙,但还是发现窗上装着铁栏杆。这不成问题,她自会说服它们,让它们敞开自己,把她放出去。她爬上去,像蝙蝠一样吊在那儿,想分开铁栏杆,这时,有人跳到她身上,紧抱着她,摔倒在地上。莉奥诺拉冲到这个为精神病院工作的蠢货身上，疯狂地抓挠他，后者满身是血地逃了出去。

"看看您干的好事儿！"阿瑟古拉多太太恐惧至极，"是莫拉莱斯医生大发善心才让您住在这儿的。"

"科瓦东加楼是什么意思？"

"是这栋楼的名字。科瓦东加是堂·马里亚诺的女儿，堂·路易斯的姐姐，她去世了，所以人们这样命名这栋小楼来纪念她。"

莉奥诺拉勉强吃了些东西，恢复了一点力气。她获得批准，可以去科瓦东加楼前的苹果园里走走。脚下的干树叶咔咔作响，她于是明白，夏天已经过去。

她遇见的所有住院患者都有难以理解的表情或动作。一些人自言自语，另一些人摊在草地上，陪同的人见状便把他们拉起来。一个老妇人脱掉了衣服，另一个裹着大衣，一直在手上哈气取暖。愤懑令他们的面庞扭曲，让他们的动作变形。感情是他们仍拥有的唯一东西，却无法找到表达的方式。他们不断寻求护士们的赞同，希望能说服她们。可他们失去了言语能力。其中两个长凳上的女人像是已经死了，没有任何东西能让她们移动一下，周围人那些荒谬的举动也无法吸引她们抬起头来看看。是谁在惩罚她们？是谁不让她们行动？难道她们是犹太人？如果是的话，她就得去保护她们。

"请坐，这里有条长凳。"

"这儿的人都怎么了？"莉奥诺拉问，"这些人有什么问题吗？是犹太人吗？"

"他们活在自己的世界里，在这儿，我们会教他们如何融

二十二 桑坦德

入社会。"阿瑟古拉多太太回答。

"这就是融入社会啊?"

护士时刻在她身旁盯着她:

"请像淑女一样坐好。今天做了许多运动,一定很累了。"

"我要是坐下就死了!"莉奥诺拉号叫着。

"别喊,别喊。"

整个世界都该知道她的遭遇,并为他们对她做的事感到愤怒。如果她在沉默中忍受折磨,那沉默便会将她带向死亡。

"这不公平,我不能待在这儿。为什么他们都被关起来了?"

莉奥诺拉的大脑发出了指令,她的舌头却不听话。没有人能理解她。她的手臂和手都不听使唤。她内心有一种恶意的精神正努力将她带往失败。也许休息一会儿,再试一下,就能说出她所想说的话了。

她再次失败了。她的愤怒令她窒息。是谁让她冒这个险的?谁在以这种方式虐待她、羞辱她?为什么母亲不来救她?她怒不可遏地站起身,动作猛得掀翻了长凳。接着又在草地上跑出 Z 字形,并开始向树木、牧草、小楼大门问起话。护士跑得面红耳赤。

"哎,哎,您已经不是小女孩了,不能这样跑了!"

的确,莉奥诺拉是一个被抛弃的小女孩,她身上发生的事自然会令她失去理智。"什么理智?他们说的是什么理智?"她忽然停了下来,因为一位穿着连身工作服的年轻人正饶有兴致地看着她,并用西班牙语对她说:

"下午好。"

"您是阿尔贝托吗?他是我的神奇骏马,可以在宇宙之树上上下下。"

"或许吧。"对方微笑着。

"我在哪儿?"她问他。

"在西班牙。"

"植被看起来像爱尔兰。不过周围的人都让我觉得自己在别的星球。"

"这儿就是另一个世界,人们拥有的是另一种文明。"男人微笑着说。

"那爱丽丝在哪儿?我感觉自己和她掉进了同一个无底洞。"

护士追上来,告诉她年轻人是精神病院的一位园丁,又给她指了指院中的 X 光检查楼、日光浴治疗所、皮拉尔楼、科瓦东加楼、图书馆、总管办公室、院长餐厅旁的花园、马里亚诺和路易斯·莫拉莱斯医生的诊室。她还指了一扇门给她看,说医生父子每天就是从那儿进来的。尽头处的那栋楼是所有小楼中最好的一栋,它最现代,是疗养楼,大家都管那儿叫"下边儿",因为那里是通往自由之门。

二十三
莫拉莱斯医生

马里亚诺·莫拉莱斯医生享有盛誉，阿瑟古拉多太太和其他护士都颇为自豪地宣传着这一点。

"这片土地归他所有。"德国护士骄傲地说，"它一直延伸到贝尼亚卡斯蒂略。除了中央的小宫殿，堂·马里亚诺还主持并亲自监工修建了那些小楼。他不仅担心病患们的健康问题，还希望为他们提供消遣的场所，让他们可以绘画、弹琴。他是精神疾病的专家，在整个欧洲都很有名。他的儿子也是这样。您大可以放心，您已经被交到了最好的医生手上。咱们来坐会儿吧。"她扶着莉奥诺拉的手臂说。

"您把这医生父子俩说得像神一样。"

"他们就是神，可以决定您的命运。"护士说着，做了个很丑的鬼脸。

"与其被交到他们手上，我更想被交到阿尔贝托的怀里，他也是医生。"

护士假装没听见。

我想给那几栋小楼画一幅地图，不过我会给它们起些别的名字，比如耶路撒冷、非洲、阿玛楚、埃及，这样我就会觉得自己正在其他大洲旅行。"您可以帮我搞到一些纸和笔来画这幅地图吗？"

"病人总是渴望遥不可及的东西。"护士道。

莉奥诺拉在长凳上坐下,膝上放一张纸。她绘出了一个位于混沌空间中的迷宫,试着在树木、高塔、楼梯、栏杆、路口之间找到回圣马丹-达尔代什、克鲁基庄园、哈泽伍德和雅各布街公寓的路,还画出了一道长长的可怕的墙,环绕着那些小楼。

"只有这样我才能不迷路。"

她总是苦闷地一遍遍重复:"我得找到路。"

她的努力让护士厌烦。

"通往光明的路吗?"护士嘲笑她。

意外的是,"下边儿"楼那儿的铁栏杆后面有人在喊她:

"莉奥诺拉,莉奥诺拉。"

她惊讶地问:

"是谁啊?"

"阿尔贝托!"

真正爱她的医生来到桑坦德,想把她带走。

莉奥诺拉像小鹿一般跑了起来,她恢复了力气和柔韧,在苹果树间欢快地跳跃着。

"阿尔贝托爱我,阿尔贝托。"

阿瑟古拉多太太没看见什么阿尔贝托。气喘吁吁的她已经无力再控制莉奥诺拉。这时勤奋努力的比娅多萨出现了,后面还跟着一条名叫"摩尔人"的黑狗。莉奥诺拉跑得比其他人更快更远,她重新变回了一匹母马。阿尔贝托为她而来,对她而言,没有什么比这更好的事了。

一个高大壮硕的男人指挥着"围捕行动"。莉奥诺拉能

二十三 莫拉莱斯医生

看出他的权力很大。"不过他会下达停止追捕的命令的。"自信的她停下脚步,在回头直面对方的那一刻,她看到他向外突出的眼睛射出了像是要解剖她的蓝光。那双眼睛和范·根特的一模一样。这个向她伸出手、眼神凌厉的男人一定与帝国化学工业公司沆瀣一气。

莉奥诺拉把悬着手的对方晾在了那儿。她是夜的母马,没有人可以追上她。她的黑发在身后飘扬,那位医生则奋力追逐。这时,在一个拐角处,出现了两名护士:何塞和桑托斯。他们扑到了她身上。何塞清瘦、灵活,桑托斯高大魁梧、毛发稀少。莉奥诺拉并不示弱,她又反过来扑向了这两个袭击者,用力蹬踹对方——绝望给了她超自然的力量。最终,两人把耗尽力气的莉奥诺拉扔到了堂·路易斯的脚边。何塞按住她的躯干,桑托斯和阿瑟古拉多太太控制住她的手脚。一位女护士趁她不注意给她扎了一针。打的什么针?他们有什么权利这样做?几个人刚一松手,她就像野兽一样扑到了路易斯·莫拉莱斯身上,捶打他的胸口,把他抓得满脸是血,桑托斯赶忙上前从背后掐住了她的脖子。路易斯·莫拉莱斯挣脱之后,整了整自己的白袍,把莉奥诺拉押到了科瓦东加楼。

何塞和桑托斯把她光着身子绑在了床上。堂·路易斯走进来,观察着她。莉奥诺拉问他为什么要把她关起来,这样虐待她。医生没有回答,转身走了。

"堂·路易斯是您的医生。"阿瑟古拉多太太告诉她。

"他住这儿吗?"

"不住。"

"这是我第一次看到他,我什么都记不得了。"莉奥诺拉开始恐惧,她向自己发誓,决不允许任何人再进入她的房间来审问她。还有多少她无法控制的事会发生在她身上?

当晚,莉奥诺拉逼自己保持清醒,并凭借自己的意志做到了这一点。"我决不允许他们控制我的心智,不允许他们把我抹除。"就这样一遍遍重复着,直到看见阿瑟古拉多太太,看她给自己松了绑。

"把药吃了吧。"她递给她一杯水和一片药。

"什么药?"

"杀菌的。"

"药的名字是什么?"

"我和您说过了,吃了吧。"

"不吃,不知道是什么药我就不吃。"

"在这儿得听医生的。"

"我只听我自己的。"

"那我们就得再给您扎一针了。"

"我不允许你们再给我打针,也不允许你们再挡我的路。"

莉奥诺拉跳下床,把自己关进了厕所。她用自己的重量堵住门,阿瑟古拉多太太根本无法打开,于是她又叫来了路易斯·莫拉莱斯。

"如果您不吃药,我们就得再给您打针,您的身体已经受了很多折磨,听劝吧,拜托了。"

"我连我父亲的话都不听,更不会听您的。"

她通过何塞交给了堂·路易斯一张纸,纸上画着一个三角,解释她怎样受到召唤要拯救世界,为什么应该被关起来

二十三 莫拉莱斯医生

的人是荷兰人范·根特而不是她。堂·路易斯请她去了诊室,指了指眼前的座位。

"我有很多超能力,"莉奥诺拉手舞足蹈地说,"很多种超能力。在马德里的大街上,我一看见商业广告,就能猜出是什么产品,也能知道罐头里装的都是什么。如果是亚马逊公司或者帝国化学工业的产品,我甚至能看到他们的农田,控制它们的质量。电话响了,我接起来说句'喂',对方哪怕不出声音,我都知道是谁。在马德里,在任何一个咖啡馆或在罗马饭店的大堂,我通过人们喉音的震动就能猜出每一个人的意图。背对着门,我也能知道是谁进了餐厅,能认出凯瑟琳、米切尔、范·根特和他的儿子。"

"请继续。"医生引导她。

"所有语言我都听得懂,甚至冰岛语我都会。在那些时候,我很爱自己,很崇拜自己。我无所不能,包容着一切。我很高兴,因为我的眼睛变成了太阳系,我的动作变成了辽阔而自由的舞蹈,还有我,我是它的一部分,我要拯救整座城市。我在马德里听到《绿眼睛》,就知道那是一个宇宙讯号,因为杰拉德、阿尔贝托是绿眼睛,把我从圣马丹-达尔代什带出来的米切尔·卢卡斯也是绿眼睛,那个在火车上友善地看着我的阿根廷年轻人也是绿眼睛。"

"您可以为您从圣马丹-达尔代什到这里的旅程画幅地图吗?"莫拉莱斯问她。他想让她把从法国到西班牙的路画下来。

莉奥诺拉表示无法满足他的要求。堂·路易斯抢过她的铅笔,草草画出了路线图。在图中央,写了一个 M 来代表马德里。就在那一刻，莉奥诺拉脑中第一次闪过了明澈的光点：M 指的是她，而不是世界。如果能重建那条路，或许她的头脑和身体就可以相互交流了。

莫拉莱斯父子是宇宙之主，他们正用自己的权力播撒恐惧。她会战胜他们，把自由还给她的同伴们。

第二天下午，一个提医疗箱的陌生人站到了她的床前。

"您需要做一项检查，我来抽点儿您的血。过一会儿堂·路易斯就会过来。"

莉奥诺拉回答道：

"或者您，或者堂·路易斯，我一次只见一位医生。另外，无论您有什么理由，我都决不接受任何注射。"

拿医疗箱的人与她争执起来，莉奥诺拉辱骂了对方。她想扑到对方身上，他立刻转身逃走了。堂·路易斯进门时，莉奥诺拉立刻向他宣布：

"我要走了。"

堂·路易斯用温柔且带有讨好意味的语气说起了抽血的事。

莉奥诺拉很想回答他，但从她口中说出的，又是有关希特勒、佛朗哥、他们的丑恶同谋以及各种轰炸的内容。还说她知晓结束战争的秘密方法，现在已经拥有一位伙伴，就是她的情人阿尔贝托，对方正在门外等她。

"阿尔贝托，你在哪儿？阿尔贝托来救我了。阿尔贝托，阿尔贝托，阿尔贝托！阿尔贝托爱我！阿尔贝托——！"

很快，何塞、桑托斯、阿瑟古拉多太太和比娅多萨都进来了，一片雪崩般的白压到了她身上，把她埋住了：两只手

二十三　莫拉莱斯医生

按住她的腿，一个人拽住她的胳膊，在给她扎针之前，她大喊道：

"为什么要虐待我？你们不知道我是匹母马吗？"

莉奥诺拉咳嗽着，大叫着。她的肌肉开始抽搐，痉挛传遍了小腹和胸口，她使劲把头往后仰，下颌骨好像就要脱臼，大张着的嘴扭曲了整个脸庞，惊悚可怖。

"别让她往后仰得太厉害了，有可能造成脊椎骨折。"路易斯·莫拉莱斯一边下令，一边拿出了听诊器，她的心跳过快，有生命危险。

阿瑟古拉多太太、何塞和桑托斯按住了她的胳膊和双腿。卡地阿唑已经造成了数位病人四肢骨折，还有几个摔倒的人脊椎骨折。莉奥诺拉的动作比别人的都要猛，她的胸腔不断震动。

"她很年轻，"何塞说，"发育得很好，腿部力量很强，肌肉修长，肯定常运动。"

路易斯·莫拉莱斯同意护士的看法。

"可惜了，"何塞接着说，"挺漂亮一个姑娘。"

伴随内心深处的一阵痉挛，莉奥诺拉猛地浮上现实表面，感到了一阵晕眩。她再次看到了那双直勾勾的恐怖蓝眸，于是号叫起来：

"我不要，不要邪恶力量！我在长大，我在长大，我害怕！"

一条皮带勒住她的额头，一阵疼痛钻遍了她的全身，她蜷起身子，整个人都僵住了。她甚至觉得此时此刻最好的遭遇就是死。电路火花四溅："那些是我的神经元，它们正把我变成一片生菜叶子!"

卡地阿唑造成的效果类似于癫痫发作。

晚些时候,何塞告诉她,她那种状态大概持续了几分钟。痉挛,毛骨悚然,身体的所有地方——她的手臂、手腕、胸膛、小腹——都扭曲变形了:

"嗯,这么说吧:您的脑袋嘶嘶作响,皮肤撕扯着,我们给您嘴里塞了一块布,以免您咬断自己的舌头。痉挛一来您就不喊了。这种治疗会引起腹泻,让人完全丧失自控能力,想说话时说的都是胡话。"

"何塞,如果您是医生,您来做决定的话,会用这种方法吗?"

"这是给无可救药的人用的措施。"

"无可救药的人?"

"嗯。您的病历上写着'无可救药'。"

"我不明白。"

"意思是您的疯癫治不好了。"

二十四
疯　癫

莉奥诺拉说话时，舌头会打结，或者嗓子有撕裂的感觉。她日日夜夜都全身赤裸，被蚊虫折磨。被咬后不能挠是另一种折磨。她习惯了自己的汗液，习惯了自己的尿液，唯一不能忍受的是左大腿的肿胀。她的后背很疼，双腿沉重，太阳穴有针刺感，脑中驻扎着剧痛，仿佛有一顶在不断缩小的王冠。

"这种刺痛感会持续好几天，所以我们不给您挪地方，但这种不适很值得忍耐一下，因为卡地阿唑的好处实在多。"负责在白天看管她的阿瑟古拉多太太告诉她。

夜里负责莉奥诺拉的是何塞，他会点起一根烟，放在她唇间，让她抽几口；还会给她颗柠檬，她就连皮带肉把它吃下去，因为它可以暂时消除痉挛的苦。他还会用湿毛巾给她擦汗，她很感激他。粪便的气味并不让他感到困扰，他脾气很好。莉奥诺拉问他，比娅多萨之所以叫这个名字，是不是因为脚疼[1]，逗得何塞哈哈大笑。

第四天时，比娅多萨给她带来了一盘蔬菜炒蛋。她刚把

---

[1] 比娅多萨（Piadosa），意为"仁慈的"。与"脚"（pie）及"疼痛的"（dolorosa）捏合在一起的自造词相似。

菜喂进去，就猛地把手撤出来。她怕英国女人咬她。莉奥诺拉对比娅多萨印象不错，所以不会攻击她。

"我的牙很疼，不能咬东西。"

"很正常，所有接受这种注射的病人都会这样。治疗会让人的牙龈不舒服。但是都会过去的。"

胖桑托斯不喜欢莉奥诺拉观察他。

"您干吗看我啊，英国小姐，干吗看我？"

"我看周围的所有人。因为我没事可做。我什么都能忍，就是忍不了左腿的肿胀，已经都麻了。把我的手松开吧，我的手总是很凉，放上去肯定就能舒服点儿。"

桑托斯假装听不见。夜里，何塞帮她松了绑。她的手一放在腿上，肿就消了，和她说得一样。

"那针的作用就是为了阻止您走路。不受控的病人都得扎这种针。英国人生在岛上，水太多、雾太多、诗太多，所以才疯的。不用担心，五六天之后，作用就消除了。"

"你们怎么能这样！"莉奥诺拉很愤怒。

"小英国人，到底是什么事把您变成现在这个样子的？"何塞冲她微笑着说。他无意评判对方，只想知道原因。

当关于阿尔贝托、大腿疼痛、与何塞对话的记忆一起将她的意识交还给她时，她发现自己又回到了床上，身子已经干净了，也换好了衣服。

"我看起来怎么样？"她问何塞。

"好些了。"

"之前呢？我看起来什么样？"

"很丑。痉挛会让人变得很丑。"

"您看见我了？"

"看见了。"

"看见什么了？"

"整个身体都扭曲了，痉挛得厉害。"

"我不想要同情，我最恨同情。"莉奥诺拉有些生气。

"您信我一句吧，在西班牙，人人都需要同情。互相残杀之后，唯一还有价值的东西就是同情。"

阿瑟古拉多太太是个大脑袋、宽肩膀的魁梧女人。她的双手力气很大，面庞扁平，但是很硬朗。嘴里蹦出的话像一串扔出来的石子。

科瓦东加楼的住院者们——哪怕最温顺的那些——都在饱受折磨。要通过驯服他们来拯救他们。莫拉莱斯父子在他们不饿时逼他们吃饭，在他们不困时逼他们睡觉，任何时候都可能逼他们洗凉水浴。

"我不想从自己手上拯救自己，"她对路易斯·莫拉莱斯说，"我想从您手上把我救出来。"

何塞看管她的过程中，莉奥诺拉越来越抑郁。堂·路易斯的思想正在占据她、控制她。她可以听见他想碾平她的巨大愿望。一个陌生人正拉扯她的皮肤，要把它撕裂。她必须离开桑坦德。她请何塞陪她去马德里，远离堂·路易斯。这位护士这样回答：

"您光着身体旅行可不好！"

他给她递上了一张床单和一支铅笔，她则不停念诵：

"自由、平等、团结。"

裹着床单的莉奥诺拉艰难地拖着双腿，走到了门厅。就在那时，堂·路易斯、桑托斯和阿瑟古拉多太太一起出现了。莉奥诺拉以为自己的催眠能力冻结了对方，他们却跳到她身上，把她拖回了房间。

应该是礼拜日，因为她听到了教堂的钟声和马蹄声，这让她深深地怀念起文奇。如果它在，她就能和它一起飞奔逃离。外面有很多人在骑马，要说她这辈子有什么身份的话，她会说自己是个骑手。无法与外部世界取得联系，试问谁会去帮助一个裹着床单、只带一根铅笔的裸体人呢？

"那个女人唯一会说的西班牙语单词就是'花园'，"护士向堂·路易斯抱怨，"每次跟她出去都太累人了，她总是拔腿就跑。我是护士，不是赛跑运动员。她总是很心酸地和我一遍遍重复着'花园，花园'。"

"假如人能变成牧草，英国人一定会变的。我再给她打一针镇静剂吧。"

"她和别人不一样，死活不吃药。什么都怀疑，医生。在花园里，疯了一样跑完之后，就在地上睡觉。"

"如果这样能安抚她混乱的大脑，就随她去吧。要是又凶起来，就再给她上一次卡地阿唑，再来一次痉挛的冲击，应该就能让她稳定了，我已经问过了我父亲……这个病人不懂什么是纪律，什么是控制，之前他们任她为所欲为，她才变得这么古怪和不切实际。德国人是真的知道该怎样规训国民才能得到公共利益啊。"

进入莉奥诺拉房间时，路易斯·莫拉莱斯脸上是宗教裁判所法官的微笑。

"今天是礼拜几？"医生问道。

"我觉得是礼拜一。"

"昨天呢?"

"礼拜日,我听见钟声了。"

"您多大岁数了?"

"我不知道,我觉得自己很老了。"

"您什么时候到这里的?"

"好久以前。"

"圣马丹-达尔代什是什么样?"

莉奥诺拉眼前的事物猛地移动起来,椅子晃动着,摇摇欲坠。

"我不知道。"她答道,"我离开那儿之后,一切都突然消失了。"

"马克斯呢?"

"他也消失了。不知道他们把他带到了哪儿。"

"他们是谁?"

"好像是一个带步枪的法国宪兵。"

"马克斯没有反抗吗?"

"他习惯了。他们之前就带走了他一次。"

"莉奥诺拉,您是哪里人?"

"哪儿的人都不是。"

"您记得您是从哪个国家来的吗?"

"不记得。"

"咱们在用哪种语言说话。"

"我觉得是西班牙语。"

"不对,莉奥诺拉,虽然我的发音不是那么好,但我在说英语。您说什么语言?"

"英语和法语。"

"您刚才吃了什么?"

"肯定不怎么值得记,因为我已经忘了。"

堂·路易斯笑了。

"您的父母呢?"

"我不知道他们在哪儿,可能在哈泽伍德。"

"您的父母是什么样的?"

"我觉得他们会穿上雨衣,打开雨伞,在下午五点喝茶……"

"试着回忆一下他们。"

"回忆不起来。"

"您的兄弟们呢?"

"他们在当兵。"

路易斯·莫拉莱斯医生用蓝眼睛看着她:

"莱昂诺尔[1],和我说说您自己吧……"

"战争……"

"别,别和我说战争,"他打断了她,"和我说些您个人的事,讲讲您的人生。"

"谈论自己是很没有教养的。您和我之间不要讲太私人的事。当我们接触到'真知',明白这巨大乱局是上帝和他儿子的杰作时,战争就会结束。医生,您听好,请好好观察一下这桌上的东西,用痛苦、战争、贫困和冷漠无知淹没世界

---

[1] 路易斯·莫拉莱斯医生称呼"莉奥诺拉"(Leonora)为"莱昂诺尔"(Leonor)。——编者注

二十四 疯 癫

的人类机器齿轮就和这些东西一样混乱。"

"没错,我向您承诺,我们会将秩序还给世界。但是咱们先从您开始吧。莱昂诺尔,您的月经初潮是什么时候?"

"我不和您谈论这些。"

"我是您的医生。"

"月亮撞上了太阳,您看,我要在这张小桌上安排几个完美的太阳系,就像您的太阳系一样……"

"我的太阳系是哪个?"

"为所欲为地在我们脑袋周围转的那个,造成我们痉挛的那个。"

"我对您来说太具有攻击性了吗?"

"攻击性?您的手段是霸权制度下的非人道手段,和纳粹、法西斯、种族主义者一样。"

莉奥诺拉开始颤抖。

"请冷静一下。我只是想帮您。您月经初潮是什么时候?"

"欧洲把我的血液变成了能量。我的血液是女性的同时也是男性的,是微观的宇宙,同时又是这个宇宙的一部分,因为它是我用来给月亮和太阳喝的红酒。之前我会酿造红酒,关于葡萄的一切我都懂,我自己也踩葡萄。我会在法国、西班牙和英国碾碎那些德国人。"

"我不怀疑您能做到。"路易斯·莫拉莱斯心怀同情地回答道,"女人会为了人道献出生命。要是她们主宰世界,就不会有战争了。不过,想一想,小伙子们是为了上帝、为了西班牙、为了国王而死,应该可以稍感安慰。"

"我不相信上帝,我没有孩子,更没有祖国,国王就是个弱智。如果您和您父亲允许的话，我想离开这儿。"

"这取决于您是否有良好的表现。"路易斯·莫拉莱斯回答道。

"我把佛朗哥塞进了这个小盒子里，旁边还放上了一小块屎。您看看，已经干了。"

路易斯·莫拉莱斯眨了眨眼，他的蓝眼睛已经不那么往外突了。

"和我说说您父亲什么样。"

"我父亲是普通人的完美范例。"

"您接受他这样吗？"

"他很讲道德，诚实、坚韧，把自己束缚在他认为正常和理性的东西上，完全不理解我。"

"他理解您的兄弟们吗？"

"理解。因为他们会照做他希望他们做的事。"

"嗯，不过您父亲不是个坏人，这是您自己的话。"

"不是，他不是坏人，但是他一向看重我的兄弟们，我就被放在一边，因为我是女孩。他在家里是主人，他要是在的话，所有人都担惊受怕。我还记得小时候，他一回家我们就不能玩了。"

"您为什么不能服从您父亲的意愿呢？"

"因为我内心有东西阻止我这么做。我和他说我在家里很无聊，他就让我'去养猎狐犬'，好像驯狗就可以拯救我似的，不然就是让我'去学做饭'，可我根本对该往锅里先放油还是先放蛋一点儿兴趣都没有。要是我嫁给一个每个礼拜日都去教堂的有钱人，他应该会很高兴。"

二十四 疯癫

"您为什么在疗养院要求特殊待遇?"路易斯·莫拉莱斯的语气有嘲讽的味道。

"因为我很特殊啊。我能抽烟吗?"

"可以。"

虽然疗养院里禁止吸烟,但他还是帮她点着了烟。堂·路易斯本来想当神父,但最终还是选择了医学。

"还好您没当神父,我最讨厌他们了!至少您不是道貌岸然的人。而且,您作为男人,还挺让我喜欢。"

"您对我有欲望?"

"看情况。"

这个有奇妙内在和惊人美貌的女人是上帝的礼物。她追求独立的意志和她对自己的态度让他困惑。他已经习惯了治疗自身条件造就的受害者,此刻却十分诧异:莉奥诺拉的这一病例是绝无仅有的。堂·路易斯冲她笑了笑。她不知道是否该以微笑回应他。

莉奥诺拉本想说一些话,但说出的却是其他东西。她嘴里满是口水。"让这个高等人,这个上帝、医生、分析师别再来烦我了!"

"别再问了。"她不安地站了起来,"我得思考,得找到解决办法。昨天差一点儿就找到了。"

这个男人想对她做什么?为什么要打乱她的日常规律。突然,认为莫拉莱斯想伤害她的想法占了上风:

"放了我,放了我!您没发觉吗,我本来正躺在圣马丹-达尔代什的白石子上晒太阳呢。"

医生笑了:

"您分不清身在何处是正常的。得等一段时间。"

她转过身,护士抓住了她的手臂。

日子一天天过去,其他住院者都透过玻璃门来看她。他们也进入她的房间。有时,摩纳哥王子——他和他的家庭一样陈腐——会举着死尸般的手,向她致意。有时,阿方索十三世的密友,同时也是佛朗哥密友的达·席尔瓦侯爵走来,仿佛头上还顶着皇冠。他向她伸出手时,她才发现他啃自己的指甲。

"他吃指甲是因为他对海洛因上瘾,"何塞告诉她,"所以他们给他打卡地阿唑,结果他以为是蜘蛛咬了他一口。"

"您是佛朗哥的朋友,"莉奥诺拉对风度翩翩的侯爵说,"我得和他谈谈,帮我安排一下吧。如果成功的话,战争就可以结束了。"

莉奥诺拉将自己的生命和世界的命运绑在了一起。她是土地,她的手臂是反抗纳粹、挺拔向上的橄榄树。精神病院里关的不是她,而是英国、法国和西班牙。政府是一切自私的总和,将欧洲带向了惨败。他们想对人们做哈罗德·卡林顿对她所做的事。她的战役是反压迫的战役。如果他们给她松了绑,那她就能做回风之新娘,抓住那些国家的手臂,把它们带到云上安全的地带。

有鹰钩鼻和迷离眼神的摩纳哥王子在比拉尔楼装了一台打字机和一台收音机。他从早到晚用两根手指头给外交官员写信,并邀请莉奥诺拉去听安道尔电台的节目。

"您墙上怎么贴着这么多地图?难道要永远待在这儿吗?"

莉奥诺拉找到了她从圣马丹-达尔代什开始的旅程路线,

二十四 疯 癫

王子对她说，如果她想的话，可以用红笔把它画出来。

"这样您就知道该如何回去了，卡林顿女爵。"

"我不是女爵，我们家族没有贵族头衔，傲慢倒是一点儿都不缺，是他们坚持要把我关在这儿的。"

"您为什么想离开啊？现在外面的世界和肉铺似的。在这儿咱们过得和皇帝一样。"

"这儿没有宫廷侍从。我脑子里有一首歌谣，我想跳舞。"

"您去花园里跳吧，一切顺着您的本能就好。我得给塞萨公爵还有阿尔巴女公爵的父母写信，让他们再给她找个别的发型师，若不是因为这桩要紧事，我就陪您去了。"

他没多说什么，莉奥诺拉高举双臂踉踉跄跄走了出来。现在，她身体的自由只属于她，她轻飘飘的双腿将她带到了精神病院外。"我永远都不会累，我整个人都强健得很！"日落时分，莉奥诺拉踮着脚转着圈，想哼唱出一首没有词的歌谣。旋律伴着她的心跳。是仙丘居民给她带来的乐曲吗？摩纳哥王子放下了打字机，把信扔到了空中，她打着手中隐形的响板，疯狂跺着地板，直到听见阿瑟古拉多太太的叫喊：

"把这些疯子扔进冷水里去！"

二十五

大熊座

莉奥诺拉听着其他住院者的叫喊、地板上拉拽椅子的噪音、雨水打在窗户玻璃上的声响。她觉得阿瑟古拉多太太说话的语调有些讨厌,比娅多萨跟何塞就不这样。她会点点头或摇摇头回答他们,她知道他们对她怀有好感。

"您别不吃饭啊,吃好了,早点离开这里。"

每天早上都有铃声把她吵醒,她想问问是怎么回事。是工厂吗?是轰炸警报吗?是战争来了吗?是不是解放白昼的任务已经降临在她身上?她是不是需要跑到"下边儿"的楼里把大门打开好让大家都逃出去?

她踩着椅子爬上衣柜,保持着警觉,几乎屏住了呼吸。在高处待着真令人愉悦。像高处的鸟,她双眼守护着大门。某种电磁流让她待在上面。如果有人进门,她就可以跳到对方身上。

"瞧瞧上面那个疯子,平衡力真好!"提着一小桶水走进来的桑托斯叫道。

"别欺负我,我可是画家。"

"是吗?睡在一摊屎里,傲气也会变成屎的。"

莉奥诺拉紧张起来。也许桑托斯会用桶里的水把她给泼下来。还好!他继续忙自己的事了,她甚至觉得他在微笑。

二十五　大熊座

比娅多萨端着一个漆盘走了进来。盘子上放着一杯牛奶、一些水果、饼干、蜂蜜，还有一根黄色烟丝的卷烟。

"您的早餐，小英国人。"比娅多萨嘟哝着，甚至都没抬眼看看。

莉奥诺拉爬下来，她看了看盘中食物的布局，认定医生们就要把她转移到"下边儿"去了。那是所有楼中最好的一栋，奢华程度堪比丽兹饭店，窗子面朝幸福，因为每扇窗前，都种着一棵树。

她想象着搬到"下边儿"去的最快的方式，这取决于她如何在比娅多萨带来的盘子上摆放苹果籽、红桃核和葡萄皮。她需要再造星座：大熊座在这里，那里是昴宿星团，再那边是小熊座；桃核在右边，另一侧的顶端是绿色的葡萄皮。谁曾经和她说过自己有桃皮来着？

她的护士给她准备了洗澡水。

"您可以自己洗一洗，那儿有海绵和肥皂。"

莉奥诺拉捏了一下海绵，它是个活物，在海面上漂浮。

"洗好了吗？怎么耽搁这么久？我还要带您去日光浴治疗所呢。"

莉奥诺拉赤裸身体，披着毛巾跳舞，把它举过头顶时，她发觉，整个苍穹都臣服于她。这一点尤为重要，可以帮她解决她的"自我"与太阳的关系问题。

日光浴治疗所的光十分刺眼。在那种光线下，莉奥诺拉忘记了物质的肮脏，进入了另一个空间。她瘫在那里很久很久，接受着透过玻璃钻进来的光芒。

"出去吧，不然要中暑了。"

"给我一些纸和笔。"

护士说她出去之后才可以写东西,但莉奥诺拉还是说服了对方,得到了一张白纸。她在上面写:"我是太阳也是月亮,我是男人也是女人,我是黑夜也是白昼,不会再有战争,因为所有人已经知道,究竟什么是战争。"

"请把这个信息带给堂·路易斯。"

"我先喂您吃饭,之后再带给他。"

卡地阿唑让人顺从,吃了药人很轻易就不再坚持。

"下边儿"的楼是应许之地,是通往伊甸园、耶路撒冷和自由之门的通路。莫拉莱斯就是上帝父子。等她恢复了神智,她的护士们就会以三位一体第三人——若没有一个女性,三位一体就没有意义——的身份,把她带到"下边儿"去。

"那女人呢?我得是那个女人,圣灵是一只鸽子。"

莉奥诺拉从衣柜上方开始了她的圣鸽飞行。

阿瑟古拉多太太进楼后把她那些稀奇古怪的东西还给了她。

"我得赶快着手工作,要把各个太阳系放在一起,调整世界的行为秩序。"

几枚法国钱币代表人类因为贪婪而造成的堕落。没有墨水的钢笔代表智慧,两瓶古龙水分别代表犹太人和纳粹。黑白相间的香粉盒盖代表日月交食。两瓶乳液是女人和男人。指甲磨刀是护身符。丹祺唇膏则可能是颜色与词语的相遇。

她身体的各个部分躺在地上,她也不知该如何将它们整合在一起,也不知道该如何阻止它们跑到远处去:胳膊在那边的角落,右腿在走廊,头在床上。她用尽胸腔的所有力量,

二十五　大熊座

声情并茂、手舞足蹈地叙述着自己关于该如何结束战争的想法，但并没有人理会。过了一阵，阿瑟古拉多太太对她说：

"您在出汗，平静一下。"

那一刻，莉奥诺拉突然感到一阵逃跑的冲动，她像马儿一样飞奔起来，直到满面通红的阿瑟古拉多叫来桑托斯，两人合力把她拦住了：

"坐下，喘口气。"

路易斯·莫拉莱斯也一脸愤怒地从办公室走出来。

"给我们消停一会儿，我们知道您特别灵活好动。不可能每分每秒都看着您啊。"

"堂·路易斯，昨晚我梦见自己在布洛涅林苑的一座小山高处看马术表演。我在那儿等着两匹被拴住的高大骏马跳出栏杆，朝我奔来。它们跳出来时，两匹变成了三匹，因为又有一匹白色的小马加入了进去，它就在我的脚边垂死挣扎。那匹小马就是我。"

"这儿唯一的马就是礼拜日来骑马的人带来的那些。您还是回房间去吧。"医生答道。

莉奥诺拉组织好了自己的防卫系统。她闭上眼睛，以此躲避痛苦折磨中最难以忍受的一部分：他人的目光。

她一连几小时都紧闭双眼。这是她避开他人的流亡方式，是"出埃及"的标志。她称科瓦东加楼为埃及，日光浴治疗所为中国。闭上眼睛，也好承受那第二针卡地阿唑。她恢复得很快，第三天就和阿瑟古拉多太太说：

"帮我穿好衣服，我要去耶路撒冷，把我学到的知识讲给他们。"

护士把她带到花园。她把比拉尔楼、摩纳哥王子的小楼还有她自己的打字机全都抛到了脑后。越走,风景越美,因为离"下边儿"已经越来越近。

"我胜利了。"她对德国护士说。

她坐上马桶,就能透过厕所的窗户看到海岸墓地,那里埋葬着科瓦东加,堂·马里亚诺的女儿。

比娅多萨和阿瑟古拉多太太继续负责照顾她。堂·路易斯认为已经不需要继续为她注射卡地阿唑了。他还说:

"从现在开始,这栋房子就是您的家了,您要对它负责。"

"我曾经会说汉语,现在却连中国在哪儿都不知道了。这儿的病人是中国人还是犹太人?"

莉奥诺拉自问自答,说这所精神病院的病患都是犹太人,她自己在这里是为了替马克斯和雷米尔镇铁丝网后面的其他所有人复仇。

护士何塞和莉奥诺拉在花园的偏僻角落约会亲吻。

"莉奥诺拉,您去哪了?"她的护士喊她。

亲吻急匆匆落在两人的唇角。时间太短。

"在他们发现之前再吻我一次。"

在敌人的窥伺下亲吻太不自在了!

何塞递给了她一根烟。

"你要是不这么疯狂,我就和你结婚。"

二十六
乳　母

堂·路易斯告诉莉奥诺拉，她的乳母来了。

在一艘战船的狭窄寝舱中旅行了十五天之后，乳母到达了精神病院。她晕头转向，并且有些兴奋得过头。这是谁做的决定？居然派一个一句西班牙语都不会讲的员工来桑坦德，莫拉莱斯父子不得其解。乳母转来转去，像只迷路的兔子，也没有任何人为她端上一杯茶。

莉奥诺拉很会伤人。她接待了对方，但没有丝毫的信任。

"我父母派你坐一艘黄色潜水艇来，要把我接回哈泽伍德，对吗？要是他们真那么担心我，为什么不自己来？"

"普瑞姆，我来是因为我爱你，我已经四年没见你了。我在哪儿能找杯茶喝？"

"回英国去吧，那儿有茶。"

莉奥诺拉的敌意尖锐起来。乳母听她咳嗽，想拿杯水来，却找不到厨房在哪儿。她每次想帮莉奥诺拉垫垫枕头，对方都会躲，会转过身去。她想接过护士的工作，但莉奥诺拉一而再再而三对这个干瘪瘦小、把灰发绾在后颈的女人冷嘲热讽，笑她不能胜任。她不问她怎么来的，饿不饿，累不累，在哪里睡觉，她唯一关心的问题是她为什么来。"你干吗来？是我父亲派你来的。"卡林顿一家都该去死！乳母将她的童年交还给她，她的出现让莉奥诺拉的头脑更加混乱。"乖一点，普瑞姆，乖一点。"她不吃饭时，乳母会这样说。如果她又哭又闹，乳母就坐在床边：

"普瑞姆，以前，要是你想要些什么，你就会去争取的。"

乳母有时会和她提起她的小马黑贝丝和母马文奇，或是说起司机的儿子蒂姆·布拉夫——莉奥诺拉对他抱有好感，"已经结婚了，妻子也怀孕了"。她还说到了腊西——哈罗德最爱的小狗，说它如今已经长眠地下；又谈起新的大主教，说他想改变一些陈规，很同情共和派，因为他认识朱利安·贝尔，也就是弗吉尼亚·伍尔夫的外甥。她的感觉那么强烈，回忆那么充满绿意，童年的烙印那么无法抗拒。杰拉德、帕特和亚瑟的脸在她脑中舞蹈，模糊了她的视线。

"乳母，别说了。"

面对她的态度，乳母不免黯然神伤，她只好"夹着尾巴"离开。"乳母是个无关紧要的人，一点威严都没有。"阿瑟古拉多太太说。她很不开心，因为对方占了自己在莉奥诺拉身边的位置，乳母在一旁，嫉妒心泛滥，事情也总做错。"让我来吧，我可以照顾她。我更了解她，是她父母派我来做这个的。"但莉奥诺拉甚至连上厕所都不愿让她陪。

乳母温柔四溢的心和皱起的眉头让莉奥诺拉不悦。每次被拒绝后，她眼里打转的泪水也会惹莉奥诺拉生气。这个笨手笨脚的旧日使者来干吗？来束缚她吗？来像她小时候那样牵着她的手吗？来把她拖回兰开夏郡吗？乳母一朝她伸出手臂，她就不耐烦：

"你别想碰我。你是卡林顿的帮凶。"

二十六　乳　母

她用他们贬低她的方式去贬低自己的乳母，就差给对方注射一针卡地阿唑了。

"我来这儿是为了帮你。为什么这个德国女人总是插手？"

"因为她是专业的护士，你不是。"

"但我从你小时候就认识你了呀。"

"乳母，别说了，你让我很紧张。"

对莉奥诺拉来说，乳母的嫉妒心也变成了一个天大的问题，为原本那些悬而未决的问题又增添了一些麻烦。对莉奥诺拉来说，最重要的就是到"下边儿"去，那边的住院者都很幸福，因为他们就要重获自由、离开这里了。

在圣马丹-达尔代什她敢脱光衣服，对自己的美很自信，但现在她消瘦如一具骷髅。可以数出她的肋骨，皮绷在锁骨上，胯骨如挂衣服的衣架，凹陷的胃部在把她整个人往后推，干瘪的脸颊就像一颗干果。

"他们把我怎么了？"

罩着颧骨的发黄皮肤就要开裂。

"我像弗兰肯斯坦的怪物。"

她的乳母哭了。

"你的尖叫让我紧张！闭嘴，要不然就去别处哭去！我不想听见你的声音，回兰开夏郡吧！"

自恋让莉奥诺拉只顾自己。

"你变了这么多，"乳母哀叹道，"已经不是那个一出生我就认识的普瑞姆了。"

"我要不是同一个人了，你干吗还在这儿待着？滚吧！"

"我爱你，普瑞姆，和你父母没有关系。"

莉奥诺拉的盛怒藏都藏不住。她想让她的乳母化成灰，再上去踩两脚，之后忘记她的存在。

"你不能和我去花园。"

"普瑞姆，为什么？"

"因为该陪我的人是阿瑟古拉多太太。"

她每天上午十一点和德国护士去散步时，都会先给乳母留一些任务，好让对方不要跟着她。

她的乳母着实让她不适。

"我不想干什么都得想着你。我连自己都受不了，怎么还能有力气去忍受你的嫉妒心呢？"

伤害她是种补偿，因为通过她，莉奥诺拉可以气到自己的父亲。如果乳母仍然觉得自己能影响她，那莉奥诺拉得让她清醒一下。她童年时，乳母可以做到这一点，但现在可不行了。

乳母没有权力，她什么都不是，只不过是过去的旧线头。侮辱她让莉奥诺拉变成了莫拉莱斯父子的同谋。如果她向医生们低头，他们就会从敌人变成友军，就会把她放了。

在最可怕的噩梦中，乳母都梦不到莉奥诺拉会背叛她。

"我不会跟你回去，你明白吗？哈泽伍德什么都不是，我的目标是'下边儿'。"

"下边儿"楼旁的花园很大，更重要的是，它冲着停车场的门，莉奥诺拉会藏在那里看堂·路易斯把车开进去。几步远有一个山洞，里面放着园丁的工具和他们撂在那儿的枯叶。在她脑中，那一摞枯死的叶子就是科瓦东加——院长的女儿、路易斯·莫拉莱斯的姐姐——的坟墓。

二十六 乳 母

"他们以为我是科瓦东加，"莉奥诺拉自言自语，"来代替他女儿的。所以想把我埋在这儿。"

除汽车之外，莫拉莱斯父子还拥有他们自己的餐厅。每天中午，都有一种令人作呕的气味钻进莉奥诺拉的房间。园丁们在草地上施肥。莉奥诺拉不明白，为什么马里亚诺·莫拉莱斯——父上帝——能允许他们这样给自己的食物"投毒"。她有些愤怒地站起身来，在护士的跟随下，走进了他们的私人餐厅。两位医生完全无视莉奥诺拉的无礼。接着，堂·路易斯用德语对阿瑟古拉多太太说了些什么。莉奥诺拉怒火中烧，他们居然只和护士说话，还使用德语！莉奥诺拉在两人之间坐下，一股电流穿过她的身体。她站起身，电流便消失了："那是他们对我怀有的恐惧在流动。"

医生们的目光里有层层忧虑。在精神病院，总有一些人恐惧另一些：疯子敢做任何事情，医生们用注射来缓和他们的症状。卡地阿唑解决了医生的无计可施。

堂·路易斯继续吃着他的饭。莉奥诺拉于是让何塞帮她准备了纸和笔，画起了宇宙（父）、太阳（子）和月亮（她自己）。她把画递给医生，对方一句话不说，又还给了她。莉奥诺拉失落地走向了科瓦东加楼的图书室，选了一本米格尔·德乌纳穆诺的书，随手翻开一页："感谢上帝，让我们拥有钢笔与墨水瓶。"她确信这是宇宙发出的讯息。

一只蜻蜓落在了她手上，好像想停在那里永远不走。莉奥诺拉一动不动一直看着它，直到它死掉，跌到砖地上。

"它是堂·路易斯的手，想让我死。我要在他之前行动。"她十分肯定地对阿瑟古拉多太太说。

她会为一切赋予超验的意义。如果一阵风把门吹开，那便是花园在召唤她，她必须前往。

堂·路易斯送她一根拐杖，好让她出门散步，但对她来说，那是一根权杖。

莉奥诺拉的脑中，《爱丽丝漫游仙境》和《金罐》的书页在盘旋；她不断想着那三个让她着魔的数字——6、8、2，并用它们组成了一个让她想起伊丽莎白王后的数。

"我是英国王后。"

"这话留给医生说吧！"阿瑟古拉多太太面露不悦。

莉奥诺拉跑到诊室：

"我是伊丽莎白，英国王后。"

"不是的，莱昂诺尔，您是莱昂诺尔·卡林顿。您不需要成为任何地方的王后。"

"我需要掏出所有自身携带的人物才行。其中最让我恶心的就是英国王后。"

"那就把她从您的人生中赶走吧。"

她在房间中造了一座王后的雕像。一张三条腿的桌子代表她的腿，上面摆一把椅子，做她的身体，座位上放一个酒瓶，插三支红玫瑰：是伊丽莎白王后的意识—王冠。最后，她为雕像穿上了自己的衣裳，在桌腿前方摆上了阿瑟古拉多太太的几只鞋。

造好了雕像，她喜滋滋地冲向了花园，穿过了手榴弹炸出的深坑中长出的一大片灯芯草——她管那儿叫非洲。她拔了一些叶子和草，把自己盖得严严实实，匍匐到门前，只为看它是否依然关着。回到楼中，她感到一阵强烈的性欲。

二十六 乳 母

堂·路易斯驻足英国女王伊丽莎白雕像前的画面在她看来十分正常。

"祝贺您,把不属于自己灵魂的人物抛出体外是非常明智的选择。"

堂·路易斯轻抚着她的脸颊,一根手指滑进了她嘴里,这让她愉悦。莉奥诺拉很兴奋。他拿出处方笺,撕下一页:"不在皇宫,就在田中。"莉奥诺拉从那一刻起开始对他产生了欲望,于是每天都写给他:"医生,重生是什么意思?我内心有什么在生长。是您让我内心发生了变化。""医生,您觉得我进步了吗?可以去'下边儿'了吗?""请为我打开您的门吧,我很孤独。""我为您备受煎熬。""我不是一个女人,是一匹母马。""这座花园里,只有您与我两人孤单做伴。医生,请占有我吧,如果您不这么做,我会疯掉的。""我的疯癫就是我无从满足的欲望。""我不再能忍受自己,您看看我吧,已然就要枯萎。""我承认自己的惨败,您和其他人都比我强大。""您觉得自己是谁,可以这样折磨我?""我是您的奴隶,是世上最脆弱的生灵,我为服务您而存在,您有任何欲望我都可以满足,我愿舔净您的鞋子。""我已经做好去死的准备。"

路易斯·莫拉莱斯沉默不语,并极力避免与她单独见面。

"是不是要给自己放个假,离开您自己一段时间?还是说您和自己的病人一样,已经疯了?"五天后,莉奥诺拉从衣柜上方向他抛出了问题。

医生衣着邋遢、情绪激动、难以自制,他在自己的小狗"摩尔人"的陪伴下四处徘徊。莉奥诺拉认为"摩尔人"此刻获得了自己主人的权力,如果她逃走,这只狗可能会上前阻止。堂·路易斯疯了——想到这一点,她就感到快乐。

"沦落到这一边儿的感受如何啊,医生?"

"给英国女人洗个澡吧,让她冷静冷静。"

"咱们可以一起洗,堂·路易斯。"

阿瑟古拉多太太用冷水给她洗了澡,又把她带到了床上。莉奥诺拉想:"他们是在为我的新婚之夜做准备。"虽然医生有"摩尔人"的狗脸,但身体还是人类的。"这将是我去'下边儿'的胜利开端。"门上橘色的灯光十分美妙,莉奥诺拉已经预感到,她就要获准离开。过了一会儿,何塞给她带了一根烟来,并吻了她一下,道了晚安。

她一定睡了有二十四小时:一个老人正望着她,那是精神病院的院长,是幻觉的主人,地狱的主宰。他的眼眸与堂·路易斯的十分相像。马里亚诺·莫拉莱斯礼貌地和她说起了法语,一时间她竟觉得有些不习惯:

"小姐,您觉得好些了吗?我已经认不出那个四十天前进来的'母狮子'了。您已经成了一位淑女。"

老人让人把她带到日光浴治疗所去。莉奥诺拉像屠宰厂中的家畜一样顺从地接受了。在精神病院接受休克疗法之后醒来,比被绑住要可怕许多。

莉奥诺拉梦见自己的手上长出了枝叶,缠绕住身体。马克斯将她画在了圣马丹-达尔代什的热带丛林里。他看到完成的画作时,感到了恐惧:"你的枝条和藤蔓会把我吞噬掉。"

她忘记告诉堂·路易斯她仍在发炎的腿需要接受治疗,只顾热烈地讨论政治,并不停咒骂佛朗哥。她在叫嚷的同时

二十六 乳 母

发觉自己正处在一个如前夜梦中花园的地方,坐在阳光下,衣冠整洁:

"借着我的智识与我的哲学权杖,我可以做到任何事。"她愉快地对他说。

"那就把我变成全世界最好的医生吧。"堂·路易斯开玩笑。

"给我自由,您就是最好的医生了。堂·路易斯,我之前活在现实之外,那时候,还不曾尝到痛苦的精髓;但自从来了这里,我就尝到了。"

"您自己就是您痛苦的始作俑者,要对它负责。"医生的微笑消失了。

"啊,是吗?那刽子手们又是谁呢?"

二十七
"下边儿"

堂·马里亚诺批准了莉奥诺拉去"下边儿"。

乳母害怕跟一群自由的疯子生活在一起，便阻止她过去："那地方糟透了，很危险。"她担心遇见那些下楼去花园里的病患。"我可不下去。"她这样坚持，莉奥诺拉也担心起来，怕她说得有道理。

"医生，如果您能给我一张画布，几管颜料，我就保证不再烦您。"莉奥诺拉请求道。

莫拉莱斯让人买了张劣质的画布和一些颜料，主要是红色的。莉奥诺拉如饥似渴地画起了"下边儿"：一匹马、一个长鸟脸的裸体女人、另一个长翅膀的女人，风雨欲来的背景前，还有天马正要起飞。最引人注目的是一个侧坐的形象，穿着红色丝袜，将面孔藏在一个顶着羊角的威尼斯面具后；黑色紧身胸衣间一对丰乳呼之欲出。这还不算，她还用一条白花花的肥腿挑衅观者，同时举着一副面具，或许是马克斯·恩斯特的脸。这幅作品让莉奥诺拉激动不已，同时也令她筋疲力尽。她着了魔似的日夜画着，她的乳母则被画面中的情色内容吓得不轻。

莫拉莱斯完全忽视了莉奥诺拉的乳母的存在。对他来说，很难给她找到一个位置。什么位置呢？他的英语水平足够和

二十七 "下边儿"

她交流了,可他连试都不想试。

他们让这位乳母来拿一份治疗报告。路易斯·莫拉莱斯难以相信,帝国化学工业的老板居然会将这项任务交给一个年长的下等人。但她就在那儿,在他面前,等着答复。她身后是一个商业巨擘,哈罗德·卡林顿的帝国化学工业公司,他们从英国往这里寄钱,急切地想知道诊断是什么。癔症?精神分裂?他需要一份报告。路易斯·莫拉莱斯发表了他的权威看法:

"我们实施的是一种刺激性疗法,这种治疗可以让病人恢复正常。"

"类似于抽人耳光的治疗吗?"

"嗯,给人浇冷水。"

"会有什么后果吗?我觉得卡林顿小姐情况很差。"

"到目前为止我们取得了很好的疗效。"

乳母想起了自认为是阿尔巴女公爵导师的摩纳哥王子,也想起了自称认识阿方索十三世的达·席尔瓦侯爵,不禁想问效果究竟是什么。莉奥诺拉的情况糟透了。尽管对她的痛苦只有大概的了解,但面对治疗过程的残酷,乳母还是心怀恐惧。

"她刚从马德里来时,已经快没有人样了。她的好转很明显,只是您可能看不出来。"堂·路易斯自负地说道。

"那报告究竟是怎样的?"

"我们使用的是神经精神领域最新的技术,而且和杰出的匈牙利医生、戊四唑的发明者拉迪斯劳斯·冯·梅杜纳保持着联系,一同研究如何治疗卡林顿小姐这样的精神错乱。我们在她身上已经取得了很大的进展，治疗方法是全欧洲最先进的。"

"就是在别的病人身上用的方法吗？他们情况都糟透了啊。您的方法太低级了。如果卡林顿先生和夫人在这儿，是绝对不会允许您这么做的。"

堂·路易斯怒火中烧。这老太婆真是婊子养的！但他根本不用对付她，他的病人对她的态度就够她受的了。

莉奥诺拉受不了自己乳母的无知，甚至连用人们都看见了，她整天转来转去，连问候的话都听不懂。

当晚，堂·路易斯让他的病人在医生餐厅里选一个座位。

"我想坐哪儿就坐在哪儿，我要看进进出出的都是谁。"她喊道。

"吼叫就和泻药一样，能让您感觉好一点儿，但我请求您不要在桌上这么做。"

"我看见您的姐姐科瓦东加进来了。"

"不可能！不过对您来说，吼叫的确比头脑僵化要好。"

"我的头脑从来都没僵过。"

"没有吗？那我就证明给您看。让我帮您从语言的角度认识一下自己。"

"这是什么意思？"

"您可以再重演一下刚才吼叫的场景，但是这一次要轻一点，要有意识地喊。"

"我不依靠任何人，尤其不靠我的父母，我是隔绝独立的人。我的父母什么都不是。"

二十七 "下边儿"

"莱昂诺尔,别再试图用奇怪的方式到达痛苦的深处了,要试着从自己内心把它连根拔除。"

"想把我灵魂拔掉的人是您,是这儿的治疗。您就是灭魂者,专门扑杀灵魂的人。"

"您这样仇视一切有什么意义吗,莱昂诺尔?把您带到这儿的理性原因理解起来很容易:战争、轰炸、死亡、马克斯的抛弃,但我很难理解您现在的态度。"

"马克斯没有抛弃我,谁知道他现在被关在哪座集中营里!"

"您能做什么呢,莱昂诺尔?难道您没有和他一起去雷米尔吗?"

"我什么时候给您讲过这个?自从来到这儿,我就没张过口。"

"不要不相信我。您好好看看自己,想想您是怎么来的,您看您现在,头发绾起来,目光清澈,多漂亮。"

"这都多亏了比娅多萨和何塞……嗯,也得谢谢我的乳母。"

"我们的责任就是帮人改变失调行为,让人获得自律能力。"

"我不相信自律,我相信灵感。"

"现在,您要做的是试着少抽一点烟,抽烟对您的肺不好。"

"这是唯一能让我平静的事。"

"我建议您,每次把烟叼在嘴里,让它多烧几秒再吸。"

莉奥诺拉把烟塞进嘴里,医生数了十五秒。

"快拿出来,要烧到嘴了,妈的!从来都没见过这样的!"堂·路易斯叫道。

"我没有告诉过您我曾经是托钵僧吗?我是印度大蟑螂的新娘。"

堂·路易斯提出让她出精神病院散散心,于是用车载了她出去。他们在一条公路上遇见了一队军人,高唱着:"哎,哎,别在河里看你的影子。"回去后,乳母正挂着拐等她回来。

"我拿着拐杖,防着那些疯子。"

"你怎么想的,这么用我的宝贝!这可是我用来获取知识最可靠的工具。我恨死你了。"

堂·路易斯开始允许她从图书馆借书。

莉奥诺拉站在大量书籍前,心生喜悦。但护士站在她身后,不许她拿走刚取下来的书。莉奥诺拉便把手边的书全都推到了地上,和匆匆赶来的医生吼起来:

"我不允许你们中任何人的权力凌驾在我身上!阿瑟古拉多太太不让我选书!我不是你们的所有物。我有自己的思想和价值。我不属于你们。"

医生抓住了她的胳膊,莉奥诺拉在瞬间袭来的恐惧中明白,他们要给她打第三针卡地阿唑了。"不要,医生,求您了,不要!"她倒在地上,用能想到的一切做了保证,保证自己不再犯病。医生把她扶了起来。莉奥诺拉被对方拖拽着走在路上,抓了一把蓝桉树叶。"这个能帮到我。"说着,她攥紧了它。

那个房间有红色的壁纸,壁纸上印有银色的松树,这让

二十七 "下边儿"

莉奥诺拉惊恐不安。

她已做好准备,要在对方松开她的那一刻奋起反抗。

全身僵直的她被送回了自己的房间。乳母见状不断说着:"他们对你做什么了……他们对你做什么了?"她在她床边哭了起来。

这非但不能打动她,反而激怒了她。透过自己的乳母,她能感受到父亲在撕扯自己。

"您最好还是回英格兰吧。"堂·马里亚诺对年迈的玛丽·卡瓦诺说。

"我知道我总是惹她发疯。"

他看着她,很理解对方。她和自己年纪相仿,很勇敢,在战争中漂洋过海来到这里。这个女人一辈子都在照顾别人的孩子。

"这已经是最后一剂卡地阿唑了。"他心怀同情地告诉她。

乳母的离去对莉奥诺拉来说是莫大的解脱。

她一睡就是八个小时。已经好几个月了,这是第一次。她感到了安宁。泡过澡,梳过头,脸洗干净,目光也平静。她在花园长椅上路易斯·莫拉莱斯医生的身边坐下,晒着太阳。他向外凸出的眼睛似乎已经宣布休战,但莉奥诺拉连手指都不敢动,她不想破坏那种美妙的气氛。路易斯·莫拉莱斯同情地看着她,阳光轻轻落在她肩上。现在他面前坐着的是一位精致的女子,高贵、聪颖,一位特别的病患。

在她最可怖的狂暴中,在她防御性的野兽的躁怒中,有一种超自然的东西令她与众不同。她从衣柜顶扑向护士,抓住她的头发,用手臂勒住她的脖子;还用尽技巧以免自己被缚住。她当然会这样，因为她在为一些东西而战斗，一些别人想消灭掉的、只属于她的东西。

"对艺术家应该用不同的方法。"堂·路易斯对他父亲说，"或许，绘画可以作为一种治疗。您知道谁是萨尔瓦多·达利吗？"

老医生完全不了解超现实主义，他没说话。他儿子接着说道：

"我觉得那个女人之所以那样是因为经历过很可怕的事。咱们应该让她出院。"

"她还没有适应社会的能力。"

"父亲，您指的是哪个社会？我不敢随便给莱昂诺尔划分类型。您知道她和我说什么吗？她说：'我得在内心保留些东西，如果它被别人毁掉，我就不可能恢复。'"

"她没有能力在外面的世界闯荡。"老医生坚持道。

莉奥诺拉有个表兄弟，莫海德家的，是医生，在马德里一间公立疗养院工作。他在英国使馆听说莉奥诺拉在桑坦德，于是称"我第二天就去看她！"。马里亚诺·莫拉莱斯禁止外人探访病患，但对方自己就是医生，坚持要来。

莉奥诺拉看见一个年轻人穿过花园，朝她走来。

"我是英格兰人，主修精神病学。"

"我对动物有超能力。"莉奥诺拉向他坦白。

"像您这样敏感的人，有这样的能力很自然。"

一阵狂喜涌上她心头。这个男人把她当回事。就在这一刻，她的大脑似乎开窍了，明白了卡地阿唑是注射药物，堂·路易斯并不是男巫，而是一个不要脸的家伙，科瓦东加、

二十七 "下边儿"

阿玛楚和所谓"下边儿"并不是埃及、中国和耶路撒冷,而是疯癫病人的住处。英格兰精神病医生戳穿了神秘的神话,范·根特的催眠术瞬间被瓦解,莫拉莱斯父子不再是上帝父子。

二十八

解　放

莫拉莱斯医生父子让护士阿瑟古拉多太太陪伴莉奥诺拉去了马德里。那是 1940 年的最后一天,气温极低,甚至把人的皮肤冻成了青紫色。列车在阿维拉停了数个小时。旁边的铁轨上停着另一列火车,上面载满了羊,冻得咩咩直叫。

"我到死都会记得这些羊的痛苦。"莉奥诺拉把头埋在手里。

阿瑟古拉多太太看向窗外。

"在科瓦东加楼我就是这样一头羊。"莉奥诺拉捂住耳朵。

到马德里后,她们在一间豪华、宽敞的酒店住了下来,费用由帝国化学工业公司承担。阿瑟古拉多太太大开眼界,于是同意莉奥诺拉去参加酒店二层举办的茶舞会。乐团在演奏施特劳斯的圆舞曲。一个男人走过来请她跳舞,她正要接受,阿瑟古拉多太太过来下达了命令:

"你可以看人跳,自己不能跳。"

"那喝酒呢?"

"可以喝,我刚才看托盘里有里奥哈葡萄酒,我去拿两杯。"

令莉奥诺拉意外的是,她撞上了雷纳托·勒杜克,对方挽着一位衣着华丽的金发女子。她给他讲着自己漫长的旅程。

二十八 解 放

"有一个护士陪着我,她叫阿瑟古拉多太太,你们看,就是那边拿着红酒的那个。他们把我关在了桑坦德的一座精神病院里,给我打了三针卡地阿唑,相当于三次电击。我父亲想决定我的命运,要我回英格兰,回他身边,但我宁愿死也不愿让他继续控制我。"

"咱们得做点什么!"金发女子几乎哭了出来。

"雷纳托,在马德里之后,你还要去哪里?"

阿瑟古拉多太太端着酒杯走了过来。

他们交谈用的是法语,德国人听不懂。

"去里斯本的墨西哥大使馆找我。"勒杜克答道。

莉奥诺拉睡得更安心了些,护士则打起了呼噜。

第二天一早,英国领事和帝国化学工业马德里分公司的总经理再次出现了,来邀请她共进晚餐。

走前莉奥诺拉和阿瑟古拉多太太用拥抱的方式道了别。毫无疑问,葡萄酒有魔力,让这位护士忘记了自己行刑人的角色。

帝国化学工业马德里分公司总经理极力表现出了关心。

"您吃,您吃啊。"

她刚从精神病院出来,因此他们心有疑虑。莉奥诺拉注意到,他夫人见自己紧握刀叉,脸上不由得写满了恐惧。哈罗德·卡林顿的女儿竭力控制着自己,不想崩溃爆发:"我把他们都吓坏了。"

"看来,我让马德里上层人士很恐慌啊。"莉奥诺拉握着刀说。

帝国化学工业分公司总经理再次邀请莉奥诺拉吃了顿饭,

这次他没带夫人。

"这是马德里最好的餐厅。"

他冲她笑了笑。她点了香槟汁多宝鱼。

"您家人决定把您送到南非的一家疗养院去，在那儿您会很开心。"

"我觉得难说。"

"我个人另有提议：我可以为您在这儿买个公寓，经常去看看您。"他说着，把手放在了她的大腿上。

她能做的选择很可怕：或者上船去南非，或者和这个令人毛骨悚然的男人睡觉。莉奥诺拉去了趟厕所，想给自己争取点儿时间。

出门时，总经理想拥抱她。

"来，别冻着。"

一阵狂风把餐厅的金属招牌吹了下来，正砸到两人脚边。

"您差点儿就没命了！"他的胳膊搂得更紧了。

"不要，我不愿意。"莉奥诺拉挣脱了。

"那您就自生自灭吧！先去葡萄牙，然后去南非。"

"葡萄牙？"

英国领事和帝国化学工业分公司总经理一起把她和她的证件——它们又出现了——送上了火车。莉奥诺拉反复叫着：

"我不去南非也不去任何疗养院！"

在车站接她的是帝国化学工业的委员会成员：两个像警察的男人和一位酸臭脸的女士。

"您运气很好，在去南非的船起航前，会住在埃斯托里尔

二十八 解 放

一栋非常漂亮的房子里。"

"棒极了。"

莉奥诺拉已经学会了要比自己的敌人更狡猾。

埃斯托里尔离里斯本只有几公里远。房子的浴缸里只有一厘米深的水,几只鹦鹉在笼子里说着话。她整夜都在想该如何逃走,早餐时,她对酸臭脸女士说:

"现在天气太冷,我得好好保暖,想买点帽子和手套。"

在里斯本火车站下了车,她看见了一个咖啡馆。"现在不跑就永远都跑不了了。"她想。只有极短的时间可以行动。

"我得去厕所。"

她向上天祈祷咖啡馆有个后门。

监视人在一张桌前等她。

她想得没错,咖啡馆有另一个出口,她立刻跑了过去,运气很好——上苍在那一刻为她派了一辆出租车。

"去墨西哥使馆。"

她用买手套的钱付了车费。

到了使馆,她用自己在疯人院学的西班牙语问道:

"雷纳托·勒杜克在吗?"

"不知道什么时候会来。"

"那我坐下等他一会儿。"

"但是小姐……"

"警察在找我!"

几个人纷纷扭头来看她。就在那时,墨西哥领事埃曼努埃尔·费尔南德斯的办公室门开了。

"您现在在墨西哥领土上,享有外交豁免权。您国家的人是无权带走您的。"他向她保证。

这是真的吗？还是在故事里？没有人虐待她，而当雷纳托——他显然对她充满了同情——出现时，那幸福到达了极点。

"你不用再担心了，莉奥诺拉，你需要恢复，所以得好好吃，好好睡。"

他把她带到了他的酒店。第二天，和雷纳托一起吃的早餐美味极了。他风趣、愉快，一出现就让她振奋不已。在她面前，地平线已缓缓展开，就像红海在摩西面前露出了土地。莉奥诺拉开始迈步飞驰。

二十九
雷纳托·勒杜克

在巴黎认识雷纳托时,她就觉得他很有魅力。现在就更有魅力了,因为他既有同情心,又有救她的能力。

雷纳托说法语的口音也让她喜悦。

"是我父亲教我的,那会儿总和他练。我喜欢到处跑,走路、骑马、坐火车、骑自行车,任何方式都行。这是我血液里的东西。我觉得自己上辈子是云。"

每一天,他的智慧火花都令她惊艳。他还会低声念诵诗句,就像在她手指套上指环:"她一头黑发,很黑,很黑/她的眼也是黑的,黑得像婆婆的名声。"莉奥诺拉笑起来。

"你有婆婆吗?"

"没有。马克斯没有妈妈。"

"说得也是。"

每天都有更多的男女老少来到墨西哥使馆,申请通行证。雷纳托接待他们时,莉奥诺拉就出去走走,吸吸咸湿的空气,冲着海鸥微笑,再抽根烟。他们住的酒店很干净,雷纳托也很干净。干净就是他的精髓。他什么都不问她,只是带她去买了些画布、颜料,好让她在旅程开启前安心画画。

"不知道咱们会在这儿待多久。很多人都在等,他们的情况糟透了。"

"是战争毁了一切,对吗,雷纳托?"

"对。"他像是在回答一个小女孩。

里斯本是人们离开的口岸,再多一个难民都装不下了。街上挤满了等待启程的人,他们抽着烟,玩着"瞎母鸡"——很适合战乱中的人玩的游戏。莉奥诺拉到市场里闲逛,逛着逛着突然愣住了。不可能,那一定是她的又一个幻觉:有时,人和人是很像的。但那个白发的人简直和马克斯一模一样,与他有着完全相同的背影,正像他一样掂量着一把锤子。她走了过去。他回头的那一刻,她瞬间坠入了他游鱼般的双眼中。马克斯·恩斯特和她惊恐地望着彼此,都没有靠近对方。他拿着锤子,她拿着烟,就这样畏怯地相互打量。

终于,马克斯松开锤子,拉住了她的手。他喉咙里的结打开了,告诉她自己离开雷米尔的集中营后立刻去找了她。是啊,一个月后他看到了圣马丹-达尔代什家中她给他的留言:"亲爱的马克斯,我和C一起走了。会在埃斯特雷马杜拉等你。"

"你走时什么都没带,毫不犹疑地就把咱们的家交给了一个小旅馆老板。你抛弃了一切,什么都丢了。"

"咱们重逢了,就什么都没丢。"莉奥诺拉颤抖着说,但马克斯并不想听。

"我回到圣马丹-达尔代什,你已经不在了。"他又说了一遍。

"葡萄园怎么样了?"

"很惨。他们把它扔在那儿荒着了。法国葡萄农就是这样。咱们的酒一瓶都不剩了。我在圣马丹藏了几天,卷了几张画，把能带走的都带走了。阿尔丰西娜一直说：'她疯了。'[1]你跑到咖啡馆，冲她嚷嚷，说你要和一对情侣去西班牙。莉奥诺拉，为什么不等我？"

"我不知道你还会不会回去，光是想想，我就不行了。如果凯瑟琳和米切尔没去找我，你回家时就能看到我了。"

"但是你没有等我，你消失了。"

"那你呢？你干什么了？"莉奥诺拉打断他，又点了一根烟。

"藏起来，带着画去马赛的埃尔贝尔别墅避难，差点儿就没去成。伊夫·唐吉的妻子姬·萨奇请佩姬·古根海姆赞助我、布勒东、杰奎琳和奥贝去纽约。我请佩姬去营救圣马丹-达尔代什的雕塑和浅浮雕作品。她之前在《艺术手册》杂志上看到过那些作品，于是和一位律师确认，它们至少值十七万五千法郎。她救下了所有她能救下来的。对了，我还有两幅你的画，《晨马客栈》，还有那幅肖像杰作《至高鸟罗普罗普》。"

"是绘画作品吗？"

"是，你不记得我们是画家了吗？"

莉奥诺拉难以相信，或许她不知道该如何去相信：马克斯没有问她怎么样，没有问起她的痛苦，也没有问起桑坦德的精神病院。他强迫症似的谈论着自己，细数救下来的油画作品，聊着未完成的那幅《雨后欧罗巴》，回忆着圣马丹-达尔代什墙上有多少浮雕：脑袋上的鱼、帽子形象、弥诺陶。

---

[1] 原文为法语。

"他们连我刷漆的长凳都带走了,他们踩踏浮雕,撞坏了门。不过浮雕倒是可以修好。"

他一遍遍说着她抛弃了他们的家。他的蓝色眼眸渐渐黯淡下去,动作也越来越锋利,一杯一杯要着咖啡。

"猫呢?马克斯,那些猫怎么样了?"

"谁在乎猫啊?"他的火气越来越冲。

莉奥诺拉想点烟,却发现打火机不在自己包里,她不知道该如何继续待在那里。她就一直这样找着,听马克斯侃侃而谈,他唯一的话题就是艺术,他话语中的冷漠让莉奥诺拉颤抖。

"马克斯,让我回酒店吧,我感觉不太好。"

"我陪你去吧。之后还得去车站接一个朋友。"

莉奥诺拉回到房间,趴在床上,把头埋进枕头里,她并不在乎马克斯去接的是佩姬·古根海姆。此时,他正一把抓住一只脚刚踏上站台的艺术赞助人的手臂,把她带到一旁,一副失色的脸庞,用几乎窒息的声音告诉对方:

"发生了一件可怕的事,我找到莉奥诺拉了。"

"对你来说是大好事啊。"突如其来的打击拱起了佩姬的火气。

他们一起去了酒店,两人都佯装自然,还开了几瓶葡萄酒。午夜时分,马克斯让佩姬陪他去走走。"我找到她了,我找到她了。"他每走一步就重复一次,那句子像锤子一样砸在佩姬的后颈上。

"感觉你什么都看不见,什么都不明白。"她一直不回话,马克斯抱怨起来。

二十九　雷纳托·勒杜克

"你想让我明白什么，马克斯？你和我……我不知道咱们算什么。咱们俩算怎么回事呢？"

马克斯没说话。资助他去美洲的是佩姬，和他同床共枕的也是佩姬。

"咱们去认识一下莉奥诺拉吧。"佩姬主动提出来。

"你认识她啊。"

"嗯，再认识一下吧。"艺术赞助人纠正了一下用词。

他们一起喝了茶，莉奥诺拉说起了那个她要嫁的或已经嫁了的"墨西哥人"。

"只要能逃离哈罗德·卡林顿和他的帝国化学工业，我什么都愿意干。我想要的就是跑到世界尽头，让父母找不到我。"莉奥诺拉咬牙切齿。

"美洲就是世界尽头。"马克斯语气坚定，他整个人紧绷着，像一张弓，脸上涂满了欲望。一双硕大的蓝眼睛跟随着莉奥诺拉，观察着她一举一动中的细枝末节。她装作不知觉的样子，又点了些茶，轻轻踩了一脚佩姬。

从当晚开始，腰缠万贯的艺术赞助人就搬到了另一个房间。

"雷纳托是很典型的拉美人，他很爱吃醋。"莉奥诺拉说。

佩姬于是邀请对方共进晚餐，算是对马克斯的小小报复。莉奥诺拉接受了。

"他只有晚上才有时间，白天要一直工作。"

"他是大使吗？"佩姬问道。

"不是，是副领事。"

莉奥诺拉与佩姬握了握手，将一支康乃馨插到马克斯提袋的开口中,吻了他一下。

"大家都被战争逼疯了,但没人像莉奥诺拉这样脆弱。"回酒店的路上,马克斯说道。

"我有钱我就不脆弱,对吧?"佩姬反问道。

两人的归途很惨淡。马克斯甚至都没让她挽着自己,只是裹在黑风衣里自顾自地走着。

里斯本的酒店已经客满了,人们坐在咖啡馆里等房间,坐一会儿又起身去另一家咖啡馆继续等待。两三个小时之后再回到最开始那家,像是在玩抢椅子的游戏。佩姬留在了法兰克福—罗西奥酒店,和她的孩子辛巴达、佩吉恩待在一起,她郁闷至极,投进了她的前夫、她两个孩子的父亲劳伦斯·维尔的怀抱里。她说要取消去美国的行程。

"我要留在英国,赞助皇家空军,飞行员们需要我。"

"别这么不负责任啊。辛巴达和佩吉恩、朋友们还有我,大家都要靠你啊。"

劳伦斯·维尔把佩姬拥进怀里。

莉奥诺拉不仅横穿了佩姬的人生路,也影响到了劳伦斯·维尔和他的第二任妻子——画家及作家凯·博伊尔,还有他们的五个孩子:佩姬的两个、凯的三个。当然,受她影响最大的还是佩姬正式的新情人马克斯·恩斯特。

从前,是磁场将他们聚在一起,现在,是战争把生活搅得一团乱。他们争吵,吼叫,随后又互相原谅,醉酒相拥,怀着激情做爱,第二天便全然忘却了自己暴怒激动的缘由,甚至不再记得究竟与谁度过的夜晚。他们熟知每个人的私密生活,众人之间的对话肮脏下流。最好让所有人都看见他们,知道他们是谁，认识他们的价值：惹人瞩目是他们生存的理由，他们唯一的秘密是自己的收入。

大家都在谈论瓦里安·弗莱和马赛的埃尔·贝尔别墅。布勒东给那栋大房子起名叫"等签证"别墅。

"为什么要叫这个名字？"莉奥诺拉天真地问。

"因为这就是我们每天做的事啊：等一张签证。你没发现现在办一张西班牙或葡萄牙的签证有多难吗？"

"告诉佩姬呀……"

"佩姬可以……"

"佩姬马上就要收到一批美国银行寄来的货。"

"要是她对你印象不错，她就能办到。"

"佩姬赞助了安德烈·布勒东、他的妻子杰奎琳、他的女儿奥贝的旅行，他们已经坐着'保尔·勒梅勒'号启程去马提尼克了。现在她又掏钱买了十张里斯本到纽约的波音314'飞剪船'机票。"

作为佩姬的第一任丈夫，劳伦斯·维尔成了这个团体的领头人，由他来挑选众人在哪儿吃饭、喝酒、争吵、吼叫。一开始只是玩玩，后来他越来越恨这个团体，而他们反而越来越离不开他。

这一行人住在风口浪尖，他们生命的主导动机在于研究如何像美国人一样赚大钱。凯·博伊尔即将和劳伦斯分手，她每天喋喋不休，只念叨着一个她想从集中营里救出的人。

时下最热门的话题自然是马克斯刚刚与之重逢的苍白英国女人：莉奥诺拉·卡林顿，从前和他在圣马丹－达尔代什同居过的旧情人。

"她家人想把她找到,送到开普敦一家精神病诊所去。"马克斯低声说,想在听众中找到自己的支持者。

"要给送到哪儿去?"佩姬仍旧愤愤不平。

"送到南非的一家精——神——病——院去。所以比起纳粹,她更怕自己的父亲。"

雷纳托在墨西哥使馆工作,一天晚上,他赶上了古根海姆团体在金狮餐厅的聚会。佩姬对这个用流利法语与她交谈的男人印象十分深刻:修长的双腿,黝黑的面庞,花白的头发。他有许多关于葡萄牙、法国、西班牙甚至美国的政治讯息。

觥筹交错,前夫前妻间有了同谋的默契,相互交换着私密的讯息。刚到的人则散发着新鲜的光芒。

"你的墨西哥人真俊朗,也帮我搞一个这样的吧。"佩姬说。

雷纳托与莉奥诺拉调情,向众人敬酒,豪饮,微笑。莉奥诺拉觉得自己有了依靠。马克斯自然看不上他,因为尽管白天他一直和她在一起,到了晚上,"这个墨西哥人"就会把她收回去。

"战争让咱们聚得更紧密了。"瘦高的凯·博伊尔主动接近莉奥诺拉,每次聚会都想坐在她身旁。

凯来自美国的一个富裕家庭,鼻子几乎和整个人一样大,一直不停地谈论集中营和纳粹引发的恐惧。她想把自己被囚禁的朋友带到美国去,劳伦斯·维尔则说对方大可从马赛坐"温尼佩格"号走,不用和他们一起。

"我不明白为什么你的情人得让我前妻帮着买票坐飞

二十九 雷纳托·勒杜克

机走。"

马塞尔·杜尚和赫伯特·里德为佩姬购买藏品出谋划策,此刻,她已购入的艺术品正被发往纽约。

"佩姬,我得到了一个悲惨的消息。"凯·博伊尔对她说,"运你那些画的船沉了。"

"你别这么夸张,凯。"劳伦斯很不满,"你就喜欢说些只出现在你疯癫想象里的事儿。有工夫还是把精力用在写作上比较好。"

劳伦斯把杯子砸到墙上,之后又摔碎了一个盘子。马塞尔·杜尚和佩姬已经习惯了劳伦斯的戏码,无动于衷地看着他,马克斯也一样。劳伦斯是波希米亚之王。赫伯特·里德从他手里夺下一个新盘子。凯通常都会我行我素,这会儿倒哭了起来。他们哭泣,大笑,互相挑衅,随后又和好,相互渴望,再相互背叛。马克斯·恩斯特很为落在后面的朋友汉斯·贝尔默和维克多·布劳纳着急。

"我想帮他们。"他对佩姬说。

"我觉得你的朋友都像鬼魂似的。"艺术赞助人说道。

马克斯怒火中烧。

"你说起集中营的名字,就像是在说圣莫里茨、默热沃、多维尔、伊甸岩、基茨比尔或者其他避暑胜地一样。"

午餐和晚餐期间,莉奥诺拉听说了马克斯被宪兵带走后的遭遇。

"莱昂诺尔·菲尼去马赛见了马克斯,他很宠她,你知道他们曾经是情人吧?就像汉斯·阿尔普有两个索菲亚,马克斯有两个莉奥诺拉[1],一个菲尼,一个卡林顿,正好可以竞争一下。菲尼在蒙特卡洛避难,现在在画肖像画。一张明信片大小的画,她张嘴要我十万美金。"

"我觉得她很俗气,举止风度像妓女一样。"劳伦斯·维尔插进话来。

"我那么喜欢妓女,也看不上她。"马塞尔·杜尚也附和道。

"马克斯喜欢她啊,还想让我也喜欢。他把我介绍给她时,没说我是他亲爱的情人,只说是艺术赞助人。"

"佩姬,这话怎么说的?"马克斯有点下不来台。

"马克斯觉得她是奇才,就因为她给他画过像。年轻貌美嘴甜的女孩他都支持。可从没见他对男画家这么宽容!"

"要说你啊,佩姬,你就是太过宽容了。"凯也开了口。

马克斯让她不要透露自己的犹太血统。

"我跟警察说我的祖父是瑞士人,我是美国人。因为美国刚给法国发来一大船食品,所以警官们对我很好。"

佩姬说当时马克斯需要五十美元纸币,他最后跑去管夏加尔借。

"钱的事我不懂,和我女儿说去吧。"俄国人摆出了借口。

后来马克斯在街上碰见了瓦里安·弗莱,对方二话没说掏出六十美元给了他。于是他才能夹着自己的所有油画离开马赛,来到里斯本。

---

[1] "莱昂诺尔"(Leonor)与"莉奥诺拉"(Leonora)在拼写上只差词尾一个字母 a,所以说者这里将二者合称为"两个莉奥诺拉"(dos Leonoras)。——编者注

"你知道里斯本有一幅博斯的画吗?"马克斯问莉奥诺拉。"大家都围着佩姬转,咱们要不要一起去国立古代美术馆?"

"好啊。"

《圣安东尼的诱惑》让两人走得更近。他们向对方许诺,有一天要画出自己的圣安东尼。那幅近五百年前的画作每一处细节都让两人沉默无言:魔鬼王后,东方三博士来朝,猪与狗,废墟中的高塔——或许是巴别塔——以及乘鱼飞走、彻底逃离的夫妇。

"你会乘着鱼和我一起逃走吗?"

三十

小团体

佩姬、莉奥诺拉和马克斯约着一起骑马。

"小时候,"佩姬说,"我从马上摔下来过,当时照规矩又爬上了马背。摔得特别狠,下颌骨折,牙也磕掉了几颗。"

"所以那几颗牙不是你的喽?"莉奥诺拉笑起来。她觉得佩姬有些丑,虽然身材不错。

佩姬不再陪他们去骑马,却常常见到莉奥诺拉,因为马克斯一直抓着她不放手。

"咱们所有的早餐、午餐、晚餐、散步、游览,你都要把她加进来是吗?"她问他。

一众人的人生都要仰仗佩姬这位赞助人来支撑,此刻,她正坐在长桌的主位,挤坐在一起的有各位前夫、前妻、情人、上一段婚姻的子女;这是个所有人相聚痛饮的世界。佩姬敬酒的次数最多,其他人大笑着,相互进行精神分析,一起发现神奇隐秘的去处,挥金如土,重获青春。每天正午,他们便开始喝第一杯鸡尾酒——女士们青睐让她们微醺的加冰波尔图葡萄酒,到凌晨时分,许多人会带着自己称之为"睡帽"的酒饮爬上床。他们很以自己的"床上三人行"为傲。第二天中午又再次开始豪饮,之后再睡一下午的觉。

"你知道希腊人尼亚乔斯在自己的游艇里挂了一幅埃

三十 小团体

尔·格列柯的画吗?"

佩姬叫道:

"这也太不小心了吧!"

凯坚持说欧洲那些名画正面临危险,现在古根海姆的收藏可能已经落入了哪头鲨鱼的口中。

"而且,佛朗哥肯定也不介意就着美味的瓜子沙拉吃下一幅毕加索。"

对纳粹的恐惧情绪之外,他们心里又多添了一种偏执的好奇:莉奥诺拉被关在桑坦德精神病院的经历。

"我想她当时应该精神失常了吧。"凯说道,"才二十三岁,要和一个德国天才非法同居,可不是容易的事。又在异国他乡,远离家人。要是我也会抑郁的。而且,面对战争人能怎么样呢?不是死,就是疯掉。我和她说了些话,感觉很有保护她的欲望。"

"她瘦得只剩一把骨头了,看咱们的时候眼里都是恐惧。"劳伦斯·维尔说。

"要是只有这些也就罢了,我还看见她做更奇怪的事。"凯·博伊尔接着说。

"她还做什么了?"

"总是特别绝望地在包里找东西。抽烟抽得像根烟囱,时时刻刻都要往身后瞧,像是有人在跟踪她。她会不停搓手——后来我发现那是种痉挛,还经常发癫。"

"说话时很紧张,看起来很没有安全感。"马塞尔·杜尚添了一句。

"没那么没安全感。马克斯也不是一下子就跟她分开的。"

赫伯特·里德为她说了句话。

"那也是精神病院带来的结果。马克斯觉得自己有责任。"马塞尔接着说。

"马克斯很爱她，隔着几里路都能看出来。"凯大声感叹。

"但是佩姬救了马克斯的命。我认为他没那么蠢，觉得一个刚从精神病院出来的女人会比佩姬对他更有用。"劳伦斯·维尔插了句话。

"疯癫可以把一个人的本质掏空，把他变成另外一个人。"赫伯特·里德认为。

"她说话的声音和节奏都不一样了，语句的结构也和以前不同。好像说话的方式变得浓稠了。昨天晚上我和赫伯特还在说这个。"劳伦斯给出了他的结论。

"无论怎么样，她很信任那个墨西哥人，这一点很令人意外。"凯·博伊尔又说了一句。

"信任那个墨西哥人？那个男人跟她根本不是一路的。"杜尚不太同意。

"他们之间总得有点什么，毕竟她晚上和他睡觉。"凯下了结论。

一天上午，在和雷纳托道别之后，莉奥诺拉一个人出了门。忽然，一个高个子走过来热情地和她打起招呼：

"我可以和您一起走走吗？"

是赫伯特·里德。

"咱们是在伦敦认识的，那时候您的全部注意力都集中在恩斯特身上。莉奥诺拉，您可不可以告诉我，在刚认识一个人时，您最看重的是什么？"

三十　小团体

"天分吧。与众不同的声音。"

"充满了闹剧也无所谓吗?"

"是啊。佩姬·古根海姆还有她追随者们的闹剧丑闻比大英帝国的循规蹈矩要有意思多了!"

里德坚信社会永远不可能理解艺术家,不可能理解这"极度自私"者,可他们又注定会爱上拒绝自己的人。艺术与左、右派无关,与共产主义、资本主义无关,尽管它们会利用它为自己谋私利,但政治人物永远都无法创造它,令它屈服或毁灭。

路上,里德对她说,很多超现实主义者都会从大自然中获取灵感,在其中寻找新的设计,恩斯特在他的森林中正是如此。所以,他们学习矿物和植物的结构,学习生物、几何。马克斯很博学,天文学让他着迷,他会深入研究,好让自己的画作具有生动、普遍的秩序。

"所以,超现实主义是从大自然中获取灵感的?"她问。

"当然了。有一次,唐吉和我说,他在海滩上散步时,会发现很多细微的海洋形态,那些正是他创作时想象力的出发点。您的灵感都是从哪来的呢?"

"我不太会解释,它更像是身体可感知的东西,比如吃饭、睡觉、做爱。"

"那大自然呢?"

"自然在我之外。我的画在这里面。"她把两手放在了自己小腹上。

"你会和马克斯在一起吗?"他问话的语气像个兄长。

莉奥诺拉对他肯定地说,她和马克斯已经结束了,只是还有些困惑。

"我觉得这就像错误组成的喜剧。"里德回应她。

"嗯,您说得有道理。佩姬会吃我和马克斯还有雷纳托的醋。我们这就是一出荒诞喜剧、轻歌剧。"

"生活本身就是超现实主义冒险。"

赫伯特·里德嘲笑英国社会的资产阶级价值观。他年轻时就看不上精英们的消遣方式、社会中人们的行为准则,以及头衔、荣誉的分量。

莉奥诺拉听着,心怀崇敬。对她来说,这个人独一无二。她想告诉对方:"我母亲送了我一本您的《超现实主义》,是马克斯绘制的封面。看完后,我一心想做您的朋友。"

佩姬周围嗡嗡作响的喧嚷人群中,莉奥诺拉对和善、明智、善于思索的作家凯·博伊尔印象最好,对方正问她关于墨西哥人——团体里大家都这么叫他——的事,她坚定地认为莉奥诺拉和马克斯在一起更合适。

"佩姬周围这一圈就是一个毁灭性的小宫廷。"

"没有什么比她的鼻子更有毁灭性的了。"

对英国女人来说,佩姬拥有世上最丑的鼻子。佩姬则说它是密苏里圣路易斯最早完成的整形手术的成果。

"但是没人知道她的鼻子以前什么样,所以也无从比较。"劳伦斯语气里满是讽刺。

佩姬谈论自己的失误和不幸时会变得很吸引人,但作为聚会永恒的中心,她甚至能令亚西西的小穷人心生厌恶。佩姬身边的一行人都很古怪,令人反感,就像一群朝臣,蹦跶蹦跶,就成了弄臣。

三十 小团体

马克斯和莉奥诺拉起身离开了,佩姬一肚子醋,她对凯坦白:

"我敢肯定马克斯还爱她。"

"你不用担心,他需要的是你。"

莉奥诺拉和马克斯一起走了好几个小时。他们进入教堂,漫步市政广场,走过奥古斯塔街。每走一步,从前的诱惑都会涌回来:没有人能看到他能看到的,没有人能分开缕缕阳光,没有人能为月亮戴上草帽,没有人能令水杯歌唱,没有人能做到所有这些。

马克斯用佩姬给的钱送了她一个图画簿。两人紧挨着一起作画,给对方看自己的画稿,马克斯重新变回了那个温柔的童年耶稣,满头金发,一双天真的眼睛湛蓝无瑕。

恩斯特一刻都不愿放卡林顿走,他丝毫不在乎佩姬所受的折磨。他想为莉奥诺拉催眠,让她像从前那样看他。他从未这样深爱过。失去她让他变得固执、紧张,几乎歇斯底里。

佩姬开始酗酒。

"对我来说里斯本就是地狱。"她对凯·博伊尔说,"马克斯甚至都不和我说话。"

里斯本全是人。他俩如果愿意的话可以低调地消失,但他想让所有人都看见。莉奥诺拉有苍白的脸和黑色的发,是他的战利品。从前的他像盲眼的游泳选手一样赢得了她,现在,在穿越大西洋前,他就要重新得到她了。

中午,两人会和团体里的众人一起用餐,沙丁鱼和波尔图葡萄酒的狂欢。莉奥诺拉听到的东西令她害怕。她或许疯过一阵子,但现在她的新朋友们正以每小时一百八十公里的速度绕着一颗以马克斯为中心的星球旋转。佩姬说她买新裙子时马克斯会嫉妒,因为他也想穿上。在马赛时,她买了一件羚羊皮外套,马克斯于是也买了一件一模一样的。

"老板很吃惊,一个劲儿地强调那是女装,后来拗不过,按马克斯的尺寸又裁了一块羚羊皮。"

很难让马克斯的目光从莉奥诺拉身上移开。他有鹰的眼睛和银鸟喙一般的鼻子。

"你知道,莉奥诺拉,"佩姬说,"马克斯送了我几本书,其中有一本是献给你的:'给真实、美丽、赤裸的莉奥诺拉。'我读了《椭圆女士》还有《鸽子飞》,写得真好!我在火车上读完的。"

莉奥诺拉听进去,转眼就忘了。

佩姬又讲了讲怎么跟马克斯在火车上过夜。

"他睡着的时候看起来真老,亲爱的,你不觉得吗?"

佩姬看了一眼莉奥诺拉的脸色,换了个话题,她说自己想救维克多·布劳纳——丢了一只眼的那位。他的签证申请被拒绝了,因为美国分配给罗马尼亚人的名额已经用完。莉奥诺拉看了看马克斯,他没说话。

马克斯去美国的签证也已经过期,更新签证的话,需要往使馆跑很多次。"救命!救命!救命!"佩姬把他的护照高高举起摇晃一下,工作人员就立刻为她开了道。无所不能的佩姬是对警察的讽刺,她不仅是财产继承人,还是拯救她现在和未来丈夫的人。朱娜·巴恩斯也在巴黎等着她的机票。

申请签证是地狱般的经历:很多人缺少出生证明、离境令、居留许可,有些朋友只有一本过期的护照。唉,繁复的

三十 小团体

官僚手续!为了忘掉签证,他们聚在金狮餐厅大啖海鲜,在那里会遇到马克斯和那个英国女人,她甚至不怎么和佩姬打招呼。

莉奥诺拉发现胸部有一个脂肪块,需要住院开刀。

她躺在白色的枕头上,黑发盖住了肩膀。雪花石般的手臂让她看起来几乎是透明的。其他病人听说了她的美貌,都探头进来看。"像幅画。""嘴好红啊。""眼里像是着了火。"她也令佩姬惊艳:浓眉之下一双黑眼睛正恐惧地盯着自己看,完美的鼻子细长而冷峻。她太过美丽。佩姬于是转身回了饭店的酒吧。

"给我一杯双份威士忌。"她吩咐酒保,"想了一下,还是给我一整瓶吧。"

马克斯整日陪在莉奥诺拉身边,只有墨西哥人来时他才走。马塞尔·杜尚、赫伯特·里德和劳伦斯·维尔去医院看望了她。他们都觉得莉奥诺拉是个幽灵。"马克斯不放手,他为她疯狂,现在我才发现他有多爱她。我觉得我永远都没法这样爱一个人。"赫伯特·里德说。

"疼吗?"马克斯过一会儿就问一次。

莉奥诺拉的手融进了白床单里。

"发烧了吗?我觉得你脸很红。"

莉奥诺拉摆摆手,意思是没有,又举起手,马克斯亲吻着它。她有些无动于衷。她本可以用手指划过他的白发,可以抚摸他的蓝鱼般的眼睛,但她没这么做。马克斯的目光里,痛苦正在凝聚。"我在科瓦东加楼就是这样受苦的。"她一直沉默,因为现在所发生的一切与科瓦东加楼的遭遇完全无法相比。她整了整床单，这种舒适的感觉是新的，从她的脚尖一直传到发梢。有人保护，睡觉可真容易啊！在科瓦东加醒来时，她总是处在悬崖边缘，泡在尿液的骚臭中，而这里的床是一片甜饼、一块手帕、一朵云。

"我是无玷受孕者，亲吻我的脚。"

马克斯吻了她的脚。

莉奥诺拉沉浸于自我陶醉："所有人都爱我，所以我也疯狂地爱自己。"

马克斯和她一起阅读，一起绘画，一团和谐。他们甚至不需要交谈，日子像流水一般过去。凯·博伊尔认为在莉奥诺拉身边的马克斯是另一个人。她不在时，他便显得伤心又焦躁，任何事都能激怒他。"他简直为她疯狂，绝——对——是——疯了。"凯因为鼻窦炎住进了同一家医院，一天早上，她去了莉奥诺拉的房间，她们变得亲密起来。

"最后你要怎么办呢？"凯问道，"要回到马克斯身边吗？"

"我不知道，我不能对我丈夫这么做。"

"那个墨西哥人吗？"

"嗯。他对我很好。"

"马克斯也很好啊。"

"他对我没那么好。"

"莉奥诺拉，感觉你在等待什么人来给你催眠。你好像已经进入了恍惚状态。"

"我不知道该怎么做。"

"你已经结婚了吗？已经有结婚证了吗？"

"是啊。"

三十　小团体

"你喜欢他吗?"

"喜欢啊,他是很好的人。"

"这不重要。你喜欢他这样的男人吗?"

"喜欢。"

"那你就不要继续这样下去,好像在等一道神谕一样,等你的只会是一记重拳。"

凯劝她好好和墨西哥人在一起。

马克斯看不起雷纳托。有时他们不得不共处一室,两人都不自在。雷纳托知道自己名正言顺,在这种情况下她也会待在他身旁。"晚安,马克斯,睡个好觉。""如果你和马克斯生活在一起,"凯坚持认为,"最后他一定会利用你。马克斯唯一能接受的同居形式就是有人伺候他的形式。"

"你和我玩儿阴的!"马克斯冲凯吼道,"我还以为你是我朋友,你就这么背叛我!"

"最没有资格谈论背叛的人就是你。"凯反击道。

莉奥诺拉出院了,她回到了张开双臂欢迎她的团体中。

"我不明白,这么美的一个女人怎么能穿这么糟的衣服。"佩姬发表了她的看法,"一定是因为精神有问题才会有这副外表。"

"佩姬,你说话别太残忍了。"凯怒气冲冲地打断她,"毕竟她刚出院,几个月前还在精神病院待过一段时间。"

"你可以建议她把她在那儿的经历写下来。"

"她会写的吧。那段经历太可怕了。墨西哥人给了她很大的帮助,现在也把她照顾得很好。"

"有他照顾她也算件大好事。马克斯抛弃了第一个妻子,又让第二个去见鬼,自己唯一的儿子也没管过。"

"墨西哥人能让她稳定……"

"她现在太需要稳定了,我看她跟走钢丝似的。"

莉奥诺拉对马克斯说,在去纽约前,她必须得待在雷纳托身边。

"你跟他在一起,对我来说是种冒犯。我情愿不见你。"

劳伦斯·维尔决定去埃斯托里尔山的海滩,一行人都跟着他。

第一晚,佩姬看到马克斯待在酒店大堂,就向他问了劳伦斯的房间号,要去说晚安。马克斯告诉了她自己的房间号。佩姬和他过了夜,让自己的爱情重获新生。

接下来的五个星期,他们一直在海边。莉奥诺拉白天也常来玩。马术俱乐部棒极了,马很好,那氛围把她带回了童年。大人孩子一骑就是一上午。莉奥诺拉得意极了,简直想仰头嘶鸣。马模仿着她。她是一个有马身的女人,或一匹有女人脸的母马。一波一波的能量在她周围聚集,狂野的驰骋漫溢出的力量引得众人驻足。被吸引的孩子们痴迷地望着马场。她炫目的形象被拉长,越过门栅,仿佛钟声的蹄步一直回荡:那些是能带来好运的马掌。没有任何事能比策马飞翔更使她快乐。马克斯站在一旁,目光相随,如同一只猛禽。

"你干吗要跟那个低级的男人在一起?"马克斯骑上他的马,问她。

"你说低级是什么意思?"莉奥诺拉猛地停下来。

"你很清楚什么意思。"

三十 小团体

莉奥诺拉又用马刺让马跑起来。

"他不是低级的男人。而且我欠他一条命。"

回到马厩,马克斯又开始对墨西哥人猛烈开火。

"你别想说他坏话。我不允许你这么做。"她的眼色阴沉下来,"失去你,我痛不欲生。但是被关在精神病院的日子让我睁开了眼。"

"那样的经历会让人的生活改变,我知道,但是从现在开始,咱们会一起生活,一起画画。"

"那佩姬呢?"

"我不爱佩姬。"

"你要是不爱她就不该和她在一起。"

"佩姬是我唯一的出路。你爱那个墨西哥人吗?"

可能会失去她的想法让恩斯特绝望,他甩出一句让莉奥诺拉愤怒的话:

"佩姬知道我爱的是你。"

"所以你在利用她了?"

"所以你也在利用那个墨西哥人?"

"我的境况是不同的。"

"不是的,没什么不同。佩姬能把我带出欧洲,但是一到纽约,事情就不一样了。"

"战争让所有人都扭曲了。我能活下来,全靠的是另一个人。关于咱们的事,我已经不确定了。"莉奥诺拉转身离开了。

一个礼拜日,她和雷纳托一起去了埃斯托里尔。雷纳托也是位卓越的骑手,他给众人讲述了潘乔·比利亚的故事,大家都听得津津有味：这位绰号"北方半人马座"的墨西哥人是唯一一位曾侵入美国领土的将领，他曾把整列火车炸飞，还到处留情。莉奥诺拉在一旁微笑，马克斯则分外不爽，几次想打岔压住对方，佩姬连连叫好，不住称赞墨西哥革命："这些才是真男人！"

整个小团体的人都在说雷纳托·勒杜克有能力指挥战役、奇袭堡垒、骑马横穿阿尔塔尔大沙漠。

早上，莉奥诺拉打开门，她的湿发还垂在肩上。

"我想和你谈谈。"佩姬说，"该把咱们的事儿捋清了。我请你喝一杯。"

两人面对面坐着，互相打量对方。莉奥诺拉瞪着眼，目光如凌厉匕首，看得佩姬鼻子都扭作一团。

"要不然你就和马克斯和好，要不然就把他留给我。"

"他整个人都是你的。"

"那你要和墨西哥人在一起？"

"这是我的事。"

"你现在什么打算？"

"最近是不会回埃斯托里尔了。倒是会很想念那些马。"

莉奥诺拉从桌边起身，把佩姬和她就要说出口的话都留在了那儿。

佩姬把两人见面的情景描述给了马克斯听，他愤怒地要求她给莉奥诺拉写信，请求她再来埃斯托里尔骑马会友。

莉奥诺拉没再回去。

"一定是墨西哥人让她更快乐。"凯有所暗示。

三十一
古根海姆小姐

"马克斯,战争让很多东西都变了。"

"我知道,我被关进过三个集中营,要说谁能更了解这一点,那一定是我了。"

那我呢?莉奥诺拉想,为什么他从不问起我被关在精神病院的日子呢?为什么重逢时他唯一说起的就是我抛弃了房子和他的画呢?为什么他不听我说,只谈他自己呢?在圣马丹-达尔代什也是这样,生活只绕着他转。当初我为他画那幅身披羽袍的至高鸟的肖像时,内心和现在一样战栗:我觉得他会夺去我的生命。

一天晚上,佩姬在酒店房间听见有人敲门。她打开门,看见了莉奥诺拉和马克斯。

"我把他还给你。"莉奥诺拉说。

毫无疑问,比起雷纳托·勒杜克的社交圈,莉奥诺拉与佩姬·古根海姆周围的人有更多共同点。他们说着相同的语言,踏足相同的领域,在相同的圈子里活动,读相同的书,常去皮卡迪利圆环广场、圣吉尔、海德公园角、雅士谷赛马场、泰特现代艺术馆。他们都贪得无厌,并且会在批判不在场之人的同时夸耀自己的才华。佩姬·古根海姆对卢西安·弗洛伊德赞不绝口,赫伯特·里德则在一旁试图冷却她作为收藏家的冲动。

买过诸多作品之后，女富豪的眼光已然很好。当然里德会在她背后出谋划策，不过很多时候她已经可以自己挑选，且能挑到好作品。凯·博伊尔说战争让她无法写作，还背地里告诉莉奥诺拉，萨缪尔·贝克特也是佩姬的情人。

"我不知道谁是贝克特，我觉得更糟糕的是自己连朱娜·巴恩斯的书都没读过，你们老聊她。"莉奥诺拉不禁羞愧。

"但你认识里德呀。他一直帮佩姬参谋买哪些画。"

"嗯，那天我们沿着岸边走了很久。"

佩姬向莉奥诺拉发出邀请，请她和他们一行人一起飞去纽约。

"谢谢，不过我还是和雷纳托·勒杜克一起坐船去吧。"

"是说你们会比我们早出发吗？"马克斯插了话。

"我们会坐'埃克塞特'号出发。"

"我坐'飞剪船'去，有些画卷带不走。你能帮我带去吗？"马克斯满心焦虑。

"可以啊。"

"是很大的画。你画的《至高鸟罗普罗普》，还有我画的《晨光中的莉奥诺拉》。"

在马克斯的监督下，画被小心翼翼地包好。沉甸甸，笨重得很。

晚上，在酒店，莉奥诺拉告诉雷纳托：

"马克斯不爱佩姬，但是却和她在一起。"

"你呢？你和我结了婚，但你爱我吗？"

"还没爱上,不过我应该可以爱上你。"莉奥诺拉很坦白,"雷纳托,你觉得佩姬怎么样?"

"是个知道怎么花钱的美国佬。"

"那马克斯呢?"

"我不想谈论那个 hijo de la chingada[1]。"

"Hijo de la chingada 是什么意思?"

"你到墨西哥就知道了。对我来说马克斯就是个浑蛋。"

莉奥诺拉没回话。她祈祷般对自己一遍遍说:"我和雷纳托结婚了,我要和雷纳托走,我和雷纳托在一起,如果说我欠谁的,那个人是雷纳托。"

在克鲁基庄园,所有东西放好后都会用钥匙锁起来。现在,她已在自己心里藏好了要跟着雷纳托的决定。

使馆的入境申请忙坏了勒杜克,他回到家时已经筋疲力尽。

"太夸张了,好像又要来一场大洪水,所有人都要上墨西哥的船。"

"别忘了带上最后一对蜥蜴,不过,可能在你们国家,它们会变成鳄鱼。"

莉奥诺拉躺在"埃塞克特"号甲板的帆布椅上,在雷纳托身边,他正给她盖毯子,这让她心生温暖。水手们纷纷扭过头来看她风中的乱发。莉奥诺拉并不介意机器的轰鸣和食物的匮乏。

"雷纳托,我看见海的尽头有一座城堡。"

---

[1] 意为"婊子养的"。

"是海市蜃楼。"

"基督行在水上。"

"你不是不信的吗?"

"我觉得他喝醉了,走得东倒西歪的。"

黎明、黄昏、咸味的空气、海鸥的飞翔带给了她一种多年未有的舒适感。

三十二
纽 约

莉奥诺拉和雷纳托住在曼哈顿西73街306号。早上，勒杜克去墨西哥使馆工作，莉奥诺拉则会在喝下四杯茶后出门走走。她仍心怀些许恐惧，肩上披着雨衣，嘴里叼着香烟。走路，没有什么是比走路更让她欢喜的事。纽约知道该如何挑战天空。它不仅向上生长，也往海底扎根。高楼须紧抓土地，才能避免腾空飞起。人们在街上昂首挺胸，舒展的双臂仿佛翅膀，将他们往高处带去。在中央公园散步就像穿过伊甸园。人们匆匆走过，皮肤润洁，发丝与双眼都透着光。男人、女人和孩子们幸福地相互问候："嗨""嗨，朋友""你好"。纽约人笑起来，气息里都是牙膏的清新香味！莉奥诺拉像试穿新衣一样试着感受这座城，这里的土地在她咔咔嗒嗒响的鞋跟下咯吱作响。"不要西班牙，再也不要西班牙，我永远不会回西班牙。我要迎来一个崭新的莉奥诺拉。"

雷纳托的人生态度让莉奥诺拉开心起来。他嘴边总有备好的笑话。"哎，莉奥诺拉，不要纠结了，每一个日子都会赠予我们新的东西，享受此时此刻吧，可不要做胆小鬼啊。"

地铁站台上，莉奥诺拉在一个高如自由女神像的黑人大汉和一个戴长耳环的波多黎各女人间认出了她在奥占芳学校的老朋友斯特拉·斯尼德："怎么可能？世界真和顶针一样大啊。"斯特拉告诉她,阿梅德·奥占芳也在纽约,还在教画。"咱们去看看他。"再次见到她们,他已不再把两人当作学生,大家已经平起平坐。"得庆祝一下。"他请她们在蒂凡尼喝了茶。当晚,莉奥诺拉给雷纳托讲了白天的经历,告诉对方自己看到了马克斯。

"这么巧,又是那只神经病猴子。"

"是在皮埃尔·马蒂斯画廊遇见的。他和佩姬·古根海姆邀请咱们礼拜六一起吃晚饭。我可以借这个机会把他的画还给他。他说刚下飞机,吉米还没拥抱到他,他就被两个窜出来的军官逮捕了,关在了艾丽斯岛一间单人牢房里。他那张苍白的脸还登了报。吉米疯了一样上下走动,多亏他、纽约现代艺术博物馆馆长,还有佩姬的钱,马克斯才重获自由。"

"那孩子真是够倒霉,没有爹,只有种马爹。[1]"

"什么是种马爹?"

"一个靠女人活的男人,就像你的马克斯。"

佩姬在哈得孙河旁外交官住宅区萨顿广场拥有一栋房子。她看见莉奥诺拉时,对她摆出了一张龙虾脸,不过倒是亲切拥抱了雷纳托。那晚,佩姬、库尔特·塞利格曼、吉米·恩斯特——比起他父亲,雷纳托更喜欢他——贝伦尼斯·阿博特、阿梅德·奥占芳、安德烈·布勒东、费尔南·莱热、马塞尔·杜尚和皮特·蒙德里安都在。

"曼·雷自视甚高,还是马塞尔·杜尚比较好接触。"莉奥诺拉对雷纳托说。

---

[1] 雷纳托这句玩了一个文字游戏。他是说"没有padre(爹),只有padrote"。"padrote"即为"种马"之意。——编者注

三十二 纽 约

"马塞尔·杜尚就是个自以为是、沉迷象棋的家伙,马克斯是天下独一份儿的神经病。你什么时候才能离这些超现实主义者远点儿呢?"雷纳托很不满。

"他们跟我是一类人。"莉奥诺拉也不愿退让。

唯一和善的人是路易斯·布努埃尔,雷纳托总是往他身边坐。路易斯讲话不虚伪,会瞪着好奇的眼睛问起关于墨西哥的事。

"你们国家有侏儒吗?"

"我们确实有很多矮矬政客。"

那晚,莉奥诺拉梦见佩姬和她是两只正搏斗的龙虾,其他人在一旁冷眼观看。

从那时起,莉奥诺拉、马克斯、佩姬·古根海姆、安德烈·布勒东、杰奎琳·兰巴、马塞尔·杜尚、路易斯·布努埃尔和年迈的阿梅德·奥占芳便常聚在一起。他们跟着佩姬,参加了一个又一个派对,后者为他们引来了许多潜在买家。佩姬最喜欢说的一句话便是:"开个派对吧。"她有用之不竭的精力,购买力也消耗不尽,她大力宣传,不吝赞美,大谈特谈原创性、先锋性。她模特般高傲纤瘦,酒杯在手,穿梭于不同人群间,兴奋不已,好像怀里揣着一只蠢蠢欲动的动物。她请人吃饭,恭维奉承,全部精力都放在了生意上,超现实主义者能卖出自己的作品全都要仰仗她。

他们毫不脸红地向富豪们致敬,滔滔不绝地推介自己的作品或宣称自己正处于自杀边缘。那不过是在渲染他们的重要性,佩姬就是他们的公关女王。报纸大肆传播他们惊世骇俗的丑闻,也为他们的作品找到了出价最高的买家。

"我们正站在世界之巅。"曼·雷宣布。

佩姬的日程表越来越满。"和赫伯特·里德吃午餐","和艾尔莎·马克斯韦尔喝茶","分别接受《纽约时报》、《时尚》杂志、《时尚芭莎》负责人的采访"。

各位画家争相挂在最佳位置的无趣画作背后,是沸腾冒泡的金钱。古根海姆女士在她宽敞的客厅迈出的每一步都意味着美金,她一伸手让人亲吻,美元钞票便纷纷落下,她打出的每一通电话都能谈成一笔交易。但她扣下了莉奥诺拉在圣马丹-达尔代什为马克斯画的、由他救下来交给她的巨大画像《至高鸟罗普罗普》。

"让他们都见鬼去吧,回墨西哥我养着你。"雷纳托向她提议。

"不行,我做不到,他们是我的朋友,我的家人。"

"我原本以为自己比这些都重要。"

莉奥诺拉没说话。

达利没打招呼就为超现实主义者在纽约拓展开了一条道路。1939 年,邦威、泰勒两位生意合伙人找到他,请他来装饰他们商场总店的一面橱窗,这位加泰罗尼亚艺术家分别设计了白昼主题和黑夜主题:"白昼"主题展现的是正要迈进铺着羊皮的浴缸 —— 它与梅雷·奥本海姆的黄羊皮咖啡杯有些相似 —— 的橱窗模特;"黑夜"主题则是向黑色帷幕与布料蔓延过去的火焰。商场的两位主人认为这主题太过色情,于是在没有告知达利的情况下修改了布景。这当然触怒了达利,他等到人流最密集的时段,把全部布景连同浴缸一起扔到了街上。法院判他赔偿损毁的玻璃窗,并要求他缴纳一笔保证金，才免去了他的牢狱之灾。他的赞助人爱德华·詹姆斯付了款："没关系，整个纽约都打破了头在求一幅达利。"好奇的人都在等待惊世骇俗的新节目。

马克斯·恩斯特追逐着莉奥诺拉：

"你是我的女人，是我爱的人，是风之新娘。罗普罗普和她不能分开。"

雷纳托出门去使馆，一小时后，马克斯就出现在了他们家。

"走吧！"

莉奥诺拉把雨衣一披，就跟他出了门。与雷纳托不同，马克斯是她的世界、她的导师。他告诉她要看哪些建筑，该读哪些书，并把一个闪闪发光的成名的未来摆在了她的面前：威尼斯双年展和罗马大奖。

他不来，莉奥诺拉就会躁动不安，会打电话过去让他带她去某个餐厅。他们的暗中交往就像一把锁，拿着钥匙的是马克斯。两人在哈得孙河旁散步，河上行驶的是贝尔·谢维尼从河滨车道家中窗口望见的悲伤货船。

"一起走走真好，咱们可以想象这条河是塞纳河。"

从上午十点到晚上八点，兴奋的两人到处散步，他们在曼哈顿闲逛，有时在华盛顿广场停留，之后又去下东区探访，一直走到布鲁克林。这是马克斯不可能与佩姬一起做的事。古根海姆女士是物资供应商，莉奥诺拉则是灵感。佩姬一场一场地组织着展会，好忘记马克斯只有想回家时才会回，忘记他眼里只有莉奥诺拉。他向别人介绍的是莉奥诺拉，拥抱的也是她，一直注视的也是她。他只为她着魔：莉奥诺拉，

莉奥诺拉，莉奥诺拉。佩姬痛苦不堪。等待马克斯变成了一种垂死挣扎。

"大家都说你整天和她混在一起。"佩姬抱怨道，"你能来纽约，得感谢的是我，而不是她。"

吉米·恩斯特同样为他父亲那副混搅着绝望和愉悦的紧绷面庞担忧：他两眼发紧，双唇因痛苦而愈发纤薄。

"你只在乎和那个英国女人见面。"

吉米对他来说并不存在。

马克斯坐在电话旁等待着莉奥诺拉的来电。如果她不打来，他便会陷入深深的抑郁。

"今天不行，马克斯。"莉奥诺拉拒绝道。她没有察觉到自己已将对方推到了深渊边缘。

周末是留给雷纳托的。他会带她去康尼岛。"咱们坐美国最古老的过山车去。"莉奥诺拉也就跟着他去。她已经越来越习惯和他在一起，尽管有时他的迟钝让她恼火。

这种日子里，马克斯不知该把绝望的目光投向哪里，他无缘无故地笑起来时，笑声也显得很无辜。别人做什么他都无所谓，他只在乎莉奥诺拉做什么。

"昨晚六只鹅穿过了第五大道。"莉奥诺拉告诉马克斯，"它们本来要去萨顿广场，因为你们家要吃松露鹅肉，只是半路杀出了一只鬣狗，先把它们都给吃光了，你们的晚餐也泡了汤。"

莉奥诺拉不时抱怨一下，他也不知该如何作答。她的冷嘲热讽让她显得捉摸不透。马克斯想抱住她，但她并不情愿。自从离开圣马丹-达尔代什，她就像变了一个人，他们之间的敌意也与日俱浓。

"佩姬怎么办?"莉奥诺拉问。

"她就是个执行经理。"

三十三

白　兔

莉奥诺拉在高楼间旋转,这崭新、有力、快速、令她晕眩的生活让她陶醉。在那样不幸之后竟能这般幸福。一早醒来时,莉奥诺拉感觉自己轻盈如羽毛。超现实主义者都在谈论她的幽默感和她的绝对自由意志。有过科瓦东加楼的经历,她的改变十分惊人。莉奥诺拉对这些很感激。"莫拉莱斯父子永远想象不到,她竟能变成人们竞相追随的明星。"有时,在喧嚷人群中,她会感觉有把匕首插在了她的肩胛骨间。"是我就要长出的翅膀。"她想,"是我用来逃离马克斯的翅膀。""亲爱的,很高兴见到你""祝你一天愉快""好好享受",一成不变的问候和道别刺激着她想逃离的欲望。

"明天我想一个人待待,马克斯。"

"明天我不能见你,马克斯。"

"明天我得写作,马克斯。"

"明天我有一个推不掉的约,马克斯。"

她洗头的日子,马克斯便见不到她。莉奥诺拉会算好她的"仪式":"星期四我洗头。"把头发冲洗干净后,她坐到窗边,让太阳晒干它。她拨开落在脸上的乌黑的帷帘,去看那些被烟油舔舐的黑色高楼。或许她的楼也和它们很像。

远远被马克斯爱着是种休息。

三十三 白 兔

透过窗,她看见一只乌鸦落在了对面楼房的栏杆上。乌鸦挠了挠自己的身体,在翅膀下寻找着什么。一个女人来到阳台,在地上放了个盘子,乌鸦呱呱叫着吃了起来。女人在自己阳台看见莉奥诺拉,冲她笑笑,问她有没有多余的肉给乌鸦吃。

莉奥诺拉买了些肉,等它发臭了才过了马路。脸上星星点点、面色苍白的女人给她开了门:

"上来吧。"

进去后,上百只粉色眼睛的白兔正等着她把腐肉扔给它们。肉一落下,就被它们咬得粉碎。女主人向她介绍了一个皮肤同她一样亮白、蜷在沙发椅上的男人。

"这是拉萨洛。"

他膝上也有一只很大的兔子,正咬噬着一块肉。女人把脸凑过去,口里飘出腐臭,莉奥诺拉迅速躲开了。

"小姐,如果您跟我们住在一起,您的皮肤会布满星辰,您会患上《圣经》中神圣的疾病:麻风病。"

逃出楼后,莉奥诺拉抬眼看到阳台女士正举手向她道别,那一刻,对方的两根手指掉落了下去。

她写下了《白兔》,将它视为一种预兆:如果她留在纽约,就会患上"麻风病",因为佩姬·古根海姆会传染她周围所有的兔子。

莉奥诺拉在纽约的行为依旧是古怪的。她和朋友们在56街的拉雷法式餐厅用餐,或去布勒东位于格林尼治村的公寓。在那儿,大家兴奋地讨论着 *VVV* 杂志。布勒东还是整天发号施令,杰奎琳已经疲倦不堪。"他太专横了。"她说道。莉奥诺拉也这样认为。人们有时称赞莉奥诺拉的行为，有时则责备。一天，众人正在芭芭拉·赖斯家用餐，莉奥诺拉突然起身去了洗手间，出来时浑身湿透，衣服紧贴身体，不断往地上滴水，她回到客厅，坐在路易斯·布努埃尔对面，直勾勾盯着他看。这一切都让路易斯目瞪口呆：

"我去冲了个澡。"

"穿着衣服洗的？"

"对。"

"我送你回家吧。"

"你是个很有魅力的男人。"她捏着布努埃尔的胳膊对他说，"很像我之前的狱卒。"

毫无疑问，布努埃尔是个好人。他扶着莉奥诺拉的手臂，向外突出的双眼给她带来了很大温暖。他告诉她，《黄金时代》在巴黎首映的当晚，爱国者联盟和反犹联盟往影院幕布上泼了墨，还在试衣间刺伤了四个超现实主义者。面对她听闻消息的愤怒，他只是说："结果被开除的人是我。"他的微笑让她平静。"接受审判会让你站在众人之上。因为我的电影，他们把查理·德诺瓦耶逐出了'骑师俱乐部'，我们就开了瓶香槟庆祝。想不想再去喝一杯？"

她的美食试验引起了轰动：她邀请安德烈·布勒东和马塞尔·杜尚吃饭，给他们端上了填牡蛎馅儿的兔子。

已经没有人再理睬萨尔瓦多·达利。"他就是个婊子。""走得太过了。"马克斯也不再见他的旧情人加拉，现在只用她的真名——埃莱娜·伊万诺夫娜·迪亚克诺娃来称呼她。行为古怪离奇是种成名的方法，超现实主义者并不在乎

三十三 白 兔

高贵的荣耀。

有些日子,莉奥诺拉会回到科瓦东加楼,回到她的抑郁中去;另一些日子,她的疯癫让自己发笑。在一家餐厅,她把黄芥末抹在了脚上。"这位衣冠楚楚的侍应要把咱们轰到街上去了。"

布努埃尔给她讲了一个美国科学家做的实验。他们将一对爱侣关进一个笼子,在实验期间限制他们的饮食。一开始相爱的两人像豚鼠一样,缩成一团。随着饥饿感的增加,男人便忘记了自己的爱,最后他们不得不把这对年轻人放了出来,不然两人很可能会把对方撕碎。

"他把骨头留下来了吗?"

"哎呀,莉奥诺拉!"

"我以为他把她吃了。"

"没有,没吃。"

"你觉得马克斯会为我牺牲吗?"

布努埃尔没回答,只是给她讲了讲自己最喜欢的书。两个许久未见的好友约好要再见面。其中一人兴奋不已,坐上火车,到了另一人在乡间的居所,对方也在焦急地等他。可最后两人发现他们跟对方竟无话可说。

"你是因为马克斯才给我讲的这个故事吗?"

"不是,莉奥诺拉,不要觉得一切都和你有关。"布努埃尔对她说。

"你觉得马克斯和我之间已经无话可说了吗?"

"莉奥诺拉,你又开始了。"

雷纳托和妻子在一起的时间很少,他并未察觉她的反常行为。她在他身旁时感觉很安全。为了取悦她,他有时也会陪她参加那些晚餐活动。他不去时,莉奥诺拉也不出现,只为气一气马克斯。

布勒东和唐吉热衷于团体的聚会,他们也很关心她:"莉奥诺拉,不要放弃写作""不要放弃画画"。她心里的精神病院仍旧鲜活,在她的画中频频出现。《绿茶》中,刚接受完休克疗法、被包裹成木乃伊的莉奥诺拉站在桑坦德一座花园中,环绕她的是没有出口的圆圈。在她一旁,有一条母狗——鬣狗,它的尾巴是一棵树,上面拴一匹马,马的尾巴也是一棵树,拴着那条狗。

在斯坦利·威廉·海特的画室,莉奥诺拉完成了她的第一幅黑白平版画作品,她的笔触十分精准,使自己的疯狂重生于薄板之上,仿佛在复刻她脑中的想象:几只被锁链拴住的狗走向一个同样有头有脚的圆圈。莉奥诺拉就是《绿茶》中那只被拴住的狗。

"哎,莉奥诺拉!"大卫·黑尔、布勒东和杜尚对她说,"你的画稿会被收录在我们即将发行的 *VVV* 的原创画册中。"

与他们合作的还有夏加尔、考尔德(动态雕塑的发明者)、马松(对他来说,尼采就是上帝)、阴森的库尔特·塞利格曼、唐吉、马塔和罗伯特·马瑟韦尔。

当赫莱娜·鲁宾斯泰恩的妹妹曼卡向莉奥诺拉邀约,请她为自己画一幅整面墙大小的画时,她简直不敢相信。

"我连买那么大一块画布的钱都没有。"她对马克斯说。

"别担心。咱们去见夏加尔。他是唯一一个画卖得好的。你跟他说,等鲁宾斯泰恩把钱付给你时,你就把钱还给他。"

三十三 白 兔

杜尚给她支了一着儿。

夏加尔看过莉奥诺拉的八幅小尺寸画稿,操着俄国口音说:"继续画下去吧,孩子,继续画下去。"但没借她一块布,更不要说钱了。布勒东一把扯下对方的床单,塞进她怀里。

"现在可以工作了,干吗和那个小气鬼浪费时间。"

杜尚、马塔和恩斯特是她的助手。智利人罗贝托·马塔热情洋溢,他是建筑师,对比例和透视研究得很透。对他来说,性倒错会让人更了解自我。杜尚画了背景部分。莉奥诺拉对杜尚印象很好,因为他不怎么把自己当回事。在画布的左上方,马克斯用一只蓝色的鸟签了名。

"莉奥诺拉的画,你签什么名?"杜尚问道。

"我只不过画了一只好运蓝鸟。"他给出了借口。

莉奥诺拉完成壁画时,曼卡·鲁宾斯泰恩付了两百美金。莉奥诺拉从没有哪幅画卖出过这么高的价钱。

"你能想象到赫莱娜·鲁宾斯泰恩让达利装饰她的公寓花了多少钱吗?"

在与马克斯、杜尚和马塔好好庆祝了一番在鲁宾斯泰恩那里获得的成功后,莉奥诺拉终于在一天晚上回到了家。她发现雷纳托并不在。他的缺席瞬间击溃了她。她用勒杜克的奥利维蒂便携式打字机拼命打着:

"你见我不回来,出门找我了是吗?我是回来晚了吗?我以为你在家里,但现在这儿的一切都那么凄惨。我进楼时,门房那样看了我一眼,你和他说了些关于我的事,对吗?

"我迫切地想见到你。我感觉自己在慢慢地、痛苦地爆炸,快点回来吧。只有你回来,我才敢掀开床单:我不敢一个人睡在这床上,不敢睡在这会吞食云雨情人的装置上。我怕落入深渊。我汹涌地爱着你,没有你,这儿简直太可怕了,哪怕平时你总是把我一个人留在家里。我恨纽约。我爱你,我想和你做爱,想亲你、舔你。天要黑了,你还不回来。以上帝之爱或撒旦之爱为名 —— 可能撒旦更重要些 —— 我什么都不怕。快回来吧,快回来吧,雷纳托。没有你我已经要疯了,因为我需要你。我很痛苦,我太需要你了。你知道我有多需要你吗?你不回来我就不会停笔,这样的话,你的缺席也就不再那么恐怖。你有过这类情绪吗?真的很可怕。明天我会和你一起去领事馆,这样就不会没有你了。这样迷失的夜晚实在太糟糕了 —— 我已经有些歇斯底里了。你在惩罚我,所以不回来,是吗? —— 我不认为你能这样做。很幸运,你不像我。为了让你回来,我可以把猫,把我的头发,还有我的左手都送给别人。我要摆脱掉这些暴力的情绪,这样你回来时我就不会发脾气了。跟你生气真是太糟糕了。我爱你。我有时会静下来听听有没有你上楼梯的脚步声。如果你不赶快回来,我就得再写一页,用整个晚上再写一页。没有什么比这种让我窒息的感觉更暴烈。猫和我一样,孤独时很难受,他们应该给它打一针卡地阿唑,然后再把它塞到海边的精神病院里。

"(你看哪,我又得拿新的一页纸了。)现在我真的开始害怕了。你在做什么?人在哪儿?没有我,你此时此刻是快乐的吗?**雷纳托,看在魔鬼的分儿上,快回来吧。**

"我不知道是不是该出门去找你。但无论怎样,我也不知道该去哪儿找你……这真瘆人啊。我觉得自己离疯癫已经很

三十三 白兔

近很近了:为了旁人毫不在乎的事,我不停发汗、颤抖。

"我该出门吗?很难决定。我想,我已经开始写很蠢的东西了。**雷纳托,雷纳托,雷纳托**,你应该听听我的声音,我的内心在疯狂呐喊。你听不到吗?

"如果你已经厌倦了这份爱,你就该知道,不该爱上疯女人。我们都这样。

"**雷纳托。**

"**雷纳托。**

"**雷纳托。**

"我听见楼梯上有动静,但那不是你。

"**不是。**

"我爱你,我爱你,我爱你,我爱你,我爱你,我爱你,我爱你,我爱你,我爱你。你回来时一定无法想象我经历的这一切,这恐惧与悲伤的狂风暴雨。你回来时一定很平静。

"我在折磨自己,死去活来。我愤怒不已,也知道自己太过夸张。**雷 —— 纳 —— 托 ——**,如果我写完接下来四行时你还没回来,我就去喝个烂醉。悲伤地、完全地、庄重地孤身一人。我的拼写实在糟糕。你快回来吧,我要出门了。没有你,我太害怕了。或许没有我,你反而可以休息。雷纳托,等你读完这封信,我想要你和我多说几遍你爱我,好让我相信。要温柔地亲吻我至少上百遍,因为做一个像我这样歇斯底里的女人太不幸了。你不该把我一个人扔下。该死的暴怒和地狱的火焰。

"**雷纳托,我太害怕没有你的生活了。**

"我要下楼了,爱你。"

三十四

将 军

佩姬·古根海姆不允许自己的情感盖过她对莉奥诺拉画作的欣赏。她将对方的《坎都斯迪克勋爵之马》收入了自己的"本世纪艺术"展。

有三十一位女士展示了自己的艺术革命。

佩姬紧张地在展厅中穿行。一大早,马克斯就待在电话旁等待莉奥诺拉的来电。朱娜·巴恩斯肯定地说:

"我唯一一次见马克斯展露情绪就是他在莉奥诺拉身边时。在我看来,他就和爬行动物一样冷血。"

聚会时,莉奥诺拉总想坐在布勒东身边。她认可他的帝国。他则欣赏从悬崖边回归的她作为画家的原创性。

"看过你的画之后,我觉得把你的疯癫写下来也很重要。我做医生时,法国精神病医生皮埃尔·雅内和我说起过'疯狂之爱'——对女人的歇斯底里的研究。他所谈论的情色与美学再后来被我变成了超现实主义。"

"我做不到,安德烈,现在还做不到,我太痛苦。"

"如果你能这么做,就会救很多人。从十五年前起,我就开始致力于反对囚禁精神病人。第一份《超现实主义宣言》讲的就是这件事。听失智之人分享秘密我可以听一辈子,在我看来,他们的行为是自由的体现,却受到法律的制裁。我会不断努力，争取让他们免受这种法律的伤害。"

"对你来说，哪些行为是自由的体现呢？"

"挑战你的遭遇，表达你的想法，想脱光衣服就脱，因痛苦或快乐而抽搐……"

为什么布勒东自己不能是他所说的"痉挛之美"，而非得是一个女人呢？布勒东才不会大清早赤身裸体、满身粪便地醒来。他想要的是，这个女人从深渊中爬上来，好去分析她，去完善他自己的无意识幻象。

"在你的理论概念和我因为卡地阿唑而挨受的垂死体验之间有一道鸿沟。"

"你痛苦是痛苦，但自己还是应该再努力一些。"

"无论你是多好的医生，说这些时仍是个旁观者。"

"我曾经和让内在法国的精神病院待过，现在也还在做使用催眠法治疗癔症的实验。"

"你没有在里面生活过，这是最大的区别。"

"我是医生，也很爱女人。我建议你把自己的经历写下来。你写的故事很精彩。多写些，莉奥诺拉。你人生有什么遗憾吗？"

"没有任何遗憾。"

莉奥诺拉用心酝酿，努力书写起自己在桑坦德的经历。

"给我看看。"布勒东坚持道。

杰奎琳·兰巴和布勒东已经不像从前那样相爱，奥贝也受了影响。杰奎琳抱怨布勒东在介绍她时，她的身份从不是画家，更像是他在塞纳河里钓上来的水仙女。作为报复，兰巴培养了大卫·黑尔——一位陷入爱河的富翁，她去哪儿他都要跟着，坚信她是个天才，她画出的每一笔都揭示了真理。

布勒东在里德的豪宅中组织了一场超现实主义展，以帮助战俘和法国儿童。他也选了莉奥诺拉的作品。

"这场活动太棒了，整个纽约都会为我们倾倒。"

众人一起请国际象棋不离手的杜尚来装饰丑陋的里德豪宅。

"马塞尔，你都和现实脱节了！"与他形影不离的曼·雷叫道，"你的生活就是六十四块黑白小方格。"

象棋来自魔鬼。杜尚常把自己关起来，一关就是几星期，只顾研究新的策略，那三十二个木制形象就是他的母亲、他的父亲、他的兄弟、他的朋友、他的情人。曼·雷刚一打断他，杜尚就发起了火：

"让我静一静，我在研究王车易位和捉双的好处！"

"大家都在外面等着你，你却把生命缩在这几个小木雕里？"

终于，在他连吃饭钱都要掏不出来时，佩姬·古根海姆向他提议预支他一笔钱，让他来装饰里德的宅子。杜尚一心想尽快回到棋盘边，忙得像卒子，跑得像马，两天内就在室内挂起了一张巨大的蛛网，从一个房间蔓延到另一个。大卫·黑尔的妻子帮他展开了上千米的绳子，织出了能盖住整个房顶的网。刚踏入会场的人首先是惊诧不已，随后，杜尚的天分便罩住他们的头脑，网住他们战战兢兢——仿佛裸体下楼梯的人那样紧张——的动作。

"你的蜘蛛网是大师杰作。"赫伯特·里德兴奋不已。

莉奥诺拉展出了两幅作品，她特意到杜尚家告诉他，里德大宅里的蛛网如幻如梦。

"你会下国际象棋吗?"在她开口问候之前,他先提问了。

"不会,教教我吧。"

"我从七岁就开始下。"

杜尚指着桌上的棋盘告诉她,卒永远直走,第一步可以跳两格,向左向右斜着吃;马走"L"形,车走直线,相走自己所在格颜色的斜线;后和所有的女人一样,任性得想怎么走就怎么走,王总是靠别人照顾:"我一直朝这个方向努力,可惜最后莉迪耶战胜了我。"

解释了两遍之后,莉奥诺拉就吃掉了对方的后,准备用车来将军。曾和世界上最杰出的各位棋手交战过的杜尚放倒了自己的王,怒气冲冲地站起来。

"你这是新手的好运气。"

"和玩儿扑克牌时一样吗?"

《视野》杂志四月出了一个专题,刊登了马克斯·恩斯特的三十幅绘画作品,其中包括一幅《至高鸟罗普罗普》的仿画。

"这是一次道别,鸟和母马的故事终结了。"莉奥诺拉想。

"马克斯和超现实主义改变了你的生命,这是无法改变的事实。去墨西哥是个错误。我们都会需要你。马克斯是至高鸟。你走了,故事会怎么结束呢?"布勒东问她。

"也许现在就是结束的开始。"

和佩姬之间的冲突让她心累。朋友们都在说马克斯为她着迷,也都在说滚滚美元让超现实主义在古根海姆女士周围团团转。

"你就是为莉奥诺拉疯狂,这藏都藏不住。"

"不是的,佩姬,你是我的妻子,莉奥诺拉是我的学生。我对她感兴趣的地方在于她的天分。"

马克斯还强调与他一起生活、同床共枕的是佩姬。

VVV杂志出版了《等待》,《视野》杂志出版了《白兔》。莉奥诺拉令纽约折服。雷纳托很想回墨西哥,马克斯也随之越来越不安。

"我希望你能意识到,你的归属地在这里。我可以帮你争取到更多的出版机会和展览机会。"

"我要和勒杜克走。"

"绝对不可能!你会失去一切,会让你的事业终结的。墨西哥根本就不在艺术市场中,没有画廊,你会在一个有人祭习俗的国家被生生埋没。那些壁画家就是印小册子的宣传员,没人会理解你这样的绝对自由意志者。你刚刚小有名气,怎么就要走了呢?"马克斯几乎陷入了绝望。

"这样的争论很没意义,我不想在上面耗费精力。"

马克斯是她的老师,但她内心有些什么或有什么人在反复说着:"如果你留在这里,就是胆小懦弱,你在马克斯和佩姬的阴影下动弹不得,直到他们中的哪个死掉。"

"你僵得像块石头,莉奥诺拉。"

"痛苦会让人呆滞。"

"你只顾着想你自己。"

"那你在想着谁呢,马克斯?"

如果她也发现自己已经僵化,会发生什么呢?

如果她跑得不够远,规则就会把她抓回来,这次是超现实主义者的规则。墨西哥是她的逃离之门,是火灾时屋外的救生梯。

在战争和精神病院的经历之后,她认识到男人所能达到的极端无理与残酷。

"马克斯,我还不知道自己生命的意义是什么,但我知道,我想画画,并且只有在我自洽时才能画出来;我需要探索自己在精神病院时隐约看到的东西,一些更远的东西,我现在解释不清。"

"你要走这件事太荒谬了。"

"我就想跟着荒谬走,落到逻辑的另一边去。找到荒谬带来的东西,如果它能带来什么的话。"

一些人回了法国。布勒东甚至没试着学两句英语;他的妻子杰奎琳·兰巴抛弃了他,和大卫·黑尔在一起了;马克斯·恩斯特留在了佩姬身边。她,莉奥诺拉,需要下很大赌注:这是她在桑坦德学到的。帝国化学工业不会追她追到墨西哥。远离迫害她的父亲,远离马克斯,她就可以选择自己的人生,忠于她自己的愿望,忠于别人无法想象的她的痛苦——她到九十九岁时自己也会忘却的痛苦。

"我希望我的灵魂一直鲜活,如果我不尝试的话,就会迷失。我内心有些特别的东西。组成我这个人的材料或许会溶解,或许会燃烧,然后成为蒸汽,或许会冻成一块烫人的冰。极端是相通的,冰也可以像火一样烫。但如果我留在这儿,在纽约,马克斯,我只能做你的投影。"

雷纳托一直在讲墨西哥有多好:

"那是一片处女地,莉奥诺拉,还有很多地方可以探索。

欧洲是一锅大杂烩,一份牛肉蔬菜锅,都已经熟烂了。现在在纽约,人们是对超现实主义者有兴趣,但谁知道明天会怎样呢。美国人一夜之间说变就变。墨西哥人可没有这种赶时髦的癖好,也没有那种成熟老到的感觉。我们在各个方面都是饥饿的。纽约就是一场永不休止的竞赛,你必须挤破头才能占有一席之地。在我的国家,这种竞赛游戏还没开始呢。我们更单纯,也因此更残忍。"

"那我干吗要去面对残忍呢?"

对莉奥诺拉来说,精神病院的经历就像把她的脸按在地上拖着走,直到她满脸是血。在圣马丹-达尔代什,她因为马克斯而痛苦不堪,后来甚至因此被送到桑坦德受罪。马克斯不介意利用佩姬,他觉得自己什么都配得到。忽然之间,莉奥诺拉听见了玛丽·贝尔特·奥朗什在雅各布街的尖叫,看见了露易丝·施特劳斯的命运 —— 被纳粹逮捕,看见了吉米眼中的惊愕。于是她坚定了自己的决定。墨西哥会是什么样子的呢? 雷纳托·勒杜克在墨西哥又会是怎样的呢? 她会扑进一片空白中吗? 超现实主义者是她的自然环境、她的朋友、她的同谋、她的仰慕者。但莉奥诺拉已经是另一个女人。桑坦德改变了她,每一日都陪伴她,每一天都叫醒她,它永远在,在她手边,在她枕上。当然了,纽约是"艺术麦加",充满了画廊、文化活动、战后的新生活、各种机会。关于自己,莉奥诺拉还有些糊涂,但有一点她很明白:要离开马克斯。他留不住她,因为她已经看透了疯癫这回事,它不是被安德烈·布勒东理想化的那个,也不是那些天才所宣称的那样,而是日复一日可以触碰到的东西,因为它就在那儿,在她的五种感官间回荡。

莉奥诺拉对马克斯说起了《爱丽丝漫游仙境》中的一段:

"'从这里出发,我该往哪里走?你可以告诉我吗?'爱丽丝问道。

"'这取决于你想去哪儿。'柴郡猫回答。

"'我并不太在乎要去哪儿。'

"'那去哪儿都差不多啊。'

"'只要能到达某个地方就可以。'爱丽丝嘟囔道。

"'哦!只要走得足够多,你就一定能到达某个地方。'"

马克斯抱住了莉奥诺拉:

"把《晨光中的莉奥诺拉》带走吧,它是你的,我送给你了。"

马克斯很早就到了家,用低郁的声调说道:

"莉奥诺拉要和那个墨西哥人去墨西哥了。"

她的离开是佩姬的胜利,但这胜利并没有持续太久。两个月后,马克斯就选择了年轻的多萝西娅·坦宁做新的情人。

三十五
墨西哥

开往墨西哥城的火车上,雷纳托就像一缕清新的空气,仿佛靠站时打开车窗所感受到的拂面微风。她听着旅客们说话,他们与自己的丈夫有着相同的肤色。雷纳托黝黑的脸庞帮她打开了轻盈的路,好像一切都无所谓了。他们聊个不停,日落时他对她说:"夜往前走着,夜里的火车也走着,/车和夜在不同的轨道;/荒凉的站台上一定有人/寄存下了一大包的忧伤。"他告诉她自己曾是电报员,这时,莉奥诺拉才意识到一切总是围着她转,她并不了解他。对她来说生死攸关的事,雷纳托并不太在意。他曾在墨西哥北部当兵,学的是战斗者的语言。当年他的法国父亲留在墨西哥,把自己的儿子培养成了一个如饥似渴的读者。雷纳托不太讲究,总说没人说的话,做没人做的事。这很吸引她。他属于北方师,曾与潘乔·比利亚并肩作战,同他们一起战斗的还有被人们称为"小扁鼻"的记者约翰·里德。

"你想象一下,马在车厢里喝茶,人在车顶抱着步枪和其他东西,雨淋、冰冻、做爱,每个战士都带着他的随军女[1],

---

1 Soldadera,墨西哥革命期间随军妇女。或参与战斗,或陪伴兵士,或作为厨师、护士等为军队服务。

三十五 墨西哥

没有的人可就倒霉了。"

"雷纳托,关于马的部分我喜欢!"

"你是不是出生在慧骃国呀!"

"那是格列佛旅行中我最喜欢的国度了。真是一个完美世界:马很聪明,从不欺骗,人很自私、野蛮。"

"你记得吗,唯一一个好好接待格列佛的就是骑士马,因为其他人都把他当成人。你也是一个人。"

"雷纳托,从外表看是这样的,但我内心是匹母马。"

"你知道吗?跟莱昂诺尔·菲尼说这个词的话会冒犯到她,因为在阿根廷,'母马'是骂人的话。"

"它对我来说是种赞美。"与马克斯不同,雷纳托从没有想过要让她困惑,也从没有过教她做什么的欲望,他只会逗她笑,只会建议她忘记那些多雨的黑色城市。巴黎、伦敦或罗马羞涩、冰冷的太阳完全不值得看,她马上就会遇见最真实的太阳、火山岩的房子、百年老树和两座已经休眠的大火山。

火车要在休斯敦停几小时。雷纳托决定去喝杯冰啤酒。"我是个酒罐、咖啡不能离手的人。"两人还没走进酒馆,侍应就过来说女人不得进入,他们也无法为雷纳托提供服务,因为他是墨西哥人。"墨西哥人与狗禁止入内",他们看到另一家餐馆门口贴着这样的告示。

莉奥诺拉无法理解。

两人走出墨西哥城的布埃纳维斯塔站后,走上了改革大道。莉奥诺拉看见了戴草帽的骑手:"我应该来这个国家,我是属于马的。"

墨西哥城是座诞生于虚渺的城市，建于水中，立于水面。墨西哥人活在不稳固的地面上，活在陷阱、沼泽和水塘中。在这里，现实与不现实融混在一起。

"就像威尼斯？"莉奥诺拉问。

"一点儿都不像。它是'俭省地，用水利建材／建在一座曾是水渠、排水道，如赫勒斯滂的／湖上的城'。"

墨西哥城就像一座终将被泥沼吞没的岛。

两人在米斯科阿克的一栋空房子里安顿下来，睡在了不拘小节的雷纳托在遇上的第一家店铺里买的床垫上。

雷纳托的皮肤很坚韧，透出一种沉甸甸的能量，紧绷、平润，连胳膊肘都没有皱褶，在白皙脆弱的她身旁显得很黑。清晨，她还在找拖鞋在哪儿时，他总是一跃而起，光着脚到处走。穿着白衬衫的他显得更加黝黑，莉奥诺拉想起凯·博伊尔对她说的话："你的男人太帅了。"

莉奥诺拉从雷纳托手里接过十比索，在面包店比画着要哪些面包，在杂货铺买兵豆和瓶装油。她最喜欢的是，这里的老鼠药名叫"最后的晚餐"。她在清透的空气中，在比圣马丹－达尔代什的天更蓝的天空下行走。她的心脏因为海拔高度而加快了跳动，但她的双眼并没有像心脏那样紧张起来，阳光刺眼，她一不留神踩空了人行道上的台阶，摔倒在那里。

"您怎么了，白皮肤姑娘？"

一个系围裙的女人扶她站起身来，莉奥诺拉觉得墨西哥人很热心。对方一直把她送到家，道别时告诉她，有什么需要的，她都可以来帮忙。

在城东南的索奇米尔科，小彩船载满了乐手、一桶桶龙

三十五 墨西哥

舌兰和啤酒,在河道中挤来挤去。一些河道已经被水百合堵死了,开也开不过去。

闲逛让莉奥诺拉感到无聊。

"你该大喝几杯啤酒的。"雷纳托说,"或者唱首《伦敦桥》。要是自己不积极一些,那就完蛋了!"

莉奥诺拉不说西班牙语,一切都得靠雷纳托。在街上,人们看见她就会立刻避开,只敢看她的脚。在接触过讲话也像吼叫一样的西班牙人和总想冲破天际的美国人之后,她不禁想知道,为什么墨西哥人这样胆怯。尽可能占据最小的空间是他们的人生准则。

在市场里,隔着小山一样的水萝卜堆和番茄堆,她大概能理解店主的话,但在生活中,却无法和除雷纳托外的任何人进行真正的交流。在纽约,她是自己的主人,在这儿,她只是一个边缘人。

"雷纳托,我不知道那些是什么人,他们在躲什么?我不知道他们为什么要把自己的脸藏在斗篷帽子里,我受不了他们也受不了自己,我不知道我在墨西哥干什么。"

莉奥诺拉喜欢圣科斯梅附近、罗萨斯莫莱诺街的新家,因为那栋房子很高,很宽敞,有欧洲的味道,虽然它的围墙即将倒塌。

一个农民在人行道上赶着一群火鸡。

"为什么墨西哥的火鸡都成群地在街上走?"

"他们挨家挨户卖,给人做辣烧的。"

"辣烧是什么?"

"就是巧克力辣烧鸡。"[1]雷纳托笑着说。

第二天,莉奥诺拉在街角看见了很多跳舞的小狗。它们用后腿站立,伴着一男一女——它们的主人——的笛子和鼓不停地跳跃。如果过路人扔给他们几分钱,小狗便会放下前腿,眼里也不再有祈求的目光。

"他们是在烤饼铛上训练的它们。因为怕烫着脚,它们只能一直跳。"

"这个国家也太残忍了!昨天是火鸡,今天是小狗。"

"今天我会带你去'山朋'那儿,那是达达主义的地盘儿,很棒,你一定会很喜欢。"

莉奥诺拉很诧异。来桌前拥抱雷纳托的朋友一个接一个,多到让他连饭都吃不上。一片显而易见的欢乐。过了一阵,只剩莉奥诺拉在孤零零地吃着:雷纳托蔬菜鸡汤上的油脂都已经凝固了。

来招引勒杜克的朋友越来越多。莉奥诺拉已经能听懂西班牙语里"小酒馆"的意思了。男人在酒馆里相聚,和欧洲不同,午饭都能吃到晚上。

"莉奥诺拉,这只动物哪儿来的?"

"街上捡的。"

小狗躲了起来。

"它跟着我来着。我叫它迪奇。"

第二晚,雷纳托又问道:

"又一只狗?"

---

[1] 原文为法语。

三十五　墨西哥

"是啊，它受伤了，叫黛西，我还捡回来一只猫：'小咪'。"

"不行！咱们能把它们塞到哪儿去？我被一只警犬咬过，很讨厌狗。"

"警犬不是动物。"

"那它们是什么？"雷纳托满口嘲讽。

"是没有动物心灵的生物。它们有的话，我就可以和它们交流。我可以和任何动物交流，但和警犬不行。"

黄狗抬起头，黛西则用乞求的眼神望着她。莉奥诺拉一定叫过它们很多次：它们已经认得自己的名字了。

"我已经给它们洗过澡了，身上没有跳蚤。但是墙上爬了很多臭虫。"

雷纳托感到和莉奥诺拉在墨西哥的同居生活会困难重重。

"用硫黄就可以消灭臭虫。去商店买些硫黄，把它们烧死吧。过一会儿就能见它们被烟熏死掉下来。"

"我不想杀生。"

"那我明晚工作完回家来做这件事。"

"什么工作？"

"我是记者，莉奥诺拉。我之前是外交官，现在在报社工作。"

在这座充满敌意的城市，她看见成队的骡子扛着木棍，还有眼神比跳舞小狗更悲伤的驴子。

"我看见一个穷苦的男人在顶着一个两门镜柜走。"

"是把货放在额头皮带上的运货夫从拉梅尔赛德运来的。"

"真可怕，为什么这儿的人都不穿鞋？"

坐敞篷电车去市中心令她愉快。车上的座椅是木制的，车会穿过鲜花烂漫的绿色田野和有河流名字的街区：密西西比河街、恒河街、塞纳河街、杜罗河街、瓜达尔基维尔河街。

墨西哥房子这么少，人这么少，真好，一切都急匆匆，赶着要消失。

在自己的孤独里，莉奥诺拉听着时间跌落。"雷纳托知道时间是什么吗？"她抽着烟，等待，望着窗外。忽然，她扭头看向厨房，看见椅背上停着一只红色的小鸟。那样红，像一个辅祭童、一个血块。她不明白，门窗都关得很严，它是怎么钻进来的？她伸手喂了它一小块香蕉，还能再给它些什么呢？小鸟腾空而起，之后又飞回来，啄食看不见的食物渣。迪奇没什么反应，小咪看着小鸟，开始舔舐自己。

"对你来说一块带翅膀的小红肉很美味，但是我可不会允许你把它吃掉。"

堂马萨利诺——她这样叫它——的歌声很尖利，让莉奥诺拉的心跳得很厉害，刺激着她，仿佛抽在空气中的鞭子："莉奥诺拉，为你自己做些什么吧。"

孤独一点儿都不让步。下午六点，一群来自英国的马穿越了大西洋，在它们的蹄声中，莉奥诺拉彻底屈服了。它们从战舰、降落伞、战士的尸体间游过来，矫捷的快步踏进了罗萨斯莫莱诺，踩踏着她的心。它们留下了自己的预言，被莉奥诺拉写了下来。

"读一下吧，雷纳托，太可怕了，即将发生的事都太可怕了。"

雷纳托把她抱进怀里。

"我需要迪奇、黛西、小咪，需要它们陪着我。"

"你多陪陪我,好吗?莉奥诺拉,变成这个国家的一部分,拒绝它前要先了解它一下。"

"可我什么都不明白。"

他们搬到了同一区艺术街110号的3号公寓。雷纳托把她带到了多瑙河街,又带她去了备受欢迎的普伦德斯餐厅。老板一直往他们的餐桌送酒。人们拥抱雷纳托,拿手掌用力拍着他的背,听起来像鼓声。对,雷纳托就是一面鼓。他只要一开口,众人的笑声就会让莉奥诺拉觉得耳朵发聋。食客们看着他,祝贺他:"你的女伴真棒啊!""你带来的姑娘太美了!"

雷纳托任她在那里等。翻来覆去想一件事,打开书却不能读,刚起床又躺回去,没有什么能比这些更能把人逼疯。她甚至连哭都哭不出来。"明天我要干什么呢?明天我得干什么呢?雷纳托几点回来?明天早上会是什么样?"她脑中的马蹄乱步让她无法入眠。或许是高度造成的。这座城海拔两千多米。缺乏睡眠让莉奥诺拉的白日瘫痪了:她大部分时间都坐在窗边的一把椅子上。很热。抱有幻想的莉奥诺拉本以为生命会像在纽约时那样继续,但现在,孤独让她窒息。外面满是热空气,她在屋里,在时间中凝滞了。

她打开门,外面一条白狗直勾勾盯着她看。它很大,几乎像匹矮种马。

"进来吧,皮特。"

看见狗时,雷纳托并没有抗议,皮特便跟着他走。每天早上,它会跟他出门,陪他到有轨电车站,之后再独自回家。晚上到家,雷纳托只问候它一个。莉奥诺拉擦干眼泪:

"我不能忍受自己。"

"跟我去吧,好不好?你就坐在《世界报》编辑部,我把文章写完,之后一起去喝几杯龙舌兰。"

"不要。我怕你的小酒馆和你的朋友。"

"那至少打开门,到街上去,这是解决很多痛苦的办法。你看,莉奥诺拉,交通、暑热和距离从来都不会困扰我,我甚至都不在乎我要去的方向,出门也是离开你自己,出门吧,好不好?试一把,出去吧。"

"我谁都不认识,不会说西班牙语。"

雷纳托越来越不关心她,莉奥诺拉完全不知道该如何融入他的朋友圈子,他们总是问:

"你要带你的英国女人吗?"

"不带,我干吗带她?那家伙跟狗说的话都比跟我说的多。"

"她很美。"

"美是美,但格格不入啊。"

"给她些时间,照顾她一下。别让别人给抢跑了。"

莉奥诺拉又开始怀疑自己究竟该不该来墨西哥。"我犯了个可怕的错误。"她出门遛狗时也想念着雷纳托,对方一整天都在用雷明顿打字,为她不知道名字的日报撰写文章。

一个肤色黝黑、身穿工作服的年轻女孩到艺术街来找他。

"雷纳托在吗?我们需要他去法庭帮忙把一位同伴救出看守所。"

可莉奥诺拉并不知道他在哪儿,她从来都不知道。她有时会想,他的打字机是不是和精神病院里摩纳哥王子的那台一样,也会自问,如此忙碌究竟有什么意义。一切被雷纳托抛在身后的,现在都已冒出头来狂欢。政客见面的时间在下午三点,他们的午饭都会吃成晚餐。雷纳托是欢乐喧嚷的中心。

"莉奥诺拉,事情一定会是这样,他们都在庆祝我的回归,但是不会一直这样下去。"勒杜克给出了借口,"大家都喜欢你,你别闹了,陪我去吧。"

"你并不需要我。"

事实的确如此。在几次一直吃到了午夜的午餐之后,雷纳托已经在掌声和大笑中忘记了她。他说的话让众人无比欢乐,但莉奥诺拉听不懂,也不愿拿起装酒精的杯子,不愿接受刺耳的环境。

"别摆出这张脸嘛,他们都是和我差不多的人。"

雷纳托曾属于她,但一到墨西哥,他就回到了酒鬼旧友的怀抱。

"你可以把好的一面列出来。"乳母过去常这样说。莉奥诺拉于是一条一条数起来:"墨西哥离我父亲和帝国化学工业的魔爪很远,卡林顿从未把势力扩张到这里;我也不用再受马克斯的保护,当初我可以从桑坦德的噩梦中恢复,以后我也会从他的影响中恢复;雷纳托·勒杜克和他悠然自在看待生命的方式让我很舒服。多余的是他的朋友们。"

早上醒来,烦闷又在枕头上摊开了。莉奥诺拉听见雷纳托用法语说自己要去报社,两人晚上见。她于是从床上跳起,坐到了窗边。墨西哥城有无数的鸟儿在歌唱,只有一只在陪她:堂马萨利诺。

雷纳托不回家，莉奥诺拉就睡觉。"如果做梦，我就可以摆脱孤独。"她回到了克鲁基庄园的暖房，那里整年都湿润、温暖。12月，落着雪，她离开房子，跑到暖房里，泥土潮湿的味道——对她来说就是童年的味道——就这样突然袭来。每个花盆中都生长着一个绿色奇迹。在大片的藤蔓植物间，莉奥诺拉化成了烟。一夜之间舒展开的叶片让一些绿色的、丝般柔滑的东西在她内心嗡嗡作响。

童年的记忆在帮她度过白日。快些吧，时间过得快些吧，夜晚早些来，就可以忘记马克斯、佩姬、莫拉莱斯父子、阿瑟古拉多太太，甚至可以忘记乳母，没有人知道她后来是怎么回英格兰的。

自从到了墨西哥，她就感觉自己十分渺小，一直被忽视。她讨厌这样。她梦见自己钻进了一只熊，但无论怎样努力，那头动物都无法获得实在的身躯。"雷纳托，我现在很看不起自己，这让我无法忍受。我想感觉到自己的高大、强有力和美丽。"她对缺席的雷纳托说。

"墨西哥应该有英国使馆的……"

三十六
蓝房子

夸乌特莫克区莱尔马河街71号,坐落着一栋欧式建筑:英国大使馆。

"您的狗不能入内。"

"我是英国人。"

"隔着几里地都能看到您的动物是墨西哥动物。"

门房因她的美貌而把她拦住,之后又叫来一位秘书,进行了一通没必要的礼貌性攀谈。

"请告诉我您的住址,我们为您寄邀请,请您来参加大英帝国在墨西哥举办的各种活动。"

清晨,妇女们拿着长笤帚出门打扫。在世界上的其他城市,莉奥诺拉从未见过有人这样认真扫家门口的那一小段街道。她们扫得很慢、很仔细,之后用簸箕把那一小堆树叶和别人扔的垃圾扫起来,第二天或两天之后,会有敲着铃铛的卡车来把它们收走。她决定给莫瑞写封信,告诉她自己的新住址。在纽约时,她也给她寄过帝国大厦和自由女神像的明信片。

"只要马克斯在,我就不可能去看你。"莫瑞用天主教学校教的带尖的字体这样回复她。

在英国使馆,莉奥诺拉认识了艾尔西·福尔达,一个性格明烈的英国女人。她瞬间对对方产生了好感。艾尔西是墨西哥企业家曼努埃尔·埃斯科贝多的妻子,他们在杜兰戈街的家就像一片绿洲。她喜欢唱歌,伴奏的是她的钢琴家朋友。她也会拉中提琴,当女儿海伦问她"为什么不拉小提琴呀,妈妈?它更小更好掌控"时,她回答说:"不拉,因为中提琴很少,小提琴很多。"因为她性格明烈,又有强大的号召力,所以总有丰富的文化生活围绕着她。她几乎在一瞬间就看出了莉奥诺拉的天分。欧洲来的艺术家纷纷找艾尔西帮忙。"您的问题会得到解决。"她总是用洪亮的声音这样说。她帮大提琴大师桑铎·罗斯、约瑟夫·斯米罗维茨及亚诺·莱纳安顿下来,组建了莱纳四重奏乐团;也帮西班牙内战流亡者纾解了他们的苦闷。"我要组织一系列会议。"她的活力令人振奋,"要重新开始,别坐在那儿掉眼泪。墨西哥能给人的东西很多。甚至死亡也不过只是翻篇。如果你不去做,没有人会替你去做。"

在她家,莉奥诺拉重新见到了凯瑟琳·亚洛,对方刚从伦敦过来,埃斯科贝多管她叫凯斯。三个英国女人在一起,觉得像回到了家。

艾丽斯·拉洪和沃尔夫冈·帕伦也常去艾尔西家里做客。他们往客厅的大沙发上一坐就不再挪地方。他们谈论绘画、墨西哥或前哥伦布时期的艺术。吃过饭后,艾丽斯会大声朗诵自己的诗歌,这令众人陶醉。帕伦则用黏土给众人雕些小像。他们一聊就聊到深夜,要不是莉奥诺拉开始一遍遍地讲述注射卡地阿唑的经历,大家都不会相互道别。

"你那个画家朋友有点儿古怪,你不觉得吗?"埃斯科贝

三十六 蓝房子

多对妻子说。

"你不用为她的冲动担心。你那些企业家朋友都死气沉沉,他们的老婆只会谈论孩子和保姆,比起这些,我更喜欢她的疯狂。"

尽管心存疑虑,曼努埃尔·埃斯科贝多还是愿意尽力照顾莉奥诺拉。

"如果你有什么问题,我来帮你。"

"我得给我母亲莫瑞寄信,但是一点儿钱都没有。"

莉奥诺拉在夜里回到艺术街三层的公寓时,已经不再在乎雷纳托的晚归了。"我有自己的生活了。"她觉得安心,很快就和睡在她脖子弯里的小咪一起进入了梦乡。

雷纳托把她带到了科约阿坎的伦敦街,去参加迭戈和弗里达组织的派对。迭戈被她的美貌吸引,上前对她说:

"你有些像宝莲·高黛。"

"是吗?她是谁?"

"曾经是查理·卓别林的妻子。"

"卓别林是个天才。那谢谢您的称赞了。"

穿着工装裤的迭戈坐在她身旁,一直逗她笑。"蓝房子"里塞满了手里拿着龙舌兰在客厅和厨房间晃来晃去的人,场面像极了驭马节那样的群众节日。一些客人穿着牛仔服,脖子上系着大花巾,围着一个穿西装系领带的人:费尔南多·甘博阿。女人们是一道风景:花衬裙、金长耳环、编着彩色毛线的发辫。很多人的脖子都被用前哥伦布时代的石头串成的项链压弯了。特华纳花裙和披肩正时兴。

"她们每天都这样穿吗?"莉奥诺拉有些不安地问迭戈。

"才不是呢，只有过节才这样穿。其他日子就和你穿得差不多。我会脱掉她们的衣服，画她们的裸体。"

莉奥诺拉与弗里达·卡罗和她编着彩色丝带的发辫保持着距离。她讨厌对方张扬的说话方式，以及紧紧围绕她的那些赞美她的女人。"抽烟大概是我们唯一的共同点了。"她想。

但一头黑发、戴着花环、穿着大溪地裙的艾丽斯·拉洪觉得自己和弗里达很像。

"我很爱她。我们俩都知道被钉在床上和失去一个孩子是什么滋味。"

莉奥诺拉痛恨人们拥抱时的喊叫、大笑，还有把对方的背拍得啪啪响的动作，和酒馆那套一模一样。太吵了！吉他的演奏也永远不停。突然，有喝多了龙舌兰的客人大喊道："啊呀，在凌晨两点飞起来的感觉简直太美妙了！啊呀，能飞起来简直太美妙了！啊呀，妈妈呀！"她很少看见空空的酒杯，侍应们会很快把空杯斟满，没有人叫也会再送来一瓶啤酒，他们奔来跑去，人们的渴是止不住的，因为没人喝水。有些人喝多了，就会找妈妈。一个小胡子很浓密的黑衣男人在自己的花巾里哭泣，另一个在用叉子梳头，还有一个身上缠着金链条的女人在向"神圣的革命"致谢。

莉奥诺拉忍受不了吉他无休止的吵闹，还有那些"啊呀啊呀啊呀"，她想起拿破仑所说的："快熄灭那地狱般的噪声。"

"在这里，智慧并不能使人出众，到处都是多愁善感的情绪。"

"因为大家都是患了梅毒的普罗米修斯。"雷纳托回答道。

三十六 蓝房子

第二天,莉奥诺拉去看了迭戈·里维拉的壁画:

"并不是我会喜欢的画。"她对雷纳托说。

一个月后,雷纳托又带她去了蓝房子。莉奥诺拉手里拿着一根烟,在迭戈告诉她自己吃人肉时叫停了对方的叙述:

"迭戈,别招人烦了。我不是个游客,我是英格兰人,也是爱尔兰人。"

"我是印第安人。"

"你没有印第安人的脸。"

"那我有什么脸?"

"面包师或者鞋匠的脸。我丈夫远比你更像印第安人。"

"你丈夫是谁?"

"雷纳托·勒杜克。"

"啊,你要早说我就明白了。"

迭戈对这个说话不客气的英国小女人很感兴趣。"哎,你从哪儿找到她的?她太棒了。我看出来了,她的西班牙语是你教的。"在莉奥诺拉看来,这聚会就像狂欢节。人们就像装满烈酒的小陶罐,不停晃来晃去。叫喊声和干杯声让她的神经绷到了极点。人们最常说起的话题就是墨西哥革命。那晚,弗里达没有出自己的房间,他们告诉莉奥诺拉,她正在接待一位女性朋友。

"你该看看她带华盖的床。"

花园中有一头颤巍巍的鹿,一只黄眼睛的绿鹦鹉在叫着:"鹦鹉—狗,鹦鹉—狗。"一个客人告诉他们:"他们教它学会了怎么说'弗里达'。"

还有与女主人寸步不离的猴子,它们每天缠在她的脖子上，仿佛黑色的项链。

莉奥诺拉曾见过一次奥罗斯科,她很怕他身上的红色霍乱瘢痕。弗里达——莉奥诺拉本可以更喜欢她些的——不是在康复中就是又要入院治疗。

"雷纳托,我离开纽约就是不想再做佩姬团体的成员。在墨西哥我也不想做迭戈和弗里达圈子里的人。"

大部分墨西哥人,包括迭戈,腰间都明着挂一把手枪。

"我曾经在炸弹上过过日子,知道战争什么样,忍受不了这样的炫耀。"

城市的街道上枪声四起。爆炸的炮声在教堂前庭、附近的婚礼、国庆节的庆祝中不断响着。火药味久久不散,稍被招惹,墨西哥人就会向对方吼叫:"浑蛋,我他妈的要你好看!"

雷纳托邀请弗朗西斯科·森德哈斯和胡安·阿尔维祖来家里做客。阿尔维祖唱了《圣女》和《珍珠母贝》。莉奥诺拉很开心,三天之后,他们要道别时,阿尔维祖弹着吉他唱道:"人生有三件要事:健康、金钱、爱。"莉奥诺拉跟着唱道:"人生有三件要事:迪奇、黛西和小咪。"莉奥诺拉把森德哈斯叫成"笨得吓死"[1]时,雷纳托替她解释:

"她是英国人,发不好你姓氏的音。"

她问阿尔维祖是否想要一杯"他妈的龙舌兰"时,把对方逗得直乐。

"哎,雷纳托,这些都是你教的吧?"

---

[1] "森德哈斯"原文为"Zendejas",莉奥诺拉说成了"Pendejas",这个词在墨西哥西语中有"笨蛋"的意思。——编者注

三十六　蓝房子

"是她的记性太好。"雷纳托答道。

莉奥诺拉用英语哼唱着:"伦敦桥,要倒掉,要倒掉,要倒掉……"想着那座桥也要为她而倒掉。

三十七
小探戈

莉奥诺拉发现，礼拜日属于斗牛，或者说，斗牛是人们在礼拜日要做的事，比望弥撒更重要，比休息更重要，比放下来的金属门帘更重要。整座城市都在围着斗牛转。

雷纳托不会为任何事、任何人错过一场斗牛赛。

"别去了！"

在里斯本时，他们很相像，常常同时笑出声来。在这里，在墨西哥，雷纳托像另一个人。当初莉奥诺拉没有想到，现在在街上跟着她的是迪奇。

艺术街的房子从前是俄国使馆，仍保留着一些旧时的辉煌。雷纳托摇摇头，看着她的双眼问她：

"你是难过啊还是在找碴儿？"

"我已经很久没有骑马了。"

"这好办，莉奥诺拉。你看见改革大道上的那些骑手了吗？没问题。我会跟我的朋友鲁道夫·高纳借一匹他的马，你什么时候想骑就去骑。"

人称"哈里发"的高纳一见莉奥诺拉，就对"雷纳托的英国女人"很有好感。他借了她一匹栗色马。

"要是栗色马不合适，我还有一匹白色的母马，'高地女王'，像你这样的公主可以在林地里骑，一直骑到城堡。"

三十七　小探戈

在灰色、孤寂的早晨，她在改革大道上策马奔驰。其他骑手看见她都会向她点头致意。几乎没人，路很平，只偶尔有几只流浪狗在马经过时冲她们吠叫，让马有些受惊，抬起前蹄。查普尔特佩克会有仙丘居民吗？百年尖叶落羽杉在一旁威严耸立。

一星期之后，她还没换骑手服就对鲁道夫·高纳说：

"我已经跑腻了从改革大道到城堡的路，也绕着湖跑了四千圈，不想再骑了。"

"你想参加骑手俱乐部吗？可以去马场套小马驹。"

"我骑马一向用大马鞍。而且看他们在场地里把马放倒很不舒服。"

"或许你会喜欢斗牛，星期天我请你和雷纳托去看。"

"我在南法看过斗牛犊，完全接受不了。"

"我们这儿的你会喜欢的。斗牛是一种艺术、一种科学，你是艺术家，不是吗？"

晚上，雷纳托又尝试着要说服她。安托南·阿尔托曾把塔拉乌马拉人的公牛祭品与亚特兰蒂斯的仪式相比："哪天咱们得去一趟塔拉乌马拉山里，我在奇瓦瓦有很多朋友，甚至还有个塔拉乌马拉小女朋友。"

斗牛场蓝黄相间。莉奥诺拉和雷纳托与高纳坐在第一排，两个男人兴致勃勃。高纳仿佛一位国王，人们问候他，冲他嚷嚷着奉承话："你退役那天刺了七头牛。""没有人能与你相比，高纳。""独一无二的斗牛士。"众人对这位"高纳引逗动作"的发明者推崇至极。雷纳托也很受欢迎，坐在他身旁的漂亮姑娘说他像电影明星。莉奥诺拉听着人们的议论："斗牛之前，要先将牛在黑暗里关二十四小时。""要把角磨一磨，好保护斗牛士。""要先捶打它们的睾丸和后腰，再把它们带上场。""我看应该再给那胆小的家伙几下子。"

在身着艳粉长袜和华丽衣裳的斗牛士绕场向观众致意之后，第一头毛皮仿佛黑曜岩的公牛——小探戈——出场了。它往护栏冲去，想跳过它。

"它想逃跑。"莉奥诺拉说，"人们想把它变得又聋又瞎。为什么要这样喊啊，雷纳托？"

"哦嘞！哦嘞！哦嘞！"人们在她的身后狂叫，勒杜克和高纳也一起高喊。莉奥诺拉则发出了嘘声："噗——！"轮到牛向斗牛士发起进攻时，她站起来大声鼓掌。小探戈向小道冲去，斗牛士助手纷纷逃散，莉奥诺拉大声叫好。观众纷纷把瓶罐、靠垫扔了下来。

"公牛，公牛，公牛！"长矛手在马上呼唤它。小探戈左冲右闯，疯狂扭摆，脚上像涂了辣椒。

"它怎么静不下来呢？之后那些马会怎样？"莉奥诺拉问，"那个大肚子拿着长矛要干吗？"

"马差不多命数已尽喽，它们很胆小，披着一层保护垫。差不多三四场之后，它们就会死掉，因为公牛会弄断它们的肋骨或者把它们的肚子挑破。"

"雷纳托，我恨你。"莉奥诺拉咬牙切齿、紧攥着拳头说。

公牛突然用力向前冲去，长矛手将矛刺进了它的脊椎。莉奥诺拉用手捂住了嘴。公牛开始流血。短扎枪几乎扎进了同一个位置，挂在了它的皮肤上，皮被撕裂后，鲜血开始在它的毛皮上流淌。

三十七 小探戈

"它流了好多血!"莉奥诺拉很低落。

小探戈不知发生了什么,已经不再昂着头。它用潮湿的双眼看了看莉奥诺拉。她扯了扯雷纳托的袖子。

"我敢肯定它看我来着。咱们得做点儿什么。快阻止这一切吧,救下小探戈!它在求我救它一命。这简直是犯罪!"

雷纳托试图让她冷静:

"就要结束了,现在就要到最美的部分了。要开始'躲闪'了。"

莉奥诺拉抗议道:

"我已经受不了了。"

红布木杆下,藏着一把八十公分长的剑,斗牛士突然将它抽出,向两角之间的牛头指去;公牛向前冲时,他一剑刺入深处,切断了大动脉,直捣肺部、胸膜、肝脏、心脏。公牛倒在地上,它的眼里满是惶恐,在倒下之前,它问了莉奥诺拉些什么。它已不再是公牛,甚至已不再是动物,只是沙土地上的一堆重量,它的一切尊严都在地上和了泥。节日结束了,公牛奄奄一息,它的血噗噗从口鼻涌出。小探戈被自己的血呛死了。斗牛士向它体内插入了一把尖端为一把短尖刀的长剑。高纳解释道:

"这是最后的'刺死'动作。"

莉奥诺拉吼道:

"我要走了。"

"等一下,他们该宰它了。"

莉奥诺拉站起来,勒杜克和高纳拽住了她的手臂。

"我什么都没做!我能做什么呢?"莉奥诺拉哭起来,冲着雷纳托说,"一个好人是不可能喜欢斗牛的。你庆祝一只无助动物的死亡,我无法再和你一起生活了。"

高纳笑了:

"你生起气来更美。"

人们把牛拖出场地。

"他们要把它带到哪儿去?"

"带到屠宰场去。"

"它要是还有意识呢?"

"你疯了吧!"雷纳托说。

他并没发觉,那把插入公牛身体的尖刀也刺入了她的身体。

雷纳托每天都会晚归。与他争论是浪费精力。他回来之后,莉奥诺拉也继续自言自语,或是和皮特说话。"迪奇、黛西、小咪,咱们出去转转。"她的孤独与日俱增,雷纳托在自己的愉悦旋涡中并不能看见她的痛苦。她整日陷于沉思,望着前方。一天早上,她对他说:

"雷纳托,我不知道和你在一起做什么。我不想弄一出闹剧,让你我都不体面。但我真不知道自己被锁在这儿做什么。我感觉被忽视,我不在任何团体里,什么都不做,不知道自己在哪儿,我讨厌这样。我希望感觉到自己是宽广的、强有力的,你真的无法想象每天一个人待着有多累。"

"你已经说了两次了,你想宽广,想强有力。我给你买了画布、颜料。问题是你根本不想适应这里。你说说自己今天画什么了?你的这颗蛋画得那么好,就加油再画一颗,之后我给你把下蛋的母鸡带来。至少你现在已经有你的雄鸡了。"

三十七 小探戈

"咱们的世界太不同了。"

"你这样呆呆看着空地,一看就是好几个小时,是蠢货的做法。来吧,跟我一起去喝几杯龙舌兰。我朋友对你印象都好极了。"

"我不理解你的世界。"

"你要是说西班牙语,就会理解。"

"我觉得不会。"

"那,还有什么办法?"

"我夜里做的梦。"

雷纳托看了她好一会儿:

"我得去工作了,你五脏六腑都得使劲儿才能幸福。我希望你幸福。这儿有你的画架、你的颜料。画点儿画吧。你一个人在这儿傻了吧唧自己烦恼,没有什么比顾影自怜更傻的事了。"

"不是这样的。我没有能力去恨你,我是这种无能的受害者。我不知道该怎么报复你。"

"没人逼你留在这儿,莉奥诺拉!"

"无力的恨是种折磨。我在这儿一个人坐着,一切都让我害怕。我怕墨西哥,也怕你。"

"你把自己的仇恨画出来,画鬼,画你的狗,画你的猫,画你的童年记忆,画你母亲,画爱尔兰,画十二匹马。画画吧,别做傻瓜。要恨我就画出来,动手去做。"

"我画了。"莉奥诺拉反驳道,"我画了一匹母马。"

"在哪儿呢?"

"冲墙放在那儿呢。"

雷纳托找到画,转过来看她:

"画得真好。"

"是匹想从窗口逃走的母马。但是看守不让她走。"

"你画得太好了。我向你保证这是实话。"

"我还画了另一幅,"莉奥诺拉振奋了起来,"《艺术街110号》,我们在三层的家。我感觉它缺点儿什么。我唯一能画好的就是一颗马头。"

雷纳托抱住她。

"让别人也看看你的画。我看过很多画,可以肯定地说,你的画很有生命力,棒极了。你会继续画下去,对不对?"

"嗯,我现在觉得我可以做到。"

"你看,一个人就不能太把自己当回事。"

三十八
雷梅迪奥斯·瓦罗

离家几个街区远的地方,莉奥诺拉被一束光照亮。在圣拉斐尔区加比诺·巴雷达街上的一片荒地中,她看见了雷梅迪奥斯·瓦罗。雷梅迪奥斯也认出了她。

"你怎么在这儿呢?真是个大大的惊喜!"

雷梅迪奥斯像看见了幻象一般看着她。

"真的是你吗,莉奥诺拉?"

"真的是你吗,雷梅迪奥斯?"

"我和邦雅曼一起来的。"一双杏仁眼在那张蓬乱红发勾勒出的心形脸上望着她,"我住在这条街18号。下来买烟。来我家看看吧,考蒂·霍尔纳和埃斯特万·弗朗西斯也在呢。"

莉奥诺拉跟在她后面,像是在往天上爬。迪奇跟着她,鼻子贴着楼梯地面,尾巴高高竖起,黛西也好奇得很。

"我的狗可以进去吗?"

"当然了,只是不会吓到我的猫吧?"

"它们很听我的话,而且和小咪也相处得很好,小咪是我的小白猫,在家睡觉。"

这是到墨西哥后,莉奥诺拉第一次感觉到开心。雷梅迪奥斯和邦雅曼·佩雷的公寓里,用图钉钉着一幅挑逗意味甚浓的毕加索、一幅充满男性雄风的唐吉,还有一幅她曾见过的恩斯特。她回到了自己熟悉的地盘。

"欢迎光临寒舍。墨西哥人常这么说。"

考蒂·霍尔纳向她伸出双手。三个女人都逃离了战争：考蒂带着自己装满相片的箱子和安达卢西亚雕刻家何塞·霍尔纳离开了西班牙。他们途经艾丽斯岛，在1939年10月31日到达了墨西哥。雷梅迪奥斯和邦雅曼·佩雷在马赛登上了葡萄牙轮船"塞尔帕·平托"号，该船船长素有疯狂的名声，据称会将乘客扔下海去。他们历经艰险，终于到达了摩洛哥。莉奥诺拉则是雷纳托带来的，几人中，数她经历的危险最少。或许二十六岁的人会把危险都看成挑战。

邦雅曼·佩雷走进来，喜形于色。没有人问起恩斯特，虽然他好像就在那里，莉奥诺拉甚至能听见他的呼吸声。

"我乘船从里斯本到了纽约，在那儿待了一年，后来雷纳托想回国，我们就来了。"

"邦雅曼和我在马赛的埃尔贝尔别墅待了一阵。瓦里安·弗莱和紧急救援委员会想办法救了我们。我们在卡萨布兰卡上船，到了纽约。我们来墨西哥是因为想尽办法也拿不到佩雷的入境许可。"

"克洛德·列维-斯特劳斯、林飞龙和他的妻子埃莱娜、维克托·塞尔日、劳莱特·塞如内和她的儿子一起乘船去了马提尼克岛。皮埃尔·马比尔也在这儿，他从海地过来。"邦雅曼说。

"何塞晕得不行，一直吐，他就把自己关在了寝舱里，"考蒂笑道，"然后船长就把我请到了他的餐桌前。'我除了身上穿的，什么都没带。'我跟他说。'没关系，您年轻又漂

三十八　雷梅迪奥斯·瓦罗

亮。'之后我每晚都吃鱼子酱和鹅肝，喝金巴利。"

考蒂总能看到生活好的一面。

"在纽约，他们告诉我们，去墨西哥的船只剩两张头等舱的船票了。和我们一起逃亡的犹太人帮我们凑齐了票钱。现在何塞和我住在塔瓦斯科街一栋美极了的房子里，离这儿只有几个街区。我想请你喝茶。你不介意我们只有两个茶杯、两把勺子，对吧？"

考蒂讲起话就像马塞尔·杜尚的咖啡磨。她一大早就背着相机，踩着覆满尘土的鞋子出门。雷梅迪奥斯说考蒂总是累得要死。她跳上有轨电车，从城市的一端跑到另一端，为一些销量可怜的杂志拍片子，他们给她的报酬就更可怜了。她人太好，太慷慨，别人净占她便宜。

"我觉得我可以教摄影。"

"好啊，要是一节课一小时，你可别在那儿再多待五小时。谁都要剥削你一把。"雷梅迪奥斯说。

莉奥诺拉提出要陪她一起回塔瓦斯科街，到门前时，考蒂还没讲完话，于是抓起莉奥诺拉的手臂，又把对方送回了家。

"再陪我回去吧，莉奥诺拉。"

"考蒂，不要啦。"

从那一刻起，莉奥诺拉不再感觉孤独。她和考蒂及雷梅迪奥斯的友谊让一切都变得不一样了。除了自己的时间，考蒂把什么都给她了。"你冷吗？我把毛衣给你。"她个子很小，极聪明，充满活力，善于观察，会把外面的消息带到她家。光是看见她的苏格兰裙就令人愉快。考蒂没有任何矫揉造作的地方。雷梅迪奥斯则很不同,她原本就很消瘦,还会用一条宽腰带把腰束住。她一袭黑衣,总是穿着高跟鞋。她比莉奥诺拉大两岁,是会鼓舞人心的老师,是让一众男子倾心的女子,她保护着邦雅曼,还会捡流浪猫回家,把它们变成家里的守护者,就像石头、贝壳护身符或书架的玻璃板。

她们在一起,三人都受到了保护。她们手拉手相互慰藉。

"咱们过着一种秘密的生活,"雷梅迪奥斯说,"而且都已经习惯了。"

"是秘密生活还是朴素生活啊?"邦雅曼笑道,他没有工作。

"咱们还是有朋友的,"雷梅迪奥斯想让情况看起来没那么惨,"你看帕伦!"

帕伦通过布勒东把自己的画《土星诸侯之战》交给了佩姬·古根海姆去卖,并因此解决了佩雷经济上的困难。

沃尔夫冈、艾丽斯和埃娃从圣安赫尔来。帕伦看起来面色苍白,无法回奥地利的事实让他心痛。几年前,纳粹把他列进了"堕落画家"的名单,受到同样待遇的还有马克斯。艾丽斯是诗人,他教会了她画画,同时也鼓励埃娃·苏尔泽开始摄影。

"没有艺术,只有艺术家。"帕伦说出了他的观点,"如果没有荷马,没有伦布朗,没有莎士比亚,那么艺术家便和其他职业没有区别。"

"艺术家是超级自私的个体。"埃娃·苏尔泽打断了他。

"很容易就可以把他摧毁。"雷梅迪奥斯有些忐忑地发了言。

三十八　雷梅迪奥斯·瓦罗

"我觉得艺术是熟练工。"何塞·霍尔纳也加入讨论。

"或许是熟练工种，但我画画时是带着情绪、欲望、幻想和恐惧的。我钻到自己底下，自己的黑暗动物之下，我的无意识打开大门，会直捣我的痛苦。"艾丽斯·拉洪激动地说道。

"你是个受虐狂。"帕伦笑道。

雷梅迪奥斯的友情对莉奥诺拉来说是座敞开的庭院，是哈泽伍德大宅周围的绿色花园，她确信孤独已经离她而去。雷梅迪奥斯使她变得完整。她会接着说完她起头的句子，会用微笑包裹她，她就是她的孪生姐妹。没有人能像她这样让莉奥诺拉感兴趣。她想把自己的画给雷梅迪奥斯看，把自己写的故事给她读，把自己的人生讲给她听。"我要她爱我，我在此时此刻最想要的就是让雷梅迪奥斯爱我。"雷梅迪奥斯也对这个纤弱、古怪、中午出现来帮厨的女子心怀柔情。

"自从遇见你，我觉得自己更莉奥诺拉了。以前……我不知道我以前是什么。现在我的狗在叫，我的猫在'喵'，之前它们都不和我说话。"

找到雷梅迪奥斯就像抓住了救生圈，在考蒂身边走就像上了双重保险。安达卢西亚人何塞·霍尔纳热爱生活，十分快乐：

"何塞真帅啊！"

"是啊，我是在无政府主义国际联合会认识的他，当时他管我要了些照片，要做他的海报。"

"我不会再沉沦了。"

"你也曾掉进过情绪黑洞吗？我知道那种感觉。"雷梅迪奥斯说,"最重要的是不要让你的思想否定你的整个人。"

"我画不出来了。"

"总会画出些什么的。你看,现在咱们需要的只有剪刀。"雷梅迪奥斯说着,在桌上铺满了报纸,"咱们会找到些东西的。我在一些医学杂志上看到了一些器官、药品、外科手术、植物、花和动物的照片,做拼贴画再合适不过了。我这儿还有一本鞋的商品目录。考蒂,莉奥诺拉,你们看,咱们可以把这个火炉变成舞者的身体,如果你们找到褪了毛的鸡,可以把它们贴到人头上做王冠。"

莉奥诺拉也冲考蒂笑了一下,对方无论怎么往市中心跑都不累。

"你明天晚上要不要来认识一下贡特·赫尔索。他人很有趣。"

莉奥诺拉带着她的狗出现了。雷梅迪奥斯的微笑告诉她她是受欢迎的。

"你看,我这儿给你留了些碎布片。用来缝娃娃的。你喜欢缝纫吗?我什么都是自己缝的,连一身套装都能做出来。"

当天下午,莉奥诺拉用碎布缝了一个布娃娃。

"感觉她跟我很融洽,我也不太理解为什么。"她对雷梅迪奥斯说,"凯尔特人认为我们每个人都有一个替身。或许这个娃娃就是我的替身。"

"你把自己的心缝上了吗?"

"嗯,也把它和我的头脑连在了一起。"

那个星期,莉奥诺拉陆续带去了其他几个娃娃。

"这个有萝卜鼻的小胖子,希望哪天能把她完成吧。这个

三十八　雷梅迪奥斯·瓦罗

做出来和瓦拉内小姐一模一样。你看这个，里面有颗乌羽玉，他们和我说她会活很久。"她连眼神都调皮起来。

"你玩得挺高兴呀，莉奥诺拉。"考蒂对她说。

"玩儿是为了'杀死时间'，英国人常这么说；我可不是为了杀死它，而是为了缩短它。"

雷梅迪奥斯已经习惯了看她顶着一头蓬乱黑发，穿着毛衣、长裤和莫卡辛鞋——穿这种鞋好走路，她来来回回都靠步行——走进家门。

"自从来到墨西哥，我好像从没自己坐过出租车，只和雷纳托一起坐过。我喜欢电车，他并不太喜欢。"

"谁是雷纳托？"

"是我来墨西哥的原因。"

"你喜欢他胜过喜欢马克斯？"

"我不知道，应该是吧，所以我现在正站在你面前，而不是在纽约。"

"那是你做的决定？"

"我不知道那算不算个决定，我这辈子好像从没做过任何决定。"

"你做过。你当时决定离开你的父母。"

"每个孩子早晚都会离开父母的。雷梅迪奥斯，事情就是这么发生在我身上，并不是我选的。"

雷梅迪奥斯和莉奥诺拉挨在一起裁剪着拳击手、马、海星，抠出了解剖学和时尚杂志的目录。莉奥诺拉把一只鞋粘在了一个脑袋上，随后又改了主意："不行，太像达利了。"她选了一棵树，在它周围挂了一圈沙丁鱼罐头，接着剪下一只猫，把它和玛琳·黛德丽《时尚芭莎》上的面庞粘在了一起。她让一只乌龟骑上一架飞机；为一口锅架起一架梯子，从锅里冒出一对穿制服的双胞胎姐妹。雷梅迪奥斯将纸花粘在湛蓝的海上。她们笑了起来。雷梅迪奥斯的微笑让莉奥诺拉感到温暖。

戴着毡帽的瘦小秘鲁人塞萨尔·莫洛参加了加比诺·巴雷达的聚谈会。在巴黎追随了布勒东九年之后，他开始用精准的法语写作。

"他宣称异性恋的爱的表现是唯一有价值的爱的表现，所以我远离了他。"

他还怀念起自己交给艾吕雅的第一本诗集。

"他在火车上弄丢了。"

"再写一遍。"

"写不出来了。"

"那就杀死艾吕雅。塞萨尔，超现实主义者纪念维奥莱特·诺齐埃尔时你也去了吗？"

"去了。她被判了刑，因为把自己的父亲杀了，还试图杀死母亲。"

"我也想杀了卡林顿。"

"你要是这么做，我一定为你作一组诗。"

"布勒东为诺齐埃尔作了一首诗，里面说，她有翅膀的私处仿佛坟前的花朵，在它面前，学生、老人、牧师、法官、律师都会下跪，因为一切等级都在交媾中终结。"

哈维尔·比利亚乌卢迪亚和画家阿古斯丁·拉索受塞萨尔·莫洛——他和埃米利奥·威斯特法伦同为《言语的用法》

三十八 雷梅迪奥斯·瓦罗

杂志的创刊人——的邀请来拜访他们。奥克塔维奥·巴雷达也对 *Dyn* 杂志感兴趣。帕伦热爱图腾艺术，想了解前殖民时代的墨西哥的一切。他兴致勃勃地谈论弗洛伊德的《图腾与禁忌》，书中所提到的原始部落的泛灵论、魔法和思想万能论都令他着迷。禁忌比诸神和一切信仰都更古老。有趣的是，塞萨尔·莫洛这位秘鲁人完全不知道马丘比丘是什么，也从未想过要去探访。他抱怨说因为自己不是法国人，在法国出不了书，在秘鲁更出版不了，因为还要先翻译才可以。

"你为什么要用法语写呢？这不是自找麻烦嘛！"他的密友艾丽斯·拉洪说道。

莫洛将他自己的大陆称为"呆小美洲"。他和维多夫罗的争论使得帕伦对他充满敬意，于是后者便邀请他合作编辑自己的杂志 *Dyn*。

"维森特·维多夫罗是个模仿家。"莫洛坚称。

"'Dyn'是什么意思？"莉奥诺拉问。

"Dynaton，'可能的事'……你已经把你的希腊语都忘光了吗？*Dyn* 要推广阿拉斯加艺术、玛雅艺术、阿兹特克艺术，还会支持痛恨墨西哥壁画运动的画家。"

"有谁痛恨他们吗？根本没有，因为所有人都钻进这场狗屎运动里了。"佩雷叫道。

"我认识一个挺不一样的年轻人，他妻子也很特别：路费诺·塔马约和玛利亚·伊兹杰尔多，两人画画的方式很像。"帕伦说。

邦雅曼·佩雷在墨西哥过得并不愉快，他总是扭头回望旧日。他热爱《契伦巴伦之书》[1]，对《波波尔乌》[2]的阅读也令他兴奋，但他的头脑仍旧停留在法国对纳粹的投降上，而不是玛雅基切人的故事中。

"我写关于他们的东西，但法国的事一直挥之不去。"他失落地说。

"我在阿尔塔米拉洞穴里出现的幻觉永远地改变了我。真正的天才在原始族群里。"帕伦说。

每修建一条新的公路，就会出土前科尔特斯时期的物件，只需要跟着推土机去捡，就能捡到。在墓地里都能挖到果壳碗和小罐。它们就像爆米花一样跳出来。帕伦爱极了特奥蒂瓦坎金字塔埋藏的破碎器物和黑曜岩箭头。

"我不明白你怎么能这么兴奋。墨西哥简直太悲哀了。"佩雷很不解，"死气沉沉，连咖啡馆和小酒馆都没有。"

"有马德罗街那家山朋呀。"雷梅迪奥斯想安慰他。

"我说的是那些在人行道上给一切带来活力的咖啡馆。露天桌子、意想不到的偶遇：'娜嘉'突然出现，请你点着她的烟。"

雷梅迪奥斯是唯一有工作的人，她鼓励众人："大家动起来吧。"埃娃·苏尔泽财产殷实，是她在养着帕伦和艾丽斯·拉洪。

"什么都是我做的，标签、宣传、设计衣服、装饰家具、修复帕伦交给我的前哥伦布时期的陶器。"雷梅迪奥斯很

---

[1] 《契伦巴伦之书》，西班牙传教士传教玛雅文化的工具，在西班牙语中为"chilam balam"，意译为"预言家，美洲豹"。
[2] 《波波尔乌》，古代基切玛雅人的圣书，是最负盛名的拉丁美洲创世神话。

骄傲。

"我会给你在 *Dyn* 找份儿工作。"帕伦宣布。

"那谁付我钱呀？"

"埃娃。"

埃娃·苏尔泽也买他的画。

人们在特拉提尔科发现了一座墓园，有许多前西班牙殖民时期的器物。一向沉郁的佩雷兴奋起来。"太成熟了，太神秘了！有些面具非常令人震撼。修复破碎的形象并不费力，每修好一张破碎的陶脸，雷梅迪奥斯都会激动不已。"

每一块细碎的玉在佩雷和帕伦手中都是天赐的礼物。

"基督教时代开始前很久，玛雅人就可以预测日月交食了。"与 *Dyn* 杂志合作的米盖尔·科瓦卢比亚斯说。

帕伦从人生最高峰跌落到了抑郁的谷底。有时他妻子艾丽斯·拉洪甚至无法把他从床上拉起来吃饭。她问他关着门拉着窗帘这么久在做什么，他回答："看天花板。"她只好请科瓦卢比亚斯来帮忙。外号"小孩"的米盖尔于是把帕伦请到了塔瓦斯科，用拉文塔公园中发现的五个奥尔梅克巨型头颅石像震撼住了对方的心。

"我从未见过这么直抵本质、这么强有力的东西！"

他兴奋地回了家，马不停蹄地写出一篇评论散文，发表在了《艺术手册》杂志上。

帕伦和佩雷的画材供应商为他们带来了几包碎布。打开一看，它们分别来自伊斯塔帕拉帕、特纳尤卡、特奥蒂瓦坎，甚至霍奇卡尔科和图拉。迭戈·里维拉在专门收藏这些布，让·夏洛特把每一个形象誊画下来，记录编码。米盖尔·科瓦卢比亚斯更兴致勃勃，也更慷慨。库尔特·斯塔文哈根的收藏令人嫉妒，尤卡坦人阿尔瓦尔·卡里略·希尔几乎揽去了整个玛雅半岛的藏品。佩雷从没想过，能有如此大量的、对前哥伦布时期艺术的需求。他写信到纽约和巴黎做了介绍，结果订单如雪片一般飞来。

"墨西哥人根本不珍惜他们所拥有的宝贝。这个国家的脑袋坏掉了。"当来自丘鲁拉或古依古依尔科的农民用2.5美金的价格出售无价之宝时，佩雷总会忍不住想笑。

"有一天他们会发觉的，"帕伦这样估计，"那会儿咱们早死了。"

前哥伦布时期人像在纽约、巴黎、柏林的市场地位越来越稳固。雷梅迪奥斯用自己裁缝的双手修复着这些人像，她觉得佩雷总是身无分文这件事很不可思议。

"得管埃娃要钱。"

"除了瑞士小奶酪，有个瑞士朋友也真好！"

"墨西哥没有瑞士小奶酪。"

"奇瓦瓦的奶酪也不错。"

"笛鲷也不错。"

"热巧克力也不错。"

"玉米汤也不错。"

"大众艺术很好。"

"吉事果很美味。"

狂热的人们进入敞开的教堂，将耶稣受难像、殖民时期的画作扛走，没有任何人阻拦，更不要说铺满圣器室墙壁的祭品了。

三十八　雷梅迪奥斯·瓦罗

墨西哥征服了埃娃·苏尔泽。这位瑞士富豪引用杜雷罗——他在瑞士看到前哥伦布时代美洲的陶器和珠宝时连连大声惊呼——的话说:"我这辈子从没见过这样令我愉悦的东西。"

何塞·费赫在特斯科科仿制的作品一路热销。他的妻子伊特萨仍然保留了欧洲人的习惯,养了些鹅,好吃鹅肝。

莉奥诺拉喜欢爬上城南古依古依科金字塔的顶端,因为无所不知的贡特·赫尔索——他父亲是匈牙利人,母亲是德国人——告诉她,古依古依科的中心曾有一座高二十米的圆形庙宇,从那里看火山,实在雄伟壮观。

"这里曾生活着数千人,直到希特利火山爆发,熔岩淹没了所有玉米地。"

他通晓墨西哥历史,因而对世界三大一神教不以为意。

"我戴好帽子就跟你走,贡特。"莉奥诺拉兴奋地说道。

从高处看过那片大地之后,赫尔索把它搬上了画布,随后又把它剪成了碎片:这边是黄色的玉米,那边是绿色的苜蓿,忽然,平整的画面被刀划破。他告诉莉奥诺拉,那就是墨西哥,一次意外的复仇。

"一次背叛?"

"是,墨西哥人也是背叛者。"

"有时,散着散着步,我会突然感觉晕眩。"

"我们都是脆弱的。"

"但你画出的空间不是的。以前你比较像唐吉,现在你比较像你自己。"莉奥诺拉肯定地说。

赫尔索拿着速写本继续向前走着。

"说到底,风景就是你作品的主要角色。"莉奥诺拉说。

"那你的是什么?"

"是我的童年,是仙丘居民,是马,是凯尔特人。"

邦雅曼·佩雷说第一太阳是吞下一切的美洲豹;第二太阳是令世界灭亡的狂风;第三太阳令所有动物窒息而亡,甚至连蜥蜴都没能幸存……第五太阳出现后,把墨西哥人变成了太阳的子民——被选中的子民。旧大陆仍不知晓成为太阳子民意味着什么。

"莉奥诺拉,我这儿多一位维齐洛波奇特利[1],你要不要带回家去?"帕伦问莉奥诺拉。

"我害怕。这些让你兴奋的形象对我来说太凶了。这些鬼怪中随便哪个都可以摧毁我。"

"我从没见过比科亚特丽库[2]更美的东西,"帕伦赞美道,"她浓缩了一切原始艺术的天才精华。"

莉奥诺拉捂住了眼睛。

"太可怕了!"

阿兹特克女神在她面前昂首挺胸。她有鹰爪、骷髅头和蛇裙。

对佩雷来说,墨西哥就不该被征服。那些压迫它的猪倌绝没有能力想象它的过去有多么辉煌。

他们在加比诺·巴雷达街上像一家人般住在一起,玩"精美尸骸"的游戏。大家需要在别人的字句、绘画被折起的

---

[1] 原文为"Huitzilopochtli",意为"南方的蜂鸟"或"左侧蜂鸟",为阿兹特克人的战神、墨西加人的部落神、特诺奇蒂特兰的主神。
[2] 原文为"Coatlicue",科亚特丽库,阿兹特克象征生育的女神。

三十八　雷梅迪奥斯·瓦罗

情况下写下、画出自己的东西，直到最后一起展示出所有内容。雷梅迪奥斯和莉奥诺拉练习着自动书写。

"首先，你的内心要放空，接着，开始等待。图画诞生于无意识，出现在纸上的它是纯粹的姿态、节奏、着迷的状态和凌乱的笔触。等进入了初始状态之后，就可以放开自己，在纸上为你之前的压抑松绑。"

莉奥诺拉回家时兴奋不已。她找到了自己的精神圈子、她真正的家人。刚从天上落下的美好是雷梅迪奥斯带来的。

无论她想与不想，这个团体还是不时将她带回到马克斯身边。佩雷记忆中的马克斯缺乏安全感，总是被处在疯狂边缘的人吸引。

墨西哥是未来的国度。安德烈·布勒东在两年前写道："在它之中，燃烧着所有希望……"

朋友们总是引用马克斯的话，她不禁想起自己所失去的东西。

三十九
地狱记忆

在加比诺·巴雷达街的家里,"法国"是这天的谈话主题,主要是因为佩雷的灵魂仍住在巴黎。

"这里发生的事没有一件能让你感兴趣吗?"莉奥诺拉问他。

"说实话,对我来说,墨西哥就是庞贝,我只不过是另一个死人而已。"

"为什么是庞贝?"

"因为维苏威火山毁灭了庞贝,墨西哥也被熔岩埋葬,并且……"

佩雷话没说完,就转而继续讨论令他着魔的话题:纳粹主义。

"在国家社会主义扩展它的影响之前,刺杀希特勒会不会更容易些?墨西哥人知不知道他们仰慕的是纳粹的纪律?知不知道自己在看新闻时为它鼓掌意味着什么?"

他和参与壁画运动的画家保持着距离。因为在他看来,他们在宣扬暴力。佩雷见识过死亡的模样,知道死亡什么都不能改变。

"革命?它只会留下尸体、孤儿和寡妇。三大宗教只会消灭他人。除了他们,没有人存在。他们'只有此路通'的口号

三十九 地狱记忆

简直可耻。"佩雷叫道。

"赫伯特·里德说得有道理,迭戈·里维拉就是个二流画家。"埃斯特万·弗朗西斯做出了总结。

整个墨西哥都热情好客,对难民敞开了大门。

何塞·霍尔纳可以让任何人开心起来。他曾为西班牙共和派画过很多地图,现在家里墙上就挂着几幅。莉奥诺拉觉得他很帅,他这么说时她觉得有趣极了:

"只要不在上午十一点前叫醒我,我什么忙都可以帮。"

莉奥诺拉很喜欢听他说话,她叫他"小孩"。雷梅迪奥斯帮莉奥诺拉翻译墨西哥原住民语言,教她如何读 Quetzalcóatl, Tecuahuatzin, Xicoténcatl, Axayacatzin, Cuetlaxóchitl[1]。莉奥诺拉把墨城牙买加市场和恩慈市场的人物写进了她的故事里。索诺拉市场的人物很邪恶,专门贩卖杀人或堕胎的草叶,摊位上方有倒挂的蝙蝠和相互撞击的骷髅头,女人们怯生生地靠过去低声询问。莉奥诺拉写作时不仅使用雷纳托教她的粗话,还加了街上学的谜语:"黑女人,高又丑 / 不吃不喝也不愁 / 要什么,她都有,就是没有肉 / 因为我是她的肉 / 要说身体——有我,她才有 / 她是什么呢?"莉奥诺拉和雷梅迪奥斯都对她笔下人物的样子着迷。

"来,再猜一个:'我是一个小黑孩 / 没有胳膊没有脚,跑遍大海和大地 / 长了本事绑上帝。是什么?'"

"那是我心里的钉子,叫马克斯。"

雷梅迪奥斯把能吃的虫子介绍给她:龙舌兰蠕虫和仙人

---

[1] 分别为克察尔科亚特尔(羽蛇神)、特瓜瓦辛(火山名)、希克滕卡特尔·阿克夏亚卡辛(特拉西卡拉族战士)、古埃特拉修奇特尔(花卉一品红)。

掌蠕虫。她曾仔细地画过它们，所以对它们很了解，莉奥诺拉对她的微型画天分赞赏不已。

两人都确信大自然能治愈人，巫术可以舒缓灵魂或催其走向地狱，于是她们频繁出入草药店和巫医店。

"有时，我希望大脑被摘除，这样就不会再想着桑坦德。"莉奥诺拉说道。雷梅迪奥斯给了她一杯蜜蜂花茶，帮她来遗忘。

雷梅迪奥斯很会砍价。

"多少钱？"

"十五。"

"十块。"

店主按她们提出的价钱接受了交易。她用"小姐""孩子"来称呼她们，让两人觉得自己年轻了许多。

"您不想买下这头殷勤温顺的小毛驴吗？"

莉奥诺拉愿意买下，但雷梅迪奥斯答道：

"不用了，我对我丈夫还挺满意的。"

莉奥诺拉笑起来。

"别笑呀，邦雅曼会做好多好多事。到现在《小巴黎人》杂志社还在想念他呢。"

在这么多热腾腾的临时摊位间穿梭让她们兴奋不已。

雷梅迪奥斯读了很多书，她谈论着大仲马、儒勒·凡尔纳、爱伦·坡，赫胥黎和圣埃克絮佩里。

"你知道吗？我在写一本小说：《奇迹女士》。"

已经出版过两部短篇小说集的她为莉奥诺拉朗读了自己的作品。她们去巫医帕奇塔那里做"净化仪式"，对方用巴

三十九 地狱记忆

西肖乳香、芸香和柠檬的叶子从上到下扫过两人的身体。雷梅迪奥斯给她带去了一颗鸡蛋,当死亡黑蠕虫钻出蛋壳时,莉奥诺拉大惊失色,因为她原本以为自己的朋友是十全十美的。

"考蒂和你彻底改变了我在墨西哥的生活,雷梅迪奥斯。痛苦都消失了,我现在几乎没有那些可怕的想法了。"

她用一口凯尔特锅慢火熬制着她们的友谊。

"我们就像狐狸和小王子。'正是你花在你玫瑰上的时间,让你的玫瑰花变得这样珍贵。'"已经可以背诵《小王子》的雷梅迪奥斯坚定地这样认为。

"这本书我最喜欢吞下大象的蟒蛇那里。"莉奥诺拉说。

"据说,圣埃克絮佩里画下那幅图的灵感来自他从飞机上看到的巴塔哥尼亚的一座岛。"

在加比诺·巴雷达公寓的厨房,她们准备着各种美味佳肴。只要在一起,她们便不需要任何别人。雷梅迪奥斯会给想象中的精神病医生写信,惹得莉奥诺拉发笑——她朋友的才华令她惊讶。

"我刚刚给我的精神病医生胡思托·洛卡特里写了一封信。"

莉奥诺拉把自己对雷纳托周围世界——政客的世界、斗牛的世界、记者的世界、酒馆里醉醺醺充满吼叫和枪击的世界……——的恐惧告诉了考蒂。

"雷纳托并没有那么讨厌,对吗?"考蒂问。

"没有,他很好。"

莉奥诺拉很快就适应了雷梅迪奥斯和考蒂家的气氛。雷梅迪奥斯是其中最年长的姐姐，莉奥诺拉相信她掌握着某种绝对真理，掌握着一个会改变她们两人生活的秘密。告别时，她对对方说："我要穿上我的蝙蝠大衣了。"雷梅迪奥斯便帮她穿上外套，有时她还提醒对方："你忘了你的蝙蝠大衣！"

"你的数字是什么？"

"七。"

"我的是八。"雷梅迪奥斯笑着说，"你知道八度法则吗？咱们两个的频率很一致。"

两位画家阅读关于炼金术——莉奥诺拉一直都对它很感兴趣——的书籍，还解读塔罗牌。在玄妙奥秘之中，她们的激情、欲望和连接她们的故事融在了一起。

"你见过维克多·布劳纳、赫罗德、马克斯、马松和林飞龙画的那套塔罗牌吗？里面的人物有帕拉塞尔苏斯、黑格尔、司汤达的'拉米埃尔'、诺瓦利斯、弗洛伊德、波德莱尔、爱丽丝、愚比王、洛特雷阿蒙、海伦·史密斯和潘乔·比利亚。"

莉奥诺拉为自己作画，雷梅迪奥斯则为拜耳药业画药品图册。如果两人闹了不愉快，考蒂就会充当调解员。

街角有许多小贩支起了摊子，贩卖草叶、变色龙、贝壳和一些贴着"房事不力""风湿病""消化不良""眼疾"标签的小包裹。都是巫医、唯灵论者和接骨师用的东西：这类人有时比医生懂得多。在药片和茴香茶之间，雷梅迪奥斯显然选择后者。在墨西哥，神迹和神像一样，甚至在石块底下都能出现。无论挖掘任何地方，都会出现埃尔南·科尔特斯和他的军队竭力摧毁如今却被人们视如珍宝的陶罐和面具。

三十九　地狱记忆

"这是什么?"莉奥诺拉惊讶地问道。

"是一副玉质面具。玉很珍贵,是神圣美丽的石头。"佩雷答道。

"玉不是唯一珍贵的石头,"帕伦也插进话来,"还有chalchiuitl,意思是'发光的宝石'。它们很圆、很亮,奥尔梅克人会把它放在死者的口中,点亮他们去阴间的路。中国人也会把雕好的玉蝉放在死者嘴里。"

这片土地不时会出土此前灿烂文明所遗留的器物,这让莉奥诺拉感动。但墨西哥人的虔诚让她有些惶恐。小贩用每天收到的第一枚硬币画十字,人们在祭坛前喝烈酒,还在圣周五割伤自己放血。在每一个广场,都有一座教堂在吞食过往的行人。11月的第一天,雷梅迪奥斯给莉奥诺拉买了一个有她名字的糖骷髅,最后的"a"是她后添的,因为找来找去,只找到了"Leonor"。

"在桑坦德,莫拉莱斯医生就这么叫我。"

雷纳托去报社时,莉奥诺拉就去加比诺·巴雷达街。她是在巴黎认识的雷梅迪奥斯,那时她的丈夫是埃斯特万·弗朗西斯,再之前她与赫拉尔多·利萨拉加在一起。现在她的伴侣是邦雅曼·佩雷。

"在巴黎时,对我来说,超现实主义团体有点吓人,所以我很少去花神咖啡馆。"雷梅迪奥斯对她说,现在她倒是鼓励莉奥诺拉参加各种文娱活动。

自从离开桑坦德的精神病院,莉奥诺拉已经学会了如何与人保持距离,但雷梅迪奥斯使她的盔甲熔化了。一进公寓,她就重获安全感。雷梅迪奥斯包裹着、保护着她,通透地了解了她。莉奥诺拉从未有过这样亲密的朋友。

"只有和你在一起时,我才感觉安心、轻松。"

"马比尔医生来墨西哥了,真是太好了!他问起了你,想见你呢。"艾丽斯·拉洪告诉她。

布勒东认为他这位好友,这位法国医生是杰出的超现实主义者。他在诊所之外也穿着白袍。他在《弥诺陶》杂志上强调了镜像在人类心理中的重要性,这在团体里引起了激烈争论。他在文章中认为,人是通过镜中形象认识自我的。在巴黎读过《椭圆女士》后,他写道,莉奥诺拉棒极了,"身形纤细、一头黑发、一对浓密的眉,一双眼里燃着特别的火",她来到枫丹街,令他惊艳。"让他想起传说中轻盈飘逸、从中世纪城堡楼顶逃出的苏格兰公主,她们骑上白色野马,策马狂奔,在荒野长路转弯处消失……"

莉奥诺拉不太喜欢马比尔把爱尔兰、苏格兰和英格兰弄混,但这位超现实主义医生的俊俏和他的诗意还是赢得了她的信任。

"皮埃尔,我有烟瘾。"莉奥诺拉拥抱了他。

"你所做的是用烟来熏你自己的情感,不觉得吗?如果你可以一手拿烟一手画画,那么也可以把桑坦德的经历写出来。"

"皮埃尔,不行,我写不了。在纽约时我已经写过一次,不想再谈论它了。"

"如果不说出来,你的身体会爆炸的。全世界都有疯癫的容身之所。我从海地过来,在那里,伏都教是一种解放,疯癫被视为正常的表现。在墨西哥北部,塔拉乌马拉人还保持

三十九　地狱记忆

着持续千年的传统仪式，他们的舞蹈就是种精神发泄。对于外人来讲，那些重复的脚步没有任何意义，他们却可以通过它排解烦恼。"

"你想让我跳舞？"

"我想让你把桑坦德的经历写下来。我来帮你。发生在你身上的，也发生在许多其他人身上。不是只有你一个人经历了失智的痛苦。"

"已经过去三年了，无法再重现它了。"

"要想忘记，先要记起。你在 *VVV* 杂志上登的文章不过是个草稿。不要那么自恋，你能像圣女小德兰一样；一般信众都以为她真的口吐玫瑰、泪水成珠、血滴变红宝石。一个从地狱回归、可将这经历叙述出来的女人的故事，对于精神分析和哲学世界来说都是一份大礼。"

"我害怕。"

"你怕的是社会。要忘记它，因为社会阻碍艺术家的发展。"

1943 年 8 月，莉奥诺拉回到地狱，在皮埃尔妻子让娜的帮助下一口气写下了百余页的《在深渊》。

"我不知道是不是描述出了那时的恐惧。我唯一能肯定的是，写作时我很恍惚，痛苦得像普罗米修斯。"

皮埃尔·马比尔告诉她自己过两天回来。再见面时，他激动地拥抱了她：

"你是能预见未来的人。这些文字就像一部关于痛苦的论文。"

莉奥诺拉给他看了自己为路易斯·莫拉莱斯画的画像和

满是铁栏杆的精神病院；还给他看了精神病院的城堡、苹果园、被铁链拴住的狗和一些她脑中的炼金术标志、一匹趴着的马——"皮埃尔，这是我吗？"——以及一口棺材，里面的人有两颗头颅。

马比尔的判断很坚决：

"他们不该给你注射卡地阿唑，莉奥诺拉。"

四十
匈牙利摄影师

夜里,莉奥诺拉向雷纳托抱怨:

"你整天都在报社泡着。"

"你也不把我的建议当真啊,一笔都没画。"

"啊,是呀,浑蛋,你变成艺术评论家了?"

"你用西班牙语骂人骂得很溜啊!"雷纳托说。

"我觉得我很恨你。你不知道我有多恨你。我很讨厌恨你。我现在很讨厌自己。我害怕一个人待着,因为我不喜欢我自己。"

雷纳托把门一撞,出去时,他嘟囔着:"真是疯了。"愤懑淹没了莉奥诺拉。

"我走了!"莉奥诺拉终于吼了出来。

艾尔西在杜兰戈街的家张开双臂迎接了她。

"你当然可以睡在这里了。"

在加比诺·巴雷达的房子里,大家最不想听的就是关于争吵、武器和革命的事。他们在竭力远离任何形式的残暴。艾尔西善解人意,她给了莉奥诺拉一些力量。她家的花园很暖和,这也让莉奥诺拉感觉平静。

"来吧,莉奥诺拉,中午咱们去瓷砖屋餐厅吃炒蛋。"艾尔西邀请她道,"你今天晚上一定会睡得很好。"

第二天,莉奥诺拉在吃早餐时宣布:

"我要回到雷纳托身边。"

"为什么?"

"我一个人睡不了觉。"

"昨天你还想跟他彻底分开呢。"

"今天已经不想了。我想赶在他出门去报社前回去。"

她走进艺术街的公寓时,雷纳托正在洗澡,她像什么都没发生似的向他喊了一句:"雷纳托,雷梅迪奥斯和邦雅曼今晚要请咱们吃饭。"

"好啊,晚上八点我来接你。"

"你总是迟到,我都要绝望了。"

已经九点了,雷纳托还没到。莉奥诺拉于是决定和皮特、迪奇和黛西一起去朋友家。小咪耐得住孤独,也很贪睡。三小时之后,雷纳托到朋友家时看见莉奥诺拉正在和一个刚来墨西哥的匈牙利摄影师——伊姆雷·埃梅里克·维茨——谈话。大家都叫他奇基而不是茨基,因为墨西哥人会把"cs"发成"ch"[1]。

"他差点儿就没走出集中营,他弟弟就被他们杀死了。是罗伯特·卡帕在马德里把他介绍给我的。"考蒂对她说。

雷纳托和邦雅曼记起了"哈瓦那茅草屋夜总会",那儿有几个性感的黑人女孩一直在热舞。"我把毕加索带了过去,他那晚开心得啊!"

匈牙利人很英俊,眼睛红红的,带着数学的严谨描述着

---

[1] "奇基"原文为"Chiki","茨基"原文为"Csiki"。——编者注

四十 匈牙利摄影师

他逃离欧洲的过程。这让莉奥诺拉很激动。

很快,因为回忆起了战争,两人便抛开众人,私下交谈起来。其他人也自觉地待在了二人的泡泡世界之外。他讲着自己的故事,莉奥诺拉不禁屏住了呼吸。

"你知道决定伊姆雷·埃梅里克·维茨人生的日子是哪一天吗?"奇基问她。

"不知道,是哪天呀?"莉奥诺拉带着调情的口吻问道,想着或许对方会说:"认识你的这一天。"没想到他忧伤地说道:"是我母亲把我送到孤儿院的那天。"

"那是什么时候的事?"

"我四岁的时候。我们是三兄弟,得选一个。选中了我。"

莉奥诺拉想象出一个困倦的孩子。妈妈把他抱出小床,给他穿上衣服,带到一栋房子前,那儿还有许多其他带着自己孩子的母亲在排队。奇基消失在铁栏杆后面。他们给他剃了头发,一个看管为这个最小的孩子穿上带条纹的裤子和一件胸口绣着"105号"的外套。

"出去把你妈妈给你带来的衣服还给她。"

妈妈在他面前跪倒,对他说他在那儿会学到很多有用的东西。

奇基哭了。妈妈帮他擤了擤鼻子。

"以后你得自己擤鼻子了。"

"为什么把我带来?"

"因为你被选中了。就像以撒被亚伯拉罕选中,你应该感到骄傲。你是犹太人,永远都不要忘记这一点。"

她转过身去。奇基追在她后面。新鞋子不合脚,他一下子摔倒在地上。

他不在乎一百五十个小孩子都在看他哭。

从那一刻起,奇基每天夜里都会狂叫,把别人吵醒:"又是 105 号!"别人都接着睡过去了。奇基睡不着。

莉奥诺拉理解不了为什么要把一个人变成一个数字。

奇基告诉她:"月亮在寝室地板的油布上亮着,我把那亮光想成多瑙河的水光,我的床就是一条驶向布达佩斯的小船。"她也曾受失眠的困扰,所以很能理解他。

"第一次尿床时,被舍监发现了尿迹,所有人都知道了:'你搞的图案真漂亮啊,105 号!'他在所有人面前掀开了我的被子。"

"这些人太残忍了。你是怎么把这些侮辱咽下去的?"莉奥诺拉不是在问奇基,而是在问她自己:这一刻,她看到她正躺在自己的排泄物中。

"至少有数学可以给我安慰。老师每次把我叫到黑板前,我都会让他们吃惊。有一天,我甚至把我们国家的历史用一个方程表示了出来。"

"怎么表示的?"

"老师让我描述伊斯特万一世的加冕仪式,我就画了一幅数学图示。校长进来,用低沉的声音宣布:'看来,伊姆雷·埃梅里克·维茨搞混了伊斯特万一世的加冕仪式和高等数学运算。'之后命令我道:'请跟我到校长办公室来。'"

"好好训了你一顿?"

"没有,他在黑板上画了另一幅图示,问我是否知道那是什么。'跟我在历史课上画的图差不多。'我回答他道。他问

四十　匈牙利摄影师

我是在哪儿学的,我说我不知道。从那时起,所有的老师对我都更好了。"

奇基的故事令莉奥诺拉感动,她完全没想到他小时候经历过那么多。与他相比,她就是梦游仙境的爱丽丝。她与马交谈,仙丘居民一直照顾着她,红桃皇后也保护着她。她与一颗超常头脑中的方程式毫不相关。

奇基告诉她,自己当时爱上了一个女孩:"她脸上的粉红,就像特别场合才会吃的土豆糖。"他说自己会紧张得发抖,脸颊发烫,当发现那女孩和动物在一起就会充满魔力时,他忘记了自己的噩梦。

为了报答对方的信任,莉奥诺拉给他讲了自己第一次领圣餐时的情景。她母亲带她去了布莱克浦的动物园,算作送她的礼物。只有她们两人。她仍穿着领圣餐时的白裙,猴子们纷纷跑到栏杆边来欢迎她。太快乐了!而且没有别人!没有父亲,没有兄弟,没有乳母。"狮子先生,我向您介绍一下我自己,我是莉奥诺拉·卡林顿,我很仰慕您","鬣狗小姐,您虽然不太好闻,但我希望教我法语的是您而不是瓦拉内小姐","猞猁先生,认识您很高兴,让我和您一起奔跑吧","堂·大象,您用鼻子里的水把耳朵洗得真干净"。"大象什么都不会忘记。"母亲说道,她很震惊:

"动物都会过来找你,普瑞姆,你看它们都跑到笼子栏杆这边了。"

"很正常呀,它们知道我和它们讲的是同一种语言。"

她的笔记本就像一本动物志:马、兔子、乌龟、鬣狗、狐狸、羊。书页边缘组成的斑马条纹在她的头脑中画出线条。

鳄鱼是她唯一不喜欢的动物,因为它总在地上爬,牙齿也太多。

她在克鲁基庄园的暖房和植物说话:"早上好,蔷薇,你怎么样啊?解开扣子伸个懒腰吧。"她想象着第二天见面时它的样子。"和想的完全不一样。"

奇基的童年让莉奥诺拉心痛。他可以细致地描绘出多瑙河畔那些被偷的苹果:

"这个果园的主人应该很有钱,他家一定有很多人,才能吃这么多水果。"99号对105号说。

"或许他有六个女人,和每个都生了十个孩子。"

"不是的,那些苹果是给猪吃的。"99号肯定地说。

当晚,19号、60号、38号、105号、68号、85号、27号、99号和55号,也就是安德拉斯、绍博、密尔克、埃梅里克、安塔尔、尼古拉、桑铎、费伦茨和雅诺斯从敞开的窗户跳出了寝室。月亮帮他们找到了路。孩子们在果园中分散开,摘了果子,在厕所里瓜分了战利品。

"事实上,水果是不重要的。"奇基对莉奥诺拉说,"直到今天我都记得深夜里自由的味道。忽然,我听见了一个声响,接着就看见了一匹小白马,正在那儿刨蹶子。"

"一匹马?"莉奥诺拉十分惊讶。

毫无疑问,奇基是她的灵魂孪生儿,攀在苹果树的树枝上,正向她靠近。

莉奥诺拉从没吃过奇基吃的酸面包,她的修道院学校是给富家女孩准备的。

"你母亲是做什么的,莉奥诺拉?"

四十　匈牙利摄影师

"什么都不做，下命令、骑马、泡茶、旅行、组织慈善售卖、拜访朋友……你母亲呢？"

"从清晨就开始缝纫。我那时候恨得要命，因为没什么能让她从活计中停下来。她没有时间给我们，她的人生就是在机器上哒哒哒哒这样过去的。"

"那你父亲呢，奇基？"

"死在波兰，埋在雪下。你的呢？"

"我的是个食人魔。现在我有时还梦见他在派人跟踪我。"

"你知道吗，莉奥诺拉。我现在那些噩梦的背景里仍旧是缝纫机的响声。有时我梦见八个白面神父，摇着摇杆，按着按钮，要把我缝起来。'我是105号！'，我大叫自己的号码，想保护自己，接着就大汗淋漓地醒来。"

"我也会梦见修女和神父，他们和野猪、野兔、鸭子在一起，坐在桌旁，卡林顿坐在主位。"

她递给奇基一块石头：

"我们的父亲是水，母亲是土，我们会住在同一栋房子，因为火是我的，空气是你的。你可以用这尖利的石块打开它的门。"莉奥诺拉发出了邀请，"从现在起，你就是我，我就是你。"

在莉奥诺拉的眼神中，奇基感受到了尊重。

"我仍住在孤儿院里，身边都是饥饿的孩子。这扇，是我愿意打开的门。我是犹太人，莉奥诺拉。做犹太人就像穿过暗夜的长吼。"

"他比我懂得多得多。他是一个更高级的人。"莉奥诺拉激动万分。考蒂也表示赞同。奇基来自发达国家，在布达佩斯，他周围都是知识分子。他的姐姐嫁给了大学校长，他也因此逃过了被关押进集中营的命运。现在，在墨西哥，他是大学教授。

摄影师也喜欢她。

"你知道谁是罗伯特·卡帕吗？"

"知道，一位伟大的战地记者。我在杂志上看过他的照片。"

"卡帕是我的朋友。我们年轻时一起工作过。在布达佩斯，大家叫他'班迪'。我们都是犹太人，都是反法西斯主义者，是'茨基和班迪'。逃出匈牙利后，我们俩一人一台相机，到了巴黎。那儿等着我们的只有监狱或死亡。'他们建议我在拉丁区附近找地方住。'班迪说。你知道洛蒙酒店吗？在先贤祠和穆夫塔尔街之间那儿。我一分钱都没有。班迪给我付了前两晚的房费。

"'要是饿得不行了，咱们就去偷一条法棍。'

"'还是在塞纳河钓鱼吧。'

"'不行，茨基，塞纳河里没有什么可钓的。而且咱们也不会钓。'

"'这是耐不耐心的问题。'

"我们只钓上了两条泥巴味的小鱼。第三晚，两个人搬到弗洛瓦德沃街的一个作坊去，跟其他很多匈牙利人挤在一起。一根法棍，几盒香烟，我们就靠这个忍耐着饥饿。班迪坚信面包更饱人，但我觉得还是炸薯条更管用。"

莉奥诺拉饮下了对方的话，奇基吸引着她，把她带到巴黎，给了她关于人生的种种建议。

四十　匈牙利摄影师

"另一个匈牙利人,埃斯德拉斯·比洛,向我们推荐了土豆皮。比烟好吃,还能让人心平气和。"

"我很喜欢吃土豆皮。"莉奥诺拉笑了。

"我们那会儿不仅年轻,还是理想主义者。班迪梦想买一部35毫米莱卡。在匈牙利,拉霍斯·卡萨克教会了我们拍相片。他告诉我们:'你们镜头后面的是巨大的社会不公。'雅各布·里斯和刘易斯·海因拿起相机时就像吞下了整个世界的痛苦。

"班迪很自信,我则没有安全感,很内向。女孩子都追他,而我总是害羞得要死。晚上,班迪打呼噜,锯木厂似的,我要好几个小时才能睡着。'茨基,别走在我后面啊,又不是小狗。'他这么说我。我那会儿觉得自己很没个性。事实上,我缺少的是他多出来的自信。他有时候单独出门。有一天,他回家时特别兴奋,因为他遇上了波兰摄影师大卫·西蒙,也就是'奇姆'。他跟我说:

"'我刚刚和世界上最聪明,最快活的人交谈了一番。他的眼神从眼镜后面透过来,锋利如刃。他要请我吃饭,我问他你能不能一起去。'

"我没点什么好吃的,就要了每天都吃的炸薯条。两人都目瞪口呆。在他们滔滔不绝时,我一根一根把薯条塞进嘴里,在那一刻,我感觉自己被替代了。'这哥们儿太让人兴奋了!'班迪说。"

奇基很信任自己,这让莉奥诺拉很高兴。"他很会表达!"

"一个很瘦、宽脑门的男孩子加入了班迪和奇姆的团体。是亨利·卡蒂埃-布列松。三人要在蒙帕纳斯的穹顶咖啡馆聚会。'你要跟我们一起去吗?'班迪问我。我没去。一个人吃饭是很可恨的事。'您的朋友没来吗?老和您在一起的那个?'咖啡馆老板娘问我,她特别热情也很可爱,我差一点儿就爱上她了。"

莉奥诺拉还没来得及问他和老板娘之间是否发生了什么,奇基就已经继续讲了起来。

"最可怕的事发生在德国人格尔塔·波荷雷勒出现之后。班迪把自己所有的夜晚都献给了她。'你的朋友怎么样了?眼神像天鹅绒一样的那个。'咖啡馆老板娘问我。我感觉更孤独了。埃斯德拉斯·比洛真是我们匈牙利的智者,他向我建议:'茨基,你应该找个女人,帮你保存一下能量。你朋友和他女朋友只有在吃饭和撒尿时才会离开床。'"

"撒尿"这个词在英语和法语里都让莉奥诺拉感到不适。

"一天下午,班迪宣布:'从现在开始,我就是罗伯特·卡帕,格尔塔就是格尔达·塔罗。我们是一个美国摄影师,有两个脑袋,一个男人的一个女人的,我们是一个胜利者,一个世界人。这种形式会为我们打开许多大门。首先,我要脱掉这件皮夹克。之后,要去理发馆。你也这么做吧!换掉名字,抖掉尘灰。'"

"你换名字了吗?"莉奥诺拉问。

"没有,我保留了自己的名字。我母亲的话还总是在耳边响起:'你是犹太人,永远不要忘记。'对犹太人来说,换了名字就换了本质,我们的一部分会死去。萨拉依变成萨拉,萨乌罗变成巴布罗;我还想继续做伊姆雷·埃梅里克·维茨,直到我生命的最后一天。讽刺的是,"他笑起来,"我在童年

四十 匈牙利摄影师

时是一个数字,而到了墨西哥,大家都叫我'奇基',这外号把我缩小了很多。"

毫无疑问,莉奥诺拉感觉到了自己对他的仰慕。

"1936年7月18日,西班牙内战爆发。大家都认为那片土地会焕然一新,会有一个政教分离的国家,每个人都会有工作,让孩子变成数字的孤儿院将不复存在。'我们要跟奇姆去西班牙。'卡帕宣布。在马德里的格兰大道上,不可思议的事发生了。他碰到了考蒂——他童年时的玩伴,他可爱的初恋女友。他冲了过去:'考蒂,凯瑟琳·德意志!'他一把把她抱起来,抱得很紧,弄得她直挣扎。

"'你以为你帅就可以为所欲为了吗?'

"'你在这儿干吗呢?'

"'我在给《门槛》杂志和《土地与自由》杂志工作。之前上了阿拉贡前线,现在被派到了这儿来。'

"'茨基,这是考蒂·德意志。我从十五岁开始就疯狂地爱她。在德国国会大厦被火灾毁掉之后她就逃离了那里,因为那火就是她放的。你看见了吧,她就是个大威胁。'"奇基对莉奥诺拉讲道。

"卡帕、塔罗和奇姆去了前线,考蒂则留在了后方,捕捉着其他记者无法找到的对苦痛的表达。他们在前线奔跑时,考蒂为一个站在废墟中奶孩子的女人拍了照片。她还拍下了一些在桌上睡觉的新生儿。三天之后,卡帕发觉,没有人负责冲洗相片,于是请我回巴黎去。'在那儿,你是不可或缺的,这里的人已经太多了。'"

"所以,奇基,可以说你并没怎么在西班牙待过。"莉奥诺拉说道。

"没错,我只向班迪——也就是卡帕——提了一个请求,就是让我与考蒂道个别。我对她说,她的照片太好了。'保重,我们会再见的。你知道吗,考蒂,因为你的照片,我觉得自己离无政府主义者更近了。''那格尔达·塔罗呢?'她问我。'班迪很有魅力,女人们都会栽倒在他面前。他母亲跟我说,他还是婴儿时就会冲小姑娘们笑。'

"不仅卡帕、塔罗、奇姆·西蒙,莫里斯·奥斯隆也会把他的胶卷从西班牙寄到巴黎,我负责去暗房把照片洗出来,再为底片编码存档。卡帕的照片和格尔达、奇姆还有莫里斯·奥斯隆的都混在了一起。签名都是罗伯特·卡帕:那时名字并不重要。任何人都可能在按下快门的短暂瞬间丢掉性命。

"《视》杂志之外,还有《视角》、《Voilà》杂志,工作多了几倍。我从没有想要变得出众,相反,我认为,如果想继续生活下去,必须要远离那些胜利者。我把一百二十七卷胶卷妥善地保存在小隔袋中,将它们放入了三个有蜂巢般格子的大纸箱里。我给每个箱子都贴了标签:地点、日期、基本情况。我像照顾心上人一样照顾着这三千多张底片。"

莉奥诺拉觉得奇基是可以无止境奉献的人。

"格尔达·塔罗在布鲁内特死在了一辆共和军的坦克之下。死时她肩膀上背的相机是她唯一的武器。罗伯特·卡帕无法停止自责:'该死的是我。'我继续冲洗、整理、珍藏着那些照片,那时,我想起了考蒂。那么小,在那儿,孤独一人,或许也不那么孤独,因为一个二十岁的姑娘是最惹男人注目的,尤其是当他们发觉自己离死亡很近时。卡帕的胶卷

四十 匈牙利摄影师

传递了一条信息:'事情糟透了。'"

"你能在这一切中幸存下来真不容易。"莉奥诺拉感同身受。

"其他的事你都知道了,莉奥诺拉。共和派输了战争。溃败逃亡是很可怕的。奇姆·西蒙上了'锡纳亚'号,来到了墨西哥。埃斯德拉斯·比洛岁数已经很大了,但还是被关进了监狱。卡帕去纽约的那天,我带着一箱胶卷坐上了去马赛的火车。'如果不能活着逃离,至少人们要记得我们曾经战斗过。'在马赛,我把箱子交给了墨西哥外交官弗朗西斯科·阿吉拉尔·冈萨雷斯。我对他说他的国家是唯一一支持共和派的,请他一定收好胶卷。之后不久,在马赛,维希法国的人把我关到了一个集中营里。

"后来,我在卡萨布兰卡坐上了来墨西哥的葡萄牙船'塞尔帕·平托'号。再之前,雷梅迪奥斯和邦雅曼坐的也是这艘船。我没有护照,没有钱,多亏一位西班牙人帮我付了车票,才能从维拉克鲁斯坐火车来墨西哥城。"

奇基沉默了。

"我想差不多这就是一切了。"

莉奥诺拉心怀仰慕地看着他:奇基很克制。人很自然地会相信他。他和她是那么不同。她是挽着雷纳托的手臂离开的里斯本,境况比他优越得多。他的简单令她惊讶。她看着他,就像看着一幅神秘的图像。一个这样完整的男人正是她需要的,一个有相同的根的男人,一个欧洲人,一个和她一样曾经挨受过许多痛苦的人。"而且还很帅。"考蒂笑道。莉奥诺拉在心里把他看得更伟岸了许多,她想象出了她的奇基。

雷纳托告诉她时间到了，他们该走了时，她才从那另一个世界回到现实。雷梅迪奥斯察觉到了她眼里闪烁的光。或许雷纳托也看到了。这段对话之后，莉奥诺拉每晚都会温习这个匈牙利人的面庞，他的声音也一直萦绕在她脑中。

四十一
线与针

在墨西哥的路上,没人看莉奥诺拉。她在奇基身旁时就更是如此。在纽约棋盘似的街道上,人们也不会回头注视她,但在这里,路人一见她就低下头,接着便怯生生地迅速逃离。

她的新爱人来艺术街接她。两人都没钱,只好去遛狗。雷纳托从不去。奇基很瘦,很高,鼻梁也高,他大方的微笑让她安心。奇基是地球上心思最细腻的男人。

他这个人的一部分是毫无防御的、谦逊的。就像有些在街上走的墨西哥人,看起来好像在为活着而感到抱歉。莉奥诺拉忘记了戴她在市场买的草帽,于是张开双臂晒起了太阳。"不要紧。小时候在修道院,我就可以阻止太阳,今天也一样可以。"他们用法语交谈,或者沿阿尔瓦罗·奥布莱贡大道——那儿是最像巴黎的地方——默默散步。莉奥诺拉发出指令:"停下""走""好孩子",小狗们就会扭头看她,一脸感恩。摄影师塞默送了奇基一台相机,他就挂在脖子上随身带着。

他比莉奥诺拉先学会西班牙语,因为过路的情侣和学生会问他:"可以给我们拍张照片吗?"之后又会和他攀谈。

"您什么时候把我的照片给我?""您是哪儿的人?"

因为没有人会讲捷克语、波兰语、匈牙利语或俄语,斯拉夫人必须要学别的语言,三个月后,他就说得比莉奥诺拉更好了。

午后与奇基的见面让她的人生好过了许多。他是尊重她的。

围绕雷纳托的喧嚷人群和喧嚣聚会已经不再困扰莉奥诺拉。她越少看见他越好。

"我想骑着一匹白马跳窗离开。"

"你已经找到了你的匈牙利坐骑,对吗?"

"对,跟你比起来,我和他更有共同点。"

"那个浑蛋会帮你画好画吗?"

"不知道。"

"关于这个人,我只记得他那双红眼睛,还有那红鼻头。"

"他认识安德烈·布勒东。"

"啊呀,真是不得了的推荐人。"

"他受了很多苦。"

"这可不是结婚的理由。"

"我也受了很多苦。"

"你别犯浑了,又来那一套!"

"我已经不想和你生活在一起了。"

"你也只剩这套公寓了,别的什么都没有。"

"我已经和艾尔西·埃斯科贝多说了。她邀请我去她家。"

"你疯了吗?那你的动物怎么办?"

"我会带它们走。"

"莉奥诺拉,我不能换工作,不然咱们就都饿死了。你也应该做好你自己分内的事。"

四十一　线与针

"对，我做好我分内事的方式就是离开。"

雷纳托一撞门，离开了。莉奥诺拉收拾好自己的行李，带上她的狗、她的猫和鸟笼里的堂马萨利诺，关好了门。此刻是彻底的告别。她唯一留下的是皮特，因为感觉得出来，雷纳托也爱它，她在走前对它说："你是属于这个家的。"

"要是加比诺·巴雷达这儿有地方，我们一定会请你住下来。但是这儿将将能住下邦雅曼和我。"雷梅迪奥斯对她说，"把小咪留下来让我的猫和它做伴吧。"

"我会常来加比诺·巴雷达的。"

艾尔西把她带到了自己在杜兰戈街的家。

"在这里，我们都爱你。"

下午，莉奥诺拉帮何塞·霍尔纳缝木偶。一天晚上，在粗粗做了一件医生白袍后，她听见了路易斯·莫拉莱斯的声音。

她冲进了主卧，冲艾尔西和曼努埃尔·埃斯科贝多疯狂地叫起来。

"别抖了，别哭了。曼努埃尔明天还要早起呢。"

"我能点根烟吗？"

"在床上不行。"曼努埃尔很生气。

第二天晚上，莉奥诺拉又打开他们的门，爬到了衣柜上方。

"路易斯·莫拉莱斯医生在那儿，在楼下，在我房间里，他拿着卡地阿唑的针管要给我打针！"

艾尔西安慰着她，曼努埃尔也习惯了家里随处可见的烟头，还有打断他夜间睡眠的突然"拜访"。

"莉奥诺拉，你最好能去看看精神分析师。"艾尔西建议道。

"很贵吗？"

"很值得。"

"我的脑子带着我自己的精神分析师，我日日夜夜都能听见他的声音。"

"那看来没什么成效，咱们得换一个。在找着之前，如果想屏蔽那个骚扰你的声音，就坐下来读读书吧。还是说现在你连书都读不下去了？"

"是，有时候会读不下去。我觉得自己身体里有一群人，我不是一个人。我的整个身体是一座电台，一直在收发信息。一些电波进不来。或许我身体里的疯子只接受一种频率。"

"你需要的是暂时离开自己，做一些事。你看，大家都有自己要做的事。狗在花园里叫，鸟在笼子里唱。"

埃斯科贝多夫妇十六岁的儿子米盖尔说的老式英语很吸引莉奥诺拉。他跟着她从客厅走到厨房，来问她话。

"我是你的精神科医生。"莉奥诺拉对他说。

"简洁是智慧的灵魂，仇恨是它的肢体和外部装饰，因此，我会简洁一些：好夫人，您疯了。"米盖尔答道。

埃斯科贝多的"热日庄园"是片绿洲。凯瑟琳·亚洛也画画。她决定为马夫画一幅像，于是请对方在庭院中把衣服脱光。他感觉受到了冒犯。曼努埃尔的母亲也大呼小叫起来。

"你同胞的创造力真是无限。"曼努埃尔对艾尔西说。

"是啊，我们的现在就是黄金时代。接下来要演让·季洛杜的《沙伊奥的疯女人》。"

四十一　线与针

"谁来演疯女人?"

"我。莉奥诺拉正在帮我缝一顶帽子,上面要落一只白鹳。她还设计了舞台,雷梅迪奥斯有缝纫机,负责完成布景。说起来她真是个出色的时装设计师。"

艾尔西邀请莉奥诺拉去阿卡普尔科度假,住在海湾唯一的酒店——鹦鹉酒店——里。莉奥诺拉在酒店前的沙滩上躺着读书。她卷曲的黑发很特别,惹得旁人纷纷回望。"看,一条美人鱼。"有些人会凑过来认识她。英国人爱德华·詹姆斯觉得她焦虑且傲慢。但她的智慧和批判精神确实令她卓尔不群。艾尔西也很尖锐,她嘲笑不动声色的英国人那"僵硬的上唇"。莉奥诺拉居高临下有一搭没一搭地答着话,如果别人聊起来,她就转身去读书,有人问起她些什么,她就用单音节的词应付过去。

"你该看看她的画。"艾尔西对爱德华说。

"这个傲慢的英国女人画画?"

"画啊,画得非常好。"

午餐时,爱德华·詹姆斯坐在了莉奥诺拉身边,米盖尔·埃斯科贝多问起了他的收藏:

"我没有收藏。以前会买不知名年轻画家的作品。他们中的一些人后来变成了大师。这些人最开始需要的不过就是经济上的帮助和加油鼓气。"

莉奥诺拉这时发觉,除了国籍相同之外,他和她还有着属于特权阶级的共同习惯。

艾尔西的性格让莉奥诺拉想起青少年时代的自己。她很像厄苏拉·戈德芬格、斯特拉·斯尼德、凯瑟琳·亚洛,她们这样的女人知道人生该怎样过。莉奥诺拉惹怒艾尔西时,凯瑟琳就帮她打圆场。她桀骜不驯,还在战争中救过莉奥诺拉。

"我有精神分析师的灵魂,知道该如何处理各种情况。我在圣马丹-达尔代什和马德里照顾过她,在墨西哥同样可以做到。"

在一阵精神分析之后,凯瑟琳告诉艾尔西:

"莉奥诺拉要走了。奇基之前住在无政府主义者里卡尔多·梅斯特雷花园尽头的一间小房子里,现在找到了一栋公寓。"

艾尔西担心起来。

"你觉得维茨能受得了有这种脾气、这样才华的女人吗?"

"他没得选。莉奥诺拉怀孕了。"

当晚,莉奥诺拉走到艾尔西身旁。

"我要有孩子了。"

"别担心,这对你是个好事。我有两个呢。"

四十二
是爱也，动太阳而移群星

"你有了孩子，看着特别美。"雷梅迪奥斯笑着说。

莉奥诺拉完全不知道怀孕是怎么一回事，奇基也不懂，两人都很紧张。

"我以前从没想过要孩子。"

"现在你就要有一个啦。你想要男孩还是女孩？"考蒂问她。

"我想把他画出来，不想怀着他。孩子是什么样的？该怎么养？"

"你曾经就是个小女孩，不是吗？"

"不是。我以前是匹小马驹，之后是小母马，现在是匹母马。"

"还是母牛呢！"雷梅迪奥斯笑道。

"邮差给我带来一封我母亲的信。她可能会来墨西哥，因为我一分钱都没有了。你觉得她会来吗？"

"你自己说过，她很想见你。"

两人在阿尔瓦罗·奥布莱贡街174号的一间公寓安顿下来。莉奥诺拉喜欢那条街。从巴黎运来的街灯照亮了她的许多回忆。

莉奥诺拉和奇基仍旧迷惑不解，他们常面面相觑。

"我觉得我已经能听见他的心跳了。"

奇基用手感觉到了他在动。

"会踢了。"

会发生什么呢？两人都有些恐惧。莉奥诺拉不停地抽烟。奇基不安起来。

"没有身份，没有人脉，在墨西哥要怎么讨生活呢？"

在看不清自己的未来时，将一个孩子带到世上令奇基惶恐。莉奥诺拉几乎没有长胖，她走在街上，意识不到自己就像一匹怀孕的母马。钱是问题。哈罗德剥夺了她的继承权，已把自己的财产在帕特、杰拉德和亚瑟之间分配好。奇基不知该怎么显山露水，他从不会举起手说自己在这里。依靠摄影，他勉强有一点收入，莉奥诺拉也没有名气，两人靠莫瑞的接济过活。

莉奥诺拉在画《面对诱惑的圣安东尼》，灵感来自她看过的博斯和老彼得·勃鲁盖尔的作品。她把隐士画成粉黑相间的小猪，放在水边；又为圣人画了三颗头；一个谢顶的女孩，裹一袭红衣，为桌上的美食增添了性感意味，她用龙虾、乌龟、鸡、番茄、蘑菇、戈尔贡佐拉干酪、巧克力、洋葱和用罐头存贮桃熬着汤。出锅的杂烩透着发酵后的绿。所罗门的妻子示巴女王与她的随行侍女正朝隐士走去，后者每日的饮食中只有干牧草和温水。

一只信鸽从考蒂家飞到了莉奥诺拉家。是考蒂训练的。

莉奥诺拉热火朝天地画着，并不知道自己的画能否卖出去。现在最重要的是为生产准备医院的费用。

"我很强健，"她骄傲地表示，"生完孩子第二天我就会

四十二 是爱也,动太阳而移群星

回到画架前。"

"你根本不知道新生儿需要占用你多少时间。"艾尔西·埃斯科贝多说。

"你喜欢小孩吗?"雷梅迪奥斯问她。

"不喜欢。"

"奇基喜欢吗?"

"据我所知,不喜欢。"

分娩前两天,莉奥诺拉完成了《是爱也,动太阳而移群星[1]》。灵感来自但丁《神曲·天堂篇》中的诗句。一架金光闪闪的四轮马车——塔罗牌中的一张——宣告新生命的诞生。情侣身着红衣,高举双臂,为爱与光舞蹈。在第一个孩子降生前夕,从未向宗教信仰求助过的莉奥诺拉,在画中借用了先知以西结所见异象里上帝的宝座与战车。

当那个浑身通红的小东西,那个有心跳会张嘴的小肉团被放在她怀中时,莉奥诺拉不知所措起来。她的心从未跳动得这么强烈。

"这是您的儿子,"穿白衣的女人说,"抱抱他吧。"

"怎么抱?"

"放在您的胸口。"

那个孩子是世上最美的重量。

"和您长得一模一样。"护士说。

1946年7月14日,巴士底狱被攻占的那一天,莉奥诺拉穿过一面镜子,又进入了另一面她从未想象过的镜子:母

---

1 译文参考《神曲》王维克译本。

性之镜。"我从未想过自己能有这样的情感。"在医院时她就已经开始操心:"他会冷吗？会饿吗？能睡好吗？"雷梅迪奥斯也很紧张，跑到走廊去抽烟。更不要说奇基，他焦虑得开始用匈牙利语和考蒂说话。

"我们叫他哈罗德吧。"莉奥诺拉宣布。

"为什么？你不是和你爸爸水火不容吗？"她丈夫很意外。

"我希望他叫哈罗德。"

"他剥夺了你的继承权。"

"我希望他叫哈罗德。"

"好吧，哈罗德·加夫列尔。"奇基说。

"全法国都在庆祝他的诞生。"考蒂笑道。

奇基一早起来去帮罗塔里奥斯夫妇拍照片。他们为社会公益举办聚会，为学校饮用水和教材筹集资金，也为救济院的老人募捐。奇基看见那些刚从美容院离开的妆容精致的女士纷纷冲向漆盘上的夹馅面包和一杯杯红酒，想起了马德里难民救济所分面包时的情景。他每拍一张照片都会自问："我为什么要做这个？"

记者们蜂拥而上，往某个大人物眼前凑过去，马德里炸弹的轰鸣在奇基耳边响起。一位新闻记者负责记录名字，他确认着："是的，先生，照您吩咐来做，先生。"没有什么比做戈麦斯、桑切斯、洛佩斯、冈萨雷斯、罗德里格斯先生更好的事了……他们出声地相互拥抱，酒杯不停碰撞，奇基听见了马德里布拉沃街玻璃被震碎的声响。难以置信，他相机在手，见证的是墨西哥革命的成果。

"今天听见了什么值得讲的事吗？"他回到家，莉奥诺

四十二 是爱也，动太阳而移群星

拉问。

"我听见一位女士说她有九辆汽车，每个儿子都有一辆；还看见一位议员给一位女秘书看他的劳力士：'看看这表，从来不出错。'"

"他想说什么啊？"

奇基换了个话题，又提起让莉奥诺拉戒烟的事。

"这我真做不到。不过我现在只想来一杯好茶。"

加维[1]的诞生让她回到了克鲁基庄园的育婴房。莉奥诺拉为他做了一条红色天鹅绒的美人鱼，上面缝着许多口袋，用来装零钱、扣子和弹球。做了母亲，她被推着做起了家务。她坐在婴儿床边，不停地缝着。

"我遇见雷纳托了，这是他为你写的诗："考蒂说，"当您来时／当她离开，／我们在看，我们在看吗？／无言的目光／脆弱的杯子／和一块方糖／还有琥珀色的茶的泡沫。／食指和拇指，／那样纤细，那样纤细，／看它们举起茶杯／我自言自语：这几根手指要断裂……／您那时在哪里？……／食指和拇指举起茶杯。／您用那双眼睛回答我／深邃、惊讶的眼睛，／您说圣婴给您的眼睛。／食指和拇指／慢慢放下茶杯。／您当时在哪里？……／您的声音：知道吗？……／我烫到了自己……"

"我要请他吃晚饭！"莉奥诺拉笑道。

埃斯特万·弗朗西斯告诉她大收藏家爱德华·詹姆斯很仰慕她和雷梅迪奥斯。

---

[1] 即哈罗德·加夫列尔。——编者注

"在阿卡普尔科海滩,他看见你和埃斯科贝多在一起,你根本就不理他,只顾读书。"

"那个英国人在墨西哥城做什么?"莉奥诺拉问。

"你也知道,他是个怪人,想去哪儿就去哪儿。在纽约时,佩姬·古根海姆、曼·雷和他提起了你。对于我们这样的画家来说,墨西哥就是个坟墓。你已经在这个痛苦的深坑里扎了根,也不知道将来会怎么样,你的儿子会怎么样。你什么画都不卖,其实应该让那些文学艺术赞助人帮忙的。勒内·马格里特就接受了他的赞助,画了一幅他面向镜子的背影,后脖子的每一根毛发都画出来了,他把画像命名为:'禁止复制'。"

莉奥诺拉逐渐开始对他有了认同感:他也是英国人,也像她一样有些离奇古怪,也属于贵族阶级,对现实不满,是英格兰一座城堡的主人。塞西尔·比顿曾给他和莉奥诺拉都拍过人像,不过马克斯·恩斯特没画过晨光中的他。西迪恩大宅与克鲁基庄园很像,芒克屯之家则装饰成达利风格:爱德华·詹姆斯放了两张粉色缎面的沙发,代表梅·韦斯特的双唇。达利把一部电话变成了一只龙虾。

莉奥诺拉在阿尔瓦罗·奥布莱贡街的公寓是詹姆斯所熟悉的一切的相反面。他走进黑暗的走廊,来到厨房。莉奥诺拉帮他备茶,请他坐在了一把硬椅子上。

"你来墨西哥干什么?"她一边问,一边把水放在火上烧起来。

"杰弗里·吉尔莫,我在牛津的一个同学,邀请我去他在库埃纳瓦卡的家做客,我就借机来看看你。这是你的客厅吗?"

"对,雷梅迪奥斯·瓦罗说它是我的魔洞,她还把它画出来了。"

茶是一种缓慢的液体仪式,莉奥诺拉放在漆布上的手很美:很小,没戴戒指,修长、强韧的手指,这是一个痛苦、无法控制自己噩梦的女人的工具。

"你是自己的梦的主人吗?"给他端上第二杯茶时,她问他。

"目前还不是。你知道吗,莉奥诺拉,我也有一位乳母。我第一次出国是四岁的时候,去了圣雷莫。我记得有一队仆人、乳母、秘书挤在船上。上岸之后,几乎坐满了一整节车厢。乳母对我们这个阶级的孩子来说是必不可少的。我母亲对我乳母说:'我想带其中一个孩子去做弥撒。''夫人,请问您要带哪个孩子?''跟我衣服比较配的那个。'"

"我的乳母把仙丘居民介绍给了我。"

"我也知道仙丘居民是谁。我很想看看你的画室,莉奥诺拉。"

"我带你去看,走吧。"

他们进入了一个鸽子房大小的工具间。在那之前,詹姆斯熟识的艺术家都有配得上他们作品和收入的画坊。

"这就是你的密室吗?"詹姆斯惊讶地问道,"难以置信。那些吸引我的画作就是在这里画出来的?在这个小黑窝里?这就是你的作坊?"他仍旧无法相信。

除了莉奥诺拉,没有人会管它叫画坊。光线很差,很逼仄,随时要塌的样子。一个拿扫帚的女孩子撞上了詹姆斯,他只好靠到一边。"现在别打扫了，我们有客人。"莉奥诺拉对她说。詹姆斯激动不已：莉奥诺拉比她画中的生灵要更不真实。这个小房间是绝望之地，是光与空气的孤儿，但这让他兴奋。在一张小桌上，调色盘旁，一管管颜料扭曲着，烟灰缸里满是烟蒂，一只蜘蛛在织着它的网。莉奥诺拉是一切无依无靠事物的保管者，她可以在垃圾桶中绘画。这个猪圈一样的小房间承载了最古怪头脑的艺术创造，令他不安，又为他添满了能量。人们曾告诉他莉奥诺拉很独特，但是他从未想过是以这样令人佩服的方式。没有什么能染污她，她并不模仿恩斯特，她的内心世界只属于自己。这个小房间里的一切痕迹都是她的。她是自己的囚徒，被罚在那里一直作画。

母性让她变得温顺。尿布、奶嘴、"孩子怎么了？"、不眠不休、奇基的讶异——他总是落后一步——把她逼到了极限。画布就在那儿，在画架上，她从未感觉自己这样高产。

詹姆斯很高兴，提出想买四幅她的画，但价格低得离谱。她火气冲天，把对方带到了门口，却丝毫没有察觉到这一举动让她在他眼中的形象瞬间高大了许多。爱德华·詹姆斯很任性，常常挑战世俗惯例，但他明白，莉奥诺拉远比他更反叛。每天早上一睁眼，她便开始——以一种詹姆斯从未见过的自由方式——反抗权威，嘲讽周遭的一切。她指着门的样子潇洒极了！过了几天，他登门道歉，莉奥诺拉很快接受了："要不要喝杯茶？"

莉奥诺拉愿意接受非同寻常的挑战，她的画只属于她。她看不起权贵阶层那套错综复杂的系统，讽刺话也说得很精彩，常惹人发笑。莉奥诺拉很自由，詹姆斯则把幻觉和创造力、风趣话和智慧思考混为一谈。他熟悉莉奥诺拉的爱尔兰神话传统,因而比旁人更能享受她的陪伴。他还将《西藏度亡经》的知识介绍给了她。詹姆斯唯一遗憾的就是她需要花很长时间照顾孩子。他想和她聊聊时,她总是说自己要照顾加维,或要遛狗,或要准备午餐,或要去市中心买一张 75×40 厘米的画布。

她家里没有不实用的小桌、高凳或小装饰品。她在很年轻时就断掉了靠山,不想受任何事的牵绊。她从未想过要像詹姆斯那样装饰自己的厕所——后者是在温波尔请保罗·纳什帮他进行的设计。她的创作冲动将过去一笔抹消,仿佛钻入煤矿中的矿工,挖出了自己的新矿脉。

莉奥诺拉可以和詹姆斯谈论任何话题,并且确信对方能够理解。爱德华很有魅力,他对艺术的了解令她惊喜。她认真听他讲话的样子对他来说是种赞美:那双聪明的眼睛专注地盼着将要从他唇间吐出的话语。他想买下她的全部创作,包括她还没画出来的东西。他会长久地驻足画架前,进行观察:"我觉得这个形象站着更好。"他说得有道理。奇基从不敢给她任何建议。莉奥诺拉是高于他的,他过于谦卑,所以绝对承认她的天分。

爱德华·詹姆斯变成了这个家庭的一员。他不请自来,径直踏入画室,细细观察画作,说着"这个蓝应该更浓烈些""可以给右边角落的人物穿上红色的大衣",或是"左侧边缘还缺一只动物"。最重要的是,他为每一幅画命名。莉奥诺拉也会询问他的意见。从没有人这样帮她。赞助人看着画,惊呼道:"令人惊艳,令人惊艳!因为你,来墨西哥来值了!""我们该给这幅画起个什么名字?"莉奥诺拉问道。他对她的影响显而易见,她笔还没放下就要询问对方的想法。她画着,他站在旁边,几乎屏住了呼吸。

莉奥诺拉爱他对自己的热情。他看着她时,抱有巨大的好奇心,她会做什么呢?会说什么呢?他听着她说的每一个词,把它们一一记录在心。令一个男人如此着迷这件事,让她不禁觉得自己的路走对了。来墨西哥后,这是第一次有人真正激励到她。马克斯的方式是另一种。爱德华会确凿地告诉她,她的艺术是真的艺术,莱昂诺尔·菲尼的连她的脚后跟都够不着。他买了雷梅迪奥斯的几幅画,又向考蒂和何塞·霍尔纳许诺了些未来的项目。但他只认为莉奥诺拉是真正的艺术家。

詹姆斯能理解她。他和她一样古怪。在墨西哥,他最珍视的就是她和她的无限才华,这其中也包括写作:她的故事能沁入他的骨髓。"我知道落入抑郁的地狱是什么样的,莉奥诺拉。"提起《在深渊》,他这样对她说。尽管经历了种种痛苦,他们两人都从未寻死。1937年,在法国时,莉奥诺拉听说英国人爱德华·詹姆斯买了一幅马克斯·恩斯特的作品——《对跖风景》。那是她第一次听说他的名字,也不知道艺术赞助人究竟是什么意思,她脑中只有佩姬·古根海姆的形象:在一群狗的簇拥下买下另一只狗的作品——这条狗两条腿,伸着舌头,更会讨女人欢心。

他说她的画是自发的、无意识的。

"看起来,你的灵魂里还保留着前世的场景。它们不是文学性的绘画,你是在自己情欲的洞穴中将它们蒸馏出来的。"

四十二　是爱也，动太阳而移群星

莉奥诺拉小心翼翼。她去找他，寻求他的真知灼见，有时他会令她由衷赞叹。纽约是市场，詹姆斯有它的钥匙。该去找哪些画廊呢？莉奥诺拉像一头母狮一样护着她的作品，就像护着她初生的孩子。奇基把她的每幅画都拍下来，整个生活都围绕着画架上的图画。家里的所有人都明白养家的人是她。奇基从不大声讲话，他谦逊的天性，还有母亲把他抛弃在孤儿院那一刻所造就的谦卑礼貌，都不允许他这么做。

奇基的鞋不合脚，太大了。

詹姆斯着实为莉奥诺拉着迷，他甚至在1948年写了一篇八页的艺评文章谈论她的作品，推介她，并在两个月内帮她在纽约办了第一次展览。

"我去不了，我要在尿布和奶瓶间度过了。"

詹姆斯的人生精彩纷呈，当他去世界各地的银行查看自己账户的情况时，寄来的信同他的人生一样：会给人带来创作的灵感。他有钱是因为他知道该如何赚钱，他成功是因为他天生就是胜利者。"莉奥诺拉，你想在哪间画廊办？我推荐皮埃尔·马蒂斯的。他是亨利的儿子。亚历山大·伊奥拉斯的也不错。我认识他们，可以和他们谈，帮你组织一场个展。我也认识一些画商，科克·埃斯丘、卡尔·尼伦多夫，朱利安·莱维。不过我觉得还是马蒂斯画廊更适合你，你愿意的话我就打给他。"

莫瑞来到了墨西哥，莉奥诺拉对儿子那样好，她很惊讶。

"好像已经当了一辈子母亲似的。你不让他受洗吗？"她问道。

"不啊。他是犹太人。"

"但你不是啊。"

"我不是,但我一直知道,我,一个凯尔特、撒克逊雅利安人,这辈子挨受这一切,都是为了和经受了无数折磨的犹太人共痛苦。如果我是犹太人,我同样也不会强迫他接受我的信仰。"

莉奥诺拉感觉自己从未像此刻这样好。她的画是对哈罗德·加夫列尔——大家都叫他加维——的诞生的庆祝。她在熬夜、换尿布、看儿科医生的间隙作画。她拼命地画,因为随时得去照顾孩子。把他抱在怀中是种自然的本能,画画同样是。孩子刚刚睡着,他的母亲就会跑到画架旁,画着《夜,育婴室,一切》和《岛上的花园厨房》。

莫瑞第一次向她问起了她画中的形象。

"他们就这样出现了,我也不知道从哪儿来的。"莉奥诺拉答道。

"会不会是你的祖母莫妮卡·玛丽?"

"我不知道。"

"是无意识中来的?"

"我不知道我画的东西是从我的哪部分来的。"

"这是你血液里带着的东西。从我这儿继承的。我也画画。"

莉奥诺拉解释道:

"你知道,妈妈,这些人物是自己跳上画布的。"

莉奥诺拉希望爱德华·詹姆斯尽快从英国回来。她想念对方的仰慕。她会称呼他"亲爱的""最爱的",她想把他介绍给自己的母亲,让她看见,有另一个上流社会的英国人

四十二　是爱也，动太阳而移群星

和她想法类似。他的信从伦敦、巴黎、罗马寄来，安抚着她的一切疲惫。他在信上比本人还要更温柔亲切。她觉得能和这样一个人要好是天赐的礼物：她可以问他"什么颜色好？""缺什么？""多什么？"如果他说另一种背景更好，她就立刻着手换掉。现在她很渴望知道的是：该怎样给自己的画标价。爱德华对她说，在绘画中，头脑所看不见的一切都会浮上表面，因此，他也梦想自己可以画画。一天，她撞见他正站在她的《已故的帕特里齐夫人像》前，手执画笔。她很生气：

"你怎么能这么做？"

"我只是想帮你。"

他感觉受到了侮辱，扔掉了笔。

一个梳麻花辫的小鹿般面庞的瓦哈卡女孩在莉奥诺拉作画时摇着摇篮。

"墨西哥的乳母要比亲娘好。"莫瑞说道。她在过道里种了一株牛油果。"墨西哥的太阳对一个爱尔兰人来说太过强烈了。"

莫瑞戴着一顶宽檐帽，显得很矮。她好奇地观察着奇基。

"那个从来不和我说话的哑巴男人还让你过得挺好。我以为你不会要孩子了。我看你心思也安定下来了。"

有时，莫瑞在半夜起来给外孙摇摇篮。

"你很像给亚瑟哼催眠曲的乳母。"

"她还活着，还想见你。你什么时候回英国看看？"

"等加维大一些了吧。"

莫瑞丝毫没有提起过去的话题：她不问圣马丹-达尔代

什的房子，也不问雅各布街上的公寓。更是完全没有问桑坦德精神病院的事。执意要谈那些实在是不妥。而且为什么要谈呢？最奇怪的是，她只偶尔提起哈罗德：他已经在1946年1月去世。风扇动着自己的黑色翅膀，带走了一切。莉奥诺拉也绝口不提恩斯特的名字，只有一次，在她将目光从画架上移开时，说了一句："这个马克斯会喜欢。"

"我的哥哥和弟弟拿着父亲留的钱做了什么？"

"喝酒。"

莫瑞把过去埋在了哈泽伍德的绿草地上，好让它们生根发芽。或许正因如此，她才会肌肤白里透红，双眼明亮，跃跃欲试想品尝各种口味的墨西哥奶酪薄饼，在拥抱外孙时怀有无限温柔。她只在吃饭时能见到奇基。对于自己女儿在这个行人光脚走路的国家可能有的际遇，莫瑞也不抱幻想。莉奥诺拉对儿子那种汹涌的爱令她吃惊，她自己从未和她的孩子们这样亲近。事情都是其他人做的。莉奥诺拉会在为孩子洗澡前用胳膊肘试水温，给孩子穿衣服也熟练得惊人。

"你在哪儿学的？"

"从母亲的本能里学的。"

泡茶的水总是沸腾着。莉奥诺拉在早餐中加入番木瓜，莫瑞也接受。"你知道的，会帮助消化。"墨西哥的橙子几乎和巴伦西亚的一样好。莉奥诺拉还会烧土豆，更会做墨式炒蛋。

"我从没吃过这么好吃的东西。用墨式早餐开启新的一天真是天赐的礼物。"

"是克察尔科亚特尔的。"

"你是怎么发出这些音的?"

莉奥诺拉把一系列很难发音的名字都记在了小笔记本上。

一年后,她的第二个儿子巴布罗出生了。莉奥诺拉画出了《奇基,你的国家》,回顾了自己丈夫从匈牙利到法国、从西班牙到墨西哥的旅程。画面上同样有一驾马车,这一次是红色的,相爱之人的颜色。下方是一幅地下世界的图景,前方是一张美洲豹——墨西哥的神话动物——的皮。莉奥诺拉为奇基画上了脚,为自己画上了蹄子。

莉奥诺拉如花般绽放,这是母亲身份最完美的标志。她从未这样幸福。孩子们从各个角落钻出来,在家里到处跑,爬上楼梯,推开大门,从每一扇窗户露出抹了巧克力的小笑脸,每次大笑都会露出小乳牙。

四十三
眼前的大西洋

凯尔特神话传统是莉奥诺拉唯一的信仰。不过墨西哥还是从她的每一个毛孔钻进了她的身体，尽管原住民生活在一个封闭的世界，且他们在几世纪前就已经忘记了自己的秘密。

奇基也住在一个隐秘的地方。墨西哥很残忍，有它的火气。外国人的身份就像一个污点。

在他们的家里，占统治地位的是莉奥诺拉的旧日英格兰。奇基的祖国匈牙利则被流放到了黑暗角落。餐桌上，他们说着学校的问题，四个人想一起解决。他们说法语，因为奇基痛恨英语。莉奥诺拉则坚持让孩子学自己的语言。"你们的外祖母在哈泽伍德等你们，不会说英语，要怎么和她交流呢？"

奇基试图教育加维。

"你得适应环境。"

"我觉得我做不到！我生活的这个世界不是我选的。我根本摸不着它的门道。"

莉奥诺拉站到了儿子这边。加维数学不好，奇基会守在旁边直到他做完作业。

奇基很为他的孩子们担心，他比威斯敏斯特学校的任何一位家长都更操心。他们中的一些人甚至连孩子的作业都不检查。奇基的紧张情绪会传染人。

四十三　眼前的大西洋

"今天不能去影院。"

"不管怎样妈妈都会带我们去的!"加维扬扬自得。

美洲影院里播放着关于警察与小偷的电影。每一声枪响都让她惊恐。"你别怕,妈妈,我会保护你一辈子的。"加维对她说。她故作冷静,熬过了一部部西部片——满眼手枪还在冒烟的牛仔,还有在枪林弹雨中骑马奔下山的印第安人。只有马疾驰的脚步令她兴奋。

"我以前骑马骑得比他好。"她对加维说。

"也去拯救女孩子吗?"

"我连自己都救不了,怎么救别的女孩子?"

之后,孩子们一起喝巧克力和草莓奶昔或者吃香蕉船,莉奥诺拉则在一旁抱怨茶的质量太差。

回家后,奇基给他们读劳动出版社出版的厚本故事书。如果孩子们不睡,他就拿出宗教小册子开始念,一张口他们就会被放倒。

巴布罗画了幅水彩画,莉奥诺拉赞叹不已,他便用图钉钉在了墙上。

"妈,昨天我画的那个小女孩从画里跳出来了。"

"别担心,我画的东西也会逃跑。昨晚,我给一个老太太穿了我的裙子和毛衣,今天清晨她就来还衣服了:'我把你脱掉了。'她跟我说。"

莉奥诺拉经历了很大的危机。"我已经画不出来了。"何塞·霍尔纳把她带到了库埃纳瓦卡,透透气,看看树。

与莉奥诺拉、奇基、加维和巴布罗亲如家人的朋友都是流亡者。考蒂·霍尔纳的父亲是银行家,她的一个妹妹被杀死了。奇基已经不再有任何回布达佩斯的理由。

邦雅曼·佩雷越来越绝望,他对雷梅迪奥斯说:

"你活着怎么能不想回欧洲呢?我都想死了。"

"去吧,没人留你,你也没有牵绊。"雷梅迪奥斯已经不耐烦。

"是啊,没有牵绊,只是缺钱。"佩雷讽刺。

在巴黎的超现实主义者帮佩雷付了船票。他的离去对雷梅迪奥斯来说是种解脱。一封寄自南美的信让她决定去委内瑞拉定居,她的哥哥罗德里戈和他的新情人飞行员让·尼科勒在那里:"……我在加拉加斯卫生部任职……如果咱们能一起玩儿就再好不过了。"

雷梅迪奥斯与莉奥诺拉道了别,两人说好要继续通信:"真不知道你是如何上飞机的,雷梅迪奥斯,我实在是怕那大家伙。"

在加拉加斯,医药公司拜耳继续聘请她为他们的止痛剂设计产品包装,并暗示她可以参考中世纪刑具以获得灵感。雷梅迪奥斯于是画下了被匕首刺伤、被马拖行、浑身钉满钉子的女性,她们的脸因疼痛而扭曲变形。

"光是看一眼你的'风湿、腰痛、坐骨神经痛',我就已经浑身疼得不行了,拼死也要搞到一片那种药。"她的哥哥罗德里戈笑道。

莉奥诺拉感觉到,随着时间流逝,郁闷痛苦更猛烈地回到了她身边。她努力保持平衡,但有些早上仍旧没有起床的欲望。加维和巴布罗的声音是将她引出迷宫的线。画架上的画在召唤她。

四十三 眼前的大西洋

"或许,你的痛苦是你作画的动力。要尊重你的痛苦。"奇基对她说。这些日子都是他在带孩子。

"要是抛下一切,回英国去会怎样呢?"她自问道,"可什么是'一切'呢?更可怕的问题是:这个'一切'值得我过这样的流亡生活吗?"

"没有什么事是我们主动做的,一切都是我们的被动遭遇。"奇基对她说。

"你是那个不主动做任何事的,我已经烦透了。"

他们几天没有和对方说话。

"有时我觉得自己是一株没有根的植物。马克斯说得对,我是'风之新娘'。"她写给雷梅迪奥斯。

"我给拜耳实验室画了很多图,现在已经了解了关于痢疾的一切。心里感觉很踏实,工作稳定,还知道了所有昆虫的秘密,也就是说,我现在在专心研究昆虫学……"雷梅迪奥斯在回信中说,"我想我很快会回墨西哥。"

"两年时间太漫长了。"莉奥诺拉抱怨道。

那段时间,她画出了《克鲁基庄园》《塞拉普蒂娜的排练》《坎迪·穆拉萨基》《素歌》,以及《九,九,九》。

"我在纽约的皮埃尔·马蒂斯画廊办了第一次个展,爱德华·詹姆斯很喜欢我画的东西。"她自豪地写道。

除了她两个孩子的出生,爱德华·詹姆斯也与她的创造力息息相关。当雷梅迪奥斯1949年回到墨西哥时,莉奥诺拉的画令她惊艳。

"我在那儿画医疗手册,你在这儿创造这样的杰作。进步太大了!"

两位好友做回了那对完美互补的搭档：她们一起质疑，一起批判。一头红发和一头黑发的两人在阿尔瓦罗·奥布莱贡街上散步，走入"马格林大厅"——墨西哥城唯一一家专卖古典乐唱片的唱片行。不久前刚刚丧偶的瓦尔特·格律恩遇见了雷梅迪奥斯，他的智慧令她折服。

"我也很喜欢斯特拉文斯基。"瓦尔特说。

"我认识斯特拉文斯基，他来过我家。他从不谈论音乐，只谈他的鼻窦炎。"莉奥诺拉说。

"我最喜欢拉威尔。"

"不知道为什么，我总觉得拉威尔在写《波莱罗》的过程中逐渐失聪了。因此才从使用弱音器过渡到了使用开场小号。"莉奥诺拉又插了话。

她的评论惹恼了瓦尔特。雷梅迪奥斯的话他倒是很爱听。这位奥地利人和他已故的妻子克拉拉从前也是雷梅迪奥斯小团体的一部分。他仍记得某天晚上莉奥诺拉用银盘端上的鱼子酱，也记得邦雅曼·佩雷舀了满满一勺子，之后莉奥诺拉坦承道：

"是我们用墨鱼汁染的木薯球，吃起来一样，对不对？"

格律恩开心得很，佩雷则有些不悦。

雷梅迪奥斯在这位鳏夫身上找到了一片柔情。另外，"严肃"地画，如他建议的那样，是件诱人的事。"你负责画，我负责谋生。"两人在阿尔瓦罗·奥布莱贡街找了一间公寓安顿了下来。

雷梅迪奥斯不再需要画实验室的画册，她画出了《女人或夜的灵魂》《童年安赫洛·米尔法斯托斯男爵像》和《女巫》。和瓦尔特住到一起的那年,她完成了《预感》:三个白袍女人——命运之神——正在远离巨大的纺锤,锤上缠绕的白线连着她们的衣袍。

莉奥诺拉和雷梅迪奥斯相互交流意见。雷梅迪奥斯爱上了皮拉内西、戈雅、安托内罗·达梅西纳、博斯。莉奥诺拉有自己的凯尔特世界,她建立了自己以人间乐园、蛋与弥诺陶为基底的宇宙。同莉奥诺拉一样,她也会在炼金术士尼古拉·弗拉梅尔、巴希里奥·瓦伦丁、弗尔卡内利以及神秘学中寻找灵感。她画架上的画布与莉奥诺拉的紧密相连:

"我差不多要完成《之后我们看到了弥诺陶的女儿》了,这是我第一次使用金箔技术。把小金箔片粘在各种形象上,稍有不慎,那块金箔就损失掉了。"莉奥诺拉对她说。

下午,如果作画时间长了些,孩子们就会把脸贴在玻璃上向画室里张望。莉奥诺拉叫奇基来帮忙:

"我做的事需要专注、熟练,需要思考。我非常容易受打扰,孩子们让我很焦虑,你带他们去散步吧。"

她一画完,就去雷梅迪奥斯家:

"太好了,你来了。我正想给你讲我昨晚的梦。我梦见自己在脸盆里洗一只金黄的猫,那只猫就是你,莉奥诺拉,你穿着一件黄色大衣,得好好洗洗了,脏得要死。"

"之后呢?"

"之后就没了,我醒了。"

"你的梦告诉我,我的生活需要改变。说实话,我已经忍受不了奇基了。"

"奇基像是你的猫。"雷梅迪奥斯并不支持莉奥诺拉。

瓦尔特进了门，仔细瞧了瞧两人就走了。他刚关上门，莉奥诺拉就问：

"你不烦他吗？我觉得他无聊得很。"

众人在阿尔瓦罗·奥布莱贡街的公寓为雷梅迪奥斯庆祝四十五岁生日。马格林大厅的工作人员从加里巴尔迪广场请来了六位马利亚奇乐手，房子一下子变得很小。草帽围在宾客周围，吉他遮挡着乐手的啤酒肚，莉奥诺拉请他们多弹了几遍《清晨》，因为她喜欢"夜莺在歌唱"的部分。

一位乐手把草帽落在了椅子上，巴布罗往里面倒了半瓶龙舌兰。

"您怎么把帽子乱放啊？这样一顶帽子，能盛很多龙舌兰。"莉奥诺拉很护着自己的孩子。

对她来说，无论孩子们做什么都有道理。

考蒂与何塞·霍尔纳和乐手们一起唱着，诺拉[1]则一直抱着巴布罗，辫子都散掉了。

"考蒂，照几张照片吧。"奇基对她说。

"说实话，我已经忍受不了这种'疲惫'[2]了。"

"你把这个词阴性化是有道理的。"何塞微笑着说。

有些话只有考蒂能说出来。她管自己的照相机叫"照箱机"[3]。

第二年，雷梅迪奥斯画出了《瓦尔特·格律恩画像》，在

---

[1] 考蒂与何塞·霍尔纳的女儿。——编者注
[2] "疲惫"原文为"cansancio"，为阳性名词，考蒂在这里将它说成是"cansancia"，创造了一个与之对应的类似阴性的词语。
[3] "照相机"原文为"cámara"，考蒂说成了"cámera"。——编者注

四十三 眼前的大西洋

那之后,她几乎没有离开画架,甚至没有睡觉,就开始画《梳妆镜》和《时空织物》。

"雷梅迪奥斯,为什么要忙成这样?赶时间吗?"

莉奥诺拉在画《米诺斯祭礼》,进展缓慢,因为每次画到屠牛祭礼的部分,她都会想起勒杜克和高纳带她去看的斗牛。

"我不想用人的身体毁掉我的米诺斯公牛。"

莉奥诺拉不仅完成了《米诺斯祭礼》,还完成了《仙丘居民,达努神族的白人》。身披月光的仙丘居民聚在长桌旁,庆祝神族领袖达格达与女神的结合。他们在一匹马——它因速度与勇猛赢得了凯尔特人的敬重——旁舞蹈,画中的都是光的生灵。

"我们出门去公园散步时,我的外祖母玛丽·莫妮卡·莫海德会停下来,用石头摆出几个圆圈,来纪念仙丘居民。"莉奥诺拉回忆道。

"用石头堆来纪念亡者是很好的方式。我很喜欢爱尔兰海边的那些史前墓遗迹。"考蒂说。

五十多岁,创作力正旺盛,几位女画家像竞赛一般,都很多产。考蒂也发表了越来越多的摄影作品。莉奥诺拉同时还要照顾两个孩子,他们的想法让她觉得十分有趣。

雷梅迪奥斯告诉她,银行家爱德华多·比利亚塞纽尔之前曾邀请她创作一幅关于银行历史的壁画:

"我和他说,我可以画一个在山洞门口拿着大棒守护里面一堆骨头的男人。我以为他不会回来找我了。结果两个月后,他再次来到我面前,说:'您可以为我的孩子——安德烈亚和洛伦佐——画幅肖像画吗？'我接受了。"

那一年，莉奥诺拉完成了《达努神族达格达之椅》，一幅向生育力和蛋致敬的作品。"女人—座椅"的面庞流露出雌性的欲望，她想用双手掂量地上的蛋，希望它能令自己受孕。白光自座椅中流散出来，代表女性私处。

在《事实上》中，她再次回到蛋的主题，将一枚巨蛋与葡萄及两杯没人碰过的红酒放在一起，其灵感来自1351年的炼金术书籍《从黑暗攀升》："Ab eo, quod nigram caudum habet abstine terrestrium enim decorum est。"（远离一切有黑色尾巴的生灵，便会成就大地之美。）一副由黑色草叶、根茎形成的黑暗面孔从桌下探出头来，它周围有变成蝴蝶的飞蛾在盘旋，雷梅迪奥斯说：

"你把大家从茧中拽出来，拯救了我们所有人。"

"黑脸前面扇翅膀的黄蝴蝶是我，看上去很愤怒。"莉奥诺拉坦承。

雷梅迪奥斯在狄安娜画廊第一次举办了展览："我很害怕，不知道会有什么反应。瓦尔特一直安抚我，可是……"三天后，她卖出了所有作品，所有收藏家都在等待名单上排起了队。莉奥诺拉说得庆祝一下。他们在一家餐厅吃了晚餐，莉奥诺拉要了一瓶帕图斯。

"你在哪儿学的品酒？"雷梅迪奥斯问。

"很年轻的时候就学过。后来能变成行家全靠圣马丹-达尔代什和马克斯。"

突然有一天，房间中央多了一个大箱子。

"这是干吗的？"加维问道。

四十三 眼前的大西洋

"这是我们以前的茶几。咱们要去一个与文明无关的地方了,"莉奥诺拉两眼放光,"要去英格兰啦!"

孩子们收拾行李时,莉奥诺拉对他们说:

"我是在纽约买的。"

"看起来像个衣柜。"巴布罗说。

箱子用马克斯·恩斯特会喜欢的墙纸包裹,很大,里面装得下一米的画布、颜料,甚至小的画架、两把雨伞——那边的伞很贵、一根拐杖、一把螺丝刀、一把锤子、几根绳子、几块用来给裤子打补丁的布头——这是一定用得上的,以及一个只有英国人才能修理的闹钟。莉奥诺拉带了些大衣,因为在她的国家,天气总是难以预料,雨说下就下。

他们坐火车离开。奇基戴着他的巴斯克式贝雷帽,把家人送到了布埃纳维斯塔站,在月台目送他们离开。他的红眼睛更红了一些。

"爸,再见!爸,再见!你什么时候去找我们?"

"不要吵了,行李箱里负担已经很重了。"莉奥诺拉发起火来。

"我不喜欢看他这么孤单。"巴布罗说。

"他不孤单,他每天都去找考蒂。"

他们在密苏里州的圣路易斯上了另一列开往纽约的火车。没人在乎旅途的漫长。莉奥诺拉很会讲故事,他们于是明白了爱丽丝如何玩扑克牌,了解了厘厘普岛和居民都是巨人的布罗卜丁奈格,知道了格列佛最怕老鼠和蚊子,认识了变成爬藤植物的水果贩的妻子和那位因为天热而变疯的皇后。还听她说起了鞑靼——卢克莱西亚-莉奥诺拉那匹好小马,以及在月圆之夜无法停止大笑的山姆·卡林顿叔叔。"豪华寝厢"是最好的,在里面睡觉很奢侈。"可是我勉强才能挤进厕所。"巴布罗惊讶地说。

"伊丽莎白女王"号很宽敞,在那儿瞭望海面十分怡人。没有她的陪伴,莉奥诺拉不许孩子们攀上栏杆,在那儿看海水冲撞船身所溅起的水花。

她记起了自己第一次去美洲的情形:她在清晨醒来,离开雷纳托,爬到甲板上想象自己的未来,思考自己选择奔向未知的决定是否是个错误。一天早上,她撞见加维正趴在栏杆上盯着海平面看。"这孩子太像我了。"她想。他的头发随风飞扬,加夫列尔·维茨就像船首的装饰。

"我从没看过日出。"发觉母亲来到了身边,加维对她说,"妈,你喜欢哪个?黎明还是傍晚?"

"黎明,因为它是世界的开端。"

莉奥诺拉和大儿子在甲板上时,巴布罗在屋里睡觉。她记得雷纳托十年前曾经告诉她:"你将要看到的是新世界。"她顺着对方的话说:"嗯,过一会儿美人鱼就要出现了。"

船到了法国的加来,他们又从那儿乘另一艘船去了南安普敦。外祖母莫瑞派人把他们接到了哈泽伍德。哈泽伍德的花园是左右对称的,设计者是托马斯·茂森,海牙的和平宫也是他的作品。孩子们在房子和花园里到处瞧。从那儿能听见海声,所以他们一有机会就跑到海边跳进水里,尽管那水冰凉刺骨。

在墨西哥,气候十分宜人。在英国,出门时要多穿,回家时坐在车上,再像剥洋葱一样一层层脱下来。他们想念墨

四十三 眼前的大西洋

西哥的热。

外祖母的精神几乎已经变得和她唯一的女儿一样自由。她会坦率地说出自己的感觉,接受或拒绝都很干脆。莉奥诺拉爱尔兰的一面来自莫瑞,总是直言不讳,如果有人反驳便会大喊:"哦,简直是胡扯!"

哈泽伍德大宅和它那些望向花园的阳台迷住了莫瑞的两个外孙:宽楼梯、大理石地板、中世纪盔甲——他们觉得是哈罗德·卡林顿放在那里的,还有能把他们传送到爱丽丝世界的复杂气压计都令他们着迷。甚至当莫瑞叫他们喝茶时,他们还在柴郡猫身旁流连。大宅一楼的三个拱门引起了他们的好奇,因为那里很暗。或许是通往地狱的地方。"妈,那几个拱门是你在画里画的那些吗?"

加维和巴布罗很快就发觉,对外祖母来说,每个人都有自己的空间,小孩子不可以乱插话。尽管在桑坦德受尽了委屈,从前照顾莉奥诺拉的老乳母仍旧没有丝毫怨恨,继续讲着相同的故事:

"瑟瑞德·格温钻进了树林,选择了最有活力的、树冠上停满了小鸟的一棵树,在树下把他魔力最强的一口锅安顿好。他耐心地把八滴才智、四片玫瑰花瓣、两滴简洁和一片蝴蝶翅膀、一撮怜悯、三串知识、五条彗星光尾、两勺健康混合在一起,放进锅里煮,搅啊,搅啊,搅啊,搅啊……"

"好了好了,乳母,之后怎么了?"巴布罗有些紧张。

"一年零一天,她一刻未停,锅下面的火一直烧着,她又放入了相同的配方,往里加了四朵茉莉。终于,她从锅中提取到了几滴魔力药水,把它们装进了一个瓶子。尝过魔药,效果立刻显现出来:她发现了智慧的秘密,从此便幸福起来。"

"我想要那个小瓶子,乳母,这样就不用去学校了。"巴布罗说。

"那可得好好找找,格温就把它藏在哈泽伍德这儿。只是咱们得明天再去,因为喝茶时间到了。"乳母答道。

帕特和杰拉德从大洋彼岸回来,来看他们的外甥。帕特让他们无聊,杰拉德读自己的诗,还笑个不停。加维总结了一下,认为他是个不错的诗人,他的人生应该过得很愉快。

莉奥诺拉给詹姆斯写了封信,对方从巴黎回信:"我正要启程去纽约,我们在墨西哥见。"

喝过茶,他们出门散步:"在哈泽伍德有很多仙女。"莉奥诺拉确信她们的仙丘居民情人和安徒生的故事毫无关系。

"千年仙女比查普尔特佩克的山神查内克还要野性。加维,你们是有凯尔特血统的。"

她的孩子们在她前面狂奔。到了堤岸尽头,他们看到一个红色的圆球正望向他们,便问它是谁。是将落的太阳。对莉奥诺拉来说,行将消失的太阳令她确信自己犯了错:"我在墨西哥做什么呢?我是属于这里的。"一种巨大的哀伤侵入了她的身体。

"妈,咱们明天就要去巴黎了。"

四十四

幻　灭

巴黎，枫丹街。安德烈·布勒东看着他们走进家里，心里很忐忑。加维和巴布罗敲着他的非洲鼓，又把他的面具套在头上。"奥贝从来不这样，你的孩子都和小野人似的。"他的新妻子、智利人埃丽萨·克拉洛不见人影。"我不能招待他们，我正在写一首诗。"

一切都变了。杰奎琳·兰巴和他们的女儿都留在了纽约。布勒东再婚了，杰奎琳也一样。每个人的人生都在出口徘徊：大家都老了。杜尚也和他的相、王后和车留在了大洋彼岸。曼·雷和马克斯·恩斯特一起举办了婚礼，分别和朱丽叶·布朗纳及多萝西娅·坦宁结了婚。李·米勒和罗兰·彭罗斯分开了，现在带着两人的孩子住在萨塞克斯郡。

得知莉奥诺拉并不常和迭戈及弗里达交往，只偶尔去见一下维克托·塞尔日和劳莱特·塞如内，布勒东很惊讶。莉奥诺拉告诉他，塞尔日和古斯塔夫·雷格勒写了一些关于她作品的评论："对我很有益。"拉萨罗·卡德纳斯已不再是墨西哥总统，自从托洛茨基被刺杀之后，外国人变得很不受欢迎。内政部的政策变得更严，墨西哥已经不如从前。居留许可的更新变慢了，街上没有了树，波波卡特佩特火山和伊斯塔西瓦特尔火山周围的山林都被砍光，城市披了一层可恶的托儿特卡水泥，从美国运来的机器拉倒了火山岩建成的宫殿庙宇。新任总统曼努埃尔·阿维拉·卡马乔有一张盘子脸。

"所以墨西哥已经不超现实主义了吗？"

"超现实主义者也不超现实主义了。"

"布努埃尔呢？"

"我有时会见他，但他从来都不带他老婆。你怎么看那些不跟老婆出门的男人？"

"你别和杰奎琳一个调调啊！"

布勒东请他们去了花神咖啡馆。对孩子们来说，那儿没有任何有趣的东西。莉奥诺拉认为对大人来说也没有。法国还没有从战争中恢复，法国人已经又开始谈论原子弹了。

"莉奥诺拉，我刚刚公开表达了自己的态度，支持承认凯尔特人的文化自主性。"

尽管萨特和加缪占据了头版头条，法国人还是读布勒东。他正准备出一本诗选。电台采访了他，问他怎么看待存在主义。

"你在墨西哥，离时兴的事物远了些。这是件大好事，莉奥诺拉。"

布勒东在政治方面的幻灭显而易见。他向莉奥诺拉问起了托洛茨基的影响，她不知该如何作答。

"你认识托洛茨基的追随者吗？"

"我唯一知道的是维克托·塞尔日。他活着就是为了写作。"

"我仍然认为任何人都不该把自己的权威强加在别人身上。"

四十四 幻灭

莉奥诺拉没有答话。为什么要答呢？

"你曾经是很多大师的缪斯。"布勒东笑着说。

莉奥诺拉怒不可遏。

"我那会儿没有时间做任何人的缪斯。我一直在与我的家庭对抗，在学着成为一名艺术家。"

"你的父母一直不放过马克斯，好像他是一个该被排挤出社会的精神病患者。"

"对，他们那会儿让他的日子很不好过。但是他们也对我做了一模一样的事。"

谈话渐渐变得无趣。这在过去是不可能发生的事。莱昂诺尔·菲尼一来，莉奥诺拉顿时松了口气。

莱昂诺尔请他们跟她一起去巴黎大堂买些蜗牛。她想在晚上用这道菜招待众人。佩雷也会来。

"我可不会吃这种可怜的小动物！"巴布罗抗议道。

"这些是蜗牛，你会很喜欢的。"

邦雅曼·佩雷拉着巴布罗，想横穿嘉布遣大道。孩子被车吓着了，踢了他小腿一脚，还咬了他一口。到了街的另一边，莉奥诺拉训斥巴布罗说：

"你怎么回事？以为自己是阿兹特克人吗？"

莱昂诺尔、邦雅曼和莉奥诺拉把蒜香白酒蜗牛吃了个精光。加维抗议道：

"我有点讨厌你，妈妈，你不是很爱动物吗？"

和布勒东一样，佩雷也有点郁郁寡欢，他几次问起了雷梅迪奥斯，还说他很想念墨西哥。

"你那会儿不是说那是世界上最悲伤的地方吗？"

"我想,悲伤的是我吧。"

对几位超现实主义者来说,两个孩子是"现成物",需要分散他们的注意力,才能和他们的母亲说上话。

"小心,巴布罗骑到贾科梅蒂的雕塑上去了。"

"你看看他,想完善一下这幅毕加索。"

"莉奥诺拉,你要是不管的话,你的两个儿子能把埃菲尔铁塔、巴黎圣母院和凯旋门都拽倒。"

莉奥诺拉现在已经不再像他们小时候那样叫他们"小坏蛋"了。她把他们带到了欧特里沃和罗讷河谷的农场里睡觉。看到加维对邮差薛瓦勒的建筑感兴趣,莉奥诺拉也觉得它更迷人。巴布罗拿出小本,开始画雕塑的细节。"比马克斯的那些好。"他想。

葡萄园和摘葡萄的农活也散发着无穷魅力。莉奥诺拉感染了流感,两个孩子裹着他们新买的外套出去,把草药和糖水水果送到她床前。"爱德华,"她心怀焦虑地写道,"我有没有可能住在法国或英国呢?你觉得奇基能找到工作吗?我在哪儿画画都可以,但奇基怎么办呢?"

爱德华回信说,他会和她同时回到墨西哥,他会在那儿给她答复。

刚踏入南茜·奥克斯和帕特里克·特里顿位于胡阿雷兹区马赛街的宅子,爱德华的气场就填满了整个空间。宾客们纷纷把目光投向他。他的一双鹰眼在猎物身上跳跃。詹姆斯在人群中穿行,浑然天成的高贵惹得众人窃窃私语。"他是位富豪""古怪得很""一个世界人""要是他喜欢你,什么都能送给你""他在苏塞克斯西迪恩的家有三百个卧室,占地

四十四 幻灭

二百四十公顷""他和提莉·洛什离婚,可是损失了一大笔,"他的钱都是从马歇尔·菲尔德那儿来的"。他从父亲那里继承的木材帝国把他变成了人人追逐的对象,坊间还传闻说他是爱德华七世的私生子,关于这一点,他自己从不否认。

哪怕他能听到周围的对话,也不会觉得奇怪,就像他也并不会奇怪有人天生就有一头绿发。

"我刚从拉韦洛回来,夏天在那儿租了一栋别墅。"

"同以前每年一样,我去了拜罗伊特,参加瓦格纳音乐节。他对象征主义者的影响太大了。"

"我在东河买了一套公寓,看得到哈得孙河河景。"

"这儿的马夫都太穷了,我担心他们能饿得把马吃掉,不然就把我的马带到墨西哥来了。"

"这可真是邪恶的谎言。在革命时期,他们待马非常好。"

"可他们现在比那会儿更穷。"

"你知道爱德华·詹姆斯那个龙虾电话是哪儿来的吗?一天晚上,他和朋友们把晚餐剩的龙虾壳往天花板扔着玩,有一只正好落在电话上。之后詹姆斯就让达利帮他做了一个龙虾形的喇叭筒。"

"没什么比他在蒙克顿的房子更超现实主义的东西了。实在是三维超现实主义的最佳范例。"

"爱德华·詹姆斯自己掏钱出了十一本诗集。人们也只记得它极其奢侈精美的印刷和装帧。"

"我知道,1938年,牛津大学出版社出版了他的《我的手骨》。"

"你不知道的是,"斯蒂芬·斯彭德评论说,"这是一位富豪一时兴起写着玩的。从那时起,詹姆斯就没有再出版任何东西,只偶尔在比弗布鲁克勋爵的《伦敦旗帜晚报》上发表些文章。"

有许多富豪需要依靠消费来填补自己创造力的空缺,詹姆斯走得比他们远得多。因为他的确有才华。他聘请一众建筑师与装饰设计师来改造他在英国的各个居所。他也凭万贯家财,资助了伊戈尔·斯特拉文斯基、克里斯托弗·伊舍伍德、阿道司·赫胥黎、乔治·巴兰钦等作家、艺术家。利用完他之后,他们纷纷像丢臭袜子一样把他抛弃了。或许正因如此,詹姆斯总是把他的袜子丢得到处都是。

二十一岁时,这位财产继承人放弃了牛津的学业,转身奔向了永不终结的派对,往来于纽约、伦敦、巴黎、罗马和柏林之间。现在他人在墨西哥。莉奥诺拉是唯一能被他一眼看到的、与众不同的人。他正穿过一群群宾客,走向她:

"我是为你而来的。"

四十五
爱德华·詹姆斯

爱德华·詹姆斯来到莉奥诺拉晦暗的家中,在画架上看到了《女巨人》,他立刻意识到自己面前的是一幅杰作。

莉奥诺拉说自己的画来自对乔纳森·斯威夫特的阅读。

"是一位布罗卜丁奈格的居民。"

"好像是在创世之初,在一片混沌中显现出来的。看,那些挣扎着想活命的男人都消失了。"詹姆斯说。

"那些划船的吗?"

詹姆斯聚精会神地继续说道:

"你的女巨人用双手护着一颗小小的蛋。按比例讲,跟身体比,她的手简直太小了。她脚下的马、人,背着弓箭,拿着长矛,都在恐惧中逃亡。因为他们从未见过类似的东西。莉奥诺拉,你就是你画中的巨人。"詹姆斯斩钉截铁,"这幅画我买了。"

加维和巴布罗放学了,看见画架上的《女巨人》,问那是否是她小时候的画像,因为她脑袋周围有一圈星尘,白袍中还钻出了鹈鹕、海鸥和船。孩子们插嘴议论,撞上画架,拿起她的颜料玩耍——尤其是巴布罗,他动不动就拿起画笔,这些在莉奥诺拉看来是再自然不过的事。

"妈妈,那位先生是谁?"

"是一位飞过来的英国先生,落在房顶上了。"

"是一个英国人还是一只白鹳?"

"我说他是飞来的,那他很可能是某种候鸟或一只灰鹭。"

爱德华·詹姆斯很喜欢灰鹭的说法:"孩子们说的永远是实话,我确实风度翩翩。"

"莉奥诺拉,这儿光线太差了。"他表示同情。

"不要紧。而且,孩子们一放学我就不画了。"

"大家都在谈论墨西哥的光,但是对你来说它就像不存在一样。"

"我很想让我的孩子们在欧洲成长。"

"但你自己留在了这儿,不是吗?"

"这从来都不是我的决定,事情就这么发生了。"

《城镇与乡村》杂志刊登了一张《女巨人》的照片(它也被称为《蛋的守护者》),作为让·马拉奎斯的故事《第一日》的配图。莉奥诺拉记得自己在巴黎看见过他,穷困不堪,当时马克斯指着他说:"我太爱这个波兰人的理想主义了。"马拉奎斯原名弗拉基米尔·马拉基,曾在文字中记叙自己被关押在集中营的经历。现在也居住在墨西哥。

"你看!《时代与艺术新闻》杂志也在谈论你的作品。你都把关于你的文章保存在哪儿啊?"

"我不存。也许奇基会。"

"《地平线报》简直对你赞不绝口。你看到了吗?维克托·塞尔日说,你的画令他激动,因为它们反映了一个'青少年的、明亮的内在生命'。古斯塔夫·雷格勒也选了两幅你的作品。"

四十五 爱德华·詹姆斯

雷格勒也很赞赏她的画。这位曾加入第七国际纵队、在西班牙战斗过的小说家现今也居住在墨西哥,对前殖民时代文化十分着迷。

她与萨尔瓦多·达利、保罗·德尔沃、马克斯·恩斯特及其新任妻子多萝西娅·坦宁一起出现在了"漂亮朋友"国际艺术大赛的名单上。

1950年2月,专营室内设计装饰的克拉黛可尔画廊邀请莉奥诺拉在那里布展。

"一家家具店?"

"莉奥诺拉,墨西哥就是这样的。"爱德华说。

"当然配不上你。但至少是个机会,可以让墨西哥人认识你。"埃斯特万·弗朗西斯也动员她。

在克拉黛可尔画廊,伊内斯·阿莫尔仔细地看过了她的每一幅作品。那是一位脚踝细得和金丝雀腿一样的瘦小女人,烟抽得和莉奥诺拉一样凶,或许比她还凶。她同时也是墨西哥艺术画廊的经理。"她很会卖画。"赫苏斯·巴尔·伊盖伊在她耳旁悄悄说。他们的客户大多是美国人。她尽管身形瘦小,却有铁一般的意志。"你和我站在一起后墨西哥人会怎样看你,你很快就会知道。"伊内斯想让担心本地排外气氛的莉奥诺拉放下心来。

"我要是不变成个奇奇梅卡人,估计都没人理我。"

"由我来运作,事情就会不一样。"

事实的确如此,她被视为本国艺术家,国立现代艺术馆与国立美术学院赞助的"当代墨西哥肖像画"展览也展出了她的作品。伊内斯·阿莫尔帮莉奥诺拉在米兰街举办了她在墨西哥的第一次个展，评论文章都在谈论她的技巧、她作品主题的神秘性；西班牙内战流亡者玛格丽达·内尔肯在《至上报》中表示，这是墨西哥史上最好的展览。外号"小狍子"的安东尼奥·鲁伊兹宣布，他终于找到了一个与他灵魂一致的人。

"有伊内斯·阿莫尔来帮你简直太好了！"贡特·赫尔索很为她开心，"她是唯一一个能让买家求她的人。"

莉奥诺拉和孩子们去看了俄国人乔治·巴兰钦的芭蕾舞剧《地狱》。几天后，这位艺术家带着装满设计图和项目内容的皮箱来到莉奥诺拉家：她将负责舞台和演出服设计。她把巴兰钦带到厨房，为他端上了一杯茶。

"猫在桌上，怎么把图纸铺开啊？"

"巴布罗，把小咪带走。"

已经是就寝时间，巴布罗穿着睡袍。他追着猫，猫追着一只老鼠。小咪已经很老，几乎看不见了，老鼠趁机钻进了巴布罗睡袍的袖子，他一察觉，就开始在楼梯上上蹿下跳，整出一出大戏。"妈，老鼠在咬我，要把我胳膊咬掉了。"他的叫声越来越尖，惹得家里的老狗迪奇和黛西也吠个不停。巴兰钦还没来得及饮下第一口茶，就站起身吼叫道：

"这地方没法工作！一分钟的安宁都没有，这个家就是个精神病院！"

他收好东西离开了。

"你怎么回事？"奇基问巴布罗。

"老鼠钻到我袖子里了，它顺着我胳膊往上爬的时候叫我发现了。"

四十五 爱德华·詹姆斯

"快去给妈妈道歉。"

奇基用沉默来惩罚他,莉奥诺拉则过去安慰:

"别难过,你没做什么错事。蠢的是巴兰钦。他要是真有心,就会忍耐一下。"

莉奥诺拉一刻不停地作画。1957年,她在安东尼奥·索萨画廊举办了第二次个展,赢得了许多新的追随者。

索萨画廊凝聚了各种先锋力量,展出了许多新锐艺术家的作品。参观者也不寻常。玛利亚·菲利克斯、胡安·鲁尔福、玛卡·切尼楚、帕琪·奥戈尔曼、马蒂亚斯·格里茨、贡特·赫尔索、胡安·索里亚诺和拿着一杯龙舌兰的鲁菲诺·塔马约正站在一起交谈。布里奇特·蒂切诺尔也和她的灵魂伙伴佩德罗·弗里德伯格聊着天。"你得看看布里奇特在她客厅挂的那幅德基里科的画。"安东尼奥·索萨对欧亨尼娅·奥伦丹说。索萨的翻领上别着一朵"画笔"——一种有奇妙名字的小蓝花。他不断发表着能让萨德侯爵或"血腥伯爵夫人"伊丽莎白·巴托里脸红的言论,还不时讲错画家的名字,把本杰明·洛佩兹叫成弗兰西斯科·托莱多。初次亮相的艺术家保罗·安特拉涅躲在厕所里嗑药。索萨密友佩德罗·弗里德伯格露出了幸福的微笑,因为他那些手掌形状的椅子上坐着各位大使、文化参赞,博娜·德皮希斯和安德烈·皮耶尔·德芒迪亚尔格,令人想到库尔特·塞利格曼在1939年创作的、由三条性感的女人腿支撑起的椅子《超一家具》:当时它引得巴黎社会一片哗然。亲爱的墨西哥终于如何塞·路易斯·库埃瓦斯所说,拉开了它的仙人掌窗帘,踩了一脚西凯罗斯,又踩了一脚迭戈·里维拉:"滚开!耗子脸小毛孩!"里维拉怒不可遏。莉奥诺拉的一幅画被收入了休斯敦当代艺术馆举办的展览——"令人不安的缪斯：超现实主义"。"现在都看到了吧，我可以把我的画家推向国际！"墨西哥最时髦画廊的老板，诗人索萨喊道。

爱德华·詹姆斯每结束一次旅行，都会带着他的金刚鹦鹉和蛇钻进莉奥诺拉的家，因为弗兰西斯酒店拒绝他携带动物入住。鬣蜥待在天台，鹦鹉吵吵闹闹，乌龟在走廊里迷路，从玛瑙斯带回的五只虎皮鹦鹉说个不停，七只狗獾凶得不得了，连小咪都不敢靠近，它们还在家里到处拉屎。

他把照顾它们的责任分配给了莉奥诺拉，最后连她都开始抗议。

"你可以把它们带到天台去晒晒太阳吗，莉奥诺拉？"爱德华不知收敛。

"他也可以把他藏在门后的袜子带到天台去晒晒太阳。"巴布罗揶揄道。

爱德华是维茨一家的恩人，所以他感觉自己有权把发黄的臭袜子塞到随意哪个角落。巴布罗气到不行。詹姆斯的古怪有时也令莉奥诺拉恼火，有时和他出门后回到家，她的黑眼睛里净是怒气。尽管如此，她还是乐意和他出去。詹姆斯邀请她去改革大道的大学俱乐部吃饭，结账时他掏出一大沓比索，转头问她是否带了钱。莉奥诺拉气得说："咱们留下来刷盘子吧，我一分钱都没有！"

维茨一家的房子里还存着村镇教堂被盗的圣物、覆满尘土的圣器、残缺的圣人像和一个装饰繁复的美丽十字架。存了两三年后，詹姆斯才把它们拿走。

四十五　爱德华·詹姆斯

面对他的犹豫和鼹蜥，莉奥诺拉没有考蒂那样的耐心。巴布罗还看不惯他用洗发水来洗手、满地乱扔毛巾、一用就是一整卷卫生纸、弄得满地是水——如果他和加维这样做，父母是要罚他们擦地的。

"妈妈，我们很讨厌詹姆斯。"巴布罗和母亲说。

"你们可能对他印象不太好，但是没有他，咱们就没饭吃了。"

加维摇摇头，忍着没说话。但巴布罗还是忍不住：

"我宁可饿死也不愿意忍受他的黄袜子！"

"那是你没读过他的诗，比他的袜子还糟呢。"加维安慰弟弟道。

四十六
丛林宫殿

爱德华·詹姆斯坐轿车从美国来到了墨西哥。他从刚刚建成通车的墨西哥—拉雷多公路入境,路过了华斯特卡·波托西那。雨林中的塔宁努尔酒店拥有几个大的温泉池,映着天空,仿佛一幅超现实主义画作。"咱们在一幅亨利·卢梭的画里。他的《梦境》一定是在这儿画的。"詹姆斯也为那些挂在树上的兰花着迷。到塔马松查累时,他又问起在哪儿能看到更多这种植物。

"主人,去希利特拉吧。"

英国人坚持要步行前往希利特拉。一共十四公里路。天晚了,冷风把他冻得像树叶一样瑟瑟发抖。他突然请自己的同伴罗纳德·麦肯齐——一位退役美国士官——把行李递给他:

"在那儿,在香蕉和橙子下面,我放了一卷卫生纸,快把它递给我。"

他用卫生纸缠住了身体:"这样就可以保暖了。"一小时后,镇上的居民惊讶地看到一具手纸木乃伊走进了镇子。

希利特拉是华斯特卡·波托西那一座被东马德雷山守护着的、种植咖啡的村镇。镇上多为双坡顶的木制房屋。詹姆斯进入一片雨林,发现了一座小小天堂,人们将之唤作"水

四十六 丛林宫殿

塘群":特兰静泠河中分布着一片片清水坑。在那片繁茂的植物间,占统治地位的是兰花。兰花丛中,出现了一位青年——普鲁塔克·加斯特鲁姆,他二十九岁,瘦高身材,额头很宽,鼻子很尖。

对普鲁塔克来说,刚刚到来的这位十分惹眼:身形高大,器宇不凡,披一袭印度黄金袍,但同时又因惊喜而不断大呼小叫,笑声在树间荡漾。

"太棒了!太美了!"他用手指指点点,"我简直来到了应许之地!我要在这儿建一座居所!"

"从大洋彼岸过来的人都这样。埃尔南·科尔特斯当年一定也有相同的欲望。"普鲁塔克想,"这个白人虽然兴奋,但也不过是另一个征服者。就顺着他走吧,满足他那些任性的愿望,无论它们有多奇怪。"

"在这里,在我个人的天堂,我要向死亡发出挑战!"詹姆斯振臂高呼。当晚,心绪平静之后,他写道:"我的房子有翅膀,有时,在夜的深处,也歌唱。"

本地居民都惊讶地望着那位喜悦之情溢于言表的游客。他每天都会在九片水塘的一片中裸身戏水,还会在树下一坐就是几小时,拿着本子描画他想在这座天堂花园中建造的一切。

在希利特拉,詹姆斯建了三十八座水泥雕塑与建筑;巨大的石花,还有巨型四叶草、指环与蝰蛇。莉奥诺拉对他说自己很想做只蝙蝠,他便建起了一座蝙蝠拱门,向她致敬。从前他也曾这样向马克斯·恩斯特致敬。他还建了一座三层的房屋(也可以算是五层),以及列柱廊之屋、植物之屋、圣伯多禄及圣保罗之门、群虎楼台和夏宫。它们没有任何实用价值：拱梁方向被掉转，廊柱摇摇欲坠，大门开向深渊；锚杆与水泥的造型也违反了逻辑——这一点在时间的残酷面前暴露无遗；桥的另一端空无一物，阳台仿佛在邀请人进行自杀式飞翔，一切未来都被废止，一切保证均被中断。他在空无之中架起只对他个人有意义的石头蛛网。终于，他完成了他在诗歌中未能完成的东西：暴露自己，并宣布："这就是我。"在华斯特卡雨林里，他发出的是报复宣泄的吼叫。在这里，他的梦和他的动物们都可以自由地行走，他自己则会在星辰之下的巨型热带吊床上安眠。

"我所爱的都在这里！这里就是我的天、我的深渊。皮拉内西和高迪、埃舍尔和奇琴伊察就是我的导师。"

波托西那人惊讶不已，但他们选择遵从他的意愿。堂卡梅罗·穆纽兹计算着水泥和锚杆的粗细，还有撬杆和起重重量。在他的指挥下，村民们把泥浆倒入形状诡异的木头模具，折弯了锚杆，用独轮车盛满水泥，用灰匙调整砖石的形状。后来终于斗起胆子，问那"疯子"是否也会帮他们建造房子。"当然会了。"普鲁塔克说着，用手指了指詹姆斯。后者站在那里，肩上停着他的金刚鹦鹉。他给它起名叫艾乌拉莉亚，给它唱摇篮曲，或朗诵他自己的诗句。

大群君主斑蝶形成的云朵飘到他的圣殿，为他戴上了冠冕。"如果保持安静，就能听见它们翅膀扇动的声音。它们或许是你的守护天使。"那片蝴蝶云是为他而来。它们跨越了四千公里，只为在这里，在希利特拉繁衍，正如他跑遍了整个地球，只为拥抱普鲁塔克。从远方来的他，面对这个像鹿

四十六　丛林宫殿

一样看着他的雅基人，第一次感受到了无节制的爱。经历那般漫长的跋涉又有什么关系！他找到了人生的意义。他看过和爱过的一切都化成了普鲁塔克。人们说王室成员同房会长达一小时，詹姆斯不以为意，因为他愿一直缠绵，直到人生终点。他深陷狂喜：

"从卵变成毛毛虫需要四到十二天的时间。我要把你变成最炫目、最淫荡也最清新，且能触到所有花萼的唯一蝴蝶。你的身体里住着三个王国。普鲁塔克，你身裹蝴蝶毯，来到我的身边，你和这种昆虫一样高贵、强大，你是距离的君主，是王中之王，是我的皇帝，是我从孩提时代起所有欲望的苏丹，是一位拥有翅膀的贵族，是纤薄蝶翅轻盈扇动的王子。你是我曾梦过的一切，你曾是不到五克、身长十厘米的微小毛虫，但看看现在你已经到达了哪里。在见到你之前，世界无聊而愚蠢。现在你带我见识到的世界则连贯又和谐。你感觉到了吗，普鲁塔克？"

他为他讲起7世纪波斯诗人阿塔尔的诗作《百鸟朝凤》，告诉他，它讲的是群鸟飞翔寻找君王的故事。

"你是我危险而美妙的幽谷。"

没有任何人像普鲁塔克这样迷人。整个地球的臣民都应向这位出生在索诺拉的雅基人献上自己的贡品。"穿泳裤的普鲁塔克是雨神'雨库'的完美化身。"詹姆斯时时刻刻都在为他拍摄照片。在纽约时，他请切利切夫画下普鲁塔克的美好身体，并将他列入切氏的最佳模特集。"你会看到他是怎样的一位美男子。"他也向莉奥诺拉提起了他，话里略带强迫的意思：

"你一定得见他。他就是阿多尼斯,是最好的造物。你绝不会再见到像他这样美的人。"他邀请她陪自己同行。

"和加维和巴布罗一起吗?"

"当然了!"

那时詹姆斯已经买下了一辆房车。一行人开着它在暴雨中向希利特拉行进。雨势很大,几乎淹到了挡泥板的位置。莉奥诺拉坐在普鲁塔克身旁,孩子们则在詹姆斯身后。

"妈,咱们早饭吃什么?"

"两头犀牛、一头獏、一只小黄鸟、三条修女手指饼干。一小时之内不能进水池游泳,不要冻着了。"

普鲁塔克潜入水中。冒出水面时肌肉饱满的身体明晃晃的。大家鼓起掌来,他风度翩翩地表达了谢意。詹姆斯跑向他,递过一条毛巾,在莉奥诺拉、加维和巴布罗面前把他裹了起来。"他是特拉洛克和科亚特丽库的孩子,是神。"詹姆斯弯下腰,要吻他的脚。普鲁塔克退了一步。"爱德华真是在犯傻。"莉奥诺拉笑道,或许是因为理解,或许是因为嫉妒。詹姆斯希望众人都和他一起裸身跳进池水,波托西那本地人纷纷逃开了。"天哪,真是个疯子!"他坚持让为他打工的人都脱光衣服,与他共浴。普鲁塔克解释说:"他们难为情。"堂西普利亚诺说有钱人都这样,觉得自己可以为所欲为。詹姆斯从未这样幸福,像只鹦鹉一样滔滔不绝,旅行时一只手臂上攀着宠物蛇,另一只手臂上架着一只小鳄鱼。或许是鬣蜥?

加维为萤火虫着迷。巴布罗则爱极了蚱蜢,他把它们关在一个小金属盒里,与大人的疯癫保持着距离。

四十六　丛林宫殿

爱德华兴奋至极：

"小普鲁塔克，我想把文明的奇迹展示给你。"

他把对方带到拖车的厨房和厕所，打开燃气，惹得普鲁塔克大声叫着连连后退。之后又带他见识了冰箱，普鲁塔克再次惊呼起来。

"你真的没有见过类似的东西吗？"巴布罗问道。

"当然见过。油气、冰块和电我都见识过。但能让他开心的话，我就装装傻好了。"

"这儿的其他人也都在装傻吗？"巴布罗接着问道，他什么问题都不愿放过。

"那些人精着呢，但都在我的掌控之中。"

爱德华已经没有其他可以征服普鲁塔克的办法了。他不但为对方买下了四十公顷土地，建造了一栋城堡，还时刻为对方念诵古希腊作家普鲁塔克的名言，只是与他同名的墨西哥原住民青年对之充满怀疑："享受一切愉悦不明智；避免一切愉悦则太麻木。""我并不需要在我改变时选择改变、在我同意时选择同意的朋友。我的影子比他们做得要好得多。"

"小普鲁塔克，你知道普鲁塔克对莎士比亚影响很大吗？"

巴布罗跟着大人转，加维则选择远离他们。他一遍又一遍地读《人猿泰山》，那是他最喜欢的书。因为身处雨林，他更容易想象自己的英雄和搂着他脖子的奇塔一起在藤蔓间悠荡。

不过最让加维高兴的是逃过了学校的考试期。

"你喜欢这里吗？"他问母亲。"这儿就是片天堂：天堂的门与地狱的很像。"

孩子们缺课就缺课吧，只有奇基觉得这是个问题。

巴布罗见爱德华在吊床上睡觉，抓起一只毛虫，扔进了对方张着的嘴里。

"你看见你儿子干什么了吗？"爱德华醒来，见普鲁塔克也在笑，更是怒不可遏。

莉奥诺拉在湿热的环境里，顶着一头蓬乱的头发，用墨鱼汁在墙上画了一个有公羊脑袋的瘦高女人，孩子们在玩耍，詹姆斯在脸上扣了顶草帽，继续睡了过去。

詹姆斯在自己的其中一栋房子里放了一些瓦罗、卡林顿和德基里科的作品。画靠着潮湿的墙壁，在苔藓和植物的根茎间，面临损毁的危险。地面是土地，角落里已经生出了蘑菇。

莉奥诺拉的两个孩子里，詹姆斯更喜欢加维，对此他也不加掩饰。他送了他一幅由上百块拼图组成的三桅帆船。"太美了！"送给巴布罗的是一个胡乱包裹的盒子。"我又不是小女孩，为什么送我一个瓷娃娃？"

每次要去美国、英国或意大利，他都会把六十八位泥瓦匠叫来，请他们照顾那些兰花。

雨林里的花卉种类繁多，令人着迷。爱德华对自己的工人说："看那些根茎，你们不觉得像睾丸吗？好好照顾它们，就像我亲自照顾它们一样。"

众人纷纷点头。

那一年，一万八千株兰花全部死于寒冷，无一幸免。

四十七
流亡的重负

在阿尔瓦罗·奥布莱贡街上走,在自己阴暗闷热洞穴般的厨房喝茶,都让莉奥诺拉觉得像是在伦敦。一些下雨的午后,出门时空气闻起来像刚修剪过的草坪,会瞬间把她带回哈泽伍德。

活着本身就很辛苦,对很多流亡者来说,一位上师、一位精神导师、一位精神科医生、一个父亲形象更是变得不可或缺。对故土的想念与回忆像血里的毒。

"莉奥诺拉,你觉得自己像不像龙舌兰?墨西哥平原上正行进的一支绿色军队。"雷梅迪奥斯问她。

"我觉得我更像龙舌兰酒。"

她仍不习惯9月15日的叫喊、街上游荡的孤儿、流浪狗、圣人日的爆竹、政府的滥用职权、12月12日的朝圣节,不习惯所有人欣然接受的不守时和那句表示顺从的"遵命"。她的一只脚仍踏在那片孕育她的、大洋彼岸的世界。

如果墨西哥官员能脱掉那身官服,走进群众间,如果一个女人能禁止丈夫对自己动粗,莉奥诺拉在墨西哥会感觉更自在。这是一个属于律师的国度。他们像蘑菇一样,不断在法庭上,在民政登记处,在教堂中冒出来。布加雷利街上,更新证件长队移动起来慢得像乌龟:"我们不能再给您延期了,您得离开这个国家,再次入境。""您更改住址,但没有通知我们,需要支付罚单。""但不是我的错啊,是政府给街道改的名字。""这部分是政府的事,但您还是要承担您的责任。""什么,您没有母亲吗?怎么只有一个姓?"

"我心里有个声音。很难让它安静下来。太折磨人了。"她向雷梅迪奥斯抱怨,"停不下来,一遍一遍重复着,无论我做什么,它还是在那里绕圈子。从天亮开始就在那儿吵,无论我去哪里。"

"跳出来走走吧。"雷梅迪奥斯建议。

"我忍不了奇基,也忍不了自己。我散架了,整个人是一块块碎片。不知道该怎么把自己拼起来。"

"和维茨结婚是对的。他是个好人,可靠,也聪明。多亏他,我才把利萨拉加救出来:我看到奇基在法国集中营拍摄的影片,在画面中认出了他。"

"奇基从没把我从哪里救出来过。"

"这就不公平了。为了你们,奇基可是累断了腰。跟我们一起去埃隆加力瓜罗吧,去翁斯洛·福特家。我和埃娃·苏尔泽去过一次,回来时两人都焕然一新。那是片和平的绿洲。我们在那儿研读葛吉夫和邬斯宾斯基[1],整个人生都升华了。"

"我感觉这种苦恼永远都不会消失,因为我自己就是这种苦恼本身。每天早上一睁眼,我就在悬崖边,那种确信自己将要坠落的感觉太可怕了。"

---

[1] 即乔治·伊凡诺维奇·葛吉夫(1866—1949),20世纪初颇具影响力的俄国神秘主义者。邬斯宾斯基(Peter D. Ouspensky,1878—1947),俄国著名哲学家,著有《第三工具》等。

四十七　流亡的重负

莉奥诺拉和雷梅迪奥斯掏心掏肺。

"我很喜欢你的《苦恼》。为什么要署名乌兰加?"

"因为是给拜耳之家画的。"雷梅迪奥斯回答。

"我觉得你画的是我。"

"不是的,莉奥诺拉,别这么说。你没有被绑住。而且你也更聪明。"

奇基在柜台前等待。他们会从玻璃小窗后面《新闻报》的盒里拿出一个黄色信封递过来,里面装着他的报酬、收据,以及赠送的七份出版物。等待的时间很漫长,他随手拿起一张报纸。日期是半年前的。在其中一页上,他读到"罗伯特·卡帕之死是摄影界的重大损失",心瞬间提到了嗓子眼。罗伯特·卡帕在1954年5月25日死于中南半岛。他踩到了一颗地雷,左腿被炸飞,胸口被炸开。他死时康泰时相机还在手上,尼康飞出了几米远。

奇基转过身,跳上开往罗马区—梅里达的公共汽车,想到塔瓦斯科街找考蒂。他一路狂奔,呼吸急促,胸口憋闷得厉害。他想起了1938年夏天的马德里,想起了皮克斯图片社,想起了《明晰》杂志、西蒙·古特曼和奇姆。奇姆现在怎么样了?奇基最挂念的是考蒂,从少年时起,她就爱着卡帕。他不可能死,因为他比任何人都更会计算风险。卡帕是奇基不能也不想成为的一切。他伤透美人们的心,诱惑最有权的人,他喝着马提尼,冲侍应发着火,和任何在酒吧遇到的人成为朋友,最重要的是:冒着生命危险在战场拍下震惊世界的照片。

"考蒂,班迪死了!"他用匈牙利语说。

考蒂几乎没有睁开她疲惫的双眼,只是点了根烟。

"我已经知道了。"

"你知道了不告诉我?"

"我只自己知道。"

奇基瘫在那里。人生中无论什么事,总有人抢在他前面。

"咱们出去坐坐,看看是不是如奥克塔维奥·帕斯所说,幸福就是阳光下一把椅子。"

太阳正在天顶,他们手里拿着烟,回忆着三人共同的犹太根。匈牙利、佩奇学院……年少时,班迪想征服世界,考蒂永远是他的希望港,是他的锚、他的良知。她从未想过要成为焦点,从未放弃自己的无政府主义信仰,从未背叛她拍摄的那位头上裹着头巾的无牙农妇——她成了伊比利亚无政府主义联合会宣传海报展现的形象之一。班迪希望成名,他的同伴们则从未迫切寻求名望。

凯瑟琳·德意志,他青少年时代在布达佩斯的这位女友,是唯一真正了解他的人。如果战争没有爆发,无畏的班迪就会在他们共同的城市做剧院经理,而她,考蒂,会做他的第一位演员。

"全世界的女人应该都在痛哭,尤其是英格丽·褒曼。"

"那你呢,考蒂?"

"很久以前我就已经绝望了。"

"我现在就打给莉奥诺拉和雷梅迪奥斯。"

三个女人都有自己的欧洲回忆。战争、艺术、无依无靠。三人相互陪伴、安慰、鼓励,她们有相同的活下去的理由。

帕伦的周围堆着他在旅途中发现的好东西。一根已经石化、超过三米的鲸鱼阴茎挂在他画坊的一根横梁上。

四十七 流亡的重负

"你不卖你的阴茎吗?"考蒂问道,"我有一个富豪朋友,肯定会跟你买。"

莉奥诺拉画马,雷梅迪奥斯在自己的画布上聚集着猫和猫头鹰。

"都说猫头鹰预示着死亡,你为什么老画它啊?"

"因为我嫁给了死亡。"

"我妈妈画过布狄卡,她说那位战场女王会骑着骏马带领她的兵士奋勇杀敌。她和你一样是红发。"

"你喜欢我画的东西吗?"

"巴布罗更喜欢马格里特。"

"那你呢?"

"我喜欢《蕨叶猫》。"

莉奥诺拉已经在拉蒙·帕雷斯那里做了一阵精神分析治疗,因为在画两幅画之间的空档,她总会陷入抑郁。鸦片是乔·布斯凯的安慰剂,绘画是她的。但在一些早上,焦虑甚至会让画架前的她窒息。她不知道让自己手足无措的敌人究竟是什么,这让她极度不安,于是把电话打到了佩德罗·弗里德伯格那里:

"你能开车把我送到精神病看护中心吗?"

奇基想请她冷静一下。

"奇基,每个人都是自己命运的主人,我不会让你把我淹死的。"

他沉默了。妻子的脾气让他束手无策。

佩德罗在车里等着她,想劝她回家:

"莉奥诺拉,你知道吗? 总有一天,心理学、催眠学和精神病学都会从地球上消失,因为它们在危害公众健康。"

和莉奥诺拉一样,雷梅迪奥斯也想达到完美的自我。尽管和平的间隙很短暂,埃隆加力瓜罗还是把它带给了她。戈登是位很好的朋友:

"雷梅迪奥斯,你绘出的世界里一切都是相对的。不用担心,你的画自然会把你带到那个宇宙去的。"戈登对她说。

"有些时候,我脑中的景象很可怕。"

"把你的梦画出来,雷梅迪奥斯,告诉莉奥诺拉也这么做,我看她比你还要郁闷。"

"她有一种暴怒的能力,我没有。我只希望自己不要像溺水者那样拼命划水才能得救。所以我才想找一位导师。"

"在流亡者的群体里生活让你感觉被排除在外,你应该见点儿别的人。"

"我们就是自己唯一的家人。墨西哥人对我们没兴趣。我去别的聚会时,人们几乎不会问我我在做什么,靠什么生活。"

"你会问他们吗?"

"嗯,也不会。"

通过英国大使馆,莉奥诺拉遇见了英国人罗德尼·科林·史密斯,他在自己的导师邬斯宾斯基去世一年后来到了墨西哥。

"他是你喜欢的那种开明的人。"艾尔西·埃斯科贝多告诉她,"他一直陪伴着邬斯宾斯基,那时后者已经落寞得很,整日顾影自怜。看到对方醉醺醺地死去,他做出决定,要变成一位精神导师。"

"无论怎样,我都想听听他怎么说,因为在法基尔之路、佛教僧侣之路和瑜珈士之路外,还有第四条路:性能量升华

四十七　流亡的重负

之路。你一定会同意我的看法，它真的很强大。"

"我认为你不需要那些拉斯普京二流之辈。你和雷梅迪奥斯都去洗个冷水浴，也比你的第四条路要健康有效得多。"

罗德尼·科林·史密斯很单纯，容易轻信他人，所以很多人占他便宜。谁来他都会帮一把，甚至抢在他人之前去助他们满足自己的——哪怕是最古怪的——欲望。"您需要些什么？"他问过后，便会竭尽全力去实现。他认为细胞与银河系是一回事，每个人都有属于自己的美好的星，他还因此制作了一架天象仪。邬斯宾斯基的《宇宙新模式》就是他的"圣经"。他的妻子珍内特为穷人开了一间诊所。

他们在培尼亚·博布雷造纸厂附近买下了一块树木繁茂的土地，用作静修地。莉奥诺拉爱上了那座满是天竺葵和野玫瑰的大花园。培尼亚·博布雷是水泥地中间的一片绿洲。每一位静修学徒都有自己的茅屋。罗德尼、他的妻子和三位员工生活在主楼中。那位精神导师走过花园的条条小径，仿佛飘在空中。

致欢迎辞时，他说：

"在这里，我们与世界分隔开来，这是一片我们需要独自默默穿越的沙漠。如果你遇见了自己的恐惧，不要惊慌，有我在，来帮助你。"

需要严格守时。不能抽烟让莉奥诺拉很困扰，她忍不住躲起来抽。另一位名叫娜塔莎的学徒告发了她。在午饭、晚饭时，导师坐在主位，读葛吉夫的《巴力西卜故事集》[1]。这天

---

[1] 又译作《魔鬼讲给孙子的故事》。

他选了一个名为《羊与狼》的故事。

"羊和狼分别给了你什么启示呢？"他慈祥地问莉奥诺拉。

"在葛吉夫看来，狼与羊应和谐共处。狼代表身体，而羊代表情感。我理解得对吗？说实话，我认为狼与羊不可能住在一起。不允许抽烟的事更令我觉得不可思议。"

"如果你能戒烟，你的胜利就是你的救赎。"

"谁说我想救赎自己了？"

几日过后，莉奥诺拉便已烦躁不堪了。她也受不了那些五十多岁的同伴：她们就像只有五岁，说着说着就哭了，还不停抱怨。

"多愁善感是疲劳的一种形式。"莉奥诺拉不耐烦地重复道。

他们也让她想起雷纳托·勒杜克对她说过的话："人就该想做什么就做什么，以'我本来可以'开头的话都是屁话。"

为了发泄，她在给雷梅迪奥斯的信里把同伴们损得体无完肤，还顺带嘲笑了罗德尼和他的妻子珍内特。

"如果不取笑同伴，只专心冥想，那你这次静修就会非常有成果了。"罗德尼语气温柔，仿佛猜到了她书信的内容。

"我感觉无论去哪儿，身上都背着一大袋石头。"莉奥诺拉说。

"那些是你对他人的非议之石，是你的假人格，你应该拒绝它。"

"什么？我没有任何假人格！"

"那是你这么认为。必须要审视自己的深处，回忆过往，把面具撕下来，让真我呈现。葛吉夫说过：'要努力不让你的过去成为你的未来。'"

四十七　流亡的重负

"有时候，无论我怎么努力，过去都会占领当下。"

"如果当下可以割掉过去的喉咙，那过去也就死了。"眼镜架在鼻尖的莉莉安·法尔斯通说。

吃饭时，珍内特分给每个人的量都很有限。娜塔莎想多吃点儿，珍内特对她说："吃太多就无法感受到宇宙的能量了。"

珍内特要求在晚上十点准时熄灯。"我是又回到修道院了吗？"莉奥诺拉心里都是火气。她忍不了莉莉安·法尔斯通，在给雷梅迪奥斯的信里写道："也不知道她出生时是什么星象。我感觉这个笨蛋是生在穴居时代的。"她也忍不了娜塔莎的脸和微笑里的安详。这位同伴时时刻刻都在重复"我要和宇宙合而为一"，莉奥诺拉用开玩笑的语气对她说，只有导弹发射架才能帮她实现。对方感谢了她："我的内里是星辰之身，你能理解我，真是太好了！"

"我们就像海上的落难者。从一次失败逃脱，又落入另一次。这次静修就像一个救生圈。要记得葛吉夫最爱的一句话：'慢步致远。'"

"看来原创并非葛吉夫的特点，因为这句话出自拉封丹的寓言。"莉奥诺拉声音很尖锐。

除了打坐，罗德尼·科林·史密斯还会教他们冥想和呼吸。他要求学员购买他根据邬斯宾斯基的思想写成的《永恒生命理论》，还告诉众人他在写另一本书，《天国影响理论》，等出版时会送给每位学员一本。他也相信佛教禅宗，因此会请众人静坐，低垂眼目，察觉呼吸。因为静止不动可以迫使人将注意力集中在此时此刻。

接下来，他开始引导大家做神圣的舞蹈动作，进行众人合作的活动。精神与身体合一，邻人相互友爱。大家一起铺床，给茅屋扫地，洗衣，轮流去食材匮乏的厨房准备食物。罗德尼出现时很像一把扫帚或一根拖把。人们常看见他蹲在厨房瓷砖前：尽管汗水已经滴下来滑过了眼睛，仍在微笑着擦拭着砖面。

乔尔吉娜——另一位来"领圣餐"的学员——对正织围巾的娜塔莎一点都不客气："你是在给蛇织毛衣吗？哪儿找来的毛线，这绿色太恶心了。"莉奥诺拉喜欢乔尔吉娜的直接，尤其是在读经课时：

"大家都知道《圣经》根本就不可靠。诺亚说他根本不在乎水涨到多高，只要不刮风就可以。他往船里塞满动物，喝了个大醉，掉进水里，他妻子任他淹死了。"

"事实不是这样的，乔尔吉娜。"娜塔莎打断了她。

"就是这样的，他妻子得了他的遗产。那个年代，一对阉牛可比一个银行账户要有用得多。"

终于离开那些傻瓜还有她们的精神导师了。

克里斯托弗·弗里曼特尔从英国来，也是一位上师。雷梅迪奥斯·卡罗很兴奋：

"他和咱们一样，是画家。咱们赶快去认识他一下！他曾和葛吉夫走得很近，致力于用艺术来实践大师的想法。对他来说，专注就是至高的目标。"

跟着他，学徒们在一朵花、一个水果、一块木板上发现了从未见过的线条。大师问："形状和颜色，哪个更重要？"莉奥诺拉犹豫不决，她想起马克斯的拓印法和擦印法，觉得

四十七 流亡的重负

形状高于一切。

"弗里曼特尔是个非同一般的人,外表也出众。跟着他,我们把调色盘上的颜色减到了一种。"莉奥诺拉感慨。

他妻子安妮的慷慨也赢得了雷梅迪奥斯、考蒂、艾丽斯、埃娃和莉奥诺拉的心。莉奥诺拉与雷梅迪奥斯分享了自己的总结:

"要从刻板的表达中解放出来,从所有人的信仰中解放出来,离开庸常的所在,避免他人的造访,远离自以为有远见的人,我的左右脑都这样告诉我。"

"我最近梦见了一幅画,画中的修女在她的塔中冲我挤眉弄眼。"雷梅迪奥斯告诉莉奥诺拉,"我觉得那是一个苏巴朗[1]风格的形象,或是18世纪的,阴暗妖娆。"

"画下来啊!"

"我已经画过一幅《向塔去》,你不记得了吗?"

除了卢丹"被魔鬼附身的修女",两位画家还对卢维尔"被战胜了驱魔人的魔鬼强占的修女"着迷。每一位修女都被不同的魔鬼折磨。强占了索尔·玛利亚·德尔圣萨克拉门托的是波提乏,强占了索尔·安娜·德拉纳蒂维达的是利维坦,强占了索尔·马利亚·德赫苏斯的是法厄同,强占了索尔·伊莎贝尔·德圣萨尔瓦多的是阿斯摩太。在曼萨尼约度假时,莉奥诺拉画出了她们行将遭遇海难时的场景:《曼萨里约的修女》。

---

[1] 即弗朗西斯科·德·苏巴朗(Francisco de Zurbarán,1598—1664),西班牙画家,成名于宗教画。擅长描绘僧侣、修女、殉道者及静物。由于其对于明暗对照法的出色运用而被称为"西班牙的卡拉瓦乔"。

"最近,"莉奥诺拉对她说,"我做了一个很吓人的梦:我死了,得埋掉自己的尸体。后来它开始腐烂,我决定给它抹上防腐油,把它寄到我在奇瓦瓦街的家里,并选择了收件人付款。葬礼时,我因为太过害怕看到自己而拒收了包裹,结果它被退了回去。"

"就好像你在拒绝支付生命的代价。不过,不用负责自己的后事可是件好事。"雷梅迪奥斯做了总结。

对葛吉夫的阅读启发雷梅迪奥斯画出了《断裂》。画中人物正弃屋而去。那栋房子有六扇窗,每扇中都有一张与她相同的面孔探头出来:"是多重的我。我认识自己的时候,就摆脱了她们。"她解释道。

一星期之后,莉奥诺拉再次见到了弗里曼特尔。她觉得他很有魅力。

"您在跟着我的朋友罗德尼·科林·史密斯静修时感觉怎么样?"

"还好。就是特拉尔潘、葛吉夫、邬斯宾斯基和《十诫》一直在我脑袋里跳舞。跟他静修那一周吃得也不够。"

"肯定学到了一些东西吧?"

"现在我更想听您讲,因为我对您的色彩理论很感兴趣。他们说您对红、蓝、黄研究得很透。"

回到奇瓦瓦街的家中,她对丈夫大喊:

"奇基,快从你的洞里出来。我今天晚上做了一桌好菜!"奇基顺从地走了出来。"不管怎么说,这次在培尼亚·博布雷的静修给了我一种前所未有的平静。"她对他说。

"看看能坚持多久吧。"

四十八
及时解脱

帕伦穷困潦倒。在第三段婚姻中的他——此时的妻子是露佩的妹妹伊莎贝尔·马琳——开始倒卖前殖民时代的艺术品。因为难以承受走私的风险压力,他每日只能靠毒品和酒精来减压。作为叔本华——对他来说,最聪明的解决办法就是放弃生命——的追随者,他一字一句实践了其教导。

帕伦于1959年9月24日自杀。他选择了一家酒店,预先付好款,甚至还留下了一笔丰厚的小费。他的最后一幅自画像展现了一副逐渐消散的面孔,浸没在一片被他称为"熏蒸艺术"的烛烟里。

"自杀让我恐慌,对我来说,没有什么可以超越生命本身的精彩。"埃娃·苏尔泽说着,哭了起来。

"真讽刺啊,很多年前他造过一把骨头手枪。"雷梅迪奥斯回忆道,"布勒东在《中间》杂志上发表的悼词很得体。"

"我永远都不会自杀,"莉奥诺拉说,"因为我对明天会发生什么太感兴趣了。"

"我理解自杀者。"雷梅迪奥斯心怀同情。

"我不理解。咱们死的时间比活的时间要长啊。"莉奥诺拉下了结论。

"嗯,"艾丽斯自我安慰道,"至少他还是享受了人生的。"

"他是双性恋吗？"雷梅迪奥斯问。

"是三性恋。"埃娃显然知道隐情。

埃娃和艾丽斯相互安慰着。艾丽斯有他的画，埃娃有他的照片和瑞士的财产。两人试图分析帕伦，但最后都停留在了对他无意识的解读上。她们和他的关系主要是心理上的，两人都曾是他的妻子，埃娃可能比艾丽斯更符合这个身份，她是三人之中最坚强的。

埃娃·苏尔泽狂热地追随荣格，聚会时不停谈论他："他是历史上最伟大的医生。"雷梅迪奥斯和莉奥诺拉都在他对梦的阐释中找到了与她们契合的解读。

"荣格认为我们的梦是自我认知的一种源泉。我们经历的谎言会在梦中显现。看起来，无意识就像是我们永远无法欺骗的凶恶守门人。没有精神分析就无法理解超现实主义。"

"我没法做梦，"考蒂说，"因为我工作太多了。"

二十岁时，埃娃本想前往纽约，请荣格帮她做精神分析。然而，想见荣格需要提前一年预约。这位精神分析师就这样错过了认识一位漂亮、聪颖且拥有傲骨之美的女士的机会。埃娃、莉奥诺拉、雷梅迪奥斯和艾丽斯·拉洪都和荣格一样，被隐秘现象所吸引。她们分享着彼此的梦境。很快，考蒂、雷梅迪奥斯和莉奥诺拉就沉默下来，因为艾丽斯喜欢聊精神分裂症的源头，而埃娃则喜欢谈论帕伦的行为有多糟糕，还有当初他的无意识该是多么折磨他。作为雷梅迪奥斯的拥趸，莉奥诺拉想知道对方下幅画会画什么，但她对自己的绘画计划倒是缄默不言。她坚持要追寻一种能让她更幸福的真理。"我想做一个'人'，到达人的极致。"雷梅迪奥斯会向

四十八　及时解脱

精神分析求助,不过更多时候她的求助对象是瓦尔特·格律恩——他什么都满足她。奇基则正好相反,他不知道该如何保护自己的妻子。

"是什么引诱蛇长出羽毛来的?"莉奥诺拉问道。

"哎呀,莉奥诺拉,让羽蛇神安静一会儿吧!"

"事实上,我说的是一种无名的力量,它作用于精神灵魂,可以创造奇迹。"

"最好的心理医生是工作。"考蒂坚持道。

"你从来都不对自己做精神分析?"

"战争会给我做,现在我唯一知道的事是,如果我不起床,没有人能替我起。"

埃娃自视甚高,十分不悦:

"莉奥诺拉,大多数人去做精神分析都是为了与自己和解,哪怕这种和解会把他们带往奴役和最终的毁灭,但你去做精神分析时,并不想认识自己。"

"我想认识自己,想找到我的真理!"莉奥诺拉反驳道。

"那一天到来时你就不会再画画了。"

"红桃皇后告诉爱丽丝,想迅速到达,就得倒着走。"

"你做精神分析时是这么做的吗?"

"是啊,我会回到兰开夏郡克莱顿格林,和我父亲在一起的日子。"

"莉奥诺拉,事实上,你想取代你父亲的位置。"埃娃感觉自己也是位精神分析师。

"我就是他的相反面,怎么会想成为他?"莉奥诺拉受到了冒犯。

"你其实很像他,有权威,希望所有人都依靠你!或许正因如此,你才总是感觉他在迫害你。"

"胡扯!"莉奥诺拉吼道。

艾丽斯替莉奥诺拉说起话来:

"莉奥诺拉有个大优点,就是那种让她受够了苦的好奇心。如果所有人都有这种好奇心,人类全部的隐秘精神都会暴露出来。"

"我更想知道消化系统的隐秘之处什么样。"莉奥诺拉说。

"艺术家找到自己时,就会迷失。她唯一的伟大成就就是找不到自己。"艾丽斯肯定地说。

"如果你每天都冥想四十分钟,荷尔蒙就会受到刺激。"莉奥诺拉抢着说。

"什么?"埃娃拖长了"什"的音,惊讶地问。

"不好意思,我想说的是神经元。"莉奥诺拉更正道。

"有太多差错和矛盾了。我们都受制于不可解释的现象。"埃娃说,"荣格专注于研究炼金术哲学,他相信大自然和人类的奇迹。他曾比较佛陀与基督,最后选择了佛陀,因为基督牺牲了自己,而在荣格的分析中,没有牺牲者的位置。"

"我最喜欢荣格的地方在于,他在非洲时,有一群马赛人突然出现在他周围,他接受了自己所感到的恐惧。"雷梅迪奥斯兴奋地说。

越来越多的人受莉奥诺拉吸引,来到她家。奇基每次都打个招呼就走。最开始她还努力劝他留下,后来就放弃了:他是成年人,愿意躲起来是他自己的事。

"奇基,看起来你的避难窝是家里最不好客的地方。"

四十八　及时解脱

"我明明和你们待的时间更长。"

"没有,你总是在里面窝着。"

"那你呢?也总是藏在那道烟雾帘子后面。最后你可能连孩子们都不想见了。"

"说实话,我不想见的人是你。你就是在努力从地球上消失。"

奇基没说话,躲了起来。虽然已经过去多年,但他没有忘记,仅在一个集中营中,纳粹就杀害了近百万犹太人。

"不要再读关于焚化炉的东西了。你会比现在病得更厉害。"

奇基无法不去想那些墙壁贴了瓷砖的地下室。现在,一些集中营已经变成了博物馆,它们甚至保留了一些床铺的稻草,上面睡着的白骨曾经是人。对他来说,伊尔塞·罗森伯格的故事最动人:在被送往集中营的列车车厢里,这个小女孩开始朗诵诗歌,一个纳粹兵听到后便命令她背诵《浮士德》的一个片段。在恐怖的静寂里,伊尔塞背出了歌德的文字。纳粹兵被深深打动,但她也无法逃脱死在奥斯维辛的命运。

"你不能把自己牢牢钉在那个地狱里。为了莉奥诺拉,为了你们的孩子们,改变一下吧。"考蒂劝他,"而且,你的沉默也很伤害人。莉奥诺拉说你经常几天、几星期,甚至几个月都不和她说一句话。"

"她的确不该被这样对待。"

"说到配不配的问题,你们两人都配得上一栋充满阳光的房子。现在这个就像卡卡瓦米尔帕洞穴。"

"我唯一渴望的就是家里总有朋友。"莉奥诺拉说。

和孩子们从影院回家后,奇基对莉奥诺拉说:"勒杜克打过电话。"当晚,他就带着一本书——《动物、孩子、幽灵的小小寓言集》——来敲了门,想请她帮书画插图。还是从前的那个雷纳托。可能比从前更让人喜欢。

"你还是老样子。我也有了一个女儿,叫帕特里西娅,到时候把她带来玩儿。"

莉奥诺拉的喜悦溢于言表,她请他留下来吃饭。奇基前前后后细心招呼着,孩子们也和客人相处得很愉快,尤其是加维。他们谈论文学,谈论斯威夫特、卡罗尔、玛利亚·埃奇沃思——她是莉奥诺拉的亲戚。很可能雷纳托是唯一知道《金罐》这本书的人——莉奥诺拉自小便把它当宝贝珍藏着。

"刘易斯·卡罗尔和你有很多共同点。他也是左撇子。"

"我不是左撇子,我写字和画画都用两只手,还可以倒着写句子。而且我也不口吃。"

很晚了,加维还在向雷纳托询问有关墨西哥政治的事。十五天后,雷纳托来拿画。"每一幅都太棒了。"加维告诉他,自己会写诗。

"我也写。"雷纳托笑着说。

"我妈妈从没说过你是诗人。"

"我是啊,她还帮我的一本诗集画过插图。"

加维随机打开一页,开始读:"……像从前那样用心去爱/——我那时并不在乎时间就是金钱——/我浪费了多少时间——唉——多少时间。/如今我已没有时间去爱,/那时的爱,我多想念/那种可以浪费时间的愉快……"

"不错啊,雷纳托。"加维站在少年人的轻狂之巅说。

四十八　及时解脱

"你觉得是废话吗？我现在已经不写诗了。"

"是不错的十四行诗。现在我给你读首我的。"

勒杜克是个很好的交谈对象。加维把自己写的东西给他看，并听从了他的建议。

"你为什么不再写诗了？"

"四五个小时屁股钉在椅子上，面对一台打字机，敲出一堆傻话，来挣点儿饭钱……累到没有幽默感，也没有精力给爱的女人写可爱的字条。唉，加维，如果想写小说、散文、戏剧或者其他高级的东西，我得先把报纸的毒戒掉，但这行我已经干了三十年了，靠它活，也为它活。"

加维推断说，打字机键盘声不绝于耳的编辑室也可以是一段故事或一部小说，里面有各种典型人物：骗子、机会主义者、马屁精、野心家。"我们不写恒久的作品。我们没有执着的意志。"雷纳托做出了总结。

雷纳托笔下的墨西哥有不停叫卖的小贩、搬运工、妓女和性剥削者[1]。加维也在想他自己的墨西哥是什么样的。他同父亲讲法语，同母亲讲英语。他出生的国度是个谜——有时他觉得它陌生、难以理解甚至残忍，或许拿着钥匙的人是雷纳托。

谦逊、卑微至极的墨西哥人是令人难以预料的：

"您已经给圣婴准备好枕头了吗？可以由我来捧圣像照，唱摇篮曲吗？"

"我去给瓜达卢佩圣母点蜡烛去了。"

---

[1] 指通过以让女性爱上自己为手段进一步逼迫对方卖淫的性剥削者。

"别忘了亡灵祭台上的烈酒。"

"女儿的十五岁成人礼一定要办,哪怕去抢钱我也要给她办。"

"九日斋已经结束,今天该立起十字架了。"

"一个人都没有,因为所有人都去墓地了。有人死了。"

"我想把辫子剪了给圣安东尼,请他给我安排一个丈夫,老一点儿也没关系。"

"我政治上不左也不右,而是恰恰相反。"

"神父先生和我妹妹睡了觉,这得到了罗马教皇祝福。教皇的话就在客厅的金框里裱着。"

"得带乐队给圣母唱短歌去了。"

奇基、加维、巴布罗和莉奥诺拉不明白为什么墨西哥人紧紧抓住血淋淋的耶稣像不放,不明白他们怎么能画那么多次十字。他们把昆虫一样的符号写在脸上、胸口、肩膀、小腹。身体就是他们的手抄经书。在欧洲,圣人是微笑着的。在墨西哥,殉道者的痛苦和炼狱里的灵魂形象都令人毛骨悚然。

有时,莉奥诺拉身处一座岛屿:是英格兰?爱尔兰?特诺奇蒂特兰?或许是三者的混合体。那是她创造的地方,从中生出了那些将她捆绑在画架上的生灵。他们为什么抽空了特斯科科湖呢?要是有那湖水的话,我们会很幸福。这个国家对自己做了多少蠢事啊!现在一切都已变成土灰。莉奥诺拉慢慢认识着墨西哥。与此同时,这个国家已经认识了她,也留住了她。

有时,城市的一角会突然让她记起欧洲的某个国家、某条河、某个首都、某座山或某片湖;一些商贩的手会令她想起凡·高《吃土豆的人》里的那些手。墨西哥城透过她的各种感官浸润着她,她也像喝茶般慢慢啜饮着这座城。

四十九
舞台颂诗

艾丽斯·拉洪长发垂肩,系着大溪地女人的长裙,走路时有些迈不开步,因而显得有些脆弱,这让人更想拥抱她。她微笑着念诵诗句,诗在她的唇上响着,像静夜的钟声。她几乎从不和埃娃·苏尔泽分开。她们两人也常和雷梅迪奥斯·瓦罗彻夜长谈。埃娃对雷梅迪奥斯总有一种保护欲。艾丽斯请莉奥诺拉和奥克塔维奥·帕斯去她位于圣安赫尔街的家吃饭。在饭桌上,三人一致同意,诗歌应当占领街道。

"要在广场、教堂入口和市场朗诵诗歌。"艾丽斯说着,做了个鬼脸,"墨西哥是纯粹的诗歌,应当在街道上绽放。"

"必须要搞出好的戏剧作品。"奥克塔维奥说,"现在这里唯一有意思的是罗多尔福·乌西格利。我们必须要敞开自己,在大洋上建起桥梁。很多短作品都极具诗意,很容易排演。我也可以写一部。"

两天后,诗人敲响了莉奥诺拉奇瓦瓦街住所的大门。他的双眼和马克斯及莫拉莱斯医生父子的一样,颜色很浅。他明耀、温暖、热爱超现实主义者,且自认是他们中的一员。

"大学支持我们演几出戏:几部加西亚·洛尔迦的作品、胡安·德尔恩西纳的《牧歌(四)》,还有莎士比亚的《暴风雨》。我们要和加西亚·特雷斯一起发起'舞台颂诗'运动。

四十九　舞台颂诗

我想翻译几部比较短的作品：尤内斯库的《车展》、乔治·内弗的《金丝雀》以及让·塔迪厄的《奥斯瓦尔多和泽纳伊达（或旁白）》，还想改编霍桑。你可以做舞台布景吗？"

看着那双极具魅力的眼睛，莉奥诺拉接受了他的请求。诗人下午来做客，谈论朱娜·巴恩斯、布勒东，以及在世界各地飞来飞去的毕加索。他尤其敬仰杜尚，还有音乐家约翰·凯奇。"现成物"艺术是墨西哥当下最火热的话题。

"仅仅是选择了那样物品，艺术家就把一个他称为'泉'的小便池变成了艺术品。"莉奥诺拉并不接受。

"我倒是很喜欢，艺术评论总是把一切都形容词化，这种艺术品就像是狠狠踹了它们一脚。"帕斯回应道。

"我这辈子也踹过不少脚，但我知道什么是艺术。那玩意儿就像是在攻击我对绘画的信仰。"

"杜尚给蒙娜丽莎画上胡子，就打开了她是个男人的可能性。"帕斯据理力争。

"马塞尔当初应该继续他的事业的，可他二十五岁时就放弃不干了。"

"如果他已经确定自己是个伟大的画家，干吗要继续下去呢？我觉得用化名 R. 穆特展出一个小便池绝对是更勇敢的举动。给蒙娜丽莎画上络腮胡和髭须让绘画失去了神圣的光环。"帕斯坚持自己的观点，"更不要说他还在画的一角写了：LHOOQ——她欲火中烧[1]。二十年代，马塞尔穿着一件皮大衣，戴着一顶铃铛帽，让曼·雷给他拍摄了女装照，他的

---

[1] 原文为法语。

'另一个自我'——罗丝·塞拉维——由此诞生,这在当时是很勇敢的事。"

"马塞尔和大部分超现实主义者一样,很厌女。"

"'舞台颂诗'运动的参与者要排演《拉帕西尼的女儿》。在拉帕西尼医生的有毒植物花园中,他的女儿贝阿翠丝是'有生命的一瓶毒素'。"

"马克斯·恩斯特对那些吞食昆虫的食肉植物很感兴趣。"莉奥诺拉说。

"花园这个空间可以揭示很多东西。"

莉奥诺拉很喜欢植物可以创造生死这一想法,也喜欢帕斯挑战逻辑,说生死本是一回事的想法。毒药可以变成灵丹妙药。"我整个生命都覆上了绿叶。我的脑袋不再是这个生产困惑想法的可悲机器,它变成了一片湖。从那一刻起,我不再想:只映照。"贝阿翠丝的爱人说道。如他的爱情诗所写,奥克塔维奥想在女人中迷失,在诗歌中找寻自己,在其中生,在其中死。

迭戈·德梅萨最文雅,莱昂·费利佩则戴着巴斯克贝雷帽,拄着拐杖,披着中世纪长袍来排练现场。玛利亚·路易莎·门多萨为其才华倾倒:"这简直至高无上,法国戏剧在它面前都黯然失色。"有时卡洛斯·富恩特斯会陪奥克塔维奥·帕斯来,静听对方讲话,心怀崇敬。

"咱们为什么不演一下尤内斯库的《国王正在死去》?"年轻的胡安·何塞·古罗拉提出建议。

莉奥诺拉负责布景和服装,但她的舞台设计淹没了作品本身,更严重的是,穿上舞台服装后,演员们都难以行动。

她为贝阿翠丝设计了一顶很长的白帽子,但演员拒绝佩戴。

"太重了,而且总往下掉。我不担心忘词,只担心这个蠢家伙。"

"我们可以把它裁短。"

胡安·索里亚诺很会说话,莉奥诺拉欣然缩小了帽子尺寸。他笑眯眯的轻描淡写和他关键时刻的灵机一动都让她心情愉快。

"我觉得你是仙丘居民,胡安。"

"到时候你可能更觉得我是山神查内克。"

"现在再来一遍那场吻戏。"

莱昂·费利佩和迭戈·德梅萨建议减少树的数量。"舞台都没空间了。"埃克托·门多萨抱怨道,"每次信使一出现,画的花和动物都直往下掉。"

索里亚诺的服装也很碍事。"没关系。"帕斯觉得挺好,"用了十七米国王蓝尼龙布,是个创举。"

下一部戏是《伯沙撒的晚餐》,排演时,莉奥诺拉建议让观众戴上面具。他们没有筹到做三百个面具的钱,甚至连舞台布景也没有做完。但创作者们的兴奋丝毫未减。伊塔大司铎的《真爱之书》——加入了索里亚诺的配乐——大获成功。

阿拉托雷-弗伦科一家穿着天鹅绒和羽毛制成的雍容服饰为《高贵苏珊娜的滑稽戏》献唱,这部剧的预算很快就不够了。

莉奥诺拉去排练现场,也在那里构思自己的作品——《佩内洛佩》和《巧克力辣烧鸡的发明》——并在脑中写出一部分文字。她描写一口大锅里遭到蒙特苏马二世拷问的坎特伯雷大主教正被水煮着。他在水中翻滚,最后只剩顶着主教帽的脑袋露在外面,还有一把像大汤匙把的权杖。这幅画面令她兴奋。墨西哥大主教路易斯·玛利亚·马丁内斯会扮演这个角色吗?毕竟他穿无肩带教士袍的样子就像在为墨西哥的夜总会祈福。

"如果我想把教皇和一大堆土豆煮在一起,就得找人来帮我削这些土豆。"莉奥诺拉讽刺道。[1]

"毫无疑问,你是个爱惹事的家伙。"胡安·索里亚诺说,"我们墨西哥人都故作风雅、多愁善感。"

奇瓦瓦住所门前又出现了一位年轻艺术家:亚历杭德罗·霍多罗夫斯基。

"我是研究不可见性的教授。"

一切与正统的对抗都可以在她这里找到支持。年轻人对她说,应该找一千个女人装扮成女教皇,占领梵蒂冈,让教会不再厌女。

"有道理。他们对待我们的方式实在令人愤怒。"

两人最偏爱的话题是无意识以及消除偏见。智利人霍多罗夫斯基也很爱猫,他告诉她他了解关于马赛塔罗的一切,因为他有黄金第三只眼。她拿来自己的塔罗牌,在厨房桌上摊开。

"这副是伟特塔罗,美国佬的东西,没什么价值。都是伯克利的嬉皮士在用。"

---

[1] "教皇"原文为"Papa","土豆"为"papa",二者在拼写上只有首字母大小写的区别。——编者注

四十九 舞台颂诗

"我很喜欢伟特的标志,"莉奥诺拉受到了冒犯,"最喜欢的是'月亮—女人'。被南蝎分开的一只鬣狗和一条狗在冲她嗥叫。"

"靠那一张牌,我就能看出你被各种恐惧、错误的思想和谵妄的倾向限制住了。"

第一次拜访过后,霍多罗夫斯基便成了家里的常客。加维和巴布罗早已习惯了看各色男男女女走进门,因此没有什么能令他们意外。在所有人中,最怪的仍是爱德华·詹姆斯,他们也已学会了忍耐他。阿莱杭德罗把莉奥诺拉介绍给了阿尔瓦罗·库斯托迪奥,后者请她为何塞·索里利亚的《唐·璜·特诺里奥》设计舞台。女演员奥菲利娅·吉尔马因对西班牙内战十分着迷,幕间休息时一直在谈论这一话题。莉奥诺拉听着,不禁毛骨悚然。剧组排演时加维和巴布罗一直很开心,他们帮母亲画面具或做装饰。

"哎,莉奥诺拉,咱们为什么不一起写一出戏呢?"霍多罗夫斯基提议。

"还真没想过。什么类型的戏?"

"一部给孩子看的超现实主义小歌剧。你脑子里有没有什么题目?"

"你觉得《蜘蛛公主》怎么样?把它献给我画室里的租客。"

《蜘蛛公主》并没有成功上演,不过霍多罗夫斯基倒是把《佩内洛佩》和《椭圆女士》搬上了舞台。

"你得把最后那部分改改。父亲不要把鞑靼烧掉,太残忍了。不可以对卢克莱西亚这么做。"

"他们就是这么对我做的,阿莱杭德罗。"

"你是一头母狮,就像你的名字:Leon(or)a[1]。"

"所以故事是依照事实写的!"

站在某个权威的角度,霍多罗夫斯基确信自己拥有高尚杰出的精神力量,尽管如此,他还是爱做惊世骇俗之事。他总是众人的焦点,而莉奥诺拉总是躲避镜头,甚至连奇基的相机也要避开。阿莱杭德罗想让她变成公众人物,让全世界都能在街上认出她来。"学学皮塔·阿莫尔,裸体跳出来!"莉奥诺拉拒绝了。克里斯托弗·弗里曼特尔教她学会了集中精力,学会了只和自己相处。"现在我很平和。"她对奇基说。对方看着她,一副难以置信的表情。霍多罗夫斯基是玻璃里的小公羊,尽管莉奥诺拉喜欢羊,他仍打破了她内心的平静。总有一大群摄影师跟着他。

"你的姿态糟糕极了,阿莱杭德罗。而且你总是用强调的语气。我讨厌强调。"

"啊,是啊!现在你的贵族劲儿又要出来了。"

不过在根据卡洛斯·富恩特斯的短篇小说改编的电影《一个纯洁的灵魂》的拍摄现场,她感觉很自在。作家在现场画了许多名人的讽刺漫画,让她忍俊不禁。莉奥诺拉扮演的是克劳迪娅-阿拉贝雅-阿尔本兹的母亲。导演电影的是克洛索夫斯基的追随者胡安·何塞·古罗拉,后者在每个场景的拍摄中都展示出了出众的才华。在候场的时间里,银行家阿尔多·莫兰特——小说家艾尔莎·莫兰特的弟弟——和她聊

---

[1] 莉奥诺拉(Leonora)的名字中包含西班牙语"母狮"(Leona)一词。

了聊墨西哥绘画用自己最近的收获：弗兰西斯科·科尔萨斯以及克洛内尔兄弟，佩德罗和拉法埃尔。

"我不知道他们是谁。"莉奥诺拉用英语说。

"你对墨西哥绘画没兴趣吗？"

"我对雷梅迪奥斯·卡罗和艾丽斯·拉洪感兴趣。"

"奥罗斯科呢？"

"太糟了！"

路易斯·布努埃尔打了个电话给她，问她愿不愿意参与拍摄阿尔贝托·伊萨克——他一个游泳冠军朋友——的电影《这个村庄没有盗贼》。她觉得跟梳黑人头的加夫列尔·加西亚·马尔克斯、胡安·鲁尔福、卡洛斯·蒙西瓦伊思、漫画家阿贝尔·克萨达，以及会赞美她逗她笑的玛利亚·路易莎·门多萨一起度过一天是不错的主意。布努埃尔还告诉她："你一句台词都不用说。我只希望你和其他人一起坐在咖啡桌边交谈。"只是在出门前，她查阅了《易经》，并遵照它的建议没有去。

莉奥诺拉在决定是否接受别人的吃饭邀约时都要参考这本占卜吉凶祸福的中国古籍："第三爻算出老阴，意味着将进食不洁的肉干，还可能中毒，会轻微受辱，但不会挨受责骂。"

有时，已经穿好了雨衣，拿起了雨伞，她也会回去查看《易经》，看自己是否应该出门。她对此疯狂着迷，会扔钱币，查询六十四卦，来最大程度肯定自己的决定。

"你这是自找麻烦。"听奇基这样一说，她的气不打一处来。奇基摇了摇头："最开始是卡巴拉，后来是瑜伽，现在是

《易经》,明天又会是什么呢?"

"你不能谈论卡巴拉,因为它是针对入门者和高等级者的科学。"

"巧的是,咱们两个里,犹太人是我。"

"犹太人的身份是不够的。我对卡巴拉感兴趣并不是因为它的宗教性,奇基,我研究它是因为它把我变成上帝,让我可以吹气创造。"

"你什么都不相信。"

"我说的是创造,不是相信。[1]我是画家,我信仰的是创造。"

莉奥诺拉开始读卡巴拉的文字,并最终爱上了它的神话,尤其是戈伦的部分。组成耶和华隐秘之名的四个字母是谜,能解开它的拉比就如同上帝。

"我要画一个拉比,哪怕他对我说死亡是唯一的真理。我要把他画在他的浴缸里。比起淋浴,拉比更喜欢浴缸,洗澡时戴着匽帕。我要给我画的这个戴一顶草帽。"

萨尔瓦多·埃利松多创立了《S.nob》杂志,邀请莉奥诺拉绘制封面。

"这本杂志会是'月经'性的。"

埃利松多很有头脑,但她不喜欢"月经"的说法。

很多名人一到墨西哥就来看莉奥诺拉,加维和巴布罗早已习惯了这一点。费雯·丽在拍完《飘》的几年后敲响了他们的家门。她在厨房铺着漆布的小桌上与莉奥诺拉喝了茶。

---

[1] "相信"原文为"creer","创造"为"crear",二者拼写相近。——编者注

四十九　舞台颂诗

艾萨克·斯特恩来时，莉奥诺拉问他是不是泌尿科专家，他回答说："不是，我是小提琴家。"过了一会儿，莉奥诺拉抓住对方："您不是艺术家，是个翻译。"斯特恩非但没有受到冒犯，第二天还带着三十六支玫瑰再次登门拜访。

"花瓶不够用，连马桶里都要插上玫瑰了。"

佩姬·古根海姆的女儿佩吉恩在一次旅行中来到了阿卡普尔科，疯狂地爱上了一位船夫。她决定身着泳装，手持龙舌兰酒杯，与对方共度余生。于是佩姬出现在了奇瓦瓦街，还是一样的鼻子，一样向外突出的双眼。莉奥诺拉在厨房为她端上了一杯茶。

"你能陪我去阿卡普尔科找到那个船夫然后去告他吗？"

"告他什么？"

"绑架、性侵……"

"佩姬，咱们在墨西哥，你的女儿现在已经成年了。每年有成千上万的美国女人来到阿卡普尔科的海滩，被开船的小伙子搅乱了荷尔蒙。佩吉恩不是唯一一个，格雷罗州的监狱里容不下这么多性欲冲动的船夫。"

"在中国属相里，莉奥诺拉，你是属蛇的。"

"无论是蛇、羊、狗，还是猴，我都不会和你去阿卡普尔科。但我可以推荐给你一个律师：米盖尔·埃斯科贝多，是我经理人的小儿子，是管理资金的好手。"

加维和巴布罗去了以色列的一座集体农场，回来时都又瘦又黑。

"我们学了怎么播种，怎么收割，怎么装运。田野在我面前已经没有秘密啦。"巴布罗向母亲炫耀道，"我们一天干的活儿比你在葡萄园时干得还要多。"

两人还学了希伯来语,并向她展示,他们和她一样,也会从右至左书写。

"没有人能像我这样同时使用两只手和两个脑半球。"莉奥诺拉想捍卫自己的珍贵能力。

两个青春期儿子的自由叛逆有时会让莉奥诺拉失去理智,她第一次想到,哈罗德·卡林顿应该没少受她的折磨。两人都遗传了母亲的脾气,爱去挑战不可能的事。生活在一个女巨人的阴影下的确有些危险。加维满十五岁时,就有了自己的第一辆车。拉里·伯恩斯坦,一个热爱绘画的犹太人邀请维茨-卡林顿兄弟两人去新奥尔良游览。拉里有家餐厅,有五个黑人在那里弹奏爵士乐。

加维说,新奥尔良美极了。法国菜和非洲菜都好吃得不得了。伯恩斯坦表示欢迎他们随时去玩。

加维对马戏团表演着迷,因为那里充满了仿制的人性,一切皆有可能:悲伤的小丑,怀孕演员的吊杆表演,拥有移动淋浴头的大象,被一分为二而后又合二为一、扔起高帽向众人致意的女人。马戏团演员都是红桃皇后的臣民,她永远都不会命人砍掉他们的脑袋,因为他们每天都命悬一线。

那个世界里有象人,有浑身黑毛的女人,有会说话的乌龟。对加维来说,它比大学要更加真实、诱人。他化装成狗,又指挥又表演。玛利亚·菲利克斯——莉奥诺拉那时正为她画肖像——是他的观众。她常和胡安·索里亚诺一起吃饭,席间笑个不停。某晚的表演过后,莉奥诺拉向她坦承,马戏团的动物令她痛苦。

四十九　舞台颂诗

"尤其是女骑手骑的小马。"

"女骑手都是很强壮的女人,你是担心她们掉下来吗?"玛利亚用自己粗粗的声音问道。

她也喜欢占卜,穿着自己的香奈儿裤子盘腿坐下来。莉奥诺拉向她说起袄教,又帮她占星。莉奥诺拉的家就是预言之家。玛利亚想预知自己的未来,于是伸出手,请对方告知自己的命运线是否对她有利:萨图尔努斯、阿波罗、墨丘利。"你从来都没看过凯尔特塔罗吗?大秘仪中,最美的是恋人。这两个女人一个金发,一个蓝发,就是你和我。中间的男人是丘比特。"太阳牌出现时,玛利亚不禁鼓起掌来,但莉奥诺拉告诉她,太阳也可能意味着孤独、缺少友谊、离婚或者失去爱情。

司机来接玛利亚时,莉奥诺拉对她说:

"再留一会儿吧,我越了解你,就会画得越好。"

女演员又重新坐到了地上。

两人都是白羊座,属火向与木向。

"玛利亚,你是什么时候出生的?"

"这个我不会告诉任何人!"

"我出生在1917年4月6日。属蛇,或许你是属虎的。"

"我很喜欢蛇。要是有一天你告诉别人我的生日,我可跟你没完:是五十四年前的4月8日。"

"咱们的星是火星,颜色是红色。咱们都是激情、聪明、焦躁的人。"

"阿莱克斯送了我一只镶了277克拉钻石的老虎。他特意送到爱马仕请他们打造的。"

"咱们两个都不是忠贞的人。"莉奥诺拉笑道。

电话声不绝于耳。"妈,我走了。""妈,咱们晚上见。""我不知道几点回。""是很重要的会。""妈,我有别的事,不能陪你了。"他们自由了,很受欢迎,让许多女孩坠入爱河,任何时候都有人来找。

"妈,女同学们觉得我有魅力,你就不高兴了吗?"巴布罗问。

"你们还是小孩啊!"莉奥诺拉没想到儿子居然会这样问。

"我们完全不是小孩,是男人了。"

"奇基,我真希望时光倒流,回到这俩孩子还是毛崽子的时候。"

"这是唯一不可能发生的事。他们只会越飞越远。"

"对我来说这太可怕了!"

"对我来说不可怕,很正常。他们得过自己的人生,就像你已经过了你自己的。"

"奇基,我还有很多事要做呢。"

想到自己选的人生可能不是最好的那个,她有些郁闷。或许她的生命留在了英格兰,毕竟她的所有画里都传递着这个信息。她的孩子生在墨西哥,也长在这里。事已至此,怎么还能搬走呢?或许在那个大英帝国,已经没有人还记得她了,甚至她母亲家都不记得,更不要说莫海德家那边,对他们来说,她只是卡林顿家疯了的表姐。

在这里,在墨西哥,有雷梅迪奥斯,还有其他她爱的人。或许哈泽伍德已是一个想象出的世界、一段已经腐烂多年的梦。

四十九 舞台颂诗

"你们想去欧洲生活吗?"

"妈,去英国生活也治疗不了你的抑郁。而且,你的苦闷正是你的盟友,是它在帮你作画。"巴布罗对她说。他想做医生。

"现在,你们这些做我学生的成了我的老师了。"莉奥诺拉笑道。

莉奥诺拉设计了一块挂毯,由奇孔夸克州的一位手工艺人来制作:

"小姐,有您真好。您的每一笔都是心脏的一根静脉血管。"织工兴奋地说。

"奇孔夸克是什么意思?"莉奥诺拉问。

"在七头蛇之上。"

莉奥诺拉和善地冲对方笑笑。

在三幅挂毯组成的系列"蛇"中,一条蛇缠着一丛显眼的、或许是大麻的灌木。在金色的枝条上,莉奥诺拉展现着自己的凯尔特人传统,并将弗雷泽的《金枝》和格雷夫斯的《白女神》融入其中。这两部作品可以把她带回外祖母莫海德讲的故事里,老人常说,家族是达努神族的后代,祖先幽居于绿色山野之下。

1963年8月4日,一则可怕的消息震惊了整个团体。从前总是活跃聚会气氛的何塞·霍尔纳在西班牙疗养院因心脏病发作去世,时年四十九岁。去世前,他从未回到过家乡安达卢西亚。大家在疗养院为他守灵,花圈层层叠叠摆满了花园,几只羊在草地上吃草,后来又靠过来,想吃花圈上的花。

"何塞会喜欢这一幕的。"考蒂忍着泪水说道。

莉奥诺拉整晚都和伤心欲绝的考蒂及诺拉在一起。是何塞让她们学会热爱生活。

"'咱们要一起幸福地活到老。'何塞这么和我说的,可他没做到。"

考蒂瞬间老了十岁,仿佛一夜凋零。诺拉假装事情没有发生,好像成熟了许多。

五十
波洛姆之家

莉奥诺拉要与国立人类学博物馆馆长伊格纳西奥·贝尔纳尔一起去探索仍被深埋地下的那个墨西哥，这令她兴奋不已。贝尔纳尔告诉她，重建一种文化，最重要的就是日常生活用品，所以他们在收集整理时都格外小心。

"没有人意识到这些东西多有价值。它们可以解释我们过去的一切。"

他们用非常细的毛笔扫去物品上的尘土，用心保护它可以带给他们的知识与信息。当贝尔纳尔的助手圣地亚哥·路纳用锥子撬起地板，想看看能找到什么东西时，伊格纳西奥发了火：

"咱们现在面对的是可能因压力而破碎的物品：必须要用刷子或毛笔。"

他向莉奥诺拉递过来一个罐子：

"用两只手来接。这物件是独一无二的。"

考古学家看到草地上有些斑块，便停下来。

"等等，下面可能有座墓。"

"像是走在一面鼓上。"莉奥诺拉也同意。

"咱们为什么不伸一根棍下去，看看能找到什么？"圣地亚哥提议，"敲敲地面，如果听起来有嗡嗡声，下面就是空的。那么我们很可能会找到一座坟墓。"

莉奥诺拉的激动之情溢于言表。贝尔纳尔向她提议为国立人类学博物馆画一幅关于玛雅世界的画。

你的画将与塔马约的画面对面。

关于玛雅人,莉奥诺拉只知道他们是杰出的天文学家,是中美洲最文明、最智慧的族群:

"那我得先了解他们。"

"伊察姆纳对玛雅人来说就像耶和华之于犹太人。"

"我从来没有画过壁画那么大的画。"

"格特鲁德·杜比在圣克里斯托瓦尔有栋房子,她将它称作'波洛姆之家'。她可以在那儿接待你。"

去恰帕斯的旅途令人疲累不堪。山路崎岖,沥青和汽车都热到发烫,然而景色壮美,对她来说算是安慰。水从各处涌出来。忽然,在从图斯特拉向圣克里斯托瓦尔走的路上,在繁茂的丛林中,出现了一个红点,在树脚下燃烧着:一个披着大衣的女人用自己的凌厉色彩点燃了密林。那幻景究竟是什么呢?红点移动着,在树冠下舞蹈。树木也在歌唱。女人扛着一捆柴,她的奎克美特披肩照亮了绿色的地平线。一棵非凡的树伸展着仿佛翅膀的枝条。

"那是什么树?"

"吉贝木棉。"司机回答道。

莉奥诺拉深吸了口气。她的心绪仿佛两只在嗓子那里扑腾的鸽子。抬头的那一刻,她看见了天空中的群虎,低下头,各种奇妙的色彩映入她的眼睛。

"如果在这里都戒不了烟,那我这辈子就戒不掉了。"

五十 波洛姆之家

她向房子的主人特鲁迪——"潘乔"弗朗斯·波洛姆的妻子——坦言。

格特鲁德·杜比·波洛姆来自瑞士,她也为躲避战乱而来到墨西哥。"特鲁迪"是拉坎东人给她起的名字。

"来墨西哥前我对它一点儿都不了解,只知道他们会把人的心掏出来。来这儿后,我才明白,机枪的射击要比人祭更可怕。"

她们在没有人行道的街上一直走到库克斯提塔利。恰穆拉人为她们让道。戴着斗篷的妇女几乎不抬眼看人,在认出是特鲁迪后,才靠过来。她闻起来像烧焦的木头,像烟,也像树脂。玉米田蔓延到了农人家里。

"要小心种的菜,别踩到南瓜的嫩茎或玉米的嫩杆。"

几个叫花子在教堂门口等着,不时半睁眼睛,看看眼前的雾霭。

"卖给他们的烈酒是杀人凶手。"特鲁迪解释道。

莉奥诺拉喜欢听石子路上的马蹄声,也喜欢看人们把马拴到墙壁的圆环上。特鲁迪向她说起一匹被施了法的马,她便想去看看。在一片牧场尽头,那匹马正在主人的皮鞭下嘶鸣挣扎。

"那种鞭子是给被施了法的动物专用的。"

莉奥诺拉在众人讶异的目光中走了过去,展开双臂,马儿于是低下了头,她又把张开的手掌放在了马的眼睛上,它立刻安静了下来。

"你是怎么做到的?"

"我会说马语,在用它们的语言和它沟通。现在只想好好安抚它一下。"

特鲁迪说自己曾游泳穿过满是鳄鱼的池塘和河流,出来时身上连一道抓痕都没有。她还说,与拉坎东雨林相比,阿卡普尔科有更多可怕的事。最危险的是野猪:当五十到一百头野猪在勇猛首领的带领下发起进攻时,唯一的逃生办法就是跟懒吼猴和黑掌蜘蛛猴一起蹿上树。再有就是,大树可能会倒在帐篷上,如果发生这种情况,无论如何都无法活着离开。

"我曾经和弗朗斯一起在雨中走了七个月。一切都在腐烂:材料、胶片、衣服、食物。雨林会让人觉得自己生病了。"

"特鲁迪,我饿了。"莉奥诺拉听对方慑人的壮举听累了,这样对她说道。

"正好你提出来了。希望你愿意吃懒吼猴、黑掌蜘蛛猴、野鸡、鹿、玉米粽、奇碧林野百合汤,然后就是玉米,玉米,还是玉米,这儿就只有这些吃的。不过你肯定会喜欢我的西红柿,我自己种的。我有园艺专业的大学文凭。"

"不用担心,给什么我就吃什么。有茶吗?"

"当然有。你真是个英国人!"

晚上,山上的寒意漫下来。深蓝的天幕上满是星星。

"这里有没有看星空的瞭望台?"

"整个圣克里斯托瓦尔就是一片瞭望台。"

"拥有望远镜而缺少它至关重要的另一半——显微镜——会让人产生最深的误解。右眼应该负责看望远镜,左眼则该用来看显微镜。"

五十　波洛姆之家

"弗朗斯把我们的显微镜捐给了小学校。"

"这种冷让我想起我的童年。"

莉奥诺拉把自己锁在房里好几天,专心在巴托洛梅教士著述的基础上研究玛雅古籍的副本。她想认真阅读,但雨林总让她分心。树木的枝叶在几小时暴雨的不停攻击下敞开了自己,那景象她可以看一辈子。

"你怕雷声吗?"

"看到那道闪电了吗?"特鲁迪插了话,"玛雅人认为闪电是暴风雨中划过天空的银蛇。那条蛇在闪电发亮时把光送到地上,就这样创造了人和动物。"

"纳瓦尔是什么?"

"是一种保护我们的小动物,是人的动物替身。你觉得你的纳瓦尔是什么,莉奥诺拉?"

"一匹马,你的呢?"

"一只松鼠。萨满女巫、巫医帕萨科瓦拉·寇梅丝说我是头山羊。"

特鲁迪每天东奔西走,却完全不见一点儿疲态。她的充沛精力让莉奥诺拉不解:它到底是从哪儿来的呢?

"我走了这么多路,估计绕地球三圈都绰绰有余。你呢,莉奥诺拉?"

"得有五圈了吧。我比流浪的犹太人走得还多。"

莉奥诺拉看起来精力无限,但特鲁迪要更胜一筹。后者闯进书房,关于拉坎东雨林的坏消息惹怒了莉奥诺拉。不过特鲁迪说自己在努力抗争:

"我一直想让那个浑蛋政府把雨林变成国家公园,有族长老潺金的帮助,我感觉事情有可能成。"

潺金是位神秘人物。一头长发,眼神飘忽不定,身上披一袭长袍,能看出它曾经是白色的。他来到波洛姆家,嗅了嗅房子的气味。靠近他的人会打起冷战。拉坎东人让莉奥诺拉想起仙丘居民。他们躲在树后,在雨林生活。

"拉坎东人接受你吗,特鲁迪?"

"每次去徒步,弗朗斯和我都给他们带药、斧头和砍刀。现在波洛姆之家还有三个拉坎东人等我给他们治病呢。我之前没想到他们这么聪明。两个星期就学会怎么文雅地用餐。他们在我的浴缸洗澡、抽烟,还会用烟灰缸。"

圣克里斯托瓦尔的年轻人对老人很好。看到人渐渐老去、双眼昏花,他们就会舔他们的眼,帮他们把食物捣碎,喂到嘴里,请他们喝玉米汤,以这种方式回报自己年少时所受的恩惠。

有瘦小的拉坎东人披一头长发,离开雨林来到波洛姆之家。他出现在花园里,叫着特鲁迪的名字。

"我女人早上起来不太好。快跟我去看看。"

特鲁迪医治流感和普通感冒,包扎伤口,提供食物,还把自己的权威强加在他人身上。莉奥诺拉租了一辆自行车,和其他人一样在圣克里斯托瓦尔来来去去。她在街上逛,很惹恰穆拉人的喜欢。女人们卖给她刺绣,其中一些人自己还是孩子,背上就已经绑着自己的儿女。她每走一步,都是与她们悲惨生活的相遇,同时也是与她们的魔法的相遇,因为这些居民的衣裳与帽子上面都装饰有万千彩饰,热闹缤纷。

金头发的安芭尔·帕斯特告诉她:"有个男人在林子里爱

五十 波洛姆之家

上了一个女人。/ 他离开时，决定让对方怀孕，/ 好让她记得自己是爱她的。/ 当他回来时，很多女人都 / 有孕在身。/ 他便不知道哪一个才是自己的女人。"

莉奥诺拉的记录填满了记事本。

"你想去认识一下巫医托尼克·尼巴克吗？我们可以带你去。"帕萨科瓦拉说。

在她的瓦顶木屋里，帕萨科瓦拉告诉她："当言语存在，就没人会遗忘。只有言语才能帮我们记忆，只要有记忆，就有'我'的存在。"

"帕萨科瓦拉，你相信我是存在的？"

"不知道，我只知道你很被需要。"

莉奥诺拉来到了托尼克的茅屋。那是一位弯腰驼背、双眼含泪的老人。她并不信任莉奥诺拉；先为她用草叶、树脂净了身，还提醒她，夜里会有死亡的力量从地下世界钻出来，要做好准备。莉奥诺拉告诉她自己总是梦到一大群蚂蚁。

"你睡前画十字吗？你的梦说明有一群嫉妒你的人想要迫害你。"

"要做什么那个梦才会消失呢？"

"死掉。"

"我要死了吗？"

"恰恰相反，你会活到很老，一百岁，甚至更老。"

萨满用果壳碗盛了一碗饮料给她。

"这是什么？"

"别嫌弃，喝掉它。"特鲁迪好像在下达命令，"玉米、水和可可混合的饮料。"

"我很喜欢可可,很好喝。"

莉奥诺拉和她的自行车在圣克里斯托瓦尔变成了人们熟悉的一道风景。

"你给我们画一幅吉贝木棉吧。"莉奥诺拉问起修罗托的故事时,帕萨科瓦拉对她说,"修罗托是一位神,可以化身为许多种双面生灵,他的生命一直延续到他在最后一个化身中僵死的时刻。太阳需要诸神之血,因为修罗托逃跑,就把它变成了一种怪兽鱼。"

与帕萨科瓦拉、何塞法和奇卡的谈话为莉奥诺拉展现了一个类似仙丘居民栖居地的世界。玛利亚·丘为彩虹作了一首诗:"彩虹要咬我,我的神。/ 现在它在看我。/ 在追我。/ 跑进我的家。/ 赶走它!轰走它!让他走!/ 快朝它扔三块石头。/ 快向它吐三口烟。/ 那恶之母 / 一心想吃我的心。/ 它要控制我。/ 与我对峙。"

"这儿的雨水很多,看来恰帕斯是属于特拉洛克的。"莉奥诺拉笑道。

"在恰帕斯,所有被淹死的人都是被选中的人,他们注定要去特拉洛克的天堂居住。"

河中的巨石让她想起圣马丹-达尔代什。

某种动物的嗥叫打断了水声。

"是懒吼猴。八公里外都能听见"。

莉奥诺拉没有兴趣展现集市、风景、火山、茅屋、教堂、金字塔,她甚至不想画街上正发生的事。她只想画自己的内心世界。"理性应该去认识内心的道理和其他所有的道理。"

"把彩虹画进你的壁画是对的。"特鲁迪发表了自己的意

五十　波洛姆之家

见，"在恰帕斯，人们崇拜它。"

"事实上，我最在乎的是克察尔科亚特尔。这儿有动物园吗？"

她在动物园中描画乌龟和野鸡，把野猪变成刺猬，令人想起马克斯在圣马丹-达尔代什创造的那些形象。羚羊变成了半羊半人的生灵；狮子有蛇的舌头；鱼长出了牙齿；蜷蛇变成了床垫，在爬上善恶树之前在亚当面前跳舞。

无论墨西哥风俗有多吸引她，都无法成为她血液的一部分，在为壁画做的笔记上，她继续描绘着自己的过去。有钟楼的教堂、有连环拱的圣克里斯托瓦尔大教堂、《玛雅人的魔幻世界》，都和凯尔特人的魔幻世界融合为一。

"这是我第一次画这么大的东西。"她给特鲁迪看了自己的画稿。

"别怕，别停留在岸边。还记得安芭尔·帕斯特收集的吉瓦纳·库鲁斯·波索尔符咒吗：'我要在你脸上刨一下，圣土地。/ 我要进入你的身体。/ 我要埋葬你神圣的身体。/ 我要进入你的肉里。/ 要播种我的玉米。/ 播种我的活计。'"

回到墨西哥城后，莉奥诺拉去了理发店。她也把壁画剪成了三部分。在《下面的世界》的左端，她画了一个巨大的美洲豹豹头，右端是一个懒吼猴。在《地上的世界》中，最显眼的是一匹无比高大的白马，画面中的恰穆拉人被画得很小。太阳和月亮照耀着一条蛇划过的天空。地面则被许多獏、鹰、豹和蜘蛛猴占据。莉奥诺拉一边画，一边反复念诵着《波波尔乌》中的预言："在黑暗内部将诞生使我们看到周遭一切的光。"

那些是热火朝天专心创作的日子。莉奥诺拉觉得自己体内有一面非洲鼓，它的节奏逼着她向前赶。"我想画出那种木头的声音。"在圣克里斯托瓦尔，她一直抽烟驱赶蚊虫，画架边堆起了火山般的烟头。

五十一
死亡的魔幻世界

在交付壁画之后,莉奥诺拉又完成了几幅作品:《海豚会议》《拉瓦洛克》《鸟类炼金术》《蛾摩拉之歌》。

"他们想托我为一家医院的入口画一幅壁画,"雷梅迪奥斯对她说,"我很害怕,就没接受。"

她给莉奥诺拉展示了刚画完的《正起死回生的大自然》,还有还在画架上的《森林之音》:"在这幅画里,我感觉自己就要画出合而为一的人、自然和宇宙了。"

1963年10月8日,莉奥诺拉正在厨房喝茶,持续不断的门铃声让她不得不起身去开门。

"怎么这么按门铃?吓死我了。"

她本来想笑,但考蒂的表情让她的面容僵在了那里。

"我得告诉你一个坏消息。"她的声音在颤抖。

"怎么了?像见了鬼似的。进来,我给你倒杯茶。"

"莉奥诺拉,是很可怕的消息,你最好坐下来听。"

"快说吧。什么消息,能把门铃按成那样?"

莉奥诺拉靠在门框上,考蒂坐下来,不停搓着手,像在洗一块正滴水的隐形抹布。

"保姆一路跑到马格林大厅去通知瓦尔特,但他到得太迟了。"

"什么事到得太迟?"

"他那会儿已经什么都做不了了,莉奥诺拉。"

"考蒂,我不明白。"

"今天下午雷梅迪奥斯走了。她吃完饭感觉不好,就躺下来休息。好像是心脏病突发。"

考蒂的话听起来太荒谬,莉奥诺拉完全无法接受。她喝着茶,又拿起一根烟,像一切都没有发生。接着,她一个字没说,回到了自己的房间,拿起一个娃娃,为它缝了一条花裙子,又为它织了一条毛毯,把它裹了起来。她想把床铺好,让娃娃睡觉,于是把床单、枕头和床罩都扯下来扔到了地上。考蒂的声音从下面传来:"莉奥诺拉,我还得赶去通知艾丽斯。"接着,门被撞上了。

更可怕的是,当时她是一个人在家。孩子们在学校,奇基去拍照片了,没有人看着她。奇基回来时,她已经悲痛欲绝,最后,他决定去找瓦尔特·格律恩。

在守灵仪式的角落,考蒂、埃娃·苏尔泽和保姆一起哭着。莉奥诺拉完全承受不住。所有在场的人都无法理解这一切。瓦尔特呆滞地接待着众人,仿佛一个半身像一样拥抱他们。对他来说,这是可能发生的最可怕的事。马格林的员工都不敢抬眼看。事实上,没有任何人敢看他的眼睛。这个曾经扛过了集中营折磨的男人已经彻底崩溃。他捂住耳朵,跑出门去呼吸。

"墨西哥人说得有道理:10月的月亮是最美的。"莉奥诺拉对同样望着苍穹的奇基说。

"冷静点儿,你的烟都没离过手。"

五十一　死亡的魔幻世界

莉奥诺拉没有听对方的话，她也听不见自己的声音。她把自己关在内心的房中，想起那一天，雷梅迪奥斯对她说，她们两人就像狐狸和小王子："要出发的日子近了，'啊……'狐狸说，'我要哭了'。"莉奥诺拉愤怒地咀嚼着每一个词。奇基用疲惫的双眼看着她。他突然对这个绝望的、不停抽烟的女人充满了同情，她佝偻着身子，就像一个老人，把自己的头埋在腿间，缩成一团，从中发出了几乎听不清的请求："有没有人能让那些人别哭了？"

早上，众人把雷梅迪奥斯的遗体送到了万神花园公墓埋葬，在她身旁三十米处，她的好友何塞·霍尔纳也在地下长眠。

"他们会做伴的。"考蒂低声说着。她从未如此疲惫。

莉奥诺拉在自己的画室避难。她完成了《族长的葬礼》：一个手持有赫尔墨斯标志权杖的形象，带领着族长们的灵魂坐在小船上驶向永生。她读过弗兰西斯·耶茨的《乔尔丹诺·布鲁诺与赫尔墨斯传统》后画出了《布鲁诺的火刑》。她敬仰这位哲学家的挑战："不该在离我们过于遥远的地方寻找神性。"因此宗教裁判所才审判他，宣布他为异教徒，用火烧死了他。

莉奥诺拉用小说《魔角》完整了她的绘画。小说中九十九岁的人物玛里昂·莱瑟比被圈禁在一家养老院中："有时，我觉得自己是圣女贞德。不被理解到可怕的程度，经常感觉自己会因为与众不同而被施以火刑。"

"就像我。"莉奥诺拉想。谁能理解她呢？"雷梅迪奥斯，雷梅迪奥斯理解我。"

奇基已经无计可施。莉奥诺拉在夜里大喊大叫。她好友的离去让她的老相识——抑郁——气势汹汹地杀了回来。

过了一阵子,维克托·塞尔日的遗孀劳莱特·塞如内仿佛受仙丘居民委派,打来了电话,询问她是否想出版她为壁画做准备时完成的草稿,书名也会叫:《玛雅人的魔幻世界》。莉奥诺拉接受了。她对这位用法语和她交谈、颇有说服力的女士印象很好。劳莱特也喜欢隐秘的事物,前西班牙殖民时代的石块仿佛在对她低语:在特奥蒂瓦坎,她与诸神展开了对话。她说上方的与下方的本是一回事;星辰之路仍在松散的土地上。她会解译符号,甚至连石块的沉默都能理解。莉奥诺拉听着,心生敬意。她说墨西哥诸神并不只有爱,他们也酝酿仇恨,因受到冒犯而复仇。他们就在那里,要用黑曜岩做的匕首挖人的心。

劳莱特用她令人平静的声音讲了一个传说:

"鸟儿们为争得最重要的地位而相互打斗。神将众鸟聚集在一起,要选择一只来统治群鸟。

"'肯定会选歌唱得最甜的那只。'夜莺说。

"'你错了,'老鹰反驳道,'统治者一定是最强壮的。'

"'我一定会被选中,因为我的举止完美,羽毛的红更是令众生倾倒。'北美红雀说。

"羽毛粗陋的孔雀请求普胡依鸟把羽毛借给它,作为交换,它会与对方分享自己的财富和名誉。

"普胡依鸟把自己的羽毛借给了对方。神于是选择了孔雀做百鸟之王。戴上王冠之后,孔雀便忘记了将羽毛还给它的主人。于是神决定,在孔雀开屏的灿烂时刻,它的鸟喙中会发出一种滑稽的呱呱叫声。"

"你给我讲的，是权力的传记？"

"没错。"

五十二
爱　情

在英国使馆的大堂,阿尔瓦罗左手拿着威士忌,站在那儿打量莉奥诺拉。他用目光捕捉着她。

"你是宴会上最美的女人。"

"这话我已经听过上千遍了。"

当然,阿尔瓦罗也仪表堂堂。他用那样的目光望着莉奥诺拉,于是她也没有犹豫:

"你应该可以按我希望被爱的方式来爱我。"

他立刻答道:

"嗯,我可以。"

顷刻之间,莉奥诺拉的人生就变了样。他的面庞凑近她那张棱角分明的脸时,物理法则也起了变化。一种期待侵入了莉奥诺拉的心,让她有些晕眩。

"我有种预感。"

"什么预感?"男人渴望地问。

"有关失去的预感。"

英国使馆请宾客落座。座位是指定的。她坐在了主座的右侧,看到另一端的女人们都在看他。这些妆容精致、发色光亮、涂着指甲油的女士是美容院的造物,她们像时尚杂志建议的那样宠爱自己。

五十二 爱 情

"阿尔瓦罗·卢皮是位杰出的外科医生,"大师告诉她,"他挽救了许多生命。"

在咖啡时间,她得知阿尔瓦罗用乌羽玉、致幻蘑菇做实验,便向他提起了赛洛西宾的话题。

"有一次我服下了一些;我伸长脖子,高举手臂,像弗雷德·阿斯泰尔一样跳起舞来。那一刻,我是距离、空气和宇宙的主人。甚至在坐下来后,我的手仍在随着音乐节奏摇摆,指间的光芒让我入迷。"

莉奥诺拉几乎是在屏息听对方描述。

"你有一张前拉斐尔派的面庞。"她对他说。

"我喜欢你这么说。"

莉奥诺拉约他在查普尔特佩克的树林里见面。

"人在树下会更好地思考。我们下午四点在诗人道见。"

阿尔瓦罗取消了看诊。他已经多年未去查普尔特佩克了。找到那条路很容易。他看见她身穿黑衣,迈着有节奏的大步,满身的活力,连外面的雨衣都飘了起来。她向他走来,没有一丝矫揉,像个男孩子,大大咧咧。她的动作正如阿尔瓦罗将听到的她的决定。

"怪不得是画家。"阿尔瓦罗想,她的气质自有光晕。她忽暗忽明,他同时吸收并反映出这一点。不高兴时,他的心也暗下来;她笑起来,他便也容光焕发。

两人走着。莉奥诺拉一边走一边在地上画着圈。阿尔瓦罗想知道为什么,她说这样做,坏精灵会被扬到空中。

"阿尔瓦罗,你不做运动吗?我走路时想通了很多问题。"

阿尔瓦罗绊了一跤。

"这下面，"莉奥诺拉过去扶起他，"有另一个查普尔特佩克，有它的湖、它的向内生长的尖叶落羽杉、它的草叶和它的石头，比我们能看到的这些还要更美。它的城堡也有瞭望台，从那里可以看到独立天使在飞。"

莉奥诺拉停在一束光下，立刻被照亮了。

"如果你像那天晚宴时那样动一动手，阿尔瓦罗，就会回到服用了赛洛西宾后的入迷状态。"

"我不需要回到那种状态，我一直在里面，就没有出来过。"

莉奥诺拉所到之处的氛围会有些令人紧张：树叶在摇晃，变成了他从未见过的形状，向两人涌过来，抓挠着他们。低声的雷鸣也落在了他们头上。

"没有一棵树是没有个性的。"她说，"只要是会呼吸的，都是美的。死了，就该被丢进垃圾筒。很多我爱的东西都顺着下水道被冲走了。"

"什么东西？"

"男人啊！"她踢起了路上的一块石头。

阿尔瓦罗拉起了她的手，没想到它这样小。

"我请你喝杯酒吧，或一杯咖啡，随你。"

"去山朋那儿吗？我喜欢那个地方。"

她自信地笑了一下，笑容一直延续到了酒吧。在喝酒的同时，她的脸颊也慢慢烧起来。

"我想带你去认识我的两个朋友。一个叫佩德罗·弗里德伯格，另一个叫布里奇特·蒂切诺尔。他们有幅妙极了的德基里科。"

五十二 爱 情

阿尔瓦罗刚把车停在蒙特雷伊街和奇瓦瓦街的路口,她便跳了下去,在关门时说:

"你没发觉吧,我刚才钻进过你的身体。"

他们继续在尖叶落羽杉下约会散步。一天下午,莉奥诺拉指着其中一棵深色枝条伸展在天空的树,闭上眼,对对方说:

"对我来说,你就是这棵树的坚韧力量。"

阿尔瓦罗递给她一串珍珠项链。她端详了好一会儿。

"你的礼物让我感动,因为珍珠是真理的追求者。它们因此在贝壳中诞生、生活、生长。它们想成为精华。你把这串项链放在我手里,就是给了我一种追寻真理的乐器。"

"说得好正经!"阿尔瓦罗笑道。

莉奥诺拉生起气来。

让阿尔瓦罗意想不到的是,莉奥诺拉的艺术家朋友们都很脆弱。甚至连见多识广的布里奇特·蒂切诺尔也需要他人的肯定。更不要说佩德罗·弗里德伯格了,他生命的目的好像就是用自己的才华和伪装讨好所有人。他们拿着报纸,手抖起来,像受惊的鸟儿一样:"这些人说我不好。"他们会因为没有收到某个聚会的邀请,因为照片照得不好或自己没有出现在照片上,因为玛格丽塔·内尔肯或豪尔赫·胡安·克雷斯波·德拉塞尔纳没有回应他们的来电而感觉受到了冒犯。他们将自己的失败归因于文化部门的管理有问题。没有人参与他们组织的活动——但另一边,连汤戈蕾蕾和脱下了教士服的帕尔蒂尼亚神父都参加了卡洛斯·富恩特斯组织的聚会——他们就一蹶不振。那出戏实在夸张:"人们都在抵制我，痛恨我，我想生活在别的国家，可怜的墨西哥，竟然否定艺术！"

说到底，想法最坚定的是莉奥诺拉——她以自己的艺术之名，捍卫自己想让世界转变的权利。"我已经看清了，墨西哥人在公共事务上没有权利。在这里，力量集中在统治者那一边，而不是被统治者这一边。为什么要屈服于那些下达命令的人呢？"阿尔瓦罗觉得她咬牙切齿地说"我恨那些政党"时的样子很有趣。

阿尔瓦罗在罗马街和利物浦街的路口租下了一间小公寓，那是他向她示爱的方式。莉奥诺拉曾有过激情，有过神魂颠倒。但这种从清晨开始滋长的日常的感情她却从未经历过。她了解着魔的感觉，知道对马克斯、雷纳托、奇基的依赖是什么样。但奥克塔维奥·帕斯和她说起的、诗人洛佩斯·贝拉尔德所描述的情侣之间的爱情对她来说是全新的。爱情会搅乱既有的价值观，把人抛向未知。写出《疯狂之爱》的布勒东，肯定会为她的新发现高兴；为他人口中她的美——"你从来都没像现在这么漂亮"——高兴；为爱的真相带来的能量高兴。她记起了布勒东曾经对杰奎琳·兰巴所说的："你美得不像话。"因为阿尔瓦罗，莉奥诺拉感觉自己是"世界无所不能的统领"。

她把一个画架、一块画布、一盒颜料带到了公寓。

重塑生活意味着撕碎过去。莉奥诺拉在谈论自己的过往时，阿尔瓦罗认定，她之所以疯癫，是因为经历了极致的痛苦。她先是把双手放在胸口，随后又移到胃部，仿佛五脏六腑都要跳出她的身体。

五十二 爱 情

"我把自己那时的一切都给了他,沉没在他的整个人里,他却一点点地、暴力地把我拽了出来,还未开始的生活就那样破碎了;我脑中的所有线路都短路了,于是这些人对我使用电击,想接通它们。你知道卡地阿唑是什么吗?是一种刺激疗法,他们给你注射胰岛素,最后你会不省人事。事实上,他们在杀害你。说是治疗精神分裂,但是卡地阿唑会摧毁你内心的一切。他们给我的痛苦还留在这里和这里。"她用手摸了摸心脏和额头。

阿尔瓦罗看着她,他目光中的尊重是她许久没有感受过的。能为爱承受这样剧烈痛苦的人一定是不平凡的。"在这样的女人面前,人很容易俯首称臣。"

莉奥诺拉是强有力的,她一直沿着悬崖生长。她、光、清晨的花朵。她来自某种无穷尽、无限制的东西。她会迷失,之后又能找回自己。她抛弃了自己的身体,现在正散发着一种他能看到的光芒、能量或光环。"瓦尔特·本雅明自杀了。在那之前,他甚至已经带着手稿徒步穿越了比利牛斯山。如果他能再等一等,就会得救。永远都应该再等等。"阿尔瓦罗想。她令他感知到了某种旧日的、未知的东西,这在他的情感中占了上风。当她对他说"我很熟悉那些理性无法解释的现象"时,他是相信她的。

"我知道那些星星是多年前死去的男人、女人和孩子。他们已经是星际间的物质了。"

"我们也是。"阿尔瓦罗顺着她说。

他们在周末的约会变成了习惯。莉奥诺拉的儿子们已经长大,奇基也从不说什么。莉奥诺拉真正可怕的旅程——她的疯癫之路——有时会让阿尔瓦罗恐惧。一天晚上，一位侍应在山朋把盛了一摞盘子的托盘摔了出去，引得她惊声尖叫："咱们快走！"

从前，阿尔瓦罗拒绝去大城市以外的地方参加会议，但现在他会接受。这一次选择了内卡哈。海湾湿润的疾风吹过，暴风雨卷起了茂林般的绿浪。在山谷尽头的林间小镇胡阿雷兹镇，两人住进了一家简陋的旅馆。他们散很久的步也不觉疲累，眼前的一切都变成了林木、对话与欢笑、玉米饼与米饭、爱抚与爱。有时也会争吵。阿尔瓦罗很实际，她则顺应自己的直觉，它带着她走向自然。有些种子甚至是从安第斯山脉经平流层被带来的，含有她能识别的有毒物质。

"有毒？"

"是啊，阿尔瓦罗。树脚下会长神圣的植物。比如蘑菇，咱们去找点儿来。"

傍晚时分，在漫长的步行之后，他们会来到山林深处。一些鸟儿仿佛光点，在树的高枝间飞翔，另一些则在隐蔽的栖木上歌唱。腐烂树叶的气味同看不见的花朵的芳香混在一起。

"在这儿呢，在这儿呢。来吧，我的爱，我的小宝贝们。"莉奥诺拉在一棵树下蹲下来。"这些就是，拿着这颗。"她递给他一朵蘑菇。

"你疯了。"

"别这么说呀！我知道自己在做什么。拿着，你看。"说着，她把它塞进了嘴里。

"可能有毒啊。"

五十二 爱 情

"肯定没有,我知道自己在说什么,快塞进嘴里。这些就像是神身上的肉。你是个医生,能救神的命。"

阿尔瓦罗像吃泻药一样吞下了蘑菇。莉奥诺拉笑起来,把自己的大披肩放在地上当作枕头,邀对方和她一同躺在树冠下。

"咱们就睡这儿吧。"

"别啊。还是回镇上吧,这儿很危险。你都没意识到,你在拿自己的生命开玩笑。"

"阿尔瓦罗,所谓危险,是不做自己想做的事。躺下吧,地上很软。"

躺在她身边,他的感官因精神紧绷而变得更加敏感,但也因漫长的徒步而变得脆弱。他感到了晕眩。蟋蟀和青蛙合唱着,他闭起了双眼。

"这样死倒也真不赖。如果真要死的话,我接受。"

他睁眼时,看见莉奥诺拉很清醒,在哭。他睡了多久呢?黑暗的夜里,星星在闪烁。他想问她为什么哭,却发不出任何声音。他看见她铺在地上的黑发、她的侧脸,和滚过脸颊的泪水,第一次感觉到自己的人生在此刻之前都没有任何意义。毫无疑问,他在她面前是渺小的。什么时候才可以像她一样把自己的情感外化出来呢?似乎永远都不可以。他何时曾见过另一个这般脆弱但同时又这样能掌控自己生命的女人呢?他的冲动一开始令他愤怒,但终究为他打开了一部分他从未想象能拥有的自我。不知过了多久,天亮时,他终于能动了,于是立刻拥抱了她。他感觉到了无限温柔:"莉奥诺拉,我的小女孩莉奥诺拉。"她把头埋在他的颈弯,他轻轻摘下她头上的污物,捋平她的衣裙,带她回了旅馆。"来,咱们洗个澡。"

一个白发男人为他们准备的早餐奶酪卷饼美味至极,一旁的溪水仿佛流动的钻石。曾见过她一次的当地人认出了她:"啊,那个小外国人,那个小德国人,小意大利人,小美国人,小法国人!"她来自所有这些国家。

十二点,太阳在天顶燃烧,阿尔瓦罗一边举着右手充当帽檐,一边问她:

"咱们干吗不留在这儿过一辈子呢?"

"不好。"莉奥诺拉斩钉截铁,"咱们得走了。"

"你之前和谁来过这儿?大家好像都认识你。"

"和我丈夫。"

"走吧。"他扶着她的手臂,沉默了下来。

五十三
迪亚兹·奥尔达兹

可能因为母亲是炼金术爱好者，加夫列尔和巴布罗都选择了有关生死奥秘的医学专业。但很快，加维就放弃学医，转攻人类学，后来又开始学习英语文学，最终转向了比较文学与哲学。

"妈，我想写作，因为写作可以让人逃离日常生活。"

"画画也可以。达·芬奇说绘画是缄默的诗歌，诗歌则是没有图画的绘画。"

"妈，一个人总是为他人而写作的，对吗？你是为谁画画的呢？"

"为我父亲。我从来不认为他的离世会让我伤心，但是今天我才意识到，我在开始画每一幅画时，想到的都是他。我也为你，为巴布罗，为考蒂，为奇基画，也为雷梅迪奥斯画。尤其为爱德华画，我想念他胜过想念其他任何人。"

"你可以像创造你的世界那样再创造一个他。"

"更确切地说，是那个世界创造了我。"

加维会在清晨的任意时刻被一首诗的灵感唤醒。奇基感觉到孩子卧室的灯亮了，于是也醒过来。

"你明天上课肯定上不好。"

"诗歌是位暴君。不写下来，就消失了。"

"快睡觉吧。"

"不想睡。"

在大学里,青春和叛逆交织在一起。年轻人对未来没有计划,因为他们不在乎未来什么样。这个国家直接否定了他们的未来。最令他们气愤的是政府——统治者试图告诉他们墨西哥是什么样的,试图规定他们应有怎样的行为方式。"我爱怎么穿就怎么穿。""我不想做律师,我想转读哲学。""我不想结婚,也不想要孩子。""我赞成堕胎。""去他妈的共和国总统。"女性已经越来越勇敢大胆。当她们喜欢一个男孩子,就去表白。加维就经历过。在落落大方的女孩子面前,他一个字都说不出来。

"托洛茨基主义者""马列主义者""无政府主义者"和"共产党员"正打得不可开交。罗贝托·埃斯库德罗要求总统在宪法广场与群众见面、公务员做财产公示、政策制定要参考民意、政府财政透明。他们在选举期间最迫切的要求是孩子们都有学上,大学生毕业都有工作。"出来吧,大嘴巴!露个头,大嘴猴!"最吸引学生的领袖是路易斯·托马斯·塞万提斯·卡贝萨·德巴卡。他强壮、有头脑、慷慨,希望由年轻人而不是政客来主导国家:"我们团结如一,一切均属大众""施加压迫的是政府""拥有真理的是我们""解放墨西哥""要书籍,不要刺刀""真正的煽动者是:无知、饥饿、贫困""我们不要奥运,我们要革命""宪法广场,宪法广场,宪法广场"。

"我不要枪,只要说话。"何塞·雷武埃尔塔斯挥舞着自己的笔,"这就是我的枪。"

五十三 迪亚兹·奥尔达兹

学生们在校长办公楼前的平地上追着他。何塞开着玩笑,向他们推荐了许多书:里尔克、塞萨尔·巴列霍、波德莱尔。之后又回到了他最爱的作家:陀思妥耶夫斯基和托马斯·曼。"孩子,你没钱买书吗?我借给你。"他很像拥有众多追随者的古希腊哲学家。警察在找他,他流离失所,甚至沦落到在位于菲洛梅诺·马塔街八号的作家协会打地铺过夜。胡思托·席埃拉音乐厅被更名为"切格瓦拉音乐厅"。占领它后,学生们在舞台上、过道里睡觉,在墙上画萨帕塔和比利亚的画像。他们在厕所洗澡,把牙膏牙刷放在那里,没有任何人偷。

直升机在市中心上空盘旋。

劫持卡车是学生们常做的事。司机几乎要吓哭了,求他们不要伤害他:"去找管事儿的吧,总有个大哥在那儿,所有人里最壮的那个是头儿。"

"别动那些货,不是我的,打碎了什么,主人都得让我来赔,我拿什么赔人家啊?拿什么啊?"

一些人说放过他吧,可怜的人啊,另一些人情绪激昂,仿佛在美洲狮队比赛的体育场里。

"哎,别跟胆小鬼似的。我们不会对你怎么样的,快把我们带到宪法广场去。"

开了三个街区,车被巡逻队拦下,积极分子们吹起口哨,跺起脚。

"开车轧过去。"学生带头人下达了命令。

他一把把司机揪了起来,加了速。

市中心的街道上,商铺都怕大学生。两个学生一起停在橱窗前，老板就发出威胁："哎，小浑蛋快滚开！"另一些人直接把商店的帘子放下来。有学生证的人就是危险分子。

"咱们得把学生证吞下去才安全。"卡贝萨·德巴卡说道。国立查平戈农业学院有许多他的追随者。

礼拜日没有任何人去教堂。不再有人问加维和巴布罗是犹太教徒还是天主教徒。相反，他们都对宗教深恶痛绝。学习政治科学的人最激进。未来的社会学家和政治学家们推动了圣多明哥石滩——一片被穷人占领的熔岩地——的建设。墨西哥国立自治大学的学生没有驱赶他们，而是相反，帮他们建起了自己的房子。真正的生活在国立理工学院和大学城才有。"国立自治大学，美洲的自由土地"，一个男学生透过喇叭喊道。

巴布罗把朋友们带到家里，在厨房的桌子上计划如何消灭当政的政党，干掉腐败的法官，如何扎破车胎、组织游行和静坐示威。"当政者的嘴脸真让我目瞪口呆。"马丁·多萨尔说。加维觉得马丁很聪明，因为他谈论墨西哥家庭中的大男子主义，并坚定地说做裁缝的母亲是自己最崇拜的人。巴布罗则嘲笑那些反复攻击墨西哥革命的言论是形式主义的代表。多萨尔说他学社会学是因为他觉得社会学家更激进一些，但最终失望不已。学人类学的也不过是些爱出风头的家伙。学教育学的"好女孩"被司机送去上课，不肯向同学展示自己唇边的微笑。

加维继续与雷纳托·勒杜克交往。他去对方家里吃晚饭，抱怨大学里的官僚制度、丢失学术资料的秘书小姐和小窗口前无尽的等待："您还差一张中学文凭的影印件"或"您的出

五十三 迪亚兹·奥尔达兹

生日期和我们这里记录的不一致"。雷纳托则回答说，没有什么能与婚姻的官僚制度比——因为它会杀死爱情。还说青年人热衷于社会事务是很蠢的，他们老了就会变成既有秩序的一部分。两人一起笑着，雷纳托是墨西哥消息最灵通的人，他带着辛辣的幽默感说起了一些坏消息，后来还下结论说，莉奥诺拉做朋友是极好的，但做老婆就是个穿裙子的丘吉尔，说完便哈哈大笑起来。

"我肯定会结婚。"巴布罗说。

莉奥诺拉怒气冲冲地强烈反对：

"结婚就像在警察没找你碴儿的时候主动去找他们的碴儿。"

"妈，我们不会一辈子都跟你一起生活。"

广播里每天都在重复"红色青年""寻衅滋事""渗透""搞破坏""共产党""破坏稳定""马克思主义者"，让莉奥诺拉厌烦透顶。

爱德华·詹姆斯带来了两条红尾蚺，问巴布罗：

"你能搞几只老鼠来喂它们吗？"

"我们实验室的老鼠是用来做实验的。"

巴布罗费力找到了两只肥硕的老鼠交给了爱德华。爱德华把它们丢进了弗朗西斯酒店自己放蛇的浴缸里。两天后，詹姆斯走进浴室，看到蛇被老鼠吃掉了。

巴布罗做实习医生，工作到很晚，凌晨一两点才到家。有些时候会忘带钥匙，奇基便起来帮他开门。喝过咖啡之后，两人一起出门遛巴布罗心爱的柯利犬乔治。在小狗嗅闻墙根和马路沿儿的同时，巴布罗向父亲诉说自己的担忧。奇基突然看了眼表:"已经凌晨四点了,时间过得这么快!咱们回去吧,你妈妈该担心了。"他们每次敲门,莉奥诺拉都会发火。

加维和巴布罗有一台油印机。他们用它来印一些反对警察和政府的宣传单和游行通知。不印这些东西的时候,他们用印有"CNH"——全国罢工委员会的首字母——的铁罐上街募捐。一些司机骂他们:"你们干吗不在学校待着?""干点儿活不好吗,小浑蛋!"学生们满腹怒气,是时候该发出自己的声音了,那些大人什么都无法给他们。

巴布罗站在索诺拉市场一角的木箱上大声宣讲。加维在公交车和工厂出口派发传单,不时即兴表演一出独幕剧。报纸和电台新闻中,奥运会是最重要的话题,学生运动抹黑了墨西哥本想展示给世界的形象,要好好给破坏者一个教训。巴布罗义愤填膺:"为什么总统不敢站到阳台上来?"加维则在自己的即兴独幕剧中取笑当局高层。

阿尔瓦罗·奥布莱贡街上有大量卡车载着身穿蓝色制服,头顶小便盆形状头盔的警察。加维和巴布罗都是医疗队成员。巴布罗已经治疗过几个伤员。他们同时怀有现实的和想象的恐惧,因为军队到处可见,而且在医学系中已经开始流传有学生失踪的消息。

奇基和莉奥诺拉回到了战争年代,只差轰炸机在城市上空盘旋。加维或巴布罗跑去开门,哈维尔、马特奥、缇姐、娜查、卡洛斯、劳尔和埃丽萨总会扭头去看是否有人跟踪。"我来拿传单""他们把埃德加尔多·贝尔穆德兹从理工学院抓走了""他们在跟踪老师们"。儿子们每次出门,莉奥诺拉都会心头一紧。"他们对查平戈的路易斯·托马斯·塞万提斯

五十三　迪亚兹·奥尔达兹

用了刑，差一点儿就把他杀了。"奇基的愤怒烧到了耳根。

在文哲系的教室和走廊，有人摆上了床垫和睡袋。"警察已经登记了我家。我父母要气死了。"政府认为国立自治大学是破坏分子的温床。为什么巴罗斯·席埃拉校长同意这些学生在教室过夜呢？"那些不是学生，是寄生虫，是愤世嫉俗的文盲！"加维和巴布罗看到警察，就会过马路。加维长发披肩，到哪儿去都在布袋子中装着一只小奶狗。他打开家门，吸引着一个又一个来访的女学生。他用右手掏出小狗让它透气，只听陷入爱河的少女惊呼："啊呀，太可爱了！你看你看，都可以放在你手里！"

两兄弟参与各自学校学生组织的游行。加维继续着他的即兴艺术和马戏团表演。"莉奥诺拉，我在游行中看见你儿子了""莉奥诺拉，我在校长办公楼前看见巴布罗了，你可要提醒他小心啊""我感觉运动要完蛋了，谁要是反对奥运会，迪亚兹·奥尔达兹就会干掉他"。兄弟俩把书包扛在肩上，走出家门，莉奥诺拉不知他们什么时候会回来。

"我怕他们出事。"

奇基保持着沉默。镇压游行的警察什么事都干得出来。传单上的他们是一群大猩猩。

改革大道上，停着一辆辆被称为"胡里娅"的蓝色小卡车。

"那就是把人送进监狱的车。"巴布罗说。

载满军人的卡车一天要过三次。

"我们怕出事，现在城里很多地方都有人在给自己的孩子守灵。"喝茶时伊内斯·阿莫尔说。

9月18日,军队进入大学,逮捕了许多校务、秘书和学生。大学城被暴力笼罩,莉奥诺拉和奇基都吓坏了:"他们把书扔到地上,朝书开枪,在上面小便。"

"咱们去山里,"学生领袖苏格拉底·坎波斯·雷姆斯号召,"我来弄机关枪。"

理工学院生物系学生洛伦索·里奥斯·奥赫达在林达维斯塔区一条街上涂标语时被警察杀害。他出家门时告诉父母,自己会晚些回来,因为要在墙上写"群众团结一致"的标语。巴布罗认识他,他们一起上过一些课。巴布罗和他说自己选了病理学时,他说:"生物是我的专长。"

"妈,我们不是最活跃的积极分子,可是也不能无动于衷。你们是这样教我们的,我们也在以色列集体农场验证过这道理了。"

一些朋友也支持学生,在礼拜日去校长办公楼前读诗或弹琴,这让莉奥诺拉感到安慰。加夫列尔·萨义德读着他的诗《跟踪》,爱他的人们坐在草地上静静地听。

"他们好像已经把皮诺——萨尔瓦多·马丁内斯·德拉洛卡——带走了,还把很多理工学院的骨干学生也抓走了。"

时代变了。在伯克利,琼·贝兹手持雏菊,为萨科和凡泽蒂歌唱。和平与爱。没有人愿意参战。加维的长发惹得骑自行车经过的人叫他嬉皮士。一个老头儿从假牙里挤出一句:"娘娘腔,恶心的娘炮!"

从国立自治大学离开后,加维开始在何塞·玛利亚·埃斯皮纳萨哲学学院讲课。

"我得改变一下你们的思想。"他对自己的女学生们说,

五十三　迪亚兹·奥尔达兹

"明天上课,大家都得读一读《玩偶之家》。"

易卜生让罗萨·尼桑学会了愤怒。从前的她习惯了顺从,加夫列尔·维茨的课为她带来了巨大的震动。对米莉安、埃斯特、姬塔和萨拉来讲也是这样,萨拉说要与自己的丈夫离婚,因为维茨老师让她看到,自己在家里不过是件物品。

"改变自己的生活吧,读一读弗吉尼亚·伍尔夫的《一间自己的房间》,有什么是各位做不了的?"他问道。

"照顾孩子要花很多时间啊。"埃斯特无奈地说。

"不要光想着自己的孩子,要有自己的房间、自己的身体和自己的钱。"

莉奥诺拉是在女性主义的氛围内教育孩子的。加维受她影响很深,在课上从仪式的、人类学的和魔幻的角度讲授与性别和性相关的知识。

每一节课都能激起她们心中的火花。新婚不久的妻子们在晚饭时与丈夫争吵。"谁把这些思想灌输到你脑袋里的?""从哪来的这个小老师?"

最终,加夫列尔因为传播从母亲那里继承来的思想而被开除。

莉奥诺拉已经很少去见她的情人阿尔瓦罗了。对方的无动于衷令她愤怒。

"你不怕吗?"

"不用担心,不会出大事儿的。政府会赢,事情就是这样。"

10月2日晚,一个男孩子瞪着双眼,上气不接下气地来敲门。

"加维和巴布罗在哪儿?"莉奥诺拉问。

"在特拉特洛尔科参加一个会议。"

"军人在屠杀群众,他们到处巡逻,在抓长头发的人。"

莉奥诺拉用双手扶住脑袋,奇基抱住了她。

"我能留在这儿等他们吗?"

"好。你要喝茶吗?"莉奥诺拉拿着烟问他。

"我更想要根大麻。"

"这儿没有。"奇基说。

"我能打电话给我家吗?"

"可以。要是门铃响,你就赶快跑到楼道尽头最暗的那个房间去。"

"你怎么逃出来的?"

"本来一切都进行得好好的,广场上空突然来了架直升机。它发射了两个绿色的信号弹,然后就开始扫射,我赶快往大道上跑。后来听见了军靴的声音。'婊子养的,该领教一下我们的厉害了!'后来坦克也开进来了,好像在战争中一样。"

终于,在凌晨两点,加维和巴布罗两手空空回来了。

"太好了,你在这儿,莱奥纳尔多!"他们一下子抱住了藏在这里的伙伴,"政府开着坦克要轧我们,还扫射人群,我们飞快地逃到了新莱昂住宅楼的最高层,一个女孩把我们藏进了厕所里。午夜左右,她又把我们送了出来。他们带走了几千个同伴。我要打给勒杜克,他谁都认识,能帮我们。"加维说。

"一个四十岁左右的女人,"巴布罗说,"直接走到坦克前,跟那个军人说:'你杀害和你一样的年轻人,应该感到羞耻!'那士兵震惊到竟放过了这位女士。"

"来桌子这边,喝杯茶。"莉奥诺拉打断了他们。

"不喝了,妈,我们得先做一件急事。"加维看了一眼巴布罗。

"做什么?"奇基问。

"得让油印机消失。"

他们在地上挖了个坑,把机器放进去埋了。

"他们什么都干得出来,妈。将来某位住客可能会发现地下埋的文物。"

维茨一家度过了可怖的夜晚。第二天,报纸登出消息,宣布政府战胜了游击队、闹事者和共产党员。

"别上街了!"莉奥诺拉哀求他们。

大屠杀发生五天之后,10月7日,埃莱娜·加罗检举了数位参加了文哲系大会的作家、画家及电影艺术家。据她揭露,是他们挑唆了学生:路易斯·比略罗、何塞·路易斯·库埃瓦斯、莱奥波尔多·赛阿、罗萨里奥·卡斯特利亚诺斯、卡洛斯·蒙西瓦伊思、爱德华多·利萨尔德、维克多·弗洛莱斯·奥雷阿、何塞·雷武埃尔塔斯、莉奥诺拉·卡林顿,甚至还有奥克塔维奥·帕斯,时任墨西哥驻印度大使。一通匿名电话让莉奥诺拉恐惧不已:"我们已经把你们登记在案。"电话响了:

"让你的儿子们一定小心,莉奥诺拉。"雷纳托说。

10月12日,《永远!》杂志刊出了何塞·阿尔瓦拉多的文章:"在逝去的年轻人的灵魂中有光和美。他们想让墨西哥成为正义与真理的居所：让受压迫的和被遗忘的人们能拥有自由、面包与教育。他们想要一个消除了贫困与欺骗的国度，但现在，他们已变成伤痕累累的皮肤所包裹的、停止了运转的身躯。有一天，他们的还愿灯会被点亮。"

各种消息把莉奥诺拉带回了1940年逃离法国时的情景。很多父母在找自己的孩子。马努埃拉·加林和罗赫里奥·阿尔瓦雷兹在《日报》上发表了公开信，询问他们失踪的孩子劳尔在哪儿。"他们被关在了一号军营里""在被严刑拷打""军队不许任何人进""在特拉特洛尔科，军人逼他们脱光了衣服，赤裸裸地淋雨""像对待杀人犯一样对待他们""赫贝尔托·卡斯蒂略奇迹般地从圣多明哥石滩逃了出来"。"监狱"成了人们挂在嘴边的词。现在不是德国人在入侵法国、威胁着莉奥诺拉。追踪她的是墨西哥人：他们想杀掉她的孩子。

"奇基，咱们得逃走，越快越好。"

"你知道我没有护照的。"

五十四
在墨西哥与纽约间

1968年底,莉奥诺拉和两个儿子飞到了新奥尔良,在拉里·伯恩斯坦家小住。几星期后,奇基写信过去告诉家人已经可以回墨西哥了,危险已经过去,国立自治大学已经恢复了常态。

他们看到大学城空空荡荡。回到系里就像又经历了一场挫败。同学们都很消沉,学生领袖被关进了监狱,他们的家人在勒古姆贝利黑宫前排着长队。电话铃让莉奥诺拉心绪不宁,无法集中精力作画。伊内斯·阿莫尔一直在给她施加压力,因为将于1969年在墨西哥艺术画廊举办的莉奥诺拉的个人画展还缺展品。

"你怎么养活儿子们呢?用画画来发泄一下吧。"

"我正在红色的背景上画一个食人者,手和脚都拿着叉子。画他时脑子里想着共和国的总统。"

"我来负责展出它。"

"我害怕。"

莉奥诺拉瘦了很多,肋骨分明。肩胛骨像是要刺透衬衫,颧骨也一样突兀。

"吃点儿东西,莉奥诺拉,吃一点儿。你整天只吃香烟的烟气和茶。"奇基绝望地劝她。"加维,把头发剪了!"他又转头去说加维。

加维回来时剪了军人头,眼神更加锐利。他剪头发倒不是因为被说服了,而是因为父亲的声音里有太多的愁闷。

纽约大学病理学专业录取了巴布罗。

"我的专长是研究苦痛:我敢肯定,光治疗身体是不够的。"巴布罗坚定地说道,他也是荣格的追随者。

"奇基,没了孩子们我不能活,我要跟他们去。"

奇基每星期都要去看考蒂几次。

"你不用担心,莉奥诺拉就是这样的。她不多久就会回来。"

莉奥诺拉与阿尔瓦罗道别:

"莉奥诺拉,我该怎么处理你给我画的画像?"

"烧了吧。"

"你已经不再去那间公寓了,画架和画布怎么办?"

"你想的话,我们可以周四过去拿。"莉奥诺拉稍微和气了一点。

阿尔瓦罗试着安抚她:

"你的孩子们不会出事的,之前经历的不是战争。"

"是,就是战争,有很多人都死了。我走了。"

在纽约,她找到了格拉梅西公园——进入这个公园需要钥匙——对面的一间公寓。选择它是因为它离卡尔·G.荣格中心的克里斯汀·曼书店很近,他们的书架上,"荣格全集"之外,还精心摆放了许多心理学及密教书籍。莉奥诺拉几乎每天都去。她收养了前任租客抛弃的小狗巴斯克维尔。她的公寓很暗,是地下室。一星期之后,书店老板被她的好奇心

五十四　在墨西哥与纽约间

感动，为她在书店的一头放了一把椅子，请她在那儿阅读。

"能看出来您性子里有对学习的渴望。我也很喜欢荣格。"

"比起弗洛伊德，我对荣格更感兴趣。"

"您也分析您的梦吗？"

"分析。我总希望能记得它们。不过我从来没画过一个梦。一切都是真实的。"

"所以您是画家？"

就像多年前刚从葡萄牙漂洋过海来到美国时一样，莉奥诺拉的雨衣在身后飘着。她跑遍了大街小巷，不知疲累。她为缺钱而担心。如果布鲁斯特画廊卖不出她的画，她就没有钱交房租。她的儿子们都有奖学金，奇基则靠自己挣的那点儿钱过活。

莉奥诺拉完全没有察觉到自己竟走了那么长的路。走路就是她的救赎，看到沥青在脚下经过，就像在看着水。"我是个海盗，无所不能！只要还能迈开步子，就不会有坏事发生在我身上。"她的腿是那么坚韧，那么好。

"你是走来的？"她的朋友娜塔莉亚·萨阿利亚斯问她，"你知道你走过了多少街区吗？"

莉奥诺拉笑着说：

"我还能走更远呢。"

她遇到其他大步流星的人，善意滚滚而来。

她把希望寄托在纽约拜伦画廊的超现实主义艺术展上。在阴暗的地下室工作让她抑郁。她在墨西哥的画室再小，至少可以晒到阳光。

人们向她问起超现实主义运动的魔幻力量，她回答说，现在她认为，知道自己在做什么——哪怕她必须给维纳斯或其孪生姐妹美杜莎穿上裤子——是艺术家的职责。

莫瑞于1970年去世。"现在我真的是孤儿了：我没有了父亲，没有了母亲，也没有了乳母。"母亲的脸庞覆着厚厚的化妆品，"唇膏涂得太多了，妈妈，唇膏涂得太多了"。她守了莫瑞一天一夜。"没有人会像她这样爱我。她有完满的热忱，且无比忠诚，如果说有人曾与我站在一起，那一定是我的母亲。"内疚噬咬着她。"为什么没能多去看看她？为什么她去世时我不在身旁？她是一个人走的。"离开哈泽伍德和它空荡荡的颓败花园后，莉奥诺拉去了爱尔兰、马恩岛和苏格兰。她去看了斯丹尼斯立石，喝着威士忌来纪念母亲。一个喇嘛看她悲伤至极，安慰她道：

"生命是一条河，在流，不要抓牢任何东西，一切都应该顺流而行。抓住任何人、任何东西都是无用的。"

"那我该做什么？"

"深入你自身。起床后冥想，念诵《南无妙法莲华经》，这会让您平静。什么都不要想。或许能到达您不曾想象的梦境。"

莉奥诺拉开始尝试。加维和巴布罗的声音和连绵不断的痛苦总是突然闯入。她的孩子们已经有了自己的生活，她却无法离开他们。看到他们，听见他们的声音，对她来说是和吃喝一样的基本需求。

在莫瑞的离世之外，她还承受着孤独和岁月流逝的痛苦。她再次找到了喇嘛。两人一起走路时，对方给她讲了个故事：一只小鸟仰面躺着，双脚朝上，另一只鸟问它在做什么，它答道:"我在用脚支撑天空,如果我动的话,天就塌了。就在那时,一片树叶落下来,小鸟吓得飞走了……但天没有塌下来。"

"您是说我应该放弃支撑世界?"

"是啊,您的孩子们已经独立飞翔。您也需要用另外的翅膀开始新的旅程。"

一个喇嘛飞到了加拿大,莉奥诺拉跟随着他。佛教让她从苦闷中解脱出来。精神导师的言语令她重生:

"您会逐渐平静,达到涅槃境界。您有种本能的智慧。"

受到鼓舞的莉奥诺拉开始为纽约伊奥拉斯画廊及美洲国际关系中心的展览做准备。得克萨斯州奥斯汀现代艺术博物馆也邀请她去展览。她出版了多年前——当她听了奇基的童年故事并爱上他时——写的《石门》。巴布罗、奇基、加维、考蒂、何塞、雷梅迪奥斯和爱德华·詹姆斯曾是她的全部世界。感情生活是很难的,雷纳托说得有道理:"婚姻是爱情的官僚制度。"她却没能及时脱身。不过她确实能把爱情与欲望分开,对于后者她倒不该抱怨:她满足了几乎所有燃起的激情,因为她知道,不被满足的欲望会灼烧人的身体,而烧成了灰,人便没有了生活。

她如果不画画或不办展,就去克里斯汀·曼书店,老板看见她,笑容便会立刻绽放。被旧书和炼金术著作包围着的她像一位魔法师。老板对她说,她看上去像朵炼金术玫瑰,她回答说,在她看来,唯一的炼金术玫瑰就是卷心菜。

"卷心菜?"书店老板一脸不解。

"是啊,被从地里拔起时,卷心菜会哭;被放进沸水里煮时，会大叫。和鳟鱼一样。你见过人们把它们活着扔进锅里的样子吗？它们会用尽最后一丝力气卷曲身体来逃命。"

"您这样敏感细致，一定会保存好这本书。"书店老板把罗吉尔·培根所著《炼金术之镜》送给了她，"是1553年里昂的法语版。"

莉奥诺拉激动不已：

"您放心，我从小学法语，还在法国种过葡萄。"

画卷心菜就是画蓝色的炼金术玫瑰，蓝色的鹿是乌羽玉。她把画架放在窗边，慢慢地画着，像是在品尝它。在纽约画它是种挑战。写作与绘画很像，因为这两种艺术——再加上音乐——都寻找接受者。在纽约谁会接受它呢？莉奥诺拉突然想起了书店老板可爱的脸，当天下午，她带着巴斯克维尔走到了书店。看见她来，他亲自出来开门。书架上的书暖着周围的墙，空气里飘浮着爱意。莉奥诺拉脱下了大衣。

"画画得怎么样了？"他问她。

莉奥诺拉想，或许他无法理解她，大家各不相同，我们用不同的方式感知，对他说也没有太大意义，他怎么想是由他是什么样的人决定的。他是谁？她甚至不知道对方的名字。于是便突兀地问了出来。他是说德语的瑞士人，就像卡尔·G.荣格，来自巴塞尔，名叫卡尔·霍夫曼。

"有一次，一只狗一直冲我做的一副面具汪汪叫，那是我收到过的最诚恳的评价。"莉奥诺拉惹得他笑起来。

他邀请她共进晚餐，她接受了。餐厅有些圣殿的氛围，还有火炉，就像他的书店。喝下一杯葡萄酒之后，莉奥诺拉谈起了她的女性主义。

五十四　在墨西哥与纽约间

"我还不知道哪种信仰不认为女人在智识上是弱小的,所有宗教都宣称女人肮脏,是比男人低级的造物。"

"但是所有文化都是围绕着女人的,常言道,女人是精华。问题在于,智人没自己想得那么智慧。"

"您说得有道理。神秘也是我们女人专属的。"

"明天我给您看看杰梅茵·格里尔、贝蒂·弗里丹、桑德拉·吉尔伯特的书……我敢肯定您读过玛丽·沃斯通克拉夫特的作品。"

莉奥诺拉回到了墨西哥:"这段时间,我都在尝试着远离。但我没能做到,有某种巫术把我困在那儿,就像蜜上的苍蝇。"

女性主义者卢塞洛·冈萨雷斯请她画一幅题为《女性·科学·意识[1]》的海报。莉奥诺拉画了一个把苹果还回去、重获自主权利的夏娃。她的思考很吸引卢塞洛,后者坐在厨房的桌旁认真听她讲着。莉奥诺拉说《圣经》的空白比真理多,因此意义全凭人来诠释。上帝不过是一个热爱惩罚和毁灭的易怒老头,为什么这么受欢迎?为什么要崇拜一个只会播散瘟疫和灭亡的神?为什么要把一切灾难都归罪于夏娃?是谁造出的酷似天使的人类?夏娃?莉莉丝?达尔文?大爆炸?魔像?还是羽蛇神?

卢塞洛目不转睛地听着,莉奥诺拉继续道:

"如果世上所有女人都能控制自己的生育,拒绝战争、性

---

[1] 海报名称包含文字游戏:"Mujeres Con-ciencia",其中"Mujeres"意为"女性","Conciencia"意为"意识、良知","ciencia"意为"科学","con ciencia"意为"有意识的、有良知的"。

别歧视和种族歧视,世界就会大不相同。"

对许多来到墨西哥的人来说,拜访莉奥诺拉已经成了必要行程,就像必须要游览金字塔或是查普尔特佩克城堡。她不断接待她作品的爱好者、画廊老板、艺术评论家。她礼貌地微笑着,尽管心里塞满了厌倦。

美国和欧洲来的收藏家和各种记者都争相对她进行采访。

"真烦人啊!"每次有人来敲门,莉奥诺拉都会不耐烦。

她捍卫着自己的私生活。人们越来越爱戴她,这对她来说是个负担,因为她不能在讲台上当着所有人的面抽烟。"纯粹的痛苦,"她想,"如果达努女神能来把我变成一条鳕鱼就好了。"

莉奥诺拉朗诵道:"鳕鱼产下百万鱼卵/小母鸡只下一颗蛋/鳕鱼产后从不咯咯叫/因此我们赞美小母鸡。/鄙视鳕鱼/朋友们、同胞们,这告诉我们/做广告是值得的。"尽管她并没有刻意追求,广告还是会主动找上门。

墨西哥国立自治大学在文哲系大会堂举办仪式,向她致敬,到场的人几乎要把大厅挤爆了。走廊里聚集着穿牛仔服,背斜挎包的年轻人,他们大声说着话,相互推搡,开着玩笑。有些抽着烟,另一些在噪音中专心下棋。墙面上满满当当,多一张广告都贴不下了。"寻学生室友,距自治大学五分钟路程""卡尔·马克思讲坛,周三辩论""与母语教师学德语""太极拳,每日午后,在'小岛草坪'""着急写不完论文?我们来帮助你!"一个穿简陋凉皮鞋的瘦子正在收集签名,要求咖啡馆降低餐品价格。很快,莉奥诺拉便被可以做她孙辈的年轻人围住了,他们就像是她的老朋友一样和她说起话来。一个头发散乱、穿蓝毛衣、裤子破洞的女生捧着《恐怖之家》挤到她身边,把书放到了她手里。

"卡林顿女士,您能帮我写个寄语吗?"

"你叫什么?"

"因为您,我父亲给我起名叫莉奥诺拉。"

画家的眼睛亮起来,她写道:"心怀温暖,莉奥诺拉赠莉奥诺拉。"

女孩道了别,记者们一拥而上。莉奥诺拉觉得她见过第一排的某个人:那是个身材娇小的女人,在一个有坐禅佛像的红色笔记本上记录着什么。忽然间,她抬起头,出其不意地问道:

"第一次领圣餐时您高兴吗?"

莉奥诺拉微笑了一下,其他人也笑起来。

"高兴,因为在那之后,我母亲带我去了动物园。圣餐礼是在一个矿业小镇办的,有很多工人在黑暗中工作,好让别人能用上电。"

"一只鬣狗教您说的法语?"

"对,它给我读了一章巴尔扎克的《欧也妮·葛朗台》,我跟它保证说,接下来那周会回来找它。"

女记者在本子上记录的时候,其他人趁机向她索要签名,还有人问起马克斯·恩斯特。一个戴满项链、高跟鞋几乎和高跷一样高的高个子女人开始滔滔不绝地谈论梦境的世界,仿佛在开她自己的会议。

1973年到1975年间,莉奥诺拉完成了《对母亲的警告》《菲妮西亚夫人的力量》《外祖母莫海德香气缭绕的厨房》三幅画作。在最后一幅中,她绘出了一个有塔拉韦拉马赛克、平底砂锅,墙上挂着陶罐的厨房。厨娘们手上用来给炉灶扇风的蒲扇像风筝,小磨转起来仿佛尖叫的陀螺。莉奥诺拉画出了五个墨西哥女人,她们在磨玉米,尝高汤,在巨大的饼铛上切蔬菜、烤辣椒,一同烤的还有一颗红椒、一颗卷心菜、几头蒜,当然,还有玉米。一只巨大的白鹅仿佛凯尔特上帝,走进了眼前的仪式。

当人们赞美她的美貌,她会生气:

"谢谢,年老的唯一好处在于,它让一个人对他人的脾气不再那么敏感。"

她在自画像中把自己画成了稻草人,没有面孔,身上披着一张床单,戴一顶草帽,驱赶鸟儿。荒芜的地里,一只乌鸦在等待她的跌落。"我已经没有任何人类的特点了。"她说道,当人们问她为什么时,她决绝地说:"因为人们不把我们老年人当人,我们不过是一袋陈旧的肉,正在腐烂,不过是在外表开始变质时被扔在收容所的身躯。我们有的东西只剩恐惧和羞耻,因为记忆力开始衰退,我们会对同样的人重复同样的话,很不容易才能记起该做的事。或许是因为头脑更常盯着内心看,也更常盯着死亡看吧。"

她再次如饥似渴地读起了刘易斯·卡罗尔。

"没有其他书能像这本一样对我影响这么大。"

"你和他名字的首字母一样:LC。"奇基微笑着说。

"是啊,不过那不是他的真名,我的是。他叫道奇森。'我不想走在疯子中间。'爱丽丝说。'哦,可是你没有任何办法。'柴郡猫对她说,'我们这儿都是疯子。'"

"你怎么看你的前人奥斯卡·王尔德?"

"我们的'自画像'挺像的。他用了很长时间来毁灭自己,我比道林·格雷要实际得多:我直接把自己画成了鬼。"

五十五

巴斯克维尔

1985年的地震让她再次崩溃。位于奇瓦瓦街193号、正对她家的住宅楼在地震中倒塌，一层层公寓千层饼般叠落在那里。惊恐万分的租客们纷纷逃离城市，整个罗马区遭到重创，比市中心其他区都严重。烟尘在空气中飘散，墨城仿佛被炸弹轰炸过的马德里。没有电，没有水，没有电视、电台、电话。坏消息口口相传："雷西斯酒店塌了""特拉特洛尔科的奇瓦瓦大楼已经成灰了""许多妇产医院和普通医院都倒塌了""有上万人死亡"。

刚一恢复通讯，加维和巴布罗就从美国打来了电话，两人都吓坏了。

"哥伦比亚广播公司说是墨西哥五百年历史上最惨痛的灾难。"

奇基飞快地跑到塔瓦斯科街的考蒂家，还好她没事。

"你看，奇基，难以置信，民众都自发地组织起来了，政府的人就是一群废物。"

"镇压的时候就变得很有效率。"

"西班牙也是这样，人民的组织是在灾难中诞生的。"

"在墨西哥，社会主义的火苗很难被点燃，更不要说无政府主义了。这里的教会实在令人厌恶。在我印象里，教会高

五十五 巴斯克维尔

层从未支持过任何左倾思想。"

"无政府主义思想是所有受剥削阶级的意识形态,在这里……"

"别做梦了,考蒂,我们唯一能做的就是把自由的理念传给我们的孩子,还能做什么呢?"

"我一想到高层的腐败,热血就涌上来。"

千疮百孔的城市景象把奇基带回了被轰炸的马德里,令他心痛。他记得卡帕在街上大嚷,奇姆拼命按下快门,格尔达躲在墙头。走在罗马区,满目疮痍,让他抑郁。很快就有乞丐在奇瓦瓦街194号对面的破壁残垣后搭起帆布和塑料棚避难。废墟中满是流浪猫狗。墨西哥城的其他城区都没有像罗马区这样倒了这么多房子。莉奥诺拉无法想象人们如何住在灰尘、石块和扭曲的钢筋间。"女士,我们要帮您扫扫街吗?"邻居换了人,奇基问候着刚住过来的人们。家对面的乞丐问他:"老爷,要不要帮您擦擦车?"

每次坐火车或长途公共汽车旅行,莉奥诺拉都会带着未做完的娃娃,在旅途中给它们做装饰、穿衣裳、缝扣子。她在酒店里继续着自己的活计,有时甚至可以做完一整个。

"你的娃娃总是陪着你吗?"娜塔莉亚·萨阿利亚斯问道。

"是啊,它们就是我的小毯子。我就像背着小毯子在沙漠安家的贝都因人:无论走得多远,带着娃娃,我都会感觉自己在家。"

她回到格拉梅西公园对面的公寓后,做的第一件事就是去宠物狗寄养处找巴斯克维尔。她走过麦迪逊大道、公园大道、莱克星敦大道、第五大道。她从第九街走到第三十街,一点儿都没感到疲惫。走路让她振奋。没有什么能像这件事这样激发她的热情。她总是突然看见路标才发觉自己已经走过了十个街区。

走路让她变回了那匹母马。有时,巴斯克维尔会用祈求的目光看着她,伸着舌头,像丝带垂下来。"走吧,巴斯克维尔,不要那么懒嘛。""我要累死在这儿了。"狗回答她。莉奥诺拉告诉它,两人要走到海边,上桥,跨过哈得孙河,路上要问候自由女神像。有时,她会重新踏上从前与马克斯一起走过的路,却没有想到对方,也不会刻意去寻找哪个他们曾约见面的咖啡馆。而且,进咖啡馆意味着要把巴斯克维尔拴在外面。如果有人邀她晚上去哪儿聚会,她总会先问:"我可以带我的狗吗?它讨厌自己待着,而且等我电话的时候,会抽好多烟。"有些人表示不可以,于是她就尽可能少在外面待一会儿。

她觉得回复信件是种负担,便请画廊代劳。他们看她实在焦虑,就答应下来。她参加了在巴黎举办的展览"安德烈·布勒东周围的超现实主义冒险",并在1986年出版了收录她在30年代完成的一系列短篇小说的集子《鸽子飞》。她还完成了画作《抹大拉们》,灵感来自她对《次经福音》中关于抹大拉的马利亚的阅读。基督从坟墓中复活,莉奥诺拉的抹大拉向他伸出了有圣疤的手[1],她身旁的流水与大鱼则象征着基督教。

莉奥诺拉的情绪起伏不定。她落入了一个洞穴,不是她

---

[1] 此处与莉奥诺拉·卡林顿博物馆的解读有所不同。文中诠释的耶稣基督形象在博物馆的解释中为一个女人;文中"圣疤"在解释中为一颗红色的石头。

五十五 巴斯克维尔

的厨房,而是一个阴暗的黑洞,一口孤独的深井。她还在思考自己是否想死在墨西哥。为了安慰自己,她把死亡想象成缓慢的蒸发,每一个原子都有不同的颜色。她还问自己,一切都值得吗?当初放弃哈泽伍德的豪宅,钻进伦敦的学生阁楼,与马克斯手拉手挑战世界,在精神病院的池沼中沦陷,与雷纳托跑去墨西哥,在一个让她茫然、囚禁住她的国家做流亡者,这些都值得吗?她知道,如果再来一次,她还会这么做,因为她从小就喜欢冒险。一次,文奇倒在了她身上,莉奥诺拉在地上命令它:"站起来,文奇。""障碍越多越好!我是穿过夜色的母马。我就是噩梦!"

莉奥诺拉没有前往国家艺术博物馆,但她的作品参加了"墨西哥超现实主义艺术展"。她留在纽约为布鲁斯特画廊的个展揭幕。1987年,她出版了《第七匹马》和短篇小说集《恐怖之家》。

后来她去了里士满,在那儿比平时起得都晚。她陪着小儿子巴布罗,对方有任何计划她都会配合。下午,她坐在公园读书,抽烟,想念再次留在寄养处的巴斯克维尔。巴布罗和她回到纽约时,去了大都会博物馆和弗里克收藏馆,因为渴望听到儿子的观点,在每幅画前,她都会扭头去看他的反应,问他:"你怎么看?"她既不引导,也不纠正,只是听着。

"现在我得去接巴斯克维尔,寄养处告诉我它已经处在情绪崩溃的边缘了。"

她回到了克里斯汀·曼书店,再次问候了卡尔·霍夫曼,对方看到她,差点儿从靠在书架边的梯子上摔下来。他喜不自胜。两人决定回到同一家餐厅吃晚餐。莉奥诺拉又变回了女人：

"我出生时是作为人的雌性动物,他们告诉我这意味着我是女人。'爱上一个男人,你就会知道做女人是怎么一回事了。'我爱过几次男人,还是不知道什么是女人。'生了孩子你就知道了。'我生了两个孩子,也还是不知道。我是观察者,还是被众人观察的对象?我思故我在。[1]要问问笛卡尔。"

"就像爱丽丝给毛毛虫的回答:'我不知道我是谁,但我知道今天早上起床时我是谁。从那会儿开始,我应该已经变了好几次了。'"

"就是这样……"

"如果我是我的思想,卡尔,那我就可以是任何东西:一碗鸡汤、一把剪刀、一只鳄鱼,一个身体或一只豹,或者一罐酒。如果我是我的感觉,那我就是爱、恨、恼火、无聊、幸福、骄傲、卑微、痛苦、疯狂。"

"愉悦。"

"在一切之前,我先是我的身体,渴望一个身份,揭穿我的谜底。"

莉奥诺拉已经很多年没有说这么多话了。卡尔透过自己的眼镜看着她,觉得慷慨激昂发表看法的她迷人极了。

"所以我就试着专注于事实。我是一个正在衰老的雌性人类。这并不是我原创的说法,也没有什么建设性。想象自己是一颗种子,会飘到别处,在与我不同的存在中生根发芽,这让我感到安慰。"

---

[1] 原文为法语。

"像你这样的女人会让人重获信心。"卡尔微笑着说。

"你怎么会这么说啊?你仔细看看我,只会看到谜团。"

莉奥诺拉面对面看着他。卡尔并没有试图赞美她,他只是单纯地相信她——这是他表达感谢的方式,因为她这样对他诉说,对他来说是种荣幸。

"我害怕死亡,因为没有人向我解释过它。我内心有很多空间,其中一个在我的梦旁边,那是为我回归泥土所留的地方。"

卡尔陪她回到格拉梅西公园前的公寓:

"莉奥诺拉,我有这座花园的钥匙,如果你想,我们随时可以进去。"

五十六
死亡什么样？[1]

很多人想买莉奥诺拉的画，她作品的价值也越来越高，这让她终于可以做一些奇基不愿她做的事。

她去里士满看望巴布罗，加维正好在那儿参加弗吉尼亚大学组织的哲学会议，于是母子三人得以重聚：

"你还记得带我们去美洲电影院连看三部电影的时候吗？"巴布罗笑着说。

她最重要的事就是孩子们的安逸。他们已经是男人了，但她还是忍不住像从前那样："巴布罗，今天吃的好吗？""现在怎么这么瘦！""多穿一点儿，加维。""不要不吃早饭，那是一天最重要的一顿。"巴布罗在医院值班回到家，母亲还在那儿抽着烟等他：

"妈，医生是我不是您，您快睡吧。还在想什么呢？"

"想没有人会教一个人如何去死。"

回到墨西哥后，一天，门铃粗鲁地响了起来：

"太烦人了！无论是谁，这样做都太没礼貌了！"莉奥诺拉发了火。

"是您画作的爱好者。"尤兰达·顾迪纽——负责全天照

1　原文为英语。

五十六　死亡什么样？

顾她的护工——说道。

"怎么能这样？就说我不见。"

她还没说完话，那女孩便已经一阵风一样冲进了走廊，扑到她身上，抱住了她。尽管莉奥诺拉很不情愿，对方还是占了上风。

"我是您画作的爱好者，在大学里见过您。我爱您，您是我的偶像，您简直是无价之宝，从没有变过！"

在几乎压断了莉奥诺拉的肋骨之后，她继续势不可当地往前走过去，空气里像起了波澜，一阵芬芳的风伴随着她。莉奥诺拉试图阻止她，但那女孩不听劝。尤兰达呆呆地看着眼前的荒唐一幕，临街的门都还在敞着。

"请您出去，您让夫人很不舒服。"

那女孩不管不顾。

"夫人不接受没有预约的访客，您得……"

护工准备报警时，莉奥诺拉恢复了力气，用愤怒的声音命令道：

"您怎么敢这么做？"

她的双眼燃起了怒火，手里拿起了想象的长鞭，她的威严从每一个毛孔渗出，在举起手之前，那女孩便喊道：

"我爱您，我爱您，我爱您！"

"如果您这么爱我，就该尊重我。"

"我就是这么做的，莉奥诺拉。"

"立刻出去！"

"我不能走。"

"尤兰达，把她送到门口。"

尤兰达走近她时，女孩突然拉下了自己粗呢外套的拉链，敞开了衣服。

"我也是一匹母马！"她的笑声变成了泪水。

"这孩子疯了。"尤兰达说。

莉奥诺拉拿着"鞭子"的手放了下来，问她：

"要喝杯茶吗？"

护工走过去把大门关上了。

"来厨房吧。您是哪位啊？"

"我叫何塞菲娜，大家都叫我佩皮塔。"

她喝茶时，莉奥诺拉便坐在那里观察她。参差不齐的直发披在肩上。活力从皮肤中喷薄而出。她身上的一切都匆匆忙忙。鼻子上有一颗鼻钉，每个耳垂上也有好几个耳钉。脱掉快烂掉的外套时，她破旧的短袖衫下面露出了穿有两个脐环的肚脐。手臂上的文身是一条有翅膀的蜥蛇。

"您怎么了？"

"这是个文身，其他的都是穿孔。您没见过吗？您想让我帮您点烟吗？"

"我完全能点自己的烟。"

"我的茶呢？"

尤兰达简直不敢相信自己的耳朵。

"您是做什么的？"莉奥诺拉继续问。

"就和所有同龄人一样，我在上学。"

"学什么？"

"语言文学。所以我才这么了解您。我读了《恐怖之家》《在深渊》《第七匹马》《椭圆女士》《魔角》，我还有很多提

五十六 死亡什么样？

到您的书。为了您，我把布拉瓦茨基[1]、邬斯宾斯基、葛吉夫、荣格都读透了。恩斯特的画简直比高潮还要棒！"

这女孩也太鲁莽了！尤兰达听着，心里充满疑虑。她要离开厨房时，莉奥诺拉示意她留下来。

"她要是还有别的事，我可以照顾您。我了解您的一切。"

"把您的茶喝完吧。我还有事要做。很快要出门。"她严肃地告诉对方。

"我陪您去呀，我唯一的任务就是照顾您。"

佩皮塔两手捧着茶杯，一口喝完了茶。

"悉听尊便，我已经喝完了。"

"那您已经可以走了。"

"那怎么行啊！我想给您帮忙，什么事都可以。"

"尤兰达可以帮我，我的儿子们也会帮我。"

无论怎么拒绝她，这女孩总有的说。莉奥诺拉心里燃起了一种年轻人才有的怒火。她已经很久没有这种感觉了。

"您的父母没有教过您别人的住宅是不可以硬闯的吗？"

"我爸爸死了，他是同性恋。我妈妈，我也不知道她在哪儿。"

哥特风女孩突然站起身来，在桌子旁转了一圈，舞姿翩跹，笑容怡人，莉奥诺拉不禁放松了一些。女孩在空中的双手像两只海鸥，她的膝盖和一小块大腿从破裤子的洞里露出来。挂在椅背上的外套同样破烂不堪，分明是遗弃本身的模样。

---

1 即海伦娜·布拉瓦茨基（Helena Blavatsky，1831—1891），通称"布拉瓦茨基夫人"，俄国神智学家、作家与哲学家，创立了神智学与神智学协会。

"真是疯了。"莉奥诺拉嫌弃地看着她。

此时加维在加州大学圣迭戈分校,巴布罗在弗吉尼亚,萨阿利亚斯医生之前已经告诉她自己要离开几天,她的朋友阿兰·格拉斯去了加拿大。要叫警察吗?肯定不要叫。或许,这个无依无靠的孩子是个年轻的伊菲革涅亚[1]。

"我们要出门了,您现在得走了。"

但佩皮塔还是赢了。她陪着两人去了银行,为了让莉奥诺拉放心,她坐在远处,没有靠近柜台。回家时她们走在人行道上,男孩子们会回头看她。

"咱们得告别了。"莉奥诺拉命令道。

"我们得去超市。"尤兰达提醒说。

"我开车带您去啊,购物袋放在后备厢里。"

"您有车?"

"当然了!购物清单在哪儿?"

进超市后,她从外套里掏出一对耳机,戴上,随着音乐节奏手舞足蹈,惹得两个保安驻足观看。她走路的方式也让店内的其他客人侧目。莉奥诺拉抓着尤兰达的胳膊,后者不安地看着这阵名叫佩皮塔的凌乱"龙卷风"如何过境。选好东西后,她推着车来到了收银台队尾,从外套里掏出一叠纸币。

莉奥诺拉抗议道:

"这可绝对不行!"

"这样就不用浪费时间了,一会儿到您家您再还给我。"

---

[1] 伊菲革涅亚(Ifigenia),古希腊神话中的人物,阿伽门农和克吕泰涅斯特拉之长女,为古希腊剧作家所喜爱的悲剧人物。

五十六　死亡什么样?

尤兰达第二天一早出门时,看见佩皮塔的绿色汽车就停在对面的人行道上。

"夫人,昨天来的那位就在外面呢。"

"不会吧!"

"咱们去电影院吧!""咱们去动物园吧!""我把你扶到大象背上去吧!""咱们得去拉马尔科萨骑摩托去,然后坐在草地上吃饭!菲德尔·卡斯特罗就是在那儿练兵的。""你怎么会没去过布莱迪博物馆!""墨西哥最好吃的巧克力蛋糕在杜庞甜品店!""接下来你要去的这些地方都是这辈子必须去看一下的地方。"

莉奥诺拉并不愿意:

"我已经见识过人山人海,不愿意再去看了。"

但年轻人还是带她去见识了特拉特洛尔科的天台上、大教堂前方,还有孔德萨区咖啡馆里的熙攘人群。

"咱们去看'金刚'吧,莉奥诺拉,把你的手给我,我把我的能量传给你。"

莉奥诺拉把自己的小手放在了佩皮塔的手里——她的指甲被啃得乱七八糟。

"给我个信号。"

莉奥诺拉得意地笑起来:

"我的脑叶上还有很多能量。你知道我可以用双手写字吗?那个'金刚'是什么?"

"是个什么都有的夜总会,里面都是大猩猩在服务。嗯,其实是服务员化装成的大猩猩。"

莉奥诺拉喜欢佩皮塔带给自己的茫然和教给自己的东西。

"我怎么以前没见过这个?"尤兰达最开始还陪着她们,后来便推说有衣服要洗,不去了。画家恢复了自己的幽默感。

佩皮塔从不打电话预约,总是直接来敲门,尤兰达刚一开门,她就像一阵龙卷风似的冲进来。这天,她手里抱着一束花:

"不要给我花,它们都是尸体。"

佩皮塔正开着绿色汽车载着她到处跑,莉奥诺拉对她说:

"回忆往事总让我难过,但不知为什么,我很想把自己脑子里的东西都讲给你听。"

佩皮塔屏住呼吸,生怕对方的记忆线断掉。莉奥诺拉一边说,一边整理着脑中事件的顺序,已被遗忘的过去如潮水般涌来。

"卡林顿——我的父亲——不愿让我成长,但是我没有让他得逞。时间过去这么久,现在我想想,他也不是我的仇敌,因为尽管他百般阻挠,我还是做成了我想做的事。"

她沉默了一阵,遗憾自己在父亲去世前没能见到他。

"我的父亲认为他的孩子们属于那个不得逾矩的社会。帝国化学工业为我们在克鲁基庄园和哈泽伍德的家定下了规则。它代表了一个王朝的成功:最开始是我祖父,之后是我父亲。"

"你见过你祖父吗?"

"见过。他是纺织业工程师。他发明了一种布料,让我们一下子成了富翁。"

"或许你爷爷是安全套之父。"

"什么东西?"

五十六　死亡什么样？

"我包里就装了十个呢。"

"安全套？"

"对，就是避孕套，可以避免女人怀孕。"

"孩子啊，在我们那个年代，流行的是和英俊的军官跳华尔兹，你说的这些我不太明白。现在该轮到我说了，你拥有非同一般的力量。但你在尽一切努力毁掉自己。"

"真的吗？"佩皮塔完全没想到莉奥诺拉会这么说。

"你为什么不住在一颗卷心菜里？"

"为什么要住在卷心菜里？"

"孩子都是在那儿出生的，你该回到那儿去。"

佩皮塔把她带到了大学博物馆，好"让你看看当代艺术。喔，都是特别棒的东西"。她对莉奥诺拉说。画家在她年轻朋友的搀扶下走到了博物馆明亮的展厅内。听到"博物馆"，莉奥诺拉脑中反应的仍是15世纪弗拉芒画派的作品：《面对诱惑的圣安东尼》和《人间乐园》；梅姆林、范德魏登、耶罗尼米斯·范阿肯（博斯）的三联画，忽然之间，刺眼的红黄绿交通灯点亮又熄灭，几道闪电般的光划过整个空间，高音喇叭制造的噪音令人不适。

"这是什么东西？"

"装置艺术，你喜欢吗？"

"太可怕了。"莉奥诺拉缩起肩膀。

下一个作品有着和谐的比例，唯一打破空洞的是在一面白色高墙旁放置的一个鞋盒。

"这是另一个装置艺术作品。"

"我理解不了。所以现在垃圾都成了艺术了？"莉奥诺拉愤怒不已,"达利的疯狂和杜尚的裸体像都能在我身体里引起一点儿共鸣。可这些东西什么都没和我说啊!"

"它们对我说了。"

"你这么能耐,怎么不上天啊,傻佩皮塔?我可以是昨天,也可以是今天,但我永远都不会是垃圾。你给我看的是'废话子爵'和他的女儿'浑蛋屁话。'"莉奥诺拉用法语说道,对方没听明白。

"他们是谁啊?"

"带我回家吧,我需要一杯好茶。"莉奥诺拉厌倦极了。

"啊呀,莉奥诺拉,别这么夸张嘛!这些艺术家现在就和当年的超现实主义者一样不受欢迎。他们是智慧的煽动者。"

"什么?我从没听过这种傻话。智慧和行动之间相距甚远。这些纯粹是一次性的玩意儿。"

尽管佩皮塔让她失去耐心,但第二天一早,她还是告诉对方,马克斯·恩斯特被群鸟簇拥着,出现在了她的梦里。他把它们的肚子、胸、性器官都涂成了红色。并在一个平面上雕刻它们,直到它们都变成白骨。

"你知道,他为疯狂着迷。"

那一刻,佩皮塔感觉莉奥诺拉完成了致命的一跃。她落入深渊,却浑然不知那黑暗之中有什么在等待。她没有被宗教奴役,也从未臣服于哪种意识形态、抽象思想、艺术思潮:没有什么可以阻止莉奥诺拉不受时代限制、反社会成规的爱。那是一种激情的爱,如炼金术之蛋,并会幻化成风——名叫波瑞阿斯的北风,它是十二匹纯血宝马的主人,起风时,母马只需把后臀转向北方,便可受孕。

五十六　死亡什么样？

"佩皮塔，在圣马丹-达尔代什，我找到了那种酒店总管口中的'属于两人的疯狂'[1]。你知道是什么意思吧？"

"我知道，我曾经活得很野蛮，心的血液充斥着整个身体，我没有见过布勒东，却按照他的要求疯狂地爱过。"

"啊，是吗？孩子。你发现了吗，情绪屁用都没有。"莉奥诺拉冲她叫起来。

佩皮塔的脸顿时苍白起来。她的手颤抖着把茶杯送到嘴边。

"孩子，你会做面包吗？会在烈日下剪葡萄一剪就是几小时吗？会自己蒸馏葡萄酒吗？会给你爱的人洗好床单，然后躺在床上，就像躺在一条河的中间吗？就在我做好准备，要做马克斯晚年的拐杖，要陪伴他终生时，一个肩上扛着步枪的法国宪兵闯进厨房，将头探到我正在煮的鸡心汤上方，问我他在哪儿，然后就把他带到了圣西普里安。战争终结了一切。拯救我的，永远都是绘画。"

佩皮塔诚恳地说，上帝没有照顾过她。墨西哥主教、共和国总统、警察局长和议员候选人也都没有。

"那你相信什么？"莉奥诺拉问。

"相信你。"

"我不相信政客，也不理解那些追逐权力的人。在内心深处，我是无政府主义者，和考蒂一样。第一位无政府主义者——阿克顿勋爵——曾经说过：'一切权力都导致腐败，绝对的权力导致绝对的腐败。'"

---

[1] 原文为法语。

"你知道我还相信什么吗,莉奥诺拉?还信我自己,还有我的两只猫、一只狗的忠诚。"

"你的狗叫什么?"

"德鲁西耶。"

"巧了,我有本书里也有这个名字的角色。"

"所以我才取这个名字。如果当初你留在英国生活,现在会是同一个你吗?"

"不会,我会更凯尔特,更爱尔兰。或许会住在韦斯特米斯。但仔细想想,是墨西哥把我变成了现在的我,如果我留在英国或爱尔兰,就不会像在这儿一样那么想念我的童年……我画的都是我的怀念。"

"是你祖先的重量。"

"我没有读玛利亚·埃奇沃思,但我觉得,我头顶上长的不是头发,而是爱尔兰的牧草。"

佩皮塔开着车,把她带到了位于米盖尔·安赫尔·德克维多大道的猫头鹰夹饼店。

"现在咱们吃点儿塔可饼。"

莉奥诺拉在炉火烧得正旺的火炉旁选了一把矮椅子坐了下去。

"你看,那张桌子那儿坐着鲁本·伯尼法兹·努纽,他是荷马和奥维德的译者。他最重要的书之一是《换汤不换药》。你不觉得是很好的题目吗?你想吃夹肝的塔可饼还是夹蘑菇的?"

"蘑菇是有灵魂的。"莉奥诺拉一边说,一边举起刀叉吃起来。

五十六 死亡什么样？

"等我一下，莉奥诺拉，我去问候一下那位诗人。"

"你认识他？"

"不认识。"

鲁本正要往嘴里塞红酱牛肉夹饼时，佩皮塔出现了。片刻之后，他在莉奥诺拉面前弯腰致意：

"女士，久仰了。"

佩皮塔想逗她，说：

"我早就知道不是所有人都是像您和鲁本这样的天才。"

她开车带着她在改革大道上行驶。莉奥诺拉发现她在自己晦暗的洞穴里雕出的那些形象都长大了，变成了巨型雕像。伊萨克·马斯里医生把它们放置在了她曾经策马狂奔到无聊的那条道旁。她看见人们在《食人者的桌子》上坐下，看见一群孩子在试着穿过《幽灵之家》。她喜欢自己的鳄鱼晒太阳，喜欢术士西满的火炉有三米多高。她的雕塑不仅享受着阳光，同时也享受着尖叶落羽杉，享受着汽车乘客摇下车窗后的远远凝望。

"今天我要带你去一个特别大的水族馆，在城南，刚开的。"

"那是什么？很远吗？"

"远，要是来不及回来，就在那边吃。"

"在哪儿吃？"

"随便哪个小饭馆。大家都说我像你，就是没你那么美，你怎么看？"

"不过你更高。"莉奥诺拉笑着说道，"现在我变矮了，年龄会让人缩水，这样就更容易被塞进棺材。我有过好几个生命：童年的、叛逆的、做母亲的，还有画画的。"

"我比你经历的还要更多。"佩皮塔骄傲地说，"没有人曾帮我挡过任何的侮辱和痛苦。什么东西让你痛苦过？"

有比失去马克斯或被关进精神病院更可怕的痛苦来源吗？她身边的奇基，她孩子的父亲，把世界看成一座充满数字的孤儿院。莉奥诺拉在半路上抛弃了他，正如他抛弃了自己。相反，她还是鲜活的，她的一切都没有消失：她的画、她的叛逆、她傲慢的古怪、她英国人的客气、她对他人的评价和她的幻觉，都没有消失。她唯一不确定的是她自己的死亡。

"在我的年纪，尝试理解死后的世界会让我焦虑。"

"你觉得会有死后的世界吗？一个人会与生命和解，我们也得与死亡所意味的东西和解。"

"一个人怎么可以与她不了解的东西和解呢？除了一切都会死这个事实之外，我们对死亡一无所知：动物、植物、矿物。**一切都会死。**"莉奥诺拉提高了声音，"怎么可以与对它一无所知的东西签下和平协议呢？要直视死亡吗？我不想以任何方式死去，要死就等到五百岁，然后慢慢蒸发掉。"

"别生气，放松点儿，只是个问题而已。没准儿我比你死得还早呢。"

"它到底什么样？"莉奥诺拉问道，"死亡是什么？死亡！生命！我来到世上，来寻找它们的意义，到现在仍旧没有答案。"

不过有些东西她是知道答案的。她的自由是种胜利，为此，她需要独自生活。她这一生，离开了上帝，离开了世俗常规，离开了马克斯、雷纳托、奇基、爱德华、阿尔瓦罗，这些分离都是艰难的。一些念头仍让她烦恼，她的身体也开

五十六　死亡什么样？

始慢慢出了问题。在一些夜晚，马克斯会重新出现在她床头或床尾，出现在她胸口或眼前，尤其常出现在她手上——在她洗头的时候。她仍记得当她告诉他"今天我不能和你出去，因为我得洗头"时，自己有多无情。

"马克斯是你这辈子最爱的人吗？"

"不知道。每段爱情都不一样。"

"咱们到了！我停一下车。"

很快，莉奥诺拉便发现自己坐在了几只海豚面前。它们在其他目瞪口呆的观众的注视下探出水面，高高跃起，之后利箭般穿过池塘。它们向她游来，再朝蓝天跃起，在那几秒间，阳光映在它们的脊背上，将自己的光芒铺散开来，它们落入水中——水溅到她身上——一会儿又重新出现，用它们的鸭嘴冲着人笑。莉奥诺拉也冲它们微笑着。它们向她致意：你曾那样大胆，莉奥诺拉，你的战役曾那样伟大。海豚一圈接一圈转着，迅疾如光。它们小小的鳍状肢也是翅膀。

佩皮塔咧嘴笑着，说海豚会和理解它们的人交流。

"我确实听得懂动物的话，从小就有这种天分。"莉奥诺拉回应道。

海豚点着头，仿佛在回答考官的问话。之后又开始玩捉迷藏。莉奥诺拉很高兴，她向其中一个银亮亮的脊背伸出了手。

"海豚会因孤独而死。"佩皮塔说。

"那它们很像我。"莉奥诺拉又重复了一遍，仿佛在说服自己："孤独会杀死它们。"

她记起了黑贝丝，她的矮种马，也记起了文奇，她的母马,之后想起了小探戈——她没有为这头牛做任何事——的眼睛,还有阿维拉站羊群的咩咩叫声。文奇嘶鸣起来。她是夜的母马,风之新娘。海豚为她起舞,叫声穿过她的脏腑,这叫声属于那女巨人,注定要画画度过余生的女巨人,接受了孤独会杀死自己的女巨人,准备好要死在画架前的女巨人,因为创作只有在孤独时才是可能的,因为创作者必须要像海豚一样沉下去。一匹长鬃毛的野马在水族馆上方驻足,另一匹映现在一头海豚的眼里。海豚也是马吗?莉奥诺拉低声对它们讲起了克鲁基庄园、仙丘居民、马克斯和她逃离圣马丹-达尔代什的经历,讲起了她在桑坦德忍受的那些可怕的痉挛,讲起了莫瑞、乳母、雷梅迪奥斯和何塞·霍尔纳的死,它们用自己半闭着的、像玻璃似的小眼睛安慰着她,那眼睛不是杰拉德的,不是恩斯特的,不是路易斯·莫拉莱斯的,而是邀请她去玩耍的眼睛。

莉奥诺拉最后一次摸了摸那光滑的脊背。海豚露出头,告诉她她很像爱丽丝,像白女神,像弥诺陶的女儿,像大熊座,像佩内洛佩,像杜尔西内娅,像贝雅特丽齐,像动太阳而移群星的爱。

"我饿了,莉奥诺拉,咱们去你家厨房把尤兰达吃掉吧。你把她叫去,她一进门,咱们就扑上去,把她的脸撕下来,好让我在今晚的祭祀仪式中戴上。"

"那你得保证,在撕下她脸之前,要先把她杀死,不然就太疼了。"

"我希望咱们现在立刻就去。"佩皮塔命令道。

"你白得像尊大理石雕像。"莉奥诺拉有些担心。

五十六 死亡什么样?

忽然间,佩皮塔的身上长出了羽毛。覆盖住了她的肩膀、脖颈、眉毛、睫毛、手臂和双手。莉奥诺拉看到,她头上的并不是头发,而是一顶白色羽冠,晶莹明亮,仿佛墨西哥阳光下的白雪。她的耳朵像马耳朵一样动了动。佩皮塔从椅子上站起来,一条闪闪发光的尾巴拖在地上。

"站起来,莉奥诺拉,快点儿。"已经可以听见她的蹄声。

"我们是在布洛涅森林里吗?"

"当然不是!这里是阿胡斯科火山的山坡,很冷,寒气从山上下来,马也是冰做的。看那些覆着雪的树。你身旁有两匹并驾齐驱的高大黑马。"

"我什么都看不见。"

"因为你自己是一匹刚刚摔倒的白色小马驹,已经奄奄一息。"

"我要死了?"

"你是以动物的方式死去的,你和它们一样。"

"所以我不会死?"

"当然不会!你记得马克斯被带走时你一直重复的话吗:'我注定不会死掉。'你会进入一条黑暗的通道,等出来时,便会是另一个形象了。"

"告诉我我该怎么出去?"莉奥诺拉心存疑虑。

"努力到达彼岸,就像变成天鹅的凯尔。现在要抓紧时间,把你的手臂给我,我很着急,莉奥诺拉,我非常非常着急。"

"如果是个假期,你要做什么?"

"要画一个女巨人。"

参考文献

Alexandrian, Sarane. *André Breton par lui-même.*
—, *Surrealist Art.*
Anderson, Margaret. *Gurdjieff, el incognoscible.*
Andrade, Lourdes. *Siete inmigrados del surrealismo.*
Artaud, Antonin. *México y viaje al país de los tarahumaras.*
Artes de México. *México en el Surrealismo: los visitantes fugaces.*

Barker, Paul. *Dublin.*
Bataille, Georges. *The Absence of Myth: Writings on Surrealism.*
Baudelaire, Charles. *Selected Poems.*
Bédouin, Jean-Louis. *Benjamin Péret.*
Berman, Franz. *Grandes enigmas del mundo.*
Bischoff, Ulrich. *Max Ernst 1891-1976.*
Bradu, Fabienne. *Benjamin Péret y México.*
Brassaï, Gilberte. *Conversaciones con Picasso.*
Breton, André. Schuster Jean. *Arte poética.*
Breton, André; Eluard, Paul; Arp, Hans; Tzara Tristan. *Ernst, Beyond Painting.*
—, *Manifestoes of Surrealism.*
—, *Manifestes du surréalisme.*
—, *Nadja.*
Boyle, Kay. *Breaking the Silence.*

Cahill, Thomas. *How the Irish Saved Civilization.*
Camfield, William A. *Max Ernst Dada and the Dawn of Surrealism.*
Cardoza y Aragón, Luis. *Pintura contemporánea de México.*
Carrington, Leonora. *El séptimo caballo y otros cuentos.*
—, *Historia en dos tiempos.*
—, *La casa del miedo. Memorias de abajo.*

—, *La dama oval.*
—, *La Porte de Pierre.*
—, *La realidad de la imaginación.*
—, *mit einem Essay von Tilman Spengler.*
—, *Surrealism, Alchemy and Art.*
—, *The Hearing Trumpet.*
—, *The House of Fear, notes from Down Below.*
—, *The Mexican Years.*
—, *The Seventh Horse.*
—, *The Stone Door.*
Carrington, Leonora. *La vocación y sus reflejos, 2004.*
Carrington, Leonora; Carrington, Gabriel; Weisz Carrington, Pablo. *Universo de familia.*
Carroll, Lewis. *Alicia en el País de las Maravillas.*
Casa del tiempo, revista. *Man Ray (1890-1976).*
Casa Refugio Citlaltépetl, revista. Líneas de fuga.
Castaneda, Carlos. *El fuego interno.*
Castillo Nájera, Oralba. *Renato Leduc y sus amigos.*
Caws, Mary Ann; Kuenzli Rudolf; Raaberg, Gwen. *Surrealism and Women.*
Celorio, Gonzalo. *El surrealismo y lo real maravilloso americano.*
Chadwick, Nora. *The celts.*

Dawn, Ades. *Dada and Surrealism.*
Dearborn, Mary V. *Mistress of Modernism: The Life of Peggy Guggenheim.*
de Botton, Alain. *The Architecture of Happiness.*
Delmari Romero, Keith. *Historia y Testimonios, la Galería de Arte Mexicano.*
Desnos, Robert. *Le vin est tiré…*
Disney. *Alicia en el país de las maravillas.*
Dornbierer, Manú. *Memorias de un delfín.*
Dover Publications. Max Ernst. *Une Semaine de Bonté: A surrealistic Novel in Collage.*

Draguet, Michel; del Conde, Teresa; Sterckx, Pierre; Everaert-Desmedt, Nicole. *El mundo invisible de René Magritte.*

Dujovne, Ortiz Alicia. *Dora Maar Prisonnière du regard.*

Duplessis, Yves. *Le Surréalisme.*

—, *El surrealismo.*

Eastman, Max. *Einstein, Trotsky, Hemingway, Freud and Other Great Companions.*

Ediciones Polígrafa. *Max Ernst.*

Éluard, Paul. *Une Leçon de morale.*

Emerich, Luis Carlos. *Una retrospectiva.*

Emmanuel, Pierre. *Baudelaire la femme et Dieu.*

Ernst, Max. *A Retrospective,* Metropolitan Museum of Art, 2005.

Ernst, Jimmy. *A Not-So-Still Life.*

Fittko, Lisa. *Mi travesía de los Pirineos.* Evocaciones 1940/41.

Freud, Sigmund. *El malestar en la cultura.*

—, *Tótem y tabú.*

Freund, Gisèle. *La fotografía como documento social.*

Garmabella, José Ramón. *Por siempre Leduc.*

Garrido, Felipe. *Crónica de los prodigios.*

Gaunt, William. *The Pre-Raphaelite Tragedy.*

Jiménez, Frontín J.L. *Conocer el surrealismo.*

Gimferrer, Pere. *Max Ernst.*

Goldman, Cifra M. *Pintura mexicana contemporánea en tiempos de cambio.*

González, Paola; Sánchez, Mejorada. *Remedios para cuerpo y alma.*

Gombrich, E.H. *The Story of Art.*

González Navarro, Moisés. *El legado del exilio español.*

Graves, Robert. *The White Goddess.*

Grimberg, Salomón. *Lindee Climo*

Guzmán Urbiola, Xavier. *Edward James in Xilitla.*

Hartford, Huntington. *Art or Anarchy?*
Hernández Ochoa, Arturo. *Edward James: arquitecto de la imaginación.*
Hoffman, Eva. *Lost in translation.*
Horne, Alistair. *La batalla de Francia.*
Huxley, Aldous. *Brave New World.*
Huxley, Aldous. *Un mundo feliz.*
Hooks, Margaret. *Edward James y Las Pozas.*

James, Edward. *A Surreal Life.*
Javary, Cyrille. *I Ching.*
Jean, Marcel. *The Autobiography of Surrealism.*
Josephson, Matthew. *Mi vida entre los surrealistas.*
Juanes, Jorge. *Artaud/Dalí, los suicidados del surrealismo.*
Jung, C. G. *The Basic Writings of C.G. Jung.*

Kaplan, Marion A. *Between Dignity and Despair: Jewish Life in Nazi Germany.*
Klingsöhr-Leroy, Cathrin. *Surrealismo.*
Kropotkin. Anarchism. *A Collection of Revolutionary Writings.*
Kuspi, Donald. *Jimmy Ernst Art and Life.*

Laszlo, Violet Staub, Jung, *The Basic Writings of C.G. Jung.*
Lawrence, D. H. *Mornings in Mexico.*
Leduc, Renato. *Banqueta.*
—, *Obra literaria.*
—, *Poesía y prosa de Renato.*
Lee, Jennifer. *Paris in Mind.*
Lévi-Strauss, Claude. *Tristes tropiques.*
Libertad en bronce 2000. *Leonora Carrington.*
Lida, Clara E., Sheridan Guillermo, de la Colina M.

Mabille, Pierre, *Egregores ou la vie des civilisations.*
—, *Mirror of the Marvelous.*
Mackay, George. *Celtic First Names.*

Mallard, Alain-Paul. *Recels*.

Man Ray, Bazaar Years. *Rizzoli*.

Maples Arce, Manuel. *El paisaje en la literatura mexicana*.

MARCO, Wifredo Lam.

Masri, Isaac. *Libertad en bronce 2000*.

Mejía Madrid, Fabrizio. *Ciudad solidaria capital de asilos*.

Melly, George. *Paris and the Surrealists*.

Meuris, Jacques. *Magritte*.

Michelet, Jules. *La bruja. Un estudio de las supersticiones en la edad media*.

Middleton Murry, John. *Journal of Katherine Mansfield*.

Mink, Manis. *Duchamp*.

Museo de la Secretaría de Hacienda y Crédito Publico, 2004. *Carrington, Leonora. La vocación y sus reflejos*.

Nicolescu, Basarab. *Nous, la particule et le monde*.

O'Connor, Ulick. *Celtic Dawn: A Portrait of the Irish Literary Renaissance*.

Pacheco, José Emilio. *Alicia para niños*.

Panteón Photo Library. *Robert Capa*.

Parinaud, André. *André Breton. L'aventure surréaliste*.

Pauli, Herta. *Break of Time*.

Paz, Octavio. *La hija de Rappaccini*.

—, *Apariencia desnuda, la obra de Marcel Duchamp*.

Pierre, José. *An Illustrated Dictionary of Surrealism*.

Pieyre de Mandiargues, André. *Pages mexicaines*.

—, *Le Belvédère Mandiargues*.

—, *Tout disparaîtra*.

Polizzotti, Mark. *André Breton*.

Prado Mora, Martha Elena. *Un reencuentro con la magia y el conocimiento*.

Pritzker, Pamela. *Ernst*.

Ray, Man. *Self Portrait*.
Resumen Pintores y Pintura Latinoamericana. Lam, Wifredo; Sánchez, Tomás.
Rial Húngaro, Santiago. Sanyu. *Surrealismo para principiantes*.
Ribemont- Dessaignes, Roberto Matta.
Riese Hubert, Renée. *Magnifying Mirrors: Women, Surrealism, & Partnership*.
Roche, Julotte. *Max et Leonora*.
Rosas Mix, Miguel. *América Imaginaria*.
Rosemont, Penelope. *Surrealist Women: An International Anthology*.
Russel, John. *Max Ernst: Life and Work*.
Russell, Bertrand. *Why I Am Not a Christian*.

Salinas, Adela. *Crónica del delirio. El oscuro reflejo de Paul Antragne*.
Schmeller. *El surrealismo*.
Schneede M., Uwe. George Grosz. *The Artist in His Society*.
Schneider, Luis Mario. *El estridentismo. La vanguardia literaria en México*.
Scholten, Max. *Las artes adivinatorias*.
Shelley, Mary. *Frankenstein*.
Spratling, William. *México tras lomita*.
Stratherm, Paul. *Shopenhauer en 90 minutos*.
Stein, Gertrude. *Paris France*.
Steiner, George. *The New Yorker*.
Stephens, James. *The Crock of Gold*.
Store Sims, Lowery. *Wifredo Lam and the International Avant-Garde, 1923-1982*.
Sullivan, Rosemary. *Villa Air-Bel*.
Swift, Jonathan. *Gulliver's Travels*.

Thomas, Bernard. *Ni dios ni amo. Los anarquistas*.
Toller, Ernst. *Una juventud en Alemania*.

Unger, Roni. *Poesía en voz alta*.

Van Raay, Stefan; Moorhead, Joanna; Arcq, Teresa. *Surreal Friends: Leonora Carrington, Remedios Varo and Kati Horna.*

Varo, Remedios. *Cartas, sueños y otros textos.*

Vidal, Gore. *Out of this Century: Confessions of an Art Addict Peggy Guggenheim.*

Wasserman, Kristyna. *Artists on the Road.*

Weisz, Gabriel. *Poemas.*

—, *Tinta del exotismo. Literatura de la otredad.*

Weyers, Frank. *Salvador Dalí.*

Whelan, Richard. *Robert Capa: A Biography.*

Wilde, Oscar. *El fantasma de Canterville y otros cuentos.*

Wilson, Simon. *Surrealist Painting.*

Wood, Mary Elene. *The Writing on the Wall: Women's Autobiography and the Asylum.*

Yarza Luaces, Joaquín. *El Bosco y la pintura flamenca del siglo XV.*

致　谢

莉奥诺拉·卡林顿的短篇小说《小弗朗西斯》《石门》，以及令人印象深刻的《在深渊》记述了画家人生最重要的事中的三件。《恐怖之家》《法兰绒睡衣》《椭圆女士》《魔角》《第七匹马》中，莉奥诺拉自己的形象清晰可见，并与《马克斯与莉奥诺拉》——此书作者茱洛特·罗什就来自圣马丹-达尔代什，采访过许多与两位艺术家同时代的当地居民——中的许多记录相契合。

起初，我想写一部灵感源自莉奥诺拉·卡林顿的小说，但后来认为，与其讲一个隐隐与她相关的故事，不如直接描绘她的形象，这样一来，也好延续研究墨西哥超现实主义的杰出学者洛德斯·安德拉德向这位艺术家致以的敬意。2002年10月26日，洛德斯在格雷罗州奇尔潘辛戈被一个摩托车醉驾者撞倒，猝然离世，未能将自己研究卡林顿文学作品的著作《传说中的"风之新娘"》带给世人。她生前，常与莉奥诺拉在墨城罗马区一起散步。我希望自己能继续走完这条路，并以这种方式向她们表达自己的敬意。

自20世纪50年代起，我曾先后多次拜访或采访过莉奥诺拉。她常请我吃黑极了的墨丽酱炖菜，黑得像兰开夏郡的煤。奇基和当时年纪尚小的两个孩子——加维和巴布罗——也和我们一起用餐。我还对考蒂·霍尔纳进行过几次专访，对她和她的女儿诺拉，我心怀深深敬意。除此之外，我还采访过美丽的艾丽斯·拉洪、希尔贝尔托·博斯克斯、贡特·赫尔佐、费尔南多·甘博阿、玛陆·卡布雷拉和哈里·布洛克、马蒂亚斯·格里茨、赫苏斯·雷耶斯·费雷拉、胡安·索里亚诺、曼努埃尔·阿尔瓦雷兹·布拉沃、胡安·奥戈尔曼、富尼耶夫妇——拉乌尔和卡莉托，以及伊内斯·阿莫尔、安东尼奥·索萨、阿莱杭德罗·霍多罗夫斯基、雷纳托·勒杜克和他的女儿帕特里西娅，帕特里西娅还给我看过一封莉奥诺拉写给她父亲的信，以及两张世人从未见过的照片。

近几年，在看望莉奥诺拉时，我会尽量避免用太过直接的问题扰乱她的心绪。我们的对话总是以"最近政坛有什么新动向？"或"你觉得这位总统怎么样？"开始。很多时候我会给她讲述自己的童年，谈起那些钢琴课、芭蕾课、行为守则课，这也会让她回忆起她的童年，甚至记起她那时的法国家庭教师瓦拉内小姐和钢琴老师理查德森先生。"给我讲讲你的爱情故事吧"，她会突然这么对我说，但却不太愿意分享自己的感情历程，当我问她马克斯·恩斯特是否是她的人生挚爱时，她回答："每段爱都不一样，我们就不要谈这么私密的话题了。"她愿意花整整一下午时间来谈的，是被关在桑坦德精神病院的经历和她所接受的治疗，能看出，时隔多年，她仍心有余悸："现在卡地阿唑已经被禁用了。他们一共给我打了三针。"

我常对她说自己是骑在马背、鹅背或龙背上去奇瓦瓦街的，这会惹她发笑。有一次，我告诉她，带领自己走过起义者大道——那是城里最长的街——的是一个猫头鹰人；还有一次，我说引领我去她家的是一阵流星雨，她于是回应我：

致谢

"那咱们一起瞧瞧你的流星雨去。"两人便走上街,一起看车灯汇成的河。她的魔法把它们变成炼金术的符号,车窗里也有奇异的形象乘风筝飞出。

与莉奥诺拉会面是种荣幸,也是种快乐,因为她把我带回我的童年、我的父母、我的本源,也把我带到我们都曾去过的那些国家。她是一个会施法的女人。大家都说,她既是白色的,也是黑色、红色的。莉奥诺拉的确精通各种颜色的魔法,那是她延续到我们这个时代的迷人魔力。英国、法国和西班牙的"宗教法庭"分别对她施以火刑,但她三次浴火重生,变得比火更净,变成了一根纤细、美丽的金属魔法棒。她是最像自己画笔的画家。有人甚至说,她会用自己的睫毛作画。

去她家做客总是令人欢喜。我觉得自己幸运至极,可以近距离接触这样一个人、这样一位艺术家,我想栖居在她的世界里——童年时,我曾隐约向往过这样的人生,但在追逐新闻事业的同时,我慢慢丢掉了这个梦想。

近年来,我们一起在"山朋"、塔库巴咖啡馆、兰姆之家餐厅和齐马利斯塔克餐厅吃过很多次午餐。还在伊萨克·马斯里家一起吃过晚饭。莉奥诺拉说我们每个人心里都有个小萨利纳斯·德戈尔塔里,逗得乔伊·拉维尔、蒙斯瓦依斯和我哈哈大笑。

蒙斯瓦依斯和我陪她出席过一些向她致敬的活动,我们一起去了墨西哥国立自治大学、艺术宫的曼努埃尔·M.蓬塞厅、矿业宫、何塞·路易斯·库埃瓦斯博物馆、索尔·胡安娜的修道院,在她接受"国家艺术奖"时,还去过洛斯·皮诺斯总统府。

莉奥诺拉为我的作品《利路斯·基库斯》画了插画。当书已编好、我想把原画还给她时，她微笑着说："你留着吧。"我把它们裱了起来，现在在我女儿葆拉位于梅里达的家中。两年前，莉奥诺拉把自己和她次子巴布罗的速写本给了我，作为《坏女孩歌谣》的插图。她最后的画稿应该就是为这本书画的，现在她已不再作画。

我们交谈时用英语和法语，因此，在写这本小说的过程中，引用她的原话时，我决定不将它们翻译成西班牙语。我无意将这本书写成传记，只想自由地、切近地描绘这样一位非凡艺术家的人生。

在参考书目中，最不可或缺的是罗斯玛丽·苏利文的《埃尔贝尔别墅：二战、逃亡与一栋法国别墅》，她胸怀宽广，文字精湛。她在描述瓦尔特·本雅明之死和美国救援委员会成员瓦里安·弗莱——现在已经无人记得他的名字——如何拯救无数生命时使用的叙述风格给了我很大的启发。

美国作家惠特尼·查德维克和苏珊·L. 阿贝瑟的文字为我提供了无比珍贵的信息，玛丽娜·瓦尔纳的著作更是如此。此外，我也很喜欢保罗·德安哲里斯出版社对画家的采访记录，尤其是所罗门·格瑞姆伯格的那一篇。

同样，我对莉奥诺拉本人、加维及巴布罗·维茨、洛西塔及马克斯·什恩、诺拉·霍尔纳、安娜·阿莱克桑德拉·格律恩、米盖尔及海伦·埃斯科贝多兄妹、佩德罗·弗里德伯格以及乔安娜·莫海德进行的采访也为本书的写作提供了必不可少的帮助。

致　谢

在此，我想感谢我的编辑、好友布拉乌里奥·佩拉尔塔及加夫列尔·桑多瓦尔，感谢他们对此书写作的鼓励与信任；我还想感谢索尼娅·佩妮亚的热忱与智慧；感谢玛依拉·佩雷斯·桑迪·库恩，她热情洋溢，毫无倦意地一章一章读完了全书。感谢鲁本·安赫尔·恩里克斯·塞拉诺，他一行行细致校对了本书文字，为成书做出了极大贡献；感谢尤兰达·古迪纽，他十分敬重莉奥诺拉，对她怀有诚挚深切的爱；感谢本杰明·富兰克林图书馆，感谢他们借我参阅了许多宝贵资料。

感谢玛尔塔·拉马斯一直陪在我身边；感谢玛利亚·贡苏埃罗·梅西亚的坚定支持；感谢菲利普·奥勒·拉普伦为我寄来的未曾出版的书稿；感谢电影人特里莎·吉夫救下了罗伯特·卡帕和埃梅里克·维茨的那箱底片；感谢梅里·麦克马斯特斯，感谢他长久以来温柔细心地关注着墨西哥绘画。

艺术研究者、评论家特瑞·阿尔克的文字令人醍醐灌顶；埃莱娜·乌鲁蒂亚在采访中说起的莉奥诺拉缝制玩偶的轶事让人窥见到艺术家心灵手巧的另一面；德州埃尔帕索的达尼埃尔·森特诺帮我找到了许多在墨西哥无法获取的参考书籍。

此刻，才华横溢的作家阿兰·保罗·马拉德、艺术评论家及墨西哥当代艺术博物馆策展人路易斯·卡洛斯·埃梅里奇的名字也涌入我的脑中，我对他们心怀感激。我还想感谢胡安·安东尼奥·阿森西奥，他曾借给我一本超现实主义词典以及一张录有安德烈·布勒东声音的碟片。安赫莉卡·阿贝耶依拉和她在《劳动报》上发表的文章也对我颇有帮助。

我也对伊莎贝尔·卡斯蒂略·贡萨雷兹（恰贝）心怀感恩，现在，我已经无法离开她生活，十五年前，她为我织了一件红毛衣,让我在凉意袭人的书房里始终温暖;感谢马丁娜·加西亚·拉米雷斯,她用自己的坚定和智慧保护了许多人、许多动物;感谢我的女儿葆拉·阿罗,她读了最初几章,并帮我做了校对;感谢马恩和费利佩,每次我陷入低谷,他们都会扶我重新站起。

傍晚,鸟儿总会飞到我书房的窗口,它们的喧闹叫声让我不禁想,或许皮萨内罗已经画尽了所有的鸟雀,莉奥诺拉所做的是重新把它们孵化出来,给它们安上反舌鸟、金丝雀或母鸡的脸,并赋予了它们另一种现实意义。身着小丑服饰的荷鲁斯在她的画上飞翔,乌尔贾尔坐在气球上划过天空;高悬的星在 *Are you really Syrious?* [1] 中与语义嬉戏,向我们提出问题;浑圆飘忽的达努神族仙丘居民、古老且与月亮息息相关的凯尔特德鲁伊白女神,以及《萨温节》《狩猎天使》都在旋转,令我们看见那不可见的过去,向我们展现着每个人心中都存在的广博动物学。

---

[1] "*Are you really Syrious?*" 为莉奥诺拉一幅画作的名字。"Syrious"一词可以作两种解读。这个题目既可以理解为"*Are you really Serious?*"(你真是认真的吗?),也可以理解为"*Are you really Sirius?*"(你真是天狼星吗?)。——编者注

图书在版编目（CIP）数据

我不是你的造物 / (墨西哥) 埃莱娜·波尼亚托夫斯卡著；轩乐译. -- 北京：北京联合出版公司，2024.
10. -- ISBN 978-7-5596-7928-4
Ⅰ. I731.45
中国国家版本馆CIP数据核字第2024PX8280号

©Elena Poniatowska
c/o schavelzon Graham Agencia Literaria
www.schavelzongraham.com
cover photo © Lee Miller Archives, England 2023. All rights reserved.
leemiller.co.uk

本书中文简体版权归属于银杏树下(北京)图书有限责任公司
北京市版权局著作权合同登记　图字：01-2024-3757

我不是你的造物

著　者：[墨西哥] 埃莱娜·波尼亚托夫斯卡
译　者：轩　乐
出 品 人：赵红仕
选题策划：银杏树下
出版统筹：吴兴元
编辑统筹：梅天明　朱　岳　尚　飞
特约编辑：刘　君　薛宇杰
责任编辑：周　杨
营销推广：ONEBOOK
装帧制造：墨白空间
封面设计：汐和 at compus studio

北京联合出版公司出版
（北京市西城区德外大街83号楼9层　100088）
后浪出版咨询（北京）有限责任公司发行
天津雅图印刷有限公司　新华书店经销
字数339千字　787毫米×1092毫米　1/32　16.375印张
2024年10月第1版　2024年10月第1次印刷
ISBN 978-7-5596-7928-4
定价：98.00元

后浪出版咨询(北京)有限责任公司　版权所有，侵权必究
投诉信箱：editor@hinabook.com　fawu@hinabook.com
未经书面许可，不得以任何方式转载、复制、翻印本书部分或全部内容。
本书若有印、装质量问题，请与本公司联系调换，电话010-64072833